동주 墨子 지

【완역 결정본】 東周 列國志

서주西周가 다하고 동주東周가 서다

1

솔

● 일러두기

1. 본문의 옮긴이 주는 둥근 괄호로 묶었으며, 한시와 관련된 주는 시 하단에 달았다.
   편집자 주는 원저자 풍몽룡의 오류를 바로잡은 것으로 —로 표시하였다.
2. 관련 고사, 관직, 등장 인물, 기물, 주요 역사 사실 등은 본문에 ●로 표시하였고, 부록에
   서 자세히 설명하였다.
3. 인명의 경우 춘추 전국 시대 당시의 표기법을 따랐다
   예) 기부彔父 → 기보彔父, 임부林父 → 임보林父, 관지부管至父 → 관지보管至父.
4. '주周 왕실과 주요 제후국 계보도'는 독자의 편의를 위해 각 권마다 해당 시대 부분만을
   수록하였다.
5. '등장 인물'은 각 권에서 등장하는 주요 인물을 다루었으며, 가나다순으로 정리하였다.
6. '연보'의 굵은 글자는 그 당시의 중요한 사건을 말한다.

차례

2001년 신판을 내며

이번 솔출판사판 『열국지』는 기존 판본에서 나타난 몇 가지 중요한 오류들을 바로잡았을 뿐 아니라 춘추 전국 시대春秋戰國時代의 많은 인물과 나라·제도·문화 전반에 대한 정확하고 자상한 부록이 붙어 신판으로서의 가치를 더했다. 편집에 참여한 분들의 노고에 감사하며 이 책이 모쪼록 독자들께 뜻 있는 책이 되길 바란다.

2001년 봄 김구용

책머리에

  지식도 필요하지만 체험은 귀중하다. 소용돌이치는 난세에서 가지가지 복잡한 경우와 어려운 입장과 그 판단과 행동과 결과를 『열국지列國志』에 등장하는 인물과 함께 직접 체험해보는 것도 과히 무의미하지는 않을 것이다.

  내가 알기로 『열국지』는 아마 이것이 최초의 완역이 아닌가 한다. 잘했든 못했든 한 줄도 빼지 않고 번역했다. 책에서는 한자를 많이 뺐지만 200자 원고지 근 15,000매를 더럽히는 데 8년이 걸렸다. 그간 번역을 중단한 일도 세 번씩이나 있었다.

  이번 번역에서는 향항판香港版 오계당五桂堂 『동주열국지東周列國志』를 주로 하는 한편, 상해판上海版 『회도동주열국지繪圖東周列國志』를 참조했다. 향항판은 활자가 커서 좋았으나 틀린 글자가 많았고, 상해판은 삭제한 곳이 많고 너무 세자細字여서 흠이었지만 비주批註가 붙어 있어서 큰 도움을 얻었다. 둘 다 108회본인 것을 밝혀둔다.

과문寡聞한 탓인지 모르나 아직『열국지』완역본을 보지 못했다. 원래 천학淺學인데다 참조할 만한 다른 번역본이 없어서 오역誤譯이 많을 줄로 안다. 강호제언江湖諸彦의 질정叱正이 있기를 바라며 아울러 이 번역이 계기가 되어 대가의 좋은 번역이 나오기를 바란다.

서구 문학을 이해하려면 그리스 신화에 대한 지식이 필요하듯, 동양 문학에서는『열국지』에 관한 지식이 필요하다. 춘추 전국 시대春秋戰國時代는 천군만마千軍萬馬의 혼전混戰만이 아니라 지용智勇, 변설辯說, 학술學術, 문장文章이 그 새로움을 다투고 정사상혼正邪相混, 순박병진純駁竝陳, 모책불측謀策不測, 기변백출奇變百出하는 시대이기 때문이다. 그러므로 일반 동양 문학에 등장하는 고사, 숙어, 인물 등 그 출처를 거의 다 이『열국지』에서 볼 수 있다.

내용은 주周나라 선왕宣王(기원전 8세기)에서부터 시작해서 진秦나라 시황始皇이 천하를 통일하기까지(기원전 3세기) 무려 550년 간의 이야기다. 이것이 동양에서 말하는바 춘추 전국 시대이니 세계사에서 보기 드문 암흑기였다.

『열국지』의 내용은 권선징악이 아니다. 그저 약육강식, 대자병소大者倂小라고나 할까. 이런 암흑기인 춘추 전국 시대에 공孔, 맹孟, 노老, 장莊, 양楊, 묵墨, 순荀을 비롯하여 법가法家, 병가兵家 등 제자백가諸子百家가 쏟아져나와 동양 사상의 황금 시대를 이루었다는 것은 누구나 유의해야 할 일이다.

춘추 시대는 370년 간이며 오패五覇 시대로서 그래도 그 당시 사조는 존왕양이尊王攘夷에 있었다. 그러던 것이 전국 시대 180년 간은 이른바 칠웅七雄 시대로서 각자 왕이라 칭하던 때였다.

사가史家들은 춘추 전국 시대를 요약해서 오패칠웅五覇七雄이라고 한다. 오패는 춘추 시대의 다섯 패자覇者로서 제齊나라 환공桓公, 진晋나라 문공文公, 진秦나라 목공穆公, 송宋나라 양공襄公, 초楚나라 장왕莊王 등 다섯 군후를 지칭한다는 설도 있으나, 송양공을 빼버리고 그 대신 오왕吳王 합려闔閭와 월왕越王 구천句踐을 넣어서 오패로 해야 한다는 설도 있어 일정하지 않다. 다음 칠웅은 전국 시대의 진秦, 초楚, 연燕, 제齊, 조趙, 위魏, 한韓, 일곱 나라를 말하는 것이다.

주태망侏太忙은 말하기를 "『열국지』는 『관자管子』『안자춘추晏子春秋』『한자韓子』『좌전左傳』『국어國語』『국책國策』『여씨춘추呂氏春秋』『공자가어孔子家語』『설원說苑』『열녀전列女傳』『오월춘추吳越春秋』『사기史記』『열선전列仙傳』 등 여러 서적에서 추려서 만든 것이므로 역사적인 사실에 근거하고 있다. 그러므로 가공적인 소설과는 다르다"고 했다.

당나라 때 시인 두목지杜牧之는 「아방궁부阿房宮賦」에서 다음과 같이 말했다.

슬프다. 육국六國을 망하게 한 것은 육국이요, 진秦나라가 아니다. 진나라를 망하게 한 것은 천하가 아니며, 진나라가 스스로를 망친 것이다. 슬프다. 육국 사람들이 서로 사랑할 줄 알았더라면 진나라에 먹히지 않았을 것이며, 진나라가 육국 사람을 사랑했던들 아무도 진나라를 망하게 못했을 것이다. 진나라 사람이 스스로 슬퍼할 틈도 없이 후세 사람이 그들을 슬퍼하고, 후세 사람이 슬퍼할 줄만 알고 이 사실史實을 교훈으로 삼지 않았기 때문에, 또한 후세 사람으로 하여금 다시 후세 사람을 슬퍼하게 한다.

　우리도 『열국지』에 대해서 각자 소감이 있을 줄 안다.
　우리가 『열국지』에서 옛사람의 일을 읽고 현재와 미래를 다시 생각해볼 수 있다면 그것만으로도 족하다. 세상은 고금古今이 다르지만 인간성은 고금이 마찬가지인 것 같다.

1990년 여름 金丘庸

포사·신후·주평왕·주선왕·신백

柳下惠　鄭武公　魯桓公　潁考叔

노환공·유하혜·정무공·영고숙

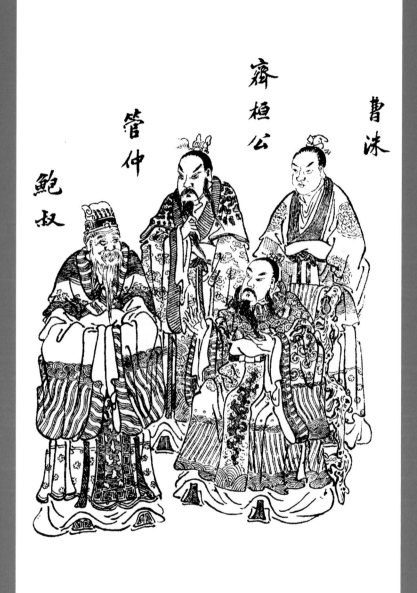

포숙아 · 관중 · 제환공 · 조말

介子推

狐偃

趙衰

晉文公

진문공·호언·조쇠·개자추

秦穆公

公孫枝

百里奚

蹇叔

건숙·공손지·진목공·백리해

초장왕·양유기·동호·조천

서시 · 오자서 · 손무자 · 오왕부차

孫臏　張儀　蘇秦　龐涓

방연·손빈·장의·소진

荆軻　太子丹　燕昭王　樂毅　郭隗

곽외·형가·태자단·연소왕·악의

呂不韋　秦始皇　甘羅　趙高　李斯

조고·여불위·진시황·감라·이사

주요 제후국의 관계

기원전 770∼700

기杞 ⟷ 제齊 ═ 노魯 ═ 정鄭 ⟷ 송宋 ═ 진陳 ═ 위衞

연燕 ⟷   └─ ⟷ 괵虢 ═ 주周 ⟷ 신申

                        └─ ⟷ 초楚 ═ 수隋

기원전 700∼690

연燕 ═ 위衞 ═ 제鄭 ⟷ 기杞 ═ 정鄭 ═ 노魯

            └─ ⟷ 송宋 ⟷ ─┘

(═ 우호 관계 ⟷ 적대 관계)

연의 장성

연燕(222)

발해만

제齊(221)

□ 임치臨淄
제의 장성

노魯(256)
□ 곡曲

송宋(286)

황해

□ 거양巨陽
□ 수춘壽春

오吳 □

초楚(225)

월越

민월閩越

| | 진 영토 중심부 |
| 기원전 300년 전 진의 확장 |
| 기원전 220쯤 진의 확장 |
| 성벽 |
| 강 |
| ■ 제국 수도 |
| □ 제후국 수도 |

『열국지』의 무대(기원전 1050~221)

기원전 6000	신석기新石器 시대
기원전 1700	은대殷代
기원전 1050	서주西周 시대
기원전 770	춘추春秋 시대
기원전 475	전국戰國 시대
기원전 221	진대陳代
기원전 206	전한前漢 시대
기원전 25	후한後漢 시대

노래만 듣고 아낙을 죽이는 주선왕周宣王

이런 옛 시가 있다.

　　도덕은 삼황오제요

　　공명은 하후夏后 상주商周라.

　　영웅 다섯이 일어나 춘추* 시대 소란했으나

　　경각간에 흥하고 망했으니 덧없다.

　　겨우 청사靑史에 몇 줄 이름을 남겼을 뿐

　　보아라, 북망산도 황량하다.

　　앞사람 가졌던 땅을 뒷사람이 차지했으니

　　용과 범이 서로 싸운 걸 일러 무삼하리오.

　　道德三皇五帝

　　功名夏后商周

　　英雄五覇鬧春秋

　　頃刻興亡過手

青史幾行名姓
北邙無數荒邱
前人田地後人收
說甚龍爭虎鬪

주周나라•는 주무왕周武王이 폭군 주紂를 쳐 물리치고 천자•로
즉위한 데서부터 시작한다.

그후 주성왕周成王, 주강왕周康王이 왕위를 계승했다. 그들은
주나라 기초를 튼튼히 세웠다. 물론 주공周公•, 소공召公•, 필공畢
公, 사일史佚 등 어진 신하의 도움이 컸다. 날로 문화가 일어나자,
무기는 쓸데없어졌다. 물자가 풍부해지면서 백성은 안락했다.

주무왕부터 9대째에 이르러 주이왕周夷王이 즉위한다. 이때부
터 열국列國 제후諸侯•들은 조정에 대한 태도를 분명히 하지 않았
다. 점점 제후들도 강성해졌던 것이다. 10대째 왕은 주여왕周厲王
이다. 그는 포악무도한 임금이었다. 마침내 백성들은 견디다 못
해 반란을 일으켰다. 그래서 주여왕은 궁성을 버리고 달아났다.
이것이 장차 1,100년 간 계속되는 민변民變의 시작이었다. 그 옛
날 주공과 소공이 애써 이루어놓은 문화도 점점 무너졌다.

주여왕의 뒤를 이어 태자 정靖이 왕위에 올랐다. 그가 바로 주
선왕周宣王•이다. 주선왕은 하루아침에 천자가 됐다. 그는 천성이
유덕하고 영특했다. 그는 방숙方叔, 소호召虎, 윤길보尹吉甫, 신
백申伯, 중산보仲山甫 등 어진 신하를 등용했다. 또 과거의 문文,
무武, 성成, 강康 등 모든 선왕先王의 정치를 본받고자 노력했다.
이에 찬란한 주나라 중흥을 보게 된다.

옛 시로 이 일을 증명할 수 있다.

이夷, 여厲 두 왕의 정치는 몹시 어지럽더니

어진 신하와 함께 나라를 바로잡은 것은 주선왕의 은덕이었도다.

공화共和˙ 중에 만일 중흥주 죽었던들

주나라 국운이 어찌 867년을 누렸으리오.

夷厲相仍政不綱

任賢圖治賴宣王

共和若沒中興主

周曆安能八百長

주선왕은 비록 정치에 힘썼으나, 주무왕의 창업을 따를 순 없었다. 비록 주나라를 중흥했다지만 주성왕, 주강왕 때만큼 오랑캐들을 교화시키진 못했다. 먼 절역絶域에서 주 왕실에 꿩을 바친 일이 있긴 했다. 그러나 그리 대단한 건 아니었다.

주선왕 39년 때 일이다. 드디어 서쪽 오랑캐 강융姜戎이 중앙의 명령을 거역했다. 분노한 주선왕은 어가御駕를 휘몰아 군사를 거느리고 친히 강융을 쳤다. 주선왕은 천무千畝란 곳에서 강융과 크게 싸웠다. 그러나 비참하게 패배했다. 병거兵車, 군대 할 것 없이 막대한 손해를 입었다. 주선왕은 다시 군사를 일으켜 오랑캐를 치기로 결심했다. 군사 수효가 부족한 걸 근심한 주선왕은 태원太原에서 군사를 길렀다.

태원은 오늘날 원주原州인데, 바로 오랑캐 땅과 가까운 곳이다. 군사를 기른다는 것이 말은 쉬우나 사실 여간 어려운 일이 아니다.

우선 그 지방의 호구부터 조사해야 한다. 또 인구와 수레와 말에 비해서 생산되는 곡식이 충분한지 부족한지를 샅샅이 알아야 한다. 그래야 잘 먹인 후 징집해서 싸움터에 보낼 수 있는 것이다. 태재太宰*(백관百官의 장長, 곧 재상이라는 뜻) 벼슬에 있는 중산보는 주선왕 앞에 나아가 누누이 불가한 점을 들어서 간했다.

그러나 주선왕은 끝내 듣지 않았다.

후인後人이 이 일을 시로 읊은 것이 있다.

개돼지 같은 오랑캐에게 어찌 칼을 더럽혔느냐
구슬로 새를 쏘다니 참으로 안타깝다.
왕이 위의를 잃고도 능히 갚지 못해서
공연히 군사를 기른답시고 수선만 떨었구나.
犬彘何須辱劍鋩
隋珠彈雀總堪傷
皇威褻盡無能報
枉自將民料一場

주선왕이 태원에 가서 조련하는 군대를 시찰하고 돌아오던 길이었다.

호경鎬京이 가까워질수록 왕은,

"거련車輦을 빨리 몰아라."

하고 재촉했다. 주선왕은 밤낮없이 달려 성안으로 접어들었다. 수레를 달려 거리를 지나는 참이었다. 아이들이 떼를 지어 손뼉을 치면서 노래했다.

주선왕이 명령했다.

"잠시 연련輦을 멈추어라."

그러고는 아이들의 노래를 들었다.

달이 떠오르니

해는 지려 하네.

산뽕나무로 만든 활과 쑥대로 만든 전통箭筒이여,

주나라도 장차 망하누나.

月將升

日將沒

檿弧箕箙

幾亡周國

이 노래를 듣고서 주선왕은 불같이 화를 내며 어자御者*들에게

명령했다.

"저 아이들을 모조리 잡아오너라!"

어자들이 달려갔다. 아이들은 크게 놀라 사방으로 달아났다.

어자들에게 붙들려온 한 어른과 아이가 연 앞에 꿇어 엎드렸다.

주선왕이 물었다.

"너희가 부른 노래를 누가 지었느냐?"

어린것은 벌벌 떨며 말도 못하고, 나잇살이나 들어 보이는 어른

이 대답했다.

"저희는 잘 모르겠습니다. 사흘 전에 붉은 옷을 입은 한 아이가

거리에 나타나 우리에게 노래를 가르쳐줬습니다. 멋모르고 그 노

래를 배워서 부른 것뿐입니다. 도성 아이들은 다 따라서 노래하게

됐습니다."

"붉은 옷을 입은 아이는 지금 어디 있느냐?"

"노래만 가르쳐주고 어디론지 사라져버렸습니다."

주선왕은 우울했다. 왕은 한동안 생각하다가,

"물러가거라."

하고 꾸짖었다. 이어 주선왕은 사시관司市官•을 불렀다.

"왕명으로 금하되, 이 노래를 부르는 아이가 있으면 그 부형까지도 같은 죄로써 처벌한다고 공고하여라."

그날 밤 주선왕은 궁성으로 돌아가 아무에게도 이 일을 말하지 않았다.

이튿날 이른 아침에 삼공三公•, 육경六卿• 모든 신하가 궁전으로 들어가 왕에게 조례朝禮했다. 주선왕은 전날 밤에 들었던 아이들의 노래를 뭇 신하에게 말하고 그 뜻을 물었다.

대종백大宗伯• 소호召虎가 대답한다.

"염檿은 산에서 자라는 뽕나무[山桑]로 활을 만드는 재목입니다. 그러므로 염호檿弧라 한 것입니다. 기箕는 풀 이름인데, 엮어서 화살 넣는 통을 만드는 것입니다. 어리석은 소견으로는 국가에 궁시지변弓矢之變이 있을까 두렵습니다."

태재泰宰 중산보仲山甫가 아린다.

"활과 화살은 바로 무기입니다. 왕께오서 원수를 갚고자 태원에서 양병養兵하여 오랑캐를 치려 하시는지라, 특히 아룁니다. 군사를 해산하지 않으시면, 반드시 나라를 망치는 우환이 일어날까 합니다."

주선왕이 머리를 끄덕이면서 묻는다.

"붉은 옷을 입은 아이가 그 노래를 전했다는데, 그 아이는 어떤 놈일꼬?"

태사太史• 백양부伯陽父가 답한다.

"시정에 유행하는 근거 없는 말을 요언謠言이라 합니다. 하늘이 임금을 경계警戒하려면 형혹성熒惑星에 명하고, 형혹성은 어린이로 변해서 지상으로 내려와 요언을 지어 모든 아이에게 퍼뜨립니다. 이것을 동요라고 합니다. 소소한 것은 한 사람의 길흉을 예언하는 데 불과하지만, 크면 국가 흥패에 관계됩니다. 원래 형혹은 화성火星이므로, 그 빛깔이 붉습니다. 오늘날 망국지요亡國之謠는, 바로 하늘이 왕을 경계하신 것입니다."

"짐이 이제 오랑캐〔羌戎〕의 죄를 용서하여, 태원에서 양병을 그만두고 무고武庫에 있는 활과 화살을 다 불살라버린 뒤에 다시 만들지도 팔지도 사지도 못하게 하면 재앙을 막을 수 있을까?"

백양부가 아뢴다.

"신이 천문天文을 보니, 그 징조 완연하더이다. 필시 왕궁 안에서 일이 일어날 것 같습니다. 외간外間 화근과 화살은 관계없을 듯합니다. 이는 앞으로 왕께서 승하하신 후, 여자 주인이 나라를 어지럽게 할 징조입니다. 동요에 이르기를 '달이 떠오르니 해는 지려 하네'라고 했습니다. 해는 임금을 나타내며 달은 바로 음류陰類에 속합니다. 해는 저물고 달이 떠오른다는 것은, 음기〔陰〕가 나오고 양기〔陽〕는 쇠진한다는 뜻입니다. 앞으로 여자 주인이 이 나라 정치를 간섭할 것 같습니다."

"짐은 강후주姜后主와 육궁六宮의 내조를 받으며 그들 또한 어질고 유덕한지라. 또한 어궁御宮에 있는 비빈妃嬪들도 다 가려 뽑은 바라. 어찌 여자로 인한 재앙이 있으리오."

백양부가 다시 아뢴다.

"동요에 말한바, 장차 떠오르고 진다는 것은, 본시 눈앞의 일이 아닙니다. 앞날을 예언한 것입니다. 그러나 지성이면 감천이라고 했습니다. 왕께서는 더욱 덕을 닦으사 미리 재앙을 막으십시오. 흉한 것이 변하면 복이 되는 수도 있습니다. 굳이 활과 화살을 불살라버릴 것까지는 없습니다."

주선왕은 그 말을 반신반의했다. 그리하여 우울한 기색으로 조
례를 마쳤다.

주선왕은 법가法駕를 타고 내궁으로 돌아갔다. 강후姜后의 영
접을 받은 주선왕은 자리에 앉은 후, 신하에게서 들은 것을 강후
에게 말했다.

강후가 정색하고 아뢴다.

"그러잖아도 아뢰려던 참이었습니다. 지금 궁중에 괴상한 일이
생겼습니다."

"괴상한 일이라니 무슨 일이오?"

강후가 소리를 낮추어 말한다.

"전날에 선왕(여기서 선왕先王은 주여왕周厲王)을 모시던 궁녀 하
나가 있습니다. 그 궁녀는 나이가 쉰이 넘었습니다. 그 궁녀가 선
조先朝 때에 애를 뱄다는데, 40여 년이 지나도록 해산을 안 했다
니 이상하지 않습니까? 그런데 어젯밤에야 그 궁녀가 계집애를
낳았다고 합니다."

주선왕이 크게 놀란다.

"그 계집아이는 지금 어디에 있소?"

"암만 생각해도 상서롭지 못한 일인 것 같아서, 첩이 이미 사람
을 시켜 풀자리에 싸서 20리 밖 강물에 내버리게 했습니다."

주선왕은 즉시 그 늙은 궁녀를 불러들였다.

늙은 궁녀가 들어왔다. 왕은 궁녀에게 잉태하게 된 경위를 물었
다. 궁녀가 꿇어앉아 아뢴다.

"천비는 듣고 본 대로 아룁니다. 하夏나라 걸왕桀王 말년이라

하더이다. 포성褒城 땅에 한 신인神人이 있었습니다. 그 신인이 하루는 두 마리 용으로 변해서 궁중 뜰로 내려왔습니다. 용은 입에서 거품을 질질 흘리며 걸왕께 사람의 말로 이르기를 '나는 포성의 두 임금'이라고 하더랍니다. 걸왕께서는 무서워서 두 용을 죽여버리려고 우선 태사에게 점을 쳐보게 했습니다. 태사가 점을 쳐본즉, 불길한 점괘가 나오더랍니다. 왕께서는 '두 용을 쫓아버리면 어떻겠느냐?' 하고 다시 점을 쳐보게 했습니다. 그런데 또 점괘가 불길하게 나왔습니다. 태사는 걸왕께 다음과 같이 진언했습니다. '신인이 하강하셨습니다. 이는 상서로운 일입니다. 왕께서는 어찌하사 저 거품을 청하여 얻어두지 않으십니까? 용이 흘린 거품은 용의 정기입니다. 잘 간직해두시면 반드시 복된 일이 있을 것입니다.' 왕께서는 이 말을 듣고 거품을 간직해두면 장차 어떠할지, 또 점을 쳐보게 했습니다. 태사가 점괘를 뽑아본즉, 크게 길한 징조로 나오더랍니다. 이에 베[布]를 깔고 용 앞에 제사를 지내고 황금 그릇에다 용의 침과 거품을 받아 붉은 나무 궤 속에 소중히 넣어두었습니다. 그제야 두 용은 구름을 헤치고 날아갔습니다. 걸왕께서는 내고內庫에다 그 궤를 잘 두도록 분부했습니다. 그후 그것은 28대 644년이 지나, 우리 주나라까지 전해졌습니다만 다시 300년이 지나도록 아무도 그 궤를 열어본 일이 없었습니다. 그런데 선왕 말년 때 일입니다. 그 궤 속에서 한줄기 빛이 새어나왔습니다. 즉시 장고관掌庫官은 선왕께 이 사실을 고했습니다. 선왕께서 '그 궤 속에 무엇이 있다더냐?' 하고 물었습니다. 장고관은 자고로 내려오는 목록目錄과 문부文簿를 바쳤습니다. 그 문부에 지금 천비賤婢가 말한 바와 같은 그런 내용이 적혀 있었습니다. 선왕께서는 '그 궤를 가져와 열어보아라' 하셨습니다.

신하들은 궤를 부순 후 황금 그릇을 두 손으로 받들어 왕께 바쳤습니다. 이때, 선왕이 그 황금 그릇을 받다가 실수하사 그릇이 땅으로 굴러떨어지는 바람에 그 속에 들었던 용의 거품이 쏟아졌습니다. 한데 그 용의 거품이 조그만 도마뱀으로 변하여 뜰 가운데를 기어다니지 않겠습니까. 내시들이 서로 뒤쫓았으나, 그 도마뱀은 왕궁으로 들어가버렸습니다. 암만 찾아도 나타나지 않았습니다. 그때 천비의 나이 열두 살이었는데, 우연히 그 도마뱀이 지나간 자취를 밟게 됐습니다. 순간 몸 속에서 무엇이 뿌듯하게 느껴지면서 그때부터 점점 배가 부르기 시작했습니다. 마침내 애 밴거나 다름없이 되자 선왕께선 비자婢子가 서방 없이 애 밴 것을 괴이하다 생각하시고, 천한 이 몸을 깊숙한 방에다 감금하셨습니다. 그런 지 40년이 지나서 어젯밤에야 배가 몹시 아프더니, 겨우 계집애를 낳았습니다. 궁을 지키는 시자侍者들이 감히 이 사실을 숨길 수 없어 낭랑娘娘께 아뢰었는데, 낭랑께서는 그런 괴물은 용납할 수 없다 하사, 시자에게 명하여 강물에 내다버렸으니 이는 다 비자의 허물로, 죄당만사罪當萬死인가 합니다."

늙은 궁녀로부터 이 괴상한 이야기를 듣고 주선왕은,

"이는 선조先朝의 일이라. 네게 무슨 허물이 있으랴. 물러가거라."

하고 꾸짖었다.

주선왕은 궁을 지키는 시자를 불러,

"다시 강에 가서 내다 버린 계집애를 보고 오너라."

하고 분부했다.

저녁 무렵에야 그 시자가 돌아왔다.

"흐르는 물에 떠내려갔는지 없더이다."

주선왕은 머리를 끄덕였다. 왕은 이미 그 갓난애가 죽었거니 하고 생각했다. 이튿날 아침 주선왕은 태사 백양부를 불러 전날 밤에 들은 바를 말했다.

"그 갓난 계집애가 죽었나 살았나 한번 점을 쳐보라."

백양부가 점괘를 맞춰보고서 괘사卦辭를 바친다.

울다가 웃다가, 웃다가 또 울도다. 염소는 귀신에게 잡아먹히고, 말은 개에게 쫓기는도다. 삼가고 삼가라. 산뽕나무로 만든 활과 쑥대로 만든 전통箭筒이로다.

哭又笑 笑又哭 羊被鬼吞 馬逢犬逐 愼之愼之 檿弧箕箙

주선왕은 그 괘사가 무슨 뜻인지를 알 수 없었다.

백양부가 아뢴다.

"십이지十二支의 소속所屬으로 추리하면 염소[羊]는 미未며, 말[馬]은 오午며, 울고 웃는다는 것은 슬픔과 기쁨입니다. 이는 오미午未의 해[年]를 지칭하는 것입니다. 신의 생각으로 미루어 볼진대 요기妖氣가 비록 궁성을 떠났으나 아직 없어지진 않았습니다."

왕은 심히 우울했다.

"성안, 성밖 할 것 없이 집집마다 조사하여라. 죽었거나 살았거나 간에 물에서 건져낸 갓난 계집애를 바치는 자 있으면 상으로 비단 300필을 주리라. 그러나 감춰두고 남몰래 기르는 자 있거든 이웃 사람이라도 관가에 고발하도록 하라. 역시 같은 상을 주리라. 고의로 숨기는 자 있으면 그 집안 사람을 남녀노소 할 것 없이 참하여라."

주선왕은 상대부上大父 두백杜伯에게 추상같은 명령을 내렸다.

주선왕은 점괘에 나온 산뽕나무 활과 쑥대로 만든 전통이란 걸 다시 생각하고, 또 하대부下大父 좌유左儒에게 분부했다.

"사시관들에게 이렇게 명령을 내려라. 전廛과 가게를 순행하며, 산뽕나무 활과 기초箕草로 만든 전통을 만들지도 팔지도 못하게 하고, 만일 이를 위반하는 자가 있거든 사형에 처하여라."

왕의 엄명이 내려 사시관들은 조금도 태만할 수 없었다. 그들은 서역胥役들까지 거느리고 다니면서 단속했다.

이때, 성안 백성은 왕명을 알기에 아무도 위반하는 자가 없었다. 그러나 시골 백성은 아직 소문도 못 듣고 있었다.

어느 날, 한 아낙네가 기초로 만든 몇 개의 전통을 머리에 이고, 또 남자는 산뽕나무로 만든 활을 짊어지고서 나타났다. 그들 부부는 시골 사람이었다. 그들은 해지기 전에 물건을 팔고서 돌아갈 생각으로 급히 걸었다. 그들이 성문 가까이 왔을 때였다. 순찰 중인 사시관이 부부를 보았다. 물론 두 부부는 아무 영문도 모르고 태연히 걸었다. 사시관이 달려가서 두 부부의 뺨을 올려붙인다.

"이 연놈들을 결박하여라."

수하 서역들은 벌 떼처럼 달려들어 아낙네의 팔부터 움켜잡았다. 순간 남자는 머리를 쳐들 여가도 없었다. 짊어진 산뽕나무 활을 날쌔게 땅바닥에 동댕이치고 나는 듯이 달아났다. 결국 아낙네만 잡혔다. 사시관은 아낙네를 결박지어 이끌고 서역들에게 산뽕나무 활과 기초로 만든 전통을 들려가지고 하대부 좌유에게 갔다.

좌유가 잡혀온 여자와 물품을 본즉 아이들의 동요와 여합부절如合符節했다. 더구나 태사는 여자가 재앙을 일으킬 것이라 말하지 않았던가. 그는 여자가 잡혀왔으니 이젠 왕명을 완수한 거나 다름없다고 생각했다.

좌유는 곧 왕궁으로 들어갔다. 그는 달아난 남자에 대해서는 일언반구도 하지 않았다.

"한 여자가 법을 어기고 산뽕나무 활과 기초로 만든 전통을 팔기에 잡아왔습니다. 마땅히 법에 의해서 사형하겠습니다."

주선왕이 분부한다.

"그 여자를 참하고 산뽕나무와 기초로 만든 전통은 사람들 많은 거리에 내다가 태워버려라."

왕은 법을 어기는 사람이 다시 생기지 않도록 경계하기 위해 이렇게 명한 것이었다.

후인後人이 시로써 이 일을 읊은 것이 있다.

훌륭한 정치로 재앙을 막지 않고
아이들의 노래만 믿고서 여자를 죽였구나.
나라를 중흥해서 잘살게 됐다고 공연히 말들 하지만
이번에 직간할 신하는 누구인가.
不將美政消天變
却泥謠言害婦人
謾道中興多補闕
此番直諫是何臣

한편 산뽕나무 활을 팔러 갔다가 혼이 난 사나이는 허둥지둥 달아났다. 그는 왜 관리들이 자기네 부부를 잡으려 했는지 알 수 없었다. 그는 자기 아내가 어찌 되었는지 궁금했다. 그렇다고 다시 가볼 수는 없었다. 그날 밤에 그는 10리 밖에서 잤다.

이튿날 아침부터 벌써 소문이 떠돌았다.

"어제 어떤 여자가 나라에서 금하는 산뽕나무 활과 전통을 팔러 갔다가 북문北門 근처에서 처형됐다네."

그는 비로소 아내가 죽은 걸 알았다. 그는 다시 달아나기 시작했다. 아무도 없는 허허벌판, 광야에 이르러서야 그는 아내를 생각하고 슬피 울었다. 같이 죽을 뻔하다가 살아난 자기 자신을 다행으로 여겼다.

그는 일어나 다시 걸었다. 약 10리쯤 갔을 때였다. 그는 어느 강변에 이르렀다.

문득 한 곳을 바라보았다. 모든 날짐승들이 날며 울며 야단법석이었다.

그는 이상히 생각하고 그곳으로 가까이 갔다. 풀거적에 싸인 갓난애가 강물 위에 떠 있었다. 모든 날짐승들이 주둥이로 풀거적을 잡아당기고 발과 머리로 떠밀며 언덕으로 끌어올리려고 무진 애를 쓰고 있었다.

그는 부르짖었다.

"괴상한 일이다!"

그는 손짓으로 새들을 쫓아버리고 물 속에 들어가서 풀거적에 싸인 갓난애를 안고 나왔다.

그가 언덕으로 올라와 거적을 풀자, 그제야 갓난애는 울기 시작했다.

살펴보니 계집애였다.

그가 혼잣말로 중얼거린다.

"이 갓난애를 누가 내다버렸는지 알 순 없으나 모든 날짐승들이 물 속에 가라앉지 못하게 물 밖으로 끌어내리는 것을 보면 반드시 다음날에 크게 귀히 될 아이 같구나. 내 데리고 가서 잘 길러 후일 이 아이가 어른이 되면 또한 나의 공덕 아니리오."

그는 베저고리를 벗어서 갓난애를 싸고 고이 품에 안았다. 그리고 피신할 곳을 생각했다.

그는 포성襃城 땅을 향해 갔다.

염옹髥翁이 시로써 그 갓난애가 살아난 것을 읊은 것이 있다.

애를 밴 지 40년
버림받아 물에서 사흘이 지났건만 애는 다치지 않았도다.
요물이 자라나 국가에 재앙을 일으키니
왕법으로 하늘의 뜻을 어찌 막을 수 있으리오.
懷孕遲遲四十年
水中三日尙安然
生成妖物殃家國
王法如何得勝天

주선왕은 산뽕나무 활과 기초로 만든 전통을 파는 여자를 죽였으니 이제 동요의 예언도 다 맞았고 끝났거니 생각했다.

그런 후로 주선왕은 다시 태원에서 군사를 기르겠다고 고집하지 않았다. 여러 해 동안 주나라는 아무 일이 없었다.

주선왕 43년, 그해에 큰 제사가 있었다. 주선왕은 재궁齋宮에 머물렀다. 밤 누수漏水는 끊임없이 흘러내린다. 시각을 알리는 북소리가 두 번 울렸다. 사방은 적연하고 천지는 깊이 잠들었다. 쥐 새끼 한 마리 지나가지 않는다.

문득 주선왕은 무언가를 보았다. 아름다운 여자 하나가 서쪽에서 아장거리며 나타났다. 그 여자는 무엄하게도 궁정宮庭 안으로 들어오는 것이었다.

주선왕은 여자가 재궁 금禁줄까지 범하고 들어서는 것을 보고 엄히 소리쳤다.

"여기가 어딘 줄 알고 들어오느냐. 물러가거라."

그러나 여자는 들은 체도 하지 않고 들어왔다.

"저년을 잡아라."

주선왕은 좌우를 불렀다.

"……"

사방은 더욱 고요했다. 모두 죽었는지 대답하는 놈이 없었다. 그러는 동안에 여자는 조금도 두려워하는 기색 없이 태묘太廟 안으로 뛰어들어갔다.

"호, 호, 호, 호호호……"

태묘 안에 들어선 미인은 자지러질 듯이 세 번 크게 웃어젖혔다.

"아아이고…… 애고…… 아아이고…… 아이고."

다시 큰소리로 애간장이 끊어질 듯 세 번 통곡했다.

미인은 울음을 멈추자 침착한 태도로 일곱 사당〔七廟〕에 모셔 있는 신주들을 낱낱이 휩쓸어서는, 동쪽을 바라보고 나가버렸다.

왕은 벌떡 일어나서 여자의 뒤를 쫓았다. 숨이 가쁘고 쓰러질 것만 같았다. 깜짝 놀란 왕은 소스라쳐 눈을 떴다. 사방은 고요했다. 꿈이었다.

왕은 마음과 정신이 어지러웠다.

이날 밤 왕은 굳이 내색하지 않고 사당에 들어가서 구헌九獻의 예를 드리고 겨우 제사를 지냈다.

제사를 마치고 재궁으로 돌아가서 왕이 좌우 사람들에게 분부한다.

"태사 백양부를 궁에 들라고 하여라."

태사 백양부가 들어왔다. 왕은 꿈에서 본 바를 낱낱이 말했다.

한참 후에야 백양부가 아뢴다.

"왕께선 3년 전 동요를 잊으셨나이까? 신이 그대로 말씀드린 바와 같이 여자로 인한 재앙이 있을 것이며, 아직 요기는 없어지지 않았습니다. 그뿐 아니라 점괘에도 웃다가 운다는 말이 있었습니다. 왕께서도 그러한 꿈을 꾸셨다니 지난날의 징조가 차츰 맞아 들어가는 것 같습니다."

주선왕이 묻는다.

"지난날 죽인 여자만으로 산뽕나무 활과 기초로 만든 전통이란 동요를 징험徵驗한 것 아니냐?"

"천도란 것은 깊고 멀어서 오랜 세월이 경과해야만 비로소 징험할 수 있습니다. 촌아낙네 하나쯤이 기수氣數에 무슨 관계가 있겠습니까."

주선왕은 아무 말이 없었다.

왕은 3년 전 일을 생각했다.

'그 당시 상대부上大夫 두백杜伯에게 사시관들을 동원해서 요녀妖女를 찾아오라고 명했건만, 그후 두백은 오늘날까지 이렇다 할 보고 한마디 없었구나.'

왕은 울화가 치밀었다.

주선왕은 제사 고기〔胙〕를 백관에게 나눠주게 하고 조정으로 자리를 옮겼다. 백관들은 고기를 받아놓고 늘어앉았다.

주선왕이 두백에게 묻는다.

"요녀의 소식을 조사해 들이라고 한 지가 언제인데 여태껏 아무 말이 없느냐?"

두백이 아뢴다.

"신이 그후 조사했으나 아무 흔적이 없었습니다. 요녀는 이미 죽은 것이 확실합니다. 그렇다면 동요도 이미 징험된 것입니다. 그러고도 수색을 멈추지 않으면 도리어 백성들이 놀라겠기에 중지했습니다."

주선왕은 몹시 노하여,

"그렇다면 왜 그대로 진작 아뢰지 않았느냐? 이는 태만해서 짐을 소홀히 하고 제멋대로 함이니, 이렇듯 불충한 신하를 장차 무엇에 쓰리오."

한바탕 꾸짖고 무사들에게,

"속히 두백을 조문朝門 밖에 끌어내어 참하여라. 백성들에게 불충한 자의 목을 보여야겠다."

하고 추상같이 호령했다.

만조백관은 끌려나가는 두백을 보고 얼굴이 흙빛으로 변했다.

문반文班 중에서 한 관원이 뛰어나가 끌려나가는 두백의 앞을 가로막고 외친다.

"왕명을 거두소서."

그는 바로 하대부 좌유였다. 좌유는 원래 두백과 절친한 사이였다. 지난날 그들은 함께 천거되어 조정에 나섰던 것이다.

좌유가 머리를 조아리며 아뢴다.

"신이 듣건대 요堯 임금은 9년 홍수에도 임금의 자리를 잃지 않았으며, 7년 가뭄에도 누구 하나 탕湯 임금의 왕위를 해치지 못했습니다. 그러한 천변에도 오히려 별고 없었거늘 하물며 오늘날에 요사한 한 여자를 이렇듯 두려워하십니까. 왕께서 만일 두백을 죽이시면 백성들은 더욱 요사한 말을 전파하여 마침내 바깥 오랑캐들까지 이 소문을 듣고서 왕실을 업신여길까 두렵습니다. 바라건대 두백을 용서하십시오."

주선왕의 대답은 탐탁치 않았다.

"그대는 친구를 위해 짐의 명령을 거역하는구나. 이는 벗을 소중히 생각하고 임금을 가벼이 여김이로다."

"임금이 옳고 벗이 그르다면 마땅히 벗을 반대하고 임금께 순종하겠습니다. 그러나 벗이 옳고 임금이 잘못이라면 마땅히 임금의 명을 어길지라도 벗을 따라야 하지 않겠습니까. 이제 두백이 죽어야 할 아무 죄가 없는데, 왕께서 만일 죽이시면 천하가 다 왕을 밝지 못하다고 할 것입니다. 신이 또한 능히 간하여 막지 못하면 반드시 천하가 신을 불충하다고 할 것입니다. 그런즉, 왕께서 두백을 죽이시려면 청컨대 신까지 함께 죽이십시오."

주선왕은 더욱 노기를 주체하지 못했다.

"짐이 두백을 죽이는 것은 한갓 짚을 베는 거나 다름없다. 무슨 잔소리냐. 여봐라! 두백을 끌어내어 참하지 못하겠느냐!"

무사들은 두백을 조문 밖으로 끌어내어 참했다.

집으로 돌아온 좌유는 그날 밤에 칼로 목을 찌르고 자결했다.

염옹이 시로써 그들을 찬한 것이 있다.

어질구나, 좌유여
두려움 없이 왕에게 간했도다.
옳으면 벗을 따르고
잘못 있으면 임금도 어길 수 있음이라.

서로 벼슬 살되 의를 중히 생각하고
생사를 함께했으니 참다운 친구로다.
그 이름 천고에 드날림이여
이로써 그들을 법할지라.
賢哉左儒
直諫批鱗
是則順友
非則違君
彈冠誼重
刎頸交眞
名高千古
用式彝倫

두백이 죽은 후 두백의 아들 습숙隰叔은 진晉나라로 떠나갔다.

그는 진나라에 가서 사사士師° 벼슬을 살았기 때문에 그 후손은 사씨士氏가 되고 범范에서 식읍食邑°을 받았기 때문에 다시 범씨范氏가 됐다.

후세 사람들은 두백의 충성을 애달프게 생각하고 두릉杜陵에다 그의 사당을 세웠다. 그 사당을 두주杜主라 하며, 또 우장군묘右將軍廟라고도 한다. 오늘날에도 그 사당이 있다. 그러나 이건 물론 뒷날의 이야기다.

이튿날 주선왕은 좌유가 자살했다는 소식을 듣고 두백을 죽인 것까지 후회했다.

왕은 궁으로 돌아갔다. 잠을 못 이루고 밤을 밝힌 왕은 급기야 정신이 분명치 못한 병에 걸렸다.

그런 후로 왕의 말은 두서가 없었다. 건망증까지 생겨서 조회朝會도 못할 지경에 이르렀다. 강후姜后는 왕의 병이 심상치 않음을 알았다. 그래서 뭐라고 간언할 수도 없었다. 그러다가 46년 가을 7월에 이르러서야 옥체玉体에 차도가 있었다.

왕은 교외에 나가서 사냥을 하면 정신이 상쾌할 것 같아 좌우에 그 뜻을 명했다.

사공司空은 법가法駕를 정비하고 사마司馬는 수레와 사람을 계칙戒飭하고, 태사太史는 길일吉日을 택했다.

준비도 끝나고 길일이 됐다. 왕이 옥로玉輅(천자가 타는 수레)에 타자, 여섯 마리 말이 이끌었다. 왕의 오른편을 윤길보가 모시고 왼편을 소호가 모셨다.

정기旌旗*(교룡交龍을 그린 기)가 쌍쌍이 나부낀다. 갑장甲仗은 앞뒤가 안 보일 만큼 빽빽이 늘어섰다. 그들은 일제히 동교東郊로 나아갔다. 동교 일대는 평원 광야로 원래부터 사냥터였다. 주선왕은 오랜만에 나와보니 정신이 상쾌했다. 주선왕이 영채營寨를 치게 하고 군사에게 분부한다.

"첫째는 곡식을 밟지 말고, 둘째는 수목에 불을 지르지 말고, 셋째는 백성에게 폐가 없도록 명심하여라. 또 사냥하여 잡은 짐승은 많든 적든 전부 바쳐서, 상급賞給을 주는 데 불평이 없게 하여라. 만일 몰래 감추는 자가 있으면, 중죄로 몰아내리라."

왕명을 듣고 사람들은 용기가 나서 제각기 앞을 다투었다. 수레를 모는 자는 재주껏 전후좌우로 교묘히 달리고, 활을 잡아당기는 자는 자유자재로 쏘는 솜씨를 자랑했다. 길들인 매〔鷹〕와 사냥개가 위아래서 미친 듯 날뛰었다. 여우와 토끼는 그 위세에 놀라 어지러이 숨었다. 활시위 소리 일어나는 곳마다 피와 고기가 낭자했고 화살이 들어박힐 때마다 털과 날개가 분분히 흩어졌다. 이 한바탕의 몰이야말로 신명난 것이었다. 주선왕은 크게 기뻤다. 어느덧 해가 서쪽으로 기울자,

"사냥을 중지하라."

는 왕의 전령이 내렸다.

모든 군사는 잡은 네발짐승과 날짐승을 묶어 메고서, 개가凱歌를 부르며 성을 향해 돌아갔다. 그들이 불과 서너 마장쯤 갔을 때였다. 옥련玉輦 위에 타고 있던 주선왕은 갑자기 눈앞이 희미해졌다.

문득 저편에서 조그만 수레 한 대가 나타났다. 그 수레는 정면으로 나는 듯이 달려왔다. 수레 위엔 붉은〔朱〕빛 활과 붉은 화살을 어깨에 멘 두 사람이 서 있었다. 그 두 사람이 주선왕을 보고 부르짖는다.

"왕은 그간 별고 없느냐?"

주선왕은 눈을 똑바로 뜨고 바라봤다. 천만뜻밖이었다. 그들은 이미 죽은 상대부 두백과 하대부 좌유였다.

왕은 크게 놀라 온몸이 움칠했다. 어찌 된 일인지, 눈 깜짝할 사이에 달려오던 수레와 사람이 일시에 없어졌다.

주선왕이 좌우 신하에게 묻는다.

"경들은 방금 무엇을 보지 않았느냐?"

"신들은 아무것도 보지 못했습니다."

주선왕은 자못 의아했다. 그런데 이번엔 두백과 좌유가 수레를 타고서 바로 눈앞에 나타났다. 그들은 옥련 앞을 왔다갔다하며 떠나지 않았다.

주선왕이 분노가 솟구쳐 큰소리로 꾸짖는다.

"죄 많은 귀신아, 감히 왕가王駕를 범하느냐!"

주선왕은 태아보검太阿寶劍을 뽑아 공중을 향해 휘둘렀다. 두백과 좌유가 일제히 저주한다.

"무도하고 혼암한 임금아. 너는 덕으로써 나라를 다스리지 않고 무고한 우리를 죽였으니, 이제 너의 대수大數도 끝났다. 우리는 원한을 갚고자 왔다. 속히 우리의 목숨을 돌려다오!"

그들은 곧 붉은빛 활에다 붉은 화살을 걸어 주선왕의 심장을 겨누고 쐈다. 주선왕은 크게 외마디 소리를 지르며 달리는 옥련 위에서 쓰러졌다.

칼을 뽑아들고 혼자 괴상한 소리를 지르다가 쓰러져 까무러치는 왕을 보자, 윤공尹公은 다리가 휘청거렸다. 소공召公은 눈알이 떨렸다. 좌우 사람들이 생강즙을 짜서 왕의 입에 넣었다. 한참 만에 깨어난 주선왕은 가슴이 쑤시고 아팠다. 신하들은 나는 듯이 수레를 몰아 성으로 돌아갔다. 왕은 신하들의 부축을 받고 궁에 돌아가자 곧 자리에 누웠다. 모든 군사는 상도 타지 못하고 초조히 흩어졌다. 이야말로 흥에 겨워 갔다가 흥에 패하고 돌아온 셈이었다.

염옹이 시로써 이 일을 읊은 것이 있다.

붉은 화살과 붉은빛 활을 메고 신처럼
천군 속을 수레 몰며 나는 듯이 달려오도다.
왕은 공연히 사람을 죽이고 앙갚음을 받았으니
하물며 구구한 보통 사람이야 일러 무삼하리오.
赤矢朱弓貌似神
千軍隊裏騁飛輪

君王枉殺還須報
何況區區平等人

주선왕은 동교에서 사냥하고 두백, 좌유의 원혼이 목숨을 돌려
달라는 바람에 병을 얻어 궁궐로 돌아온 후로, 눈만 감으면 두백
과 좌유가 앞에 나타났다. 왕도 자기가 회생하지 못할 것을 알고
약도 마시지 않았다. 사흘이 지나자 병세는 더욱 심해졌다.

이때는 주공周公도 이미 늙었다. 중산보仲山甫도 죽은 후였다.
왕은 태자를 부탁하려고 노신老臣 윤길보와 소호를 불렀다. 두 신
하가 탑전榻前에 이르러 머리를 조아린다.

주선왕은 내시의 부축을 받고 일어났다. 왕이 수놓은 안석案席
에 몸을 기대고 두 신하에게 부탁한다.

"짐이 경들의 힘을 입어 재위한 지 46년에, 남정북벌南征北伐하
여 이제 사해四海가 편안한지라. 그런데 뜻밖에 몹쓸 병이 들어
일어나지 못하게 됐다. 태자 궁녈宮涅은 비록 장성하나, 천성이
어두우니 경들은 힘써 보좌하여 세업世業을 바꾸는 일이 없게 하
여라."

두 신하는 머리를 조아리고 명을 받았다. 두 신하는 궁문宮門을
나오다가, 태사 백양부를 만났다. 소호가 백양부에게 말한다.

"내 전날 동요를 듣고, 혹 궁시지변弓矢之變이 있을까 두렵다
말했으나, 이제 왕께서 귀신의 붉은빛 활과 붉은 화살에 맞아 병
세 위급할 줄이야 몰랐소. 이제야 징조 맞았으니, 필시 왕께서는
이번에 세상을 떠나실 것이오."

그러나 백양부는 그것만으로 수긍하려 하지 않았다.

"내 간밤에 천문을 봤지요. 요성妖星이 자미원紫微垣(제왕의

별)에 숨어 있습니다. 반드시 국가에 또 다른 변이 일어날 것이오. 왕께서 붕어崩御하는 것만으론 이를 해결 못하리이다."

윤길보가 불평한다.

"하늘이 정하면 사람을 이기고 사람이 정하면 하늘을 이기는 수도 있소. 제군은 천도만 말하고 사람 일은 힘쓰지 않는구려. 그렇다면 삼공三公과 육경六卿을 어디다 써먹겠소."

세 사람은 각기 집으로 돌아갔다.

불과 한식경도 지나지 않아 모든 관원은 다시 궁문으로 모여들었다. 그들은 어체御體가 위독하다는 기별을 받고, 그날 밤은 감히 집에 돌아가지 못했다. 이날 밤에 주선왕은 세상을 떠났다.

강후의 분부로, 고명顧命 노신 윤길보와 소호는 부름을 받아 백관을 거느리고 태자 궁녈을 부축하여 애례哀禮를 지냈다. 그리고 태자는 왕의 널〔枢〕 앞에서 즉위했다. 그가 바로 주유왕周幽王•이다.

그 이듬해로 원년元年을 삼고, 신백의 딸로 왕후를 세우고, 그 아들 의구宜臼로 태자를 세우고, 왕후의 아비 신백에게 신후申侯를 봉했다.

사신史臣이 시로써 주선왕의 중흥을 찬한 것이 있다.

아아 혁혁하도다, 주선왕이여
그 큰 덕으로써 세상은 번영했다.
궁벽한 오랑캐에게까지 위엄을 떨치고
어지러움은 사라지고 천하는 다스려졌도다.
밖으론 중산보 있고, 안엔 강후가 있어
능히 외적을 물리치고 나라 다스리는 걸 도왔음이라.
선왕先王이 남긴 해독이여

증흥의 기치를 세웠구나.

於赫宣王

令德茂世

威震窮荒

變消鼎治

外仲內姜

克襄隆治

幹父之蠱

中興立幟

강후는 주선왕이 죽은 후 지나치게 애통해했다. 얼마 후 급기야 강후도 세상을 떠났다.

포후褒后, 크게 웃다

주유왕周幽王은 천성이 몹시 난폭하고 은혜를 베풀 줄 모르고 행동마저 제멋대로였다. 그는 겨우 여자를 알면서부터 대수롭지 못한 것들과 사귀었다.

그러므로 상복을 입고도 술과 고기를 삼가지 않았으며 추호도 슬퍼하는 기색이 없었다. 더군다나 강후가 세상을 떠난 후로는 눈앞에 걸릴 게 없었다.

주유왕은 음악과 여자에 빠져 조정 일을 돌보지 않았다. 신후申侯가 여러 번 간했으나 소용없었다. 그러다가 신후도 신국申國으로 돌아갔다. 이제는 서주西周의 운수도 사라지려는 참이다. 그후 윤길보와 소호와 일반 노신들도 세상을 떠났다.

주유왕은 괵공虢公과 제공祭公과 윤길보의 아들 윤구尹球로 삼공三公을 삼았다. 세 사람은 다 간특하고 아첨하고 벼슬을 탐하고 국록만 생각하는 무리들이었다. 그들은 왕의 비위 맞추기에 여념이 없었다. 이때 사도司徒 정백鄭伯 우友는 정인군자正人君子였다. 그러므로 주유왕은 더욱 그를 싫어했다.

하루는 주유왕이 조회에 나왔을 때다. 기산岐山에서 온 신하 한 사람이 아뢴다.

"경천涇川, 하천河川, 낙천洛川 세 냇물에서 같은 날에 지진이 있었습니다."

주유왕은 껄껄 웃으며,

"산이 무너지고 냇물이 흔들리는 것은 항상 있는 일이다. 하필 그런 것까지 짐에게 고할 것 있느냐."

하고 일어나 내궁內宮으로 돌아갔다.

태사 백양부가 조숙대趙叔帶의 손을 잡고 탄식한다.

"세 냇물〔三川〕은 기산에서 뻗어내리는 물줄기요. 어찌 진동할 수 있으리오. 그런데 진동했다면 괴변이구려. 옛날에 낙수落水 마르자 하夏나라가 망했고, 하수河水 마르자 상商나라가 망했습니다. 이제 세 냇물이 진동하였은즉, 장차 천원川源이 막힐 것이며, 냇물이 끊어지고 마르면, 그 산이 반드시 무너집니다. 대저 기산은 바로 태왕太王(옛 문왕文王의 선조)의 발상지지發祥之地라 그 산이 한번 무너지는 날이면, 어찌 우리 서주인들 무사하겠소."

조숙대가 묻는다.

"만일 국가에 변이 일어난다면, 그것은 어느 때쯤 되겠소?"

백양부가 한동안 손가락을 꼽아보고 대답한다.

"아마 10년을 넘기기 전에 난이 일어나리이다."

"어쩌면 그렇게까지 아시오."

"선善이 가득해야만 복이 오고, 악이 가득한 후에 재앙이 옵니다. 그러니 10은 가득〔盈〕한 수數라. 그러기에 10년을 넘기지 못할 것이오."

조숙대가 개연히 말한다.

"천자는 나랏일을 돌보지 않고 오로지 간신만 가까이하고 있소. 그러나 나는 언로言路에 있는 몸인즉 신하의 도리를 다하여 간할 생각이오."

"간하는 건 좋으나, 아무 소용없을까 두렵소이다."

두 사람은 서로 탄식하고 앞날을 걱정했다.

이때 두 사람이 얘기하는 걸 유심히 본 자가 있었다. 그자는 즉시 괵공 석보石父에게 가서, 엿들은 바를 미주알고주알 고해바쳤다.

석보는 조숙대가 왕에게 간할까 두려웠다. 그는 교묘한 계책을 품고 먼저 궁성으로 들어갔다.

석보는 백양부와 조숙대가 했다는 말을 주유왕에게 고한 후,

"그들은 조정을 비방하고, 요사한 말로 백성을 유혹하고 있습니다."

하고 품했다.

"어리석은 놈들이 망령되이 국정을 논하는 것은 들이나 밭에서 혼자 껑충거리는 것과 다름이 없다. 그런 것은 족히 유의할 것 없노라."

하고 주유왕은 관심을 두지 않았다.

한편 조숙대는 항상 충성을 품고, 여러 번 나아가 간하려 했다. 그러나 기회를 얻지 못해서 수일이 지났다.

하루는 또 기산岐山을 지키는 신하가 다시 왕에게 아뢴다.

"세 냇물이 마르고 마침내 기산도 무너져서 백성들 집이 무수히 부서지고 묻혔습니다."

주유왕은 조금도 놀라는 기색 없이 도리어 좌우를 돌아보며 분부한다.

"아름다운 여자를 구해서 후궁後宮에 충당하여라."

조숙대가 앞으로 나아가 상표上表하고 간한다.

"산과 냇물이 무너지고 말랐다는 것은, 마치 기름과 피가 마른 거나 다름없습니다. 그 높이가 위태로운즉 밑으로 떨어지나니, 이는 국가의 상서롭지 못한 징조입니다. 더구나 기산은 왕업이 기반한 곳입니다. 그런데 하루아침에 무너졌다는 것은 실로 예삿일이 아닙니다. 왕께선 정사를 부지런히 하시는 동시 백성을 사랑하시고, 어진 사람을 구하사 정사를 돌보시고, 성력을 기울여 천변天變을 막아야 할 것이어늘, 어찌하사 어진 인재는 구하시지 않고 도리어 미녀만 구하십니까."

곽석보가 아뢴다.

"국조國朝의 도읍이 풍호豊鎬에 정해졌으니, 이야말로 천추만세千秋萬歲라. 저 헌신짝처럼 버린 기산을 이제 와서 무슨 관계할 것 있습니까. 오래 전부터 숙대叔帶는 천자를 업신여기더니 이런 걸 꼬투리로 다시 비방하는구려. 바라건대 왕께오서는 자세히 하찰下察하십시오."

주유왕은 정사니 백성이니 하는 것부터가 귀찮았다. 왕은 이맛살을 찌푸리며,

"석보의 말이 옳다. 숙대는 벼슬을 내놓고 시골로 물러가라."

하고 분부했다.

궁성에서 나온 조숙대는 길이 탄식했다.

"위태로운 나라에 들어가지 말며, 어지러운 나라에 살지 않을 것이다. 내 차마 앉아서 서주의 맥수지가麥秀之歌(옛날에 기자箕子가 나라가 망하자 화맥禾麥을 보고 맥수지가를 지었다)를 들을 수 없구나."

며칠 후 조숙대는 집안 식구를 데리고 진晉나라로 떠나갔다.

그가 바로 진국晉國 대부大夫 조씨趙氏의 조상이다. 유명한 조쇠趙衰, 조돈趙盾은 바로 그의 후예들이다. 후에 조씨와 한씨韓氏는 진나라를 셋으로 나눠 제후로 일어섰다.

그러나 이것은 다 다음날의 이야기다.

후인이 시로써 그 당시 일을 탄식한 것이 있다.

충신이 난을 피해 먼저 북쪽으로 돌아갔으니
세상 운기는 점점 줄어 동쪽으로 옮아가는도다.
늙은 신하를 사랑하고 존경할 줄 알라.
어진 사람 한번 떠나버리니 온 나라가 빈 것 같구나.
忠臣避亂先歸北
世運凌夷漸欲東
自古老臣當愛惜
仁賢一去國虛空

어느 날, 대부 포향襃珦이 포성襃城에서 왔다. 그는 조숙대가 쫓겨났다는 걸 알고 있었다. 그는 입조入朝하자, 곧 왕에게 간했다.

"왕께서 천변을 두려워 않으시고 어진 신하를 쫓아버렸으니, 국가가 텅 빈 거나 다름없어 사직조차 보전 못하실까 두렵습니다."

이 말을 듣자 주유왕은 머리끝까지 분이 솟았다.

"저놈을 옥에 가둬라."

그후론 왕에게 간하는 신하도 없었다. 어진 사람과 뜻 있는 사람도 형세를 관망하는 도리밖에 없었다.

활과 전통을 팔러 왕성에 왔다가, 구사일생한 촌사람이 강변에서 갓난 계집애를 주워 안고, 포성으로 갔다는 것은 이미 말한 바다. 촌사람과 요녀는 그후 어떻게 되었을까.

촌사람은 포성에 이르러 그 계집애를 손수 기르려 했으나, 젖도 없으려니와 자기 먹을 것도 없는 신세였다.

이때 포성 땅에 사대似大란 사람이 있었다. 그에게는 아내도 아들도 있었다. 그런데 웬일인지 딸만 낳으면 기를 틈도 없이 죽었다.

하루는 그 촌사람이 사대 집 문전에 이르러 구걸을 했다.

사대는 방 안에 앉아 홀아비인 듯한 촌사람이 조그만 계집애를 안고 문 앞에 와서 구걸하는 걸 유심히 내다보았다. 사대는 별로 살림이 넉넉하지도 않은데도 두말 않고 베 한 필을 그 촌사람에게 내주며 청했다.

"그 아기를 우리에게 주고 가시오. 수양딸 삼아 잘 기르겠소이다."

사실 그 촌사람은 갓난애를 기를 힘이 없었다. 그렇다고 별다른 방도가 있는 것도 아니었다. 촌사람은 무방하게 생각하고 쾌히 허락했다. 사대는 그 여자 아기를 양육하며, 이름을 포사褒姒라고 지었다.

세월은 물처럼 흘러, 포사의 나이 열네 살이 됐다. 어찌나 숙성한지 포사는 벌써 처녀 티가 났다.

다시 열일곱 살이 되자 시집을 보낼 만큼 숙성했다.

포사는 참으로 아름다웠다. 눈은 맑고, 눈썹은 곱고, 입술은 앵두 같고, 이는 유난히 희고, 검은 머리에선 기름이 돌고, 손톱은 옥을 박은 듯 윤이 났다. 그 꽃 같은 태와 달 같은 얼굴은 가히 나라와 성城이라도 기울일 만했다.

그러나 그녀의 발복發福은 더디었다.

첫째, 사대가 넉넉지 못하고 궁벽한 시골에서 살기 때문이었다. 둘째는 포사의 나이 어리므로, 비록 용모는 절색이지만 아직 아무도 청혼하질 않았다.

그러나 언제고 때는 오고야 마는 법이다.

한번은 포향의 아들 홍덕洪德이 가을 추수를 하려고, 그곳 시골에 갔다. 공교롭게도 때마침 포사는 문밖 우물에서 물을 긷고 있었다.

비록 궁촌에서 자라고 입성은 허름할망정, 타고난 천연하고도 아름다운 자태를 어찌 가릴 수가 있으리오. 지나가던 홍덕은 포사를 한번 보고 크게 놀랐다.

"이런 궁촌에 저런 절세미인이 있다니……"

그날 홍덕은 곰곰 생각했다.

'부친이 호경鎬京의 옥에 갇힌 지 이젠 3년이 지났으나 아직 풀려나오지 못하고 고생 중이시다. 만일 저 미인을 얻어 천자께 바치면 부친의 죄가 풀릴 수 있으리라.'

그는 마름 집으로 가서, 포사의 집과 이름까지 알아왔다. 홍덕은 추수를 미루고, 곧 자기 집으로 돌아갔다. 집에 돌아가서 그는 어머니에게 말했다.

"아버지께서 어질지 못한 왕께 간하시다가 아무 죄 없이 갇힌 몸이 되지 않았습니까. 천자가 황음무도할새, 사방으로 미인을 구해서 후궁에 충당하는 중이라고 합니다. 사대에게 딸이 하나 있는데 굉장한 미인인 걸 아십니까. 많은 황금과 비단을 주고 그 미인을 사서 왕께 바치기만 하면 아버지는 옥에서 나올 수 있습니다. 이야말로 옛날에 의생宜生(상商나라의 대부大夫 산의생散宜生이 미녀 열 명을 주왕紂王에게 바치고 문왕文王을 석방시켰다는 고사)이 문왕을 옥에서 건져낸 계책과 같습니다."

홍덕의 어머니가 이 말을 듣고 반색했다.

"계책대로 된다면야 그깟 금과 비단쯤 아까울 것 있으리오. 너는 속히 가서 이 일이 되도록 하여라."

홍덕은 다시 길을 떠나 사대의 집으로 갔다.

그는 사대와 서로 수작한 끝에 비단 300필로 낙착을 지었다. 이리하여 포사는 다시 홍덕에게 팔린 몸이 됐다. 홍덕은 포사를 데리고 집으로 돌아가 우선 향탕香湯에 목욕을 시키고 날마다 고량진미膏粱珍味를 먹이고, 수놓은 비단옷을 입혀 밤낮없이 예법을 가르쳤다.

포사는 나날이 촌티가 가시고 놀랄 만큼 세련되어졌다. 홍덕은 포사를 데리고 호경으로 갔다. 그는 호경에 이르자, 우선 괵공에게 금과 은을 바치고 아비를 구출해주십사 간청했다.

괵공은 많은 금은을 받고서 왕에게 아뢰었다.

"포향인들 자기 죄가 죽어 마땅하다는 걸 모를 리 있겠습니까. 향珦의 아들 홍덕이, 죽은 아비는 다시 살릴 수 없다는 걸 깊이 알기 때문에 이번에 특별히 포사라는 미인을 구해왔습니다. 그 미인을 진상하고 아비의 허물을 속죄하겠다 하니, 천만 바라건대 왕께오서는 그 아비를 용서하십시오."

주유왕이 게슴츠레 눈을 뜨면서 분부한다.

"포사를 데려오너라."

잠시 후 포사는 전각에 올라와, 주유왕에게 곱게 절하고 일어섰다.

주유왕은 머리를 들어 포사의 용모와 태도를 뚫어지게 바라봤다. 포사의 얼굴에 아리따운 광명이 넘쳐흘렀다. 곧 용안龍顔은 큰 기쁨으로 흐무러졌다. 지금까지 방方에서 비록 미인이랍시고 바친 것들은 모두 포사의 만분지일만도 못했다.

주유왕은 신후申后에겐 비밀로 하고, 포사를 별궁으로 들게 했다.
"포향을 곧 출옥시키고, 도로 지난날의 벼슬에 있게 하여라."
그날 밤 주유왕은 포사와 잠자리를 함께했다.

이런 후로 주유왕은 앉으면 무릎 위에 포사를 올려앉히고, 일어서면 어깨를 나란히 하고, 마실 때면 잔 하나로 마시고, 식사 때엔 같은 그릇으로 먹었다.

주유왕은 한번 쉬기 시작하면 열흘씩 조회에 나가지 않았다. 백관들은 조문朝門에 사후伺候하러 갔다가도, 왕을 보지 못하고 제각기 탄식하며 돌아갔다. 이는 주유왕 4년 때의 일이었다.

옛 시로써 이 일을 증명할 수 있다.

일국의 아름다운 꽃이 꺾였으니
시골에서 하루아침에 임금의 품으로 들어갔도다.
풍류 천자는 모든 일에 한가롭기만 하니
아직 용의 정기로 재앙을 당한 건 아니로다.
折得名花字國香
布荊一旦薦匡牀
風流天子渾閑事
不道龍漦已伏殃

주유왕은 포사를 얻은 후로 그 색色에 빠졌다. 어느덧 경대瓊臺에서 침식을 함께 한 지도 석 달이 지났다. 왕은 신후申后의 궁엘 가려고도 하지 않았다. 어찌 이 사실을 신후에게 자세히 일러바치는 자가 없었으리오. 신후는 이 소문을 듣고서 입술을 악물었다.

참다못해 하루는 신후가 궁녀들을 거느리고 경대로 갔다.

이때 주유왕은 포사를 품에 안고 누워 있었다.

신후가 들어가도 그들은 일어나지 않았다.

신후가 악을 쓴다.

"어이한 요망한 년이 나타나서 궁내를 어지럽히느냐!"

주유왕은 혹 신후가 손찌검을 할까 두려워서 몸소 포사의 앞을 가리며 말한다.

"이는 짐이 새로 얻은 미인이라. 아직 위位를 정하지 못해서 조례朝禮하지 않았으나, 그렇게까지 노할 건 없소."

신후는 기가 막혀 갖은 악담을 퍼붓다가 원한을 품고 돌아갔다.

포사가 묻는다.

"그 여자는 누구오니까?"

"바로 왕후이다. 내일 가서 뵈옵는 게 옳으리라."

새침해진 포사는 종시 대답을 안 했다.

이튿날, 포사는 신후에게 조례하러 정궁正宮에 나아가지 않았다.

한편 신후는 궁중에서 근심과 고민으로 세월을 보냈다.

태자 의구宜臼가 무릎을 꿇고 묻는다.

"모친의 귀貴는 육궁六宮의 주인이십니다. 무슨 근심이 그다지 심하십니까?"

"너의 부친이 포사만 총애하고 적嫡과 첩妾의 분수를 가리려 하지 않는구나. 언젠가 그 천비가 뜻을 얻으면 우리 모자는 발붙일 곳도 없으리라."

신후는 포사가 조현朝見하지 않은 것과 또 일어나 영접도 하지 않았다는 걸 태자에게 말하고 눈물을 흘렸다.

"그만한 것으로 울적하실 것 없습니다. 내일이 초하룹니다. 부왕께선 조회에 나가실 것입니다. 그때 모친께선 궁녀들을 거느리고 경대에 가서, 그곳 꽃들을 꺾으십시오. 반드시 그 천비가 대臺에 나와볼 것입니다. 그때 소자가 숨었다가, 호되게 그년을 두들겨주고 모친의 분풀이를 하오리다. 비록 부왕께서 크게 노하실지라도, 그 죄책은 소자에게 있지 모친하고는 관계없습니다."

"아자兒子는 경솔히 그런 짓을 말아라."

신후는 말리면서도 앞일을 어떻게 하면 좋으냐 하고 상의했다.

태자는 분기충천하여 내궁을 나왔다.

이튿날 아침이었다. 주유왕은 과연 조회에 나가서 뭇 신하들의 삭일朔日 하례를 받았다. 한편 태자는 먼저 수십 명의 궁인을 경대로 보냈다. 궁인들은 경대로 들어가서 태자가 시킨 대로 불문곡직하고 만발한 꽃들을 마구 꺾었다. 아니나 다를까 대 안에서 궁녀들이 뛰어나왔다. 꽃을 가로막으며 외친다.

"이 꽃은 왕께서 심으신 바라. 포낭랑褒娘娘과 함께 수시로 바라보고 사랑하시는 꽃이니 꺾지 마라. 만일 듣지 않으면, 그 죄가 가볍지 않으리라."

태자의 분부를 받고 간 궁인들도 일제히 대꾸한다.

"우리들은 동궁마마의 뜻을 받자와, 이 꽃을 꺾어 정궁낭랑正宮娘娘께 바치려는 것이다. 누가 감히 막을 테냐."

서로 다투는 소리가 떠들썩했다.

포비는 왜들 이렇게 시끄러울까 하고, 친히 밖으로 나가봤다. 포비는 가슴속에서 일시에 노기가 치솟았다.

이때 포비 앞에 돌연 태자가 나타났다.

포비는 전혀 막을 여가가 없었다. 태자는 원수를 대하듯 눈을 부라리고 한걸음에 대 위로 뛰어올라갔다. 대뜸 보배로 장식된 포비의 검은 머리를 움켜잡고 휘둘렀다.

"천비야, 네 어찌한 년이관데 이름도 없고 위도 없는 것이 낭랑이라 일컫느냐. 네 눈엔 사람이 없단 말이냐. 오늘 내가 누군지를 너에게 알려주리라."

태자는 포비의 머리끄덩이를 와락 움켜들고서 닥치는 대로 쥐어질렀다.

모든 궁녀들은 나중에 왕으로부터 말리지 않았다는 죄를 당할까 두려웠다. 일제히 무릎을 꿇고 머리를 조아리면서,

"태자님, 고정하소서. 부디 부왕의 안면을 생각하사, 제발 고정하소서."

하고 애걸했다.

흠씬 두들겨주다가 태자는 혹 포사의 생명에 관계되지나 않을까 하고 두려웠다. 그제야 겨우 손질을 멈추고 나가버렸다.

포비는 부끄럼과 아픔을 참고, 대 안으로 들어갔다. 포비는, 태자가 신후 대신 와서 분풀이한 것임을 알았다. 그래서 더욱 서러운 눈물이 흘렀다. 궁녀들은 앞뒤 좌우에서,

"낭랑은 슬피 울지 마십시오. 왕께서 자연 조처하시리이다."

하고 위로하기에 바빴다.

주유왕은 조회를 마치자 경대로 돌아갔다.

포사의 머리는 쑥대밭이 되어 있었다. 두 눈에서는 구슬 같은 눈물이 쉴새없이 흘렀다.

"사랑하는 경卿은 왜 오늘 머리도 빗지 않았는고?"

포사는 주유왕의 용포龍袍 소매를 잡고 늘어지면서 방성대곡한다.

"태자가 궁인들을 데리고 와서 대하臺下의 꽃을 꺾었지만, 천첩은 아무 말도 안 했습니다. 첩은 아무 죄도 없습니다. 그런데 태

자는 문득 달려들어 천첩을 무수히 두들기고 욕했습니다. 만일 궁녀들이 힘써 말리지 않았으면 목숨을 유지 못했을 것입니다. 바라건대, 왕은 천첩을 위해 선처하십시오."

주유왕은 일이 생긴 원인을 짐작했다.

"네가 한번도 왕후에게 문후問候하지 않아서 이런 일이 생겼구나. 이는 왕후가 시킨 것이지 태자의 뜻은 아닐 것이다. 너무 슬퍼마라."

"태자가 모후를 위해 원한을 갚으려고 한 짓입니다. 그러므로 태자인즉, 첩을 죽이지 않는 한 행패를 멈추지 않을 것입니다. 이 몸이 죽는 것은 아깝지 않습니다. 그러나 총애를 입어 이미 포태한 지 두 달이 됐습니다. 첩의 한 목숨이 바로 두 목숨이라. 왕은 첩을 궁 밖으로 내보내십시오. 우리 모자의 두 목숨이나마 보전하게 해주십시오."

"사랑하는 경은 진정하라. 짐이 알아서 처분하마."

이날 왕은 태자에게 전지傳旨를 내렸다.

태자는 용용勇을 좋아하고 예禮 없으니, 장차 근순謹順치 못할지라. 그러니 잠시 신국申國에 가서 신후申侯의 교훈을 받도록하여라. 그리고 동궁의 태부太傅와 소부小傅는 태자를 잘못 지도한 죄로써 그 벼슬을 삭직削職하노라.

태자는 궁으로 들어가, 부왕께 하소하고 사리를 밝히려 했다. 그러나 이때는 왕이 궁문에 영을 내려 태자를 들어오지 못하게 한 후였다.

태자는 하는 수 없이 수레를 타고 신국으로 떠나갔다.

이런 일이 있은 줄 모르고 신후申后는,

"왜 태자는 요즘 안 오는지?"

하고 좌우 사람에게 물었다.

좌우 사람들은 더 숨길 수 없었다. 그들은 태자가 신국으로 갔다는 사실을 아뢰었다.

마침내 신후는 손바닥 하나만으로는 소리를 낼 수 없었다. 신후는 날마다 왕을 원망했다. 태자를 생각하며 눈물로 세월을 보냈다.

어느덧 열 달이 지났다. 포사는 아들을 순산했다.

주유왕은 갓난것을 보배처럼 사랑했다. 이름을 백복伯服이라고 지었다. 왕은 적자 의구宜臼를 폐하고 서자인 백복을 태자로 세우려 했다. 그러나 차마 말하기 곤란해서 주저하는 참이었다.

눈치 빠른 괵석보는 왕의 속뜻을 짐작하고 즉시 윤구尹球와 상의했다.

다시 그들은 비밀히 포사와 함께 일을 꾸몄다.

"태자는 이미 쫓겨나고 없습니다. 마땅히 앞으로 백복이 왕위를 이어야 합니다. 안으론 낭랑이 왕을 조르고, 밖으론 우리 두 사람이 협력하면 무슨 일인들 성취 못하겠습니까?"

이 말을 듣자 포사는 몹시 기뻤다.

"경들의 힘을 입어 백복이 왕위를 잇게 되면, 마땅히 경들과 함께 천하를 거두겠소."

포사는 좌우 심복한 사람들을 몰래 보내어 신후의 흠을 알아오도록 궁문 안팎에 배치시켰다.

포사의 심복들의 눈과 귀는 도처마다 번쩍였다. 바람이 불면 풀잎 하나 움직이는 것까지 포사는 앉아서 다 알게 됐다.

한편 신후는 외로이 눈물만 흘리면서 세월을 보냈다.

나이 많은 한 궁인이 신후의 심사를 짐작하고 아뢴다.

"낭랑께서 태자를 잊지 못하신다면, 왜 일봉—封 서신을 비밀히 신국으로 보내사, 태자로 하여금 상표하여 사죄하게 아니 하십니까. 만일 만세萬歲께서 태자의 상표를 보시고 감동하사, 동궁으로 소환하시면 모자분이 서로 만날 수 있습니다."

신후가 추연히 대답한다.

"말은 좋으나, 서신을 전할 사람이 없으니 한이다."

궁인이 다시 아뢴다.

"첩의 어미 온오溫媼가 의술醫術에 능합니다. 낭랑은 병들었다 하시고, 첩의 어미를 궁성 안으로 불러들이십시오. 첩의 어미가 진맥 보는 체하며 서신을 받아 몸에 지니고 나가서 첩의 오라비를 주어 보내면 만무일실萬無一失일까 합니다."

신후는 그 말을 좇기로 하고 붓을 들었다.

무도無道한 천자가 요사한 천비를 사랑할새, 우리 모자가 서로 떠나 있음이라. 요사한 천비가 생남하여, 그 총애 더욱 깊으니 장차 어찌할꼬! 너는 지난날의 일을 모두 너의 죄로 인정하고 '이제 후회하고 있사오니, 원컨대 부왕은 용서하소서' 하고 상표하여라. 만일 천자가 너를 소환하면, 우리 모자는 서로 만날 수 있으며, 다시 앞날을 위해 계책을 세울 수 있으리라.

신후는 쓰기를 다 마치자, 병들었다 칭탁하고 온오를 불러오게 했다.

동시에 신후의 이런 거동은 즉시 포사에게 일일이 보고됐다. 영리한 포사가 분부한다.

"반드시 태자에게 소식을 전하려는 수작이구나. 온오가 궁에서 나오는 때를 기다려, 그 몸을 샅샅이 뒤져보아라."

한편 온오는 정궁正宮에 이르렀다.

그 궁인이 어머니인 온오의 귀에다 입을 대고 모든 내막을 미리 일러줬다.

신후는 진맥을 뵈는 체하면서, 베개 밑에서 일봉 서신을 내어 온오에게 주었다.

"밤낮을 가리지 말고 신국에 보내되, 늦거나 실수함이 없게 하여라."

신후는 당부하고 좋은 비단 두 끗〔二端〕을 하사했다.

온오가 서신을 품에 품고, 비단을 받아 궁문을 나가는데 수문守門하던 궁감宮監이 앞을 막고 묻는다.

"그 비단은 어디서 생겼느냐?"

"노첩老妾은 왕후의 진맥을 보고 나가는 길이라. 이는 왕후께서 하사하신 것이오."

내감內監이 또 묻는다.

"이 이외에 다른 것은 없느냐?"

"없소."

내감은 온오를 내보낼 듯이 하는데 곁에서 한 사람이 나서며,

"조사하지 않고야 어찌 그 말을 믿을 수 있으리오."

하고 온오의 손을 잡아챘다.

그제야 온오는 동쪽을 돌아보고 서쪽을 돌아보며 몹시 당황해하였다.

그들은 온오의 옷깃을 움켜쥐고 사정없이 찢었다.

옷깃 속에서 서신이 반쯤 나왔다.

궁감은 그 봉서를 빼앗았다.

그들은 온오를 이끌고 경대로 갔다. 포비가 신후의 서신을 뜯어 보고서 펄쩍펄쩍 뛴다.

"그 늙은 년을 빈방에 감금하고, 이 말이 밖에 새지 않게 하여라."

그러고도 분을 참지 못해서 포사는 손으로 온오의 비단을 갈기 갈기 찢었다.

주유왕이 경대로 들어왔다. 찢어진 비단 조각을 보고 묻는다.

"이 웬일인가?"

포사가 울면서 고한다.

"첩은 불행합니다. 심궁深宮에 들어와, 잘못 총애를 받다가 정궁의 투기를 입었소이다. 불행하게도 생남하여, 이젠 헤어날 길이 없습니다. 이 서신을 보소서. 정궁이 태자에게 서신을 보내되, 그 끝에 말하기를 다시 계책을 꾸밀 수 있다고 했습니다. 이는 반드시 우리 모자의 목숨을 뺏고자 도모하는 것이 아니면 무엇이겠습니까. 원컨대 왕은 첩을 위해 판단하십시오."

주유왕은 그 서신을 보았다. 왕후의 필적이 분명했다.

"누가 이런 서신을 갖고 있더냐?"

"지금 온오가 수금囚禁되어 있으니 물어보소서."

"그년을 끌어내 오너라."

온오는 끌려나와 꿇어앉았다. 왕은 아무 말 없이 칼을 뽑아 온오의 목을 쳤다.

염옹이 시로써 이 일을 읊은 것이 있다.

깊은 궁중의 서신을 전하기 전에

원통한 피를 칼날에 뿌렸구나.
다음날에 모든 일을 살핀다면
온오의 공로가 제일일진저.
未寄深宮信一封
先將冤血濺霜鋒
他年若問安儲事
溫媼應居第一功

그날 밤 포비는 주유왕 앞에서 갖은 아양을 부리며, 온갖 수작을 다 썼다.

"천첩 모자의 목숨은 태자 손에 있습니다."

"짐이 있거늘 태자인들 어찌하리오."

"왕께서 천추만세를 누리사, 태자가 왕이 안 된다면 모르거니와, 왕후는 궁에서 밤낮 우리를 저주하고 있습니다. 만일 그들 모자가 권세를 잡으면, 첩과 백복은 죽어도 묻힐 땅마저 없으리이다."

포사는 말을 마치자 소리 높이 울었다.

만사에 미련하고 호색하는 주유왕이 포사를 위로한다.

"내 일찍이 왕후와 태자를 폐하고, 너를 정궁으로 삼고 백복을 동궁으로 삼으려 했다. 그러나 모든 신하가 반대하겠기에 어쩌지 못하고 있는 것이다."

포비는 왕의 이 말을 기다렸다.

"신하가 임금의 말을 듣는 것은 순리며, 임금이 신하의 말을 좇는 것은 역리逆理입니다. 왕께서 그런 생각이 있으시면, 그 뜻을 대신들에게 효유曉諭하시고, 공론이 어떤지를 한번 들어보아야 하지 않습니까."

주유왕은 웃으며,

"경의 말이 이치에 맞다."

하고 포사의 허리를 끌어안았다.

포비는 주유왕이 잠들자, 심복인 사람을 괵석보와 윤구에게 보냈다. 이튿날 조회에서 대답할 말을 그들에게 미리 준비하게 한 것이었다.

이튿날 아침, 조회의 예가 끝나자 주유왕이 전殿 위에서 공경公卿들에게 묻는다.

"왕후는 투기가 대단하고 짐을 저주하니 만백성의 어미 되기 어려운즉, 잡아내어 문죄할 수 없을까?"

괵석보가 기다렸다는 듯이 아뢴다.

"왕후는 육궁의 주인입니다. 비록 죄 있을지라도 구속하고 문초할 순 없습니다. 과연 그 덕이 그 위를 누릴 수 없으면, 마땅히 전지를 내리사 폐위하십시오. 그런 후에 어진 어른을 간택하여 천하의 어머니로서 거동케 하면 실로 만세의 복일까 합니다."

윤구가 맞장구를 친다.

"신이 듣건대 포비는 덕성정정德性貞靜하시다 하니, 중궁의 주인이 되실 분으로 아뢰오."

주유왕은 만족해한다.

"태자가 신국에 있으니, 만일 신후를 폐위하면 태자를 어찌할꼬?"

괵석보가 서슴지 않고 아뢴다.

"신이 듣건대, 어미는 자식을 귀히 여기고 자식은 어미를 귀히 여기는 법이라 하더이다. 태자가 지중한 죄로 신국에 피해 있으면서도, 온청지례溫淸之禮(『예기禮記』에 나온 동온하청冬溫夏淸의 예禮

를 일컫는 말로 부모를 섬기는 도리를 말함)를 오래도록 궐했습니다. 항차 그 어미를 폐위키로 하고 어찌 그 아들을 위에 그냥 둘 수 있습니까. 신들이 백복을 부축하여 동궁으로 삼고자 함은 실로 사직의 복을 원하기 때문입니다."

주유왕은 연방 머리를 끄떡였다. 드디어 왕은 전지를 내렸다. 이날 신후는 냉궁冷宮으로 쫓겨나갔다. 동시에 태자 의구는 서인庶人이 됐다. 반대로 포비는 왕후가 되고 백복이 태자가 된 것은 두말할 것도 없다.

왕의 이런 해괴한 처사를 간하는 신하가 있을 때마다 괵석보는 그 신하를 의구의 일당으로 몰아 중벌하거나 먼 곳으로 귀양을 보냈다. 이는 바로 주유왕 9년 때 일이었다.

문文, 무武 양반兩班 중에 이 일에 대해서 불평을 품은 자가 많았다. 그러나 공연히 죽음을 무릅쓸 필요가 없다 해서 모두 입을 다물었다.

태사 백양부가 하늘을 우러러 탄식한다.

"삼강三綱이 끊어졌으니, 주나라가 망하는 것을 가히 서서 기다릴 수 있겠구나!"

그는 늙었다는 걸 핑계하고 벼슬길에서 물러갔다.

그 당시 뜻 있는 신하로 벼슬을 버리고 시골로 돌아간 자가 많았다. 조정엔 윤구, 괵석보, 제공역祭公易 일파의 간신들만 남아 있었다.

주유왕은 아침이나 저녁이나 늘 포비와 함께 궁중에서 갖은 짓을 다 했다.

그런데 이상한 일이었다.

포비는 비록 정궁의 위를 뺏고 왕의 총애를 독차지했건만, 한

번도 웃질 않았다. 왕은 무엇보다 그것이 제일 답답했다. 왕은 포비를 기쁘게 해주려고 악공樂工을 불렀다. 악공들은 재주껏 종을 울리고 북을 쳤다. 궁인들은 노래하고 춤을 추었다. 연방 술잔을 포비에게 올렸다. 그러나 포비는 종시 기뻐하지 않았다.

하 답답해서 주유왕이 묻는다.

"왕비는 음악조차 좋아 않으니, 무엇을 좋아하느냐?"

"첩은 좋아하는 것이 없소이다. 지난날 손으로 비단을 찢어버렸을 때, 그 소리가 몹시 상쾌하더이다."

주유왕이 도리어 기뻐하며 책망한다.

"비단 찢는 소릴 좋아하면 왜 일찍 말하지 않았는가."

왕은 사고司庫*에게 날마다 비단 100필씩을 들여오게 했다.

날마다 근력 좋은 궁아宮娥들이 비단 찢는 소리가 내궁에서 그치질 않았다. 물론 포비를 기쁘게 하려는 짓이었다.

그러나 괴상한 일이다. 포비는 비록 비단 찢는 소리가 싫지는 않으나 의연히 웃지를 않았다.

"왕후는 어찌하여 웃지 않느냐?"

"첩은 평생 웃기를 좋아하지 않습니다."

"짐은 반드시 왕후를 한 번 웃게 하리로다."

하고 왕은 곧 널리 영을 내렸다.

"궁 안이거나 궁 밖이거나 능히 포후襃后를 한 번 웃게 하는 자가 있으면, 상으로 천금을 주리라."

어느 날 괵석보가 왕 앞에 나아가 계책을 아뢴다.

"지난날 선왕은 서융西戎이 강성할새, 그들이 쳐들어오지나 않을까 염려하사 여산驪山 아래 20여 곳[所]에다 장작을 쌓아놓고, 또 큰북을 수십 개 걸어뒀습니다. 만일 오랑캐들이 쳐들어오면,

연기를 올려 곧 하늘에까지 치솟게 하는 동시, 그것을 신호로 가까운 제후들은 병사를 거느리고 구원을 오기로 되어 있었습니다. 또 큰북을 울리면 더욱 급히 몰려오기로 되어 있었습니다. 수년 이래로 천하가 태평하여 봉화 올릴 일도 없으니, 왕께서 만일 왕후의 웃음을 보고자 하시면 왕후와 함께 여산으로 행차하십시오. 여산에 가셔서 밤에 봉화를 올리면, 제후들이 반드시 병사를 이끌고 급급히 몰려올 것입니다. 와서는 적병이 없어서 영문을 모르고 당황해하면, 왕후께서 반드시 웃으시리이다."

주유왕이 칭찬한다.

"그 계책이 매우 좋다."

주유왕은 포비와 함께 여산으로 행차했다. 왕은 여궁驪宮에서 잔치를 베풀고, 속히 봉화를 올리도록 영을 내렸다.

이때 정백鄭伯 우友는 조정에 와 있었다. 그는 사도司徒로서 이날 전도前導가 되었다. 그는 왕명을 듣고 크게 놀랐다. 그는 급히 여궁으로 달려가 아뢨다.

"봉화를 위한 연돈煙墩은 선왕이 완급緩急에 대비코자 설치하신 것으로서, 제후들과 믿음〔信〕을 취하는 것입니다. 이제 까닭 없이 봉화를 올리면, 이는 제후들을 희롱하는 것이 아닙니까. 다음날에 뜻하지 않은 변이 생기면 곧 봉화를 올린댔자 그땐 제후들이 반드시 믿지 않을 것입니다. 그럼 장차 무엇으로 병사를 징집하고 위급을 구하시렵니까?"

"천하가 태평하거늘 무슨 일로 징병하리오. 왕후와 함께 여궁에 왔으나 하 심심해서 제후들을 한번 희롱하려는 것이다. 다음날 일 있을지라도 경과 함께 의논치 않을 것이니 안심하라."

왕은 정백 우가 간하는 말을 듣지 않았다.

밤하늘에 봉화가 오른다. 북소리가 울리기 시작한다. 점점 북소리는 우레같이 일어나고, 불빛은 하늘을 무찌를 듯 치솟았다.

기내畿內의 모든 제후는 봉화를 보고 당황했다. 그들은 호경에 변이 생긴 줄 알았다. 제후들은 제각기 병사를 거느리고 장수들을 점호하고 곧장 여산으로 달려갔다.

사면팔방에서 제후들이 여산으로 몰려왔다.

웬일일까?

그저 누각에서 질탕한 음악 소리가 들려올 뿐이다.

주유왕은 포비와 함께 술을 마시며 즐겼다. 왕은 제후들이 몰려온 걸 알자, 사람을 시켜 전갈했다.

"다행히 오랑캐들의 침입은 없다. 더 수고할 필요가 없으니 돌아가거라."

사람이 나와서 외치는 왕의 전갈을 듣고, 제후들은 서로 얼굴을 쳐다보았다.

"원, 세상에 이런 일도 있소!"

그들은 투덜거리며 기旗를 걷고, 병사를 거느리고 각기 뿔뿔이 돌아갔다.

포비는 누각 위에 서 있었다. 포비는 난간을 의지하고, 제후들이 뿔뿔이 흩어져 바삐 돌아가는 걸 물끄러미 바라봤다.

사실 아무 일도 없지 않은가!

포비는 부지중에 손바닥을 쓰다듬으며 박장대소한다.

"호오 호오 호오…… 호오…… 호호호……"

주유왕이 곁으로 바짝 다가서며 속삭인다.

"왕후가 한 번 웃으매 백 가지 아름다움이 일시에 생기는구나. 이는 괵석보의 공이로다."

왕은 괵석보에게 천금의 상을 하사했다.

지금 전하는 속담에, '천금으로 웃음을 산다〔千金買笑〕'는 말은 이때부터 생긴 것이라고 한다.

염옹이 시로써 이 일을 읊은 것이 있다.

좋은 밤에 여궁은 음악 소리 잦은데
까닭 없이 봉화가 하늘을 밝혔도다.
허허! 모든 나라는 수고로이 달려왔으나
포비의 웃음을 자아낸 데 불과했도다.
良夜驪宮奏管簧
無端烽火燭穹蒼
可憐列國奔馳苦
止博褒妃笑一場

서주西周가 다하고 동주東周가 서다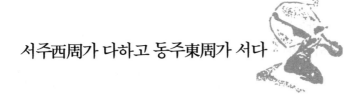

신후申侯는 주유왕이 신후申后를 폐위하고 포비로 정궁을 삼았다는 소문을 듣고 즉시 상소했다.

옛날에 걸桀은 말희妺喜를 사랑하다가 하夏나라를 망쳤고, 주紂는 달기妲己를 총애하다가 상商나라를 망쳤습니다. 이제 왕께서 포비를 사랑하사 적계嫡系를 폐하고 서계庶系를 세웠으니, 이는 부부의 의에 어긋나며, 부자父子의 정까지 끊으심이라. 이제 걸·주의 일을 다시 보니 옛날 하나라·상나라의 재앙이 비단 오늘날이라 해서 없겠습니까. 바라건대 우리 왕께서는 즉시 잘못된 조처를 바로잡고, 나라를 망치는 일이 없게 하십시오.

주유왕은 신후의 상소를 읽고, 크게 화를 내며 안상案床을 내리쳤다.
"이 도적이 어찌 함부로 이런 소릴 하느냐!"

곽석보가 아뢴다.

"신후는 외손자인 태자가 추방되어 온 걸 보고, 오래 전부터 원한을 품었습니다. 게다가 이번에 왕후와 태자가 함께 폐위됐다는 소문을 듣자, 속으로 반역할 생각이 있어 이렇듯 왕을 책망한 것입니다."

주유왕이 묻는다.

"그놈을 어떻게 처치할꼬?"

"신후는 원래 아무 공로가 없습니다. 그는 신후申后의 아비로 벼슬에 오른 사람입니다. 왕후와 태자를 다 폐했으니, 신후의 벼슬도 마땅히 백작伯爵으로 깎아내리십시오. 그런 후 군사를 보내어 그의 죄를 다스리는 것이 후환을 없애는 방도일까 합니다."

주유왕은 곽석보의 말을 듣고, 즉시 신후의 작위를 깎아내렸다. 그리고 곽석보를 장수로 삼아 장차 신나라를 치기로 했다.

한편 신후는 상소를 올린 후, 이제나저제나 좋은 소식이 있을까 하고 기다렸다.

이때 호경에도 신후의 수하 사람이 없지 않았다.

신후의 심복은 곽공이 장수가 되어 군사를 거느리고 신국을 칠 것이라는 소문을 듣자, 밤낮을 가리지 않고 신국으로 달려가 신후에게 이 사실을 밀고했다.

신후의 놀라움이란 이만저만이 아니었다.

"나라가 작으니 군사를 징집한대도 어찌 천자의 군사를 당적하리오."

대부大夫 여장呂章이 앞으로 나아가 아뢴다.

"천자가 무도하여 적자를 폐하고 서자를 세우자, 충성 있는 어진 신하들은 다 벼슬을 버리고 떠났습니다. 이제 조정은 만백성의 원망을 받는 외로운 형세에 놓였습니다. 그런데 지금 서융西戎의 강성한 병력이 우리 신국과 인접해 있습니다. 주공께서는 속히 융주戎主에게 서신을 보내고, 그들의 군사를 빌려 호경으로 쳐들어 가십시오. 호경에 이르러 간신들을 무찌르고 왕후를 구출하고, 천자로 하여금 태자에게 위位를 전하도록 하면, 이는 바로 이伊, 주周의 공적이라 하겠습니다. 옛말에 이르길, 먼저 발發하여 타他를 제지하되 기회를 잃지 말라고 하였습니다."

"그 말이 매우 옳다."

드디어 신후는 먼저 왕성王城을 치기로 결심했다.

수레에 금과 비단이 실렸다. 사자使者는 신후의 서신을 가지고 금과 비단을 실은 수레를 거느리고서, 견융에게 군사를 청하러 갔다.

"호경만 함몰하면, 부고府庫에 있는 금과 비단은 맘대로 가져가셔도 좋습니다."

이 말을 듣자 융주가 쾌히 승낙한다.

"중국 천자가 정사政事를 잘못하기 때문에, 국구國舅인 신후가 나를 불러 무도한 주유왕을 없애고 동궁을 위에 세우려 하니, 이는 나의 평소 뜻하던 바와 같다."

융주는 즉시 융병戎兵 1만 5,000을 삼대로 나눴다.

우선봉右先鋒은 패정孛丁이요, 좌선봉左先鋒은 만야속滿也速이요, 융주는 스스로 중군中軍이 됐다.

창과 칼은 길을 막고 정기旌旗는 하늘을 뒤덮었다.

한편 신후도 본국에서 군사를 일으켜 서로 호응하며, 호호탕탕히 호경으로 쳐들어갔다.

마침내 신후와 융주는 왕성을 세 겹으로 에워쌌다. 왕성은 물샐틈없었다. 주유왕은 이 변을 듣고 몹시 놀랐다.

"기밀이 누설되어 재앙이 먼저 생겼구나. 왕군王軍이 일어나기 전에 융병이 먼저 동하였은즉, 이 일을 어찌할꼬."

곽석보가 황망히 아뢴다.

"왕께선 속히 사람을 여산으로 보내시어 봉화를 올리게 하십시오. 불과 연기가 하늘 높이 오르면, 제후들이 이를 보고 달려올 것입니다. 그리하여 안팎으로 협공하면 적을 물리칠 수가 있습니다."

왕은 곽석보가 시키는 대로 즉시 사람을 여산으로 보냈다. 이윽고 푸른 하늘 저편에서 불길과 연기가 끊임없이 오르기 시작했다.

그런데 웬일일까, 암만 기다려도 제후들은 군사를 거느리고 오지 않았다. 제후들은 지난날에 봉화로 희롱을 당한 일이 있었기 때문에, 또 왕이 포사를 웃기려고 속임수를 쓰는 것이거니 생각하고 아무도 군사를 일으키지 않았던 것이다.

구원병은 오지 않는데, 견융의 공격은 밤낮없이 진동했다. 주유왕이 다급해서 곽석보에게 분부한다.

"도적의 형세가 강한지 약한지를 알아야겠다. 경은 출전하여 이를 시험하라. 짐도 씩씩하고 용기 있는 자를 뽑아 경의 뒤를 접응接應하도록 하겠다."

본시 곽석보는 장수의 자격이 없는 사람으로 전법을 알 리 없었다. 그러나 그는 어쩔 수 없어 굳이 명에 응하여, 군사와 병거兵車 200승乘을 거느리고 성문을 열고 밀고 나갔다. 신후는 진 위에서 곽석보가 성에서 나오는 걸 봤다.

신후가 손가락으로 곽석보를 가리키며 융주에게 말한다.

"저놈이 왕을 속이고 나라를 그르친 도적이오. 놓치지 말지라!"

이 말을 듣고 융주가 부르짖는다.

"누가 나를 위해 저놈을 잡아올 테냐."

융주의 말이 끝나기가 급하게,

"원컨대 소장이 잡아오리이다."

하고 패정은 성큼 말에 올라 칼을 춤추듯 휘두르며 달려나갔다.

싸운 지 10합이 못 되어, 곽석보는 패정의 번쩍이는 칼을 맞고 두 동강이가 되어 달리는 병거 위에서 굴러떨어졌다.

기회를 놓치지 않고, 융주와 만야속은 일제히 왕군을 무찌르며 나아갔다.

함성이 크게 진동하면서 성문이 부서졌다.

융병은 닥치는 대로 사람들을 죽이며, 아우성과 비명을 뚫고 성 안으로 들어갔다. 그들은 집집마다 불을 질렀다. 만나는 사람마다 칼로 쳤다.

신후는 말리다 못해, 융병들이 하는 대로 맡겨두는 수밖에 없었다.

성안은 크게 어지러웠다.

주유왕은 미처 열병閱兵할 겨를도 없이 형세가 위급해졌다.

주유왕은 급급히 조그만 수레에다 포사와 백복을 태우고 뒷문을 열고 달아났다.

사도司徒인 정백 우가 달아나는 왕의 뒤를 쫓아가면서 큰소리로 부르짖는다.

"왕께서는 놀라지 마소서. 신이 어가를 보호하리이다."

그들은 함께 북문을 벗어나 여산을 향해 달렸다.

그들은 도중에서 쉬다가, 역시 늦게야 도망쳐오는 윤구와 만났다.

윤구가 정중히 일을 아뢴다.

"견융들은 궁실을 불지르고 고장庫藏 안의 물건들을 맘대로 끌어내는 중이며, 제공祭公도 난군亂軍 속에서 죽었습니다."

주유왕은 가슴이 찢어지는 듯했다.

주유왕이 여산에 이르자, 정백 우는 또 봉화를 올렸다.

봉화와 연기가 구천에 솟아오른다. 기다리던 보람도 없이 구원병은 결국 오지 않았다.

그러는 동안에 견융의 병사들이 여산 밑까지 추격해왔다. 융병들이 여궁驪宮을 에워싸고 악머구리처럼 외친다.

"혼암昏闇한 임금은 달아날 생각조차 마라!"

기진맥진한 주유왕은 포사의 손을 잡고, 서로 하염없이 울었다. 정백 우가 들어와 아뢴다.

"사세가 매우 급합니다. 신이 미미한 목숨을 바쳐서라도 어가를 보호하겠습니다. 우선 도적의 포위를 무찌르고 나가서, 잠시 신臣의 나라에 몸을 피하셨다가 다시 앞일을 도모하십시오."

주유왕이 목멘 소리로 부탁한다.

"짐은 숙부의 말을 듣지 않다가 이 지경에 이르렀다. 오늘날 짐의 부처夫妻와 부자父子의 목숨을 다 숙부에게 맡기노라."

즉시 정백 우는 여궁 앞에다 불을 질렀다.

여궁 앞에서 불이 일어나자, 융병들은 웬일인가 하고 불난 쪽으로 몰려들었다.

이 기회를 놓치지 않고, 정백 우는 주유왕을 이끌고 여궁 뒤를 무찌르고 나갔다.

손에 긴 창을 들고 정백 우는 앞에서 길을 열고 윤구는 포후와 백복을 보호하며 주유왕의 뒤를 따랐다.

그들이 얼마 가지 못했을 때였다.

융병들은 주유왕이 달아난 걸 알고 즉시 풍우처럼 달려가서 앞길을 가로막았다. 융병을 거느린 자는 소장小將 고리적古里赤이었다.

분기충천한 정백 우는 어금니를 뿌드득 갈며, 직접 고리적에게 달려들었다. 서로 어우러져 교전한 지 불과 수합에, 고리적은 정백 우의 날카로운 창에 찔려 말에서 굴러떨어졌다. 융병들은 정백 우의 용맹에 놀라 일시에 흩어졌다.

주유왕 일행이 겨우 반 마장쯤 더 갔을 때였다.

등뒤에서 큰 함성이 일어났다. 돌아보니 융병의 선봉 패정이 대군을 거느리고 뒤쫓아오고 있었다.

정백 우는 비통한 목소리로,

"윤구는 어가를 보호하고 먼저 가오!"

하고 뒤를 끊고서 일변 싸우며 일변 달아났다.

그러나 어쩔 도리가 없었다. 견융의 철기鐵騎들은 지름길로 앞질러가서 왕의 일행과 정백 우 사이를 완전히 차단했다.

정백 우는 곤경에 빠졌으나 두려워하는 빛이 조금도 없었다. 창을 휘두르는 용력이 더욱 신출귀몰했다.

앞서 온 융병들은 어찌해야 좋을지 손을 놀리지 못했다. 뒤쫓아온 융주가 이를 보고 즉시 명령을 내린다.

"사면으로 정백을 에워싸고 활을 쏴라!"

화살이 사방에서 빗발처럼 날아가니, 어찌 옥석을 분별할 수 있으리오.

가련하구나! 일국의 어진 신하 정백 우는 무수한 화살을 맞고 쓰러진다.

정백 우가 죽자, 좌선봉 만야속은 급히 말을 달려 앞서가는 주유왕의 거장車仗을 사로잡았다.

융주는 수레 위에 앉아 있는 자가 곤포袞袍를 입고 옥대玉帶를 두른 것으로 보아 주유왕이란 걸 알았다.

융주는 수레 위로 성큼 뛰어올라가 한칼에 주유왕을 참했다. 그리고 아울러 백복을 찔러 죽였다.

그들은 포사만은 죽이지 않았다. 그 모습이 너무나 아름다웠기 때문이었다. 수레의 통 속에 숨었던 윤구도 융병에게 끌려나와 죽임을 당했다.

융주가 포사를 가벼운 수레에 싣고 돌아가 비단 방장房帳 안에서 재미를 본 것은 그날 밤의 일이었다.

주유왕은 왕위에 있은 지 11년 만에 무참한 죽임을 당했다.

산뽕나무 활과 기초로 만든 전통을 팔러 왔던 그 촌사람이, 청수하清水河 가에서 요녀를 얻어 포성으로 도망친 후 그것이 장성해서 저질러놓은 결과가 이 꼴이었다.

그녀는 왕을 녹이고 적모嫡母를 업신여기고 마지막엔 주유왕까지 비명에 죽게 하고, 자기 몸까지 망친 후 나라를 패하게 한 것이다.

지난날 '달이 떠오르니 해는 지려 하네. 산뽕나무로 만든 활과 쑥대로 만든 전통箭筒이여, 주나라도 장차 망하누나' 하고 아이들이 부른 동요가 이제야 그 징조를 응한 셈이다. 그러니 하늘의 운수는 이미 주선왕 때 정해진 것이라고 할 수 있다.

동병東屏 선생이 시로써 이 일을 읊은 것이 있다.

여러 가지 수단을 써서 그 웃는 모습을 보려더니
봉화빛에 그 화장한 얼굴이 붉게 흔들리네.
스스로 제후를 속였으니 누구를 탓할까마는
어찌 나라를 오랑캐의 말굽 아래 맡겼는가.

多方圖笑掖庭中
烽火光搖紛黛紅
自絶諸侯猶似可
忍教國祚喪羌戎

또 농서 거사隴西居士가 시로써 이 사실을 읊은 것이 있다.

여산 땅 한 웃음소리에 견융이 노했으니
활과 화살의 동요가 들어맞았도다.
18년 만에 앙갚음을 한 것이라면
다시 조화를 만회할 사람은 그 누구일까.
驪山一笑犬戎嗔
弧矢童謠已驗眞
十八年來猶報應
挽回造化是何人

또 윤구 등 신하들이 깨끗이 세상을 마치지 못한 걸 탄식하고,
간신 적자들을 경계한 시가 있다.

교묘한 아첨으로 어리석은 왕을 녹여
백 년 부귀를 누리고자 도모했구나.
하루아침에 함께 머리를 늘이고 죽음을 당했으니
천추에 누명을 벗지 못할 간신들이로다.
巧語讒言媚暗君
滿圖富貴百年身

一朝駢首同誅戮
落得千秋罵佞臣

또 정백 우의 충성을 영탄한 시가 있다.

석보도 윤구도 다 죽었으나
정백은 죽음으로써 충성을 바쳤도다.
세 사람이 다 주周 천자를 위해 쓰러졌지만
비바람 속에서 어느 백골이 향기로울까.
石父捐軀尹氏亡
鄭桓今日死勤王
三人總爲周家死
白骨風前那個香

신후申侯는 성안에서 불이 일어나는 걸 보고 바삐 본국 군사를 거느리고 궁으로 들어갔다. 그는 닥치는 대로 간신들을 쳐죽이고, 우선 냉궁에 들어 있는 신후申后부터 구출하고 다시 경대로 갔다.

그러나 주유왕과 포사는 없었다.

곁엣사람이 고한다.

"왕과 포사는 이미 북문을 나갔습니다."

신후는 왕이 여산으로 달아났으리라 짐작하고, 황망히 뒤를 쫓았다. 그러나 여산 쪽에서 오는 것은 융주였다. 그들은 도중에서 만나, 수레와 말을 멈추고 서로 수고한다면서 위로했다.

융주가 웃으며 말한다.

"혼암한 왕은 죽었습니다. 가실 것 없이 돌아갑시다."

이 말에 신후는 크게 놀라,

"내 이번에 일을 일으킨 것은 오로지 왕의 맘을 바로잡으려는 데 있었다. 일이 이렇게 될 줄이야 천만뜻밖이구나. 후세에 임금께 불충한 자들은 반드시 내 이름을 들먹이며 구실을 삼을 것이다."

하고 길이 탄식했다.

신후가 부하들에게 분부했다.

"왕의 시체를 수렴收斂하여라. 예법을 갖추어 장사를 모셔야겠다."

곁에서 융주가 껄껄 웃는다.

"국구國舅의 그 말은 아녀자 같은 어짐[仁]이로다."

신후는 왕성으로 돌아가 잔치를 베풀고 융주를 대접했다.

이미 부고의 금옥金玉은 오랑캐들이 다 끌어내가고 없었다. 그런데도 신후는 다시 금과 비단을 걷어모아, 수레 열 대에다 가득 실어서 융주에게 줬다. 이만큼 수고에 보답하면 그들이 돌아갈 줄 알았다.

그러나 누가 생각인들 했으리오.

융주는 주유왕을 죽인 것을 무슨 세상에 없는 큰 공으로 생각했다.

융주와 그들의 군마는 호경에서 들끓기만 했다.

놈들은 날마다 술과 여자와 음악으로 세월을 보내며, 전혀 저희 본국으로 돌아가려 하지 않았다.

백성들의 원망은 자연 신후에게로 향했다. 그러나 신후도 어쩔 도리가 없었다.

신후는 밀서 세 통을 비밀리에 삼로三路 제후에게 보냈다.

주 왕실을 위해 다같이 일어나주기를 청한 것이었다.

삼로 제후란 누군고 하면,

북로北路의 진후晉侯 희구姬仇
동로東路의 위후衛侯 희화姬和
서로西路의 진군秦君 영개嬴開

였다.

신후는 다시 사람을 정鄭나라*로 보내어, 정백 우의 죽음을 세자 굴돌掘突*에게 통지하는 동시 군사를 일으켜 부친의 원수를 갚으라고 했다.

이때 정나라 세자 굴돌은 나이 스물세 살이었다. 그는 키가 8척이고, 영특하고 굳센, 비상한 사람이었다. 그는 부친이 오랑캐의 무수한 화살에 맞아 전사했다는 소식을 듣고서 슬픔과 분을 참지 못했다.

그는 하얀 도포에 하얀 띠를 두르고, 병거 300승을 거느리고서 원수를 치려고 밤낮없이 호경으로 달렸다.

이미 탐마군이 이 사실을 견융주에게 보고했다. 견융주는 싸울 준비를 시작했다.

왕성 밖에 당도한 굴돌은 즉시 군사를 휘몰고 쳐들어가려 했다.

공자公子 성成이 간한다.

"우리 군사는 쉴새없이 왔기 때문에 아직 피로한 데 비해서 오랑캐들은 성구城溝를 깊이 파고 성벽을 굳게 보수하고 있습니다. 모든 제후의 군사가 모이길 기다렸다가 합세해서 치는 것이 만전지계萬全之計*입니다."

그러나 굴돌은 들으려 하지 않았다.

"군부君父의 원수를 갚는 덴 군사를 돌이키지 않는 것이 예禮다. 더구나 지금 견융은 득의하여 교만할 대로 교만한즉, 나의 예기예氣銳로써 그들을 무찌르면 가는 곳마다 어찌 이기지 못하랴. 제후들의 군사가 오길 기다리면 이는 도리어 우리 군사의 긴장한 마음을 약화시킬 뿐이다."

드디어 굴돌은 군사를 휘몰아 성 아래로 쳐들어갔다.

어찌 된 셈인지, 성 위에선 기를 다 눕히고 북을 울리지 않고 모두 죽었는지 조용했다.

굴돌이 큰소리로 외친다.

"개돼지 같은 오랑캐야. 어찌하여 성에서 나와 죽음을 걸고 싸우려 않느냐!"

그러나 성 위에선 아무 대답이 없었다. 굴돌은 좌우 군사에게 성을 공격하도록 명령했다.

성을 향해 공격이 시작되었을 때였다. 문득 우거진 숲 속에서 동라銅鑼 소리가 일어나면서 일지군마一枝軍馬가 쏟아져나왔다.

견융주는 굴돌의 군사가 당도하기 전에 계책을 정하고, 숲 속에다 군사를 매복시켰던 것이다.

굴돌은 대경황망하여 창을 마구 휘두르며 싸움판 속으로 달려들어갔다.

그제야 성 위에서 거라巨鑼 소리가 일어났다. 성문이 활짝 열리면서 일지군이 무찌르며 나오지 않는가. 굴돌의 앞엔 패정孛丁이 달려들고, 뒤에선 만야속滿也速이 달려들었다. 그들은 가차없이 굴돌을 협공했다.

굴돌은 크게 패하여 달아나기 시작했다.

융병은 정군鄭軍을 30여 리나 추격한 후에야 왕성으로 돌아갔다. 굴돌은 패잔병을 수습하고 공자 성에게 묻는다.

"내 그대의 말을 듣지 않다가 큰 실수를 저질렀다. 앞으로 어떤 계책을 써야 할꼬?"

공자 성이 진언한다.

"이곳에서 복양濮陽이 멀지 않습니다. 그곳 위후衛侯는 나이도 많고 성실하고 경험도 풍부한 분입니다. 그런데 왜 그곳으로 가시지 않습니까. 우리 정나라와 위衛나라가 합세하면 뜻을 이룰 수 있습니다."

굴돌은 그 말을 좇기로 했다.

이리하여 그들은 복양을 바라보고 나아갔다. 그들이 행군한 지 이틀째 되던 날이었다.

그들의 전방에 아득히 티끌이 일어났다. 무수한 군사와 전차가 오고 있었다. 그 중간에 앉은 사람은 틀림없는 일위一位의 제후였다. 금포錦袍에 황금 띠를 두르고 백발이 휘날리는 창안蒼顏에 신선 같은 기품이 있었다.

그 제후는 위무공衛武公 희화였다. 이때 그의 나이가 80여 세였다.

굴돌이 수레를 멈추고 큰소리로 외친다.

"나는 정나라 세자 굴돌이외다. 견융이 왕경王京의 군사를 범했기로 나의 부친이 싸우다가 세상을 떠났습니다. 원수를 갚으려다가 우리 군사마저 또한 패하고, 특히 귀후貴侯에게 구원을 청하러 가는 길입니다."

위무공이 공수拱手하며 대답한다.

"세자는 안심하라. 과인의 나라를 기울여서라도 주 왕실께 충성을 다할 요량이오. 듣건대 진秦·진晉 두 나라 군사도 오래지 않아 당도하리라 하니, 그깟 개돼지 같은 오랑캐를 무슨 근심할 것 있으리오."

굴돌은 자기 나라 군사를 비키게 하고 위무공으로 하여금 먼저 지나가게 했다.

정나라 군사는 수레를 돌려 위군의 뒤를 따라 다시 호경으로 향했다. 그들은 호경 20리 밖에 이르러 두 곳에 나누어서 영채를 세웠다. 그리고 사람을 시켜 진秦·진晉 두 나라가 군사를 일으킨 소식을 자세히 알아오게 했다.

떠난 지 얼마 안 되어 탐자探子가 되돌아와 보고한다.

"서편에서 금金 소리와 북소리가 크게 울리며 병거 소리는 땅을 뒤흔드는데, 수놓은 기엔 크게 진秦이란 글자가 씌어 있더이다."

위무공이 말한다.

"진은 비록 조그만 속국屬國이나 오랑캐의 풍속을 익힌고로, 매우 용맹해서 견융도 늘 두려워하는 바라."

위무공의 말이 끝나기도 전이었다. 북로로 갔던 탐자가 되돌아와 보고한다.

"진군晉軍이 당도했습니다. 그들은 지금 북문에다 영채를 꾸리고 있습니다."

위무공이 크게 기뻐한다.

"두 나라 군사까지 왔으니, 이제 대사는 끝난 거나 다름없소."

위무공은 사람을 보내어 진秦과 진晉 두 나라 군후를 초청했다. 두 나라 군후는 위무공의 영내로 왔다. 그들은 서로 문안하고 서로 위로했다.

진秦과 진晉 두 나라 군후는 굴돌이 흰옷을 입고 있는 걸 보고서 묻는다.

"이분은 어떤 분이오니까?"

위무공이 소개한다.

"이분은 정나라 세자요."

그러고 나서 정백 우가 전사한 것과 주유왕이 피살된 경과를 말했다.

두 군후는 자세한 내용을 듣고 연방 탄식했다.

위무공이 다시 말한다.

"노부老夫는 나이만 많되, 신자臣子 된 몸으로서 의義 아니면 용납할 수 없기에 군사를 일으켰소. 우리들은 오랑캐를 소탕하고, 왕실을 반석처럼 튼튼케 해야겠소. 장차 앞으로 계책을 어떻게 정할까요?"

진양공秦襄公이 계책을 말한다.

"견융이 노리는 바는 여자와 금과 비단을 노략질하려는 것뿐입니다. 놈들은 우리를 막아내지 못할 것도 잘 알고 있습니다. 오늘 밤 삼경三更에 군사를 동·남·북 삼로로 나누어 공격하게 하고, 다만 서문만 버려두어 달아날 길을 열어주는 것이 좋을 성싶습니다. 그리고 정나라 세자는 서문 밖에서 병사를 거느리고 매복해 있다가 놈들이 달아나기를 기다려 그 뒤를 습격하면 반드시 전승하리이다."

"그 계책이 참으로 좋소."

위무공과 다른 제후도 찬동했다.

한편 신후는 성중에서, 정·위·진·진 네 나라 군사가 차례로 모여들었다는 소문을 듣고 속으로 몹시 기뻐했다. 그는 드디어 소주공小周公 훤喧과 비밀히 상의했다.

"사국四國 병사가 공격할 때를 기다려, 성문을 열어주는 동시 서로 접응接應합시다."

그러고서 신후는 우선 오랑캐의 군력을 덜기 위해 계책을 세웠다. 그는 견융주에게 가서 그럴듯하게 말했다.

"우선 왕성에 있는 보물과 황금과 비단부터 본국으로 옮기는 것이 좋을 것이오. 우선봉 패정에게 군사를 나눠주고 보물을 압송하게 하는 것이 어떻겠소. 그리고 좌선봉 만야속에게 명하여 나머지 군사를 거느리고 성에서 나아가 적과 싸우게 해야 되오."

욕심 많은 견융주는 신후의 말을 듣고 연방 머리를 끄떡였다.

만야속은 동문 밖에다 진을 치고 위군과 누壘를 대했다. 만야속과 위후는 내일 교전하기로 약속했다. 그러나 삼경이 지났을 때였다. 위군은 일시에 오랑캐의 대채를 공격했다.

깜짝 놀란 만야속은 칼을 잡고 말에 올라, 급히 내달아 적을 맞이했다. 융병은 이미 사세가 이롭지 못한 것을 눈치챘다. 사방으로 어지러이 숨느라고 야단이었다.

만야속은 두 팔을 쩍 벌리고 달아나는 군사를 막았으나, 무슨 소용 있으리오. 나중엔 만야속도 하는 수 없이 부하들과 함께 달아나기 시작했다.

이에 삼로 제후들은 크게 함성을 지르며 왕성으로 쳐들어갔다. 때를 맞추어 그들을 영접하듯이 성문이 열리었다. 삼로 군마는 일시에 홍수처럼 성안으로 들어갔다. 내달아 앞을 막는 놈이 하나도 없었다.

이것은 오로지 신후의 기민한 계책에 의해서 성취된 것이었다.

융주는 포사를 끼고 깊이 잠을 자다가, 요란한 소리에 깜짝 놀라 일어났다. 사세가 위급한 걸 알자, 그는 아쉬운 대로 당나귀를 잡아타고 서성西城으로 빠져나갔다. 그의 뒤를 따르는 융병은 겨우 수백 명에 불과했다.

융주가 허둥지둥 얼마쯤 달아나는 중인데, 난데없이 함성이 일어나며 정나라 세자 굴돌이 앞을 가로막고 쳐들어왔다. 융주는 하 위급하다 보니 제 목이 붙었는지 어쩐지 그것마저 분별할 수 없었다.

이때 만야속이 패잔병을 수습해서 거느리고 왔다. 이에 양편 사이에 싸움이 벌어졌다. 융주는 그 혼란한 틈을 타서 겨우 싸움에서 빠져 달아났다.

굴돌이 달아나는 융병을 더 쫓지 않고 왕성으로 들어가 제후들과 만났을 때는 이미 새벽이었다.

그러면 포사는 어떻게 됐는가? 융주가 자다 말고 달아나버린 궁방에 한 여자가 들보에 목을 졸라매고 늘어져 있었다. 그것이 바로 포사였다.

포사는 융주를 따라가지 못하게 되자, 스스로 들보에 목을 매고 자살했던 것이다.

호증胡曾 선생이 시로써 이 일을 탄식한 것이 있다.

　　수놓은 비단에 에워싸여 국모라 일컫더니
　　피비린내 나는 싸움 속에서 다시 오랑캐 계집이 되었도다.
　　마침내 비단줄로 제 목을 졸라맸으니
　　차라리 비妃로서 쾌락을 누린 것만 못하구나.
　　錦繡圍中稱國母
　　腥羶隊裏作番婆
　　到頭不免投繯苦
　　爭似爲妃快樂多

신후는 크게 잔치를 베풀었다. 사로四路의 제후들을 환대하고 위로했다.

윗자리에 앉은 위무공이 수저를 놓고는 일어나 제후들에게 말한다.

"왕은 세상을 떠나시고, 나라는 부서졌소. 어찌 신하 된 자로서 술을 마실 때이리오."

모든 사람이 그 말에 응하듯 일제히 일어나 두 손을 모으며 대답한다.

"저희들은 원컨대 가르침을 받고자 하오."

위무공이 말한다.

"천하에 하루라도 천자가 없어선 안 되오. 지금 태자가 신국에 계시니 곧 모셔다가 왕위에 오르시도록 합시다. 모든 제후의 생각은 어떠시오."

진양공이 찬동한다.

"군후의 말씀은 옛 문文 · 무武 · 성成 · 강康의 황령皇靈이 말씀하시는 거나 다름없습니다."

정나라 세자 굴돌도 말한다.

"소자 비록 몸에 촌공寸功도 없지만 태자를 모시고 와서 즉위케 하고, 원컨대 세상을 떠나신 아버지의 뜻을 이어 미미한 충성이나마 다할까 합니다."

위무공은 술잔을 들어 좌중을 위로하고, 그 자리에서 표장表章을 짓고, 모셔올 법가法駕를 준비하도록 했다.

다른 제후들은 군사를 보내어 서로 돕겠다고 자원했다.

굴돌이 말한다.

"본래 싸움하러 가는 것이 아니니, 많은 군사를 어디에 쓰리오. 다만 본국 군사만으로도 족합니다."

곁에서 신후가 부탁한다.

"신나라에 수레 300승이 있으니, 태자를 모시고 올 때 쓰도록 하오."

이튿날 굴돌은 태자 의구宜臼를 모시러 신나라로 떠나갔다.

한편 의구는 신나라에 있으면서 매일 고민했다. 국구 신후가 간후로, 일이 잘되는 건지 안 되는 건지 소식을 알 수 없었던 것이다.

하루는 아랫사람이 들어와 태자에게 아뢴다.

"정나라 세자가 국구 신후와 제후들이 연명連名한 표장을 가지고 와서 호경으로 태자를 모셔가겠다고 합니다."

이 말을 듣자, 태자는 자기를 모시러 온 게 아니고 잡아가려고 온 게 아닌가 해서 놀랐다. 태자는 굴돌을 들어오게 하고 표장을 펴봤다. 태자는 주유왕이 견융에게 피살된 걸 그제야 알고 부자지정父子之情을 참지 못해 방성통곡했다.

굴돌이 아뢴다.

"태자는 마땅히 사직의 지중함을 생각하사, 바라건대 속히 대위大位를 바로잡으시고, 먼저 민심부터 수습하십시오."

의구가 대답한다.

"내 이제 천하에 불효한 이름을 벗지 못하게 됐구나. 그러나 일이 이에 이르렀은즉, 곧 등정하리라."

태자는 굴돌을 거느리고 법가에 올라, 지난날 쫓겨났던 왕성으로 돌아갔다.

태자가 호경에 당도하기 전에 주공周公이 먼저 왕성으로 들어가 궁전을 소제했다. 국구 신후는 위 · 진晉 · 진秦 삼국 군후를 거느리고 정나라 세자와 조정의 문무 관원과 함께 성곽 바깥 30리까지 나가서 태자를 영접했다. 다시 길일을 간택하여 태자를 왕성으로 모셔들였다.

왕성 안으로 돌아온 태자는 타다 남은 궁실과 부서진 전각殿閣을 둘러봤다. 그리고 처연히 눈물을 흘렸다.

만사가 꿈같기만 했다. 한없이 슬프기만 했다.

태자 의구는 신후에게 제반사를 분부한 후 곤포를 입고, 면관冕冠을 쓰고 종묘宗廟에 나아가 고제告祭하고 왕위에 올랐다. 그가 바로 주평왕周平王이다.

주평왕이 용상에 오르자, 모든 제후와 문무 백관은 국궁 재배했다.

주평왕은 신후를 전殿 위로 오르게 했다.

"짐은 지난날 세상에서 버림받은 사람이라. 짐이 이제 종묘와 사직을 계승하게 된 것도 다 구씨舅氏의 힘이다. 이제 벼슬을 올려 신공申公이라고 하리라."

신후가 굳이 사양한다.

"상벌賞罰이 분명하지 못하면, 국가의 정사가 어지러워집니다. 호경이 망했다가 다시 존속하게 된 것은 이 모든 제후의 충성 때문입니다. 신은 능히 견융을 조절하지 못하고, 선왕께 큰 죄를 지었습니다. 그런즉 신은 만 번 죽어야 할 몸입니다. 어찌 상을 받을 수 있습니까."

주평왕은 세 번 권했으나 신후는 세 번을 다 사양했다. 주평왕은 하는 수 없어 신후를 그냥 후작侯爵에 머물도록 했다.

위무공이 아뢴다.

"포사 모자는 선왕의 총애만 믿고 윤리를 어지럽혔습니다. 괵석보와 윤구는 임금을 속이고 국가를 그르쳤습니다. 그들은 죽었으나, 마땅히 그 벼슬을 깎아버리십시오."

주평왕은 일일이 윤허했다. 다음은 논공시상論功施賞이 시작됐다.

위후 희화姬和를 공작으로 봉하고, 진후晉侯 희구姬仇에겐 하내

河內의 부용附庸(소국小國이란 뜻)을 더 봉하고, 정백 우는 선왕을 위해 죽었기 때문에 환桓이란 시호諡號를 내리고, 세자 굴돌에겐 그 부친 정백 우의 벼슬을 잇게 하여 백작을 삼고, 방전祊田(묘문廟門 안의 신神을 제사지내는 것이 방祊이니 방전은 제용전祭用田이란 뜻) 1,000경頃을 더 봉하고, 진군秦君은 원래 소국이기 때문에 백작을 봉하여 진백秦伯으로서 제후와 위位를 함께할 수 있도록 하고, 소주공 훤에겐 태재太宰의 직을 주고, 신후申后는 태후太后로 올려모시고, 포사와 백복을 다 서인으로 폐위하고, 괵석보·윤구·제공은 선왕 때 잠시 공이 있음을 참작하고, 겸하여 왕을 위해 죽었으므로, 그 생전의 벼슬을 그냥 두기로 하고, 그 자손들에게 그 벼슬을 습작襲爵하도록 했다.

주평왕은 방榜을 내어 싸움을 겪은 군사와 피해를 입은 백성을 위로하고, 큰 잔치를 베풀어 모든 신하와 함께 즐겼다.

옛 시에 이를 증명한 것이 있다.

모든 신하는 이날에사 은주를 만나고
만백성은 그제야 태평을 기뻐했도다.
이로부터 대대로 공덕이 두터워
산과 냇물을 다시 정리하고 중흥을 바랐더니라.
百官此日逢恩主
萬姓今朝喜太平
自是累朝功德厚
山河再整望中興

이튿날 제후들은 주평왕에게 사은숙배謝恩肅拜했다.

주평왕은 다시 위후衛侯를 사도로 봉하고, 정백인 굴돌을 경사卿士로 삼았다. 이에 그들은 조정에 머물러 태재 훤과 함께 정사를 도왔다.

신申·진晉 두 군후는 본국이 융적戎狄과 접경해 있기 때문에 만일을 염려하여, 곧 주평왕께 사은숙배하고 각기 본국으로 돌아갔다.

여기에 한 가지 더 말해둘 것이 있다. 신후申侯는 정나라 세자 굴돌이 영특한 걸 보고, 자기 딸을 주어 그를 사위로 삼았다. 그녀가 바로 무강武姜이다.

지난날 견융주는 호경에 이르러 한바탕 요란을 떨고 맘대로 노략질을 한 때문에 중국 도로를 알았다. 그는 비록 제후들에게 쫓겨 왕성에서 도망쳤으나 예기만은 꺾이지 않았다. 그는 스스로 공이 없음을 위로하는 동시 마음에 원한을 품었다.

그후 그는 크게 융병을 일으켜, 주周의 강토를 침범하고 점령하기 시작했다. 결국 기岐·풍豊 땅 반이 견융의 소유로 돌아갔다.

그는 다시 점점 호경을 노리고 가까이 침범했다. 그래서 날마다 산 위에 봉화가 그치질 않았다. 그런데다가 타다 남은 궁궐은 열에서 다섯도 남지 않았고, 담장은 무너졌고, 기둥은 쓰러져 모든 광경이 어수선하고 처량했다. 그래서 주평왕은 여러모로 심란했다. 첫째, 오랑캐가 노략질해갔기 때문에 부고가 텅 비었다. 궁실을 세우기는커녕 수리할 재력도 없었다.

둘째는 조만간에 견융이 쳐들어올지 모른다는 걱정이 있었다.

마침내 주평왕은 도읍을 낙읍洛邑으로 옮겨야겠다는 생각이 생겼다.

하루는 조회를 마치고 주평왕이 뭇 신하에게 묻는다.

"옛 왕조와 성왕成王께서 이미 도읍을 호경에 정하시고서 또 낙읍에 경영經營하신 것은 어찌한 뜻일까?"

모든 신하가 이구동성으로 아뢴다.

"낙읍은 천하의 중앙이기 때문에 사방에서 공물을 바치기에 편리합니다. 그러므로 성왕께서 소공에게 명하사 그곳에다 자리를 잡게 하셨고, 주공이 성을 쌓았고, 그후부터 부르기를 동도東都라 하셨습니다. 그곳 궁실의 제도가 이곳 호경과 더불어 다름없기 때문에 매양 천하 열국을 조회朝會하는 해엔 천자께서 동도로 행행行幸하사, 모든 제후를 접견하셨습니다. 결국 모든 나라의 편리를 위한 정책이었습니다."

주평왕이 묻는다.

"지금도 견융이 늘 호경을 노리고 있으니, 장차 어떤 재앙이 있을지 모르겠다. 그러므로 짐은 도읍을 아주 낙양洛陽으로 옮길까 한다. 경들의 뜻은 어떠한가?"

태재 훤이 아뢴다.

"이제 궁궐은 불에 타고 부서졌습니다. 새로 세우긴 쉬운 일이 아닙니다. 그런데도 불구하고 다시 세운다면 백성들의 노력도 노력이려니와 비용이 많이 들 것인즉, 천하의 원망이 드높아질 것입니다. 그런 틈을 타서 서융이 쳐들어오면 어찌 막아낼 수 있겠습니까. 차라리 낙양으로 도읍을 옮기는 것이 묘책인가 합니다."

모든 문무백관도 견융의 공격을 근심하고서 일제히 찬성한다.

"태재의 말이 옳습니다."

그러나 사도 위무공만이 머리를 숙이고 길이 탄식한다.

주평왕이 묻는다.

"노사도老司徒는 어째서 말이 없소?"

위무공이 아뢴다.

"노신은 나이 아흔에 가까우나, 군왕께서 이 몸을 늙었다고 버리지 않으시므로 벼슬이 육경六卿을 갖추고 있습니다. 그러니 알면서도 말하지 않으면 이는 왕께 불충한 일이며, 만일 모든 사람의 뜻을 어기며까지 말하면 이는 벗과 화목하지 못함이라. 그러나 오히려 벗의 뜻을 어길지언정 감히 군왕께 숨길 수 없어서 아뢰옵니다. 대저 호경은 왼편에 효함殽函이 있고 오른편에 농촉隴蜀이 있어 산을 헤치고 강물이 뻗었기 때문에 기름진 들을 천리에 폈습니다. 천하에 이보다 더 좋은 지형이 없습니다. 이와 비하면 낙읍은 비록 천하의 중앙이라 하지만, 그 지세가 평탄해서 사면으로 적의 침략을 받기 쉽습니다. 선왕께서 비록 두 곳에 다 도읍을 세웠으나, 서경西京에다 자리잡으신 이후로 천하에 왕위를 떨치는 근본을 세웠고, 동도는 그저 순시하실 때 머무는 곳으로 삼은 것뿐입니다. 왕께서 호경을 버리고 낙양으로 도읍을 옮기신다면 장차 왕실이 쇠퇴하지나 않을까 염려스럽습니다."

주평왕은 호경에 멀미가 난 지 오래였다.

"견융이 기·풍을 점령한 지 오래니, 그 형세 가볍지 않다. 더구나 궁궐은 타다 남은 채 기울어져 한 가지도 볼 것이 없다. 짐이 이제 동쪽으로 도읍을 옮기려는 것은 실로 어쩔 수 없기 때문이오."

위무공이 끝까지 반대한다.

"견융은 원래 간악한 성격입니다. 신공申公이 그들의 군사를 빌린 것부터가 실책이었습니다. 그놈들이 성문에 들어와서는 도적으로 변했고, 궁궐에 이르러서는 불을 질렀고, 마침내 선왕까지 죽였습니다. 하늘 아래 함께 살 수 없는 우리의 원수들입니다.

왕은 뜻을 굳게 하고 비용을 절약하고 백성을 사랑하고 무술을 가르치고 군사를 조련하사, 선왕의 북벌남정北伐南征한 사업을 본받으십시오. 저 융주부터 사로잡아, 그 목을 칠묘七廟에 바치고 지난날의 수치를 씻어야 하지 않겠습니까. 원수를 피하사, 이곳을 버리고 딴 곳으로 옮긴다는 것은 옳지 못한 처사인가 합니다. 우리가 한 자를 물러서면 적도 한 자씩 진격해 들어옵니다. 누에가 뽕을 파먹어 들어가는 거나 다름없는 우환이니, 사태가 기·풍에서만 멈추고 말 일이 아닙니다. 옛날에 성군 요순堯舜은 떼〔茅〕와 풀〔茨〕로 지붕을 해서 이고, 흙으로 계단을 쌓았으며, 또 우禹임금은 보잘것없는 궁실에서 기거하였으나 누추하다고 하지 않았습니다. 도읍의 장관壯觀이 어찌 궁실의 겉치레에만 있다고 하리이까. 그러니 왕께서는 깊이 생각하십시오."

태재 훤喧이 위무공을 반박한다.

"노사도의 말은 태평 시대의 논법이며, 도무지 변통 없는 소린가 하오. 선왕께서는 정사에 태만하고 인륜을 끊으사, 몸소 오랑캐들을 불러들인 것이나 다름없었습니다. 그러나 이는 기왕지사라. 족히 깊은 허물은 아니라 할지라도, 우리 왕께선 타버린 잿더미와 부서진 유물을 깨끗이 정리하는 동시, 나라의 명호名號와 위엄을 바로잡고자 하심이라. 그러나 어찌하리오. 부고는 텅 비고 병력은 쇠약하고, 백성은 견융을 표범이나 늑대처럼 두려워하고 있소. 장차 하루아침에 오랑캐들의 말굽이 달려오고, 백성들의 마음이 흩어지면 나라를 그르친 죄를 누가 담당하겠소."

위무공이 대답한다.

"신공이 오랑캐를 불러들였으니, 능히 오랑캐를 물리칠 계책도 있을 것이오. 왕께서는 사람을 신공에게 보내사 문의하십시오.

반드시 좋은 계책이 있을 것입니다."

한참 이렇게 서로 상의하고 있는데, 국구國舅 신공에게서 사자가 왔다.

신공이 보낸 표문表文 내용은 다음과 같았다.

　　　견융이 침략을 멈추지 않으니, 앞으로 망국의 재앙이 있을까 두렵습니다. 엎드려 바라건대, 왕은 외로운 외척外戚을 어여삐 생각하사 즉시 군사를 보내어 신을 구원해주소서.

표문을 읽은 후, 왕이 결연히 말한다.

"구씨는 지금 자기도 돌볼 여가가 없소. 어찌 짐까지 돌볼 수 있으리오. 동으로 도읍을 옮기기로 짐은 결심하노라."

왕은 태사에게 분부한다.

"천도遷都할 날을 택일하여라."

위무공이 끝까지 간한다.

"신의 벼슬이 사도까지 이르렀으니, 왕께서 도읍을 옮긴다면 민생이 어지러울지라. 신도 허물을 면할 수 없습니다."

그러나 백성들에게 알리는 방문榜文이 거리마다 나붙기 시작했다. 방문 내용인즉, 왕의 법가法駕를 따라 동쪽 도읍으로 옮겨 가고자 하는 자는 속히 준비하고, 일제히 길을 떠나자는 것이었다.

축사祝史•는 천도하게 된 연유를 글로 짓고, 종묘에 고하고 제사를 지냈다.

드디어 천도하는 날이 됐다.

대종백大宗伯은 칠묘의 신주神主를 모시고 수레에 올라 앞을 인도했다. 진백秦伯 영개嬴開는 주평왕이 동으로 도읍을 옮긴다는 소문을 듣고 친히 군사를 거느리고 와서 왕의 법가를 호위했다.

백성들은 제각기 남부여대男負女戴하고, 늙은이를 부축하고, 어린것의 손목을 잡고 법가를 뒤따라간다. 그 수를 가히 헤아릴 수 없었다.

독자는 지난날 주선왕이 대제大祭를 지내던 날 밤에 꾼 꿈을 기억할 것이다. 그 꿈에 아름다운 여자가 나타나 크게 세 번 웃고 크게 세 번 통곡하고는, 칠묘의 신주들을 가지고서 동쪽으로 사라져 갔던 것이다.

꿈속의 여자가 크게 세 번 웃은 웃음소리는, 포사가 여산에서 봉화로 제후를 희롱하고 웃었던 것을 응한 것이며, 꿈속의 여자가 크게 세 번 통곡한 것은, 주유왕과 포사와 백복 세 사람의 목숨이 함께 끊어진 것을 징조한 것이며, 꿈속의 여자가 신주들을 가지고 동쪽으로 사라진 것은, 바로 오늘날 동쪽으로 천도하게 된 것을 응한 것이었다. 그러고 보면 주선왕의 꿈은 한 가지도 맞지 않은 게 없다.

또 지난날에 태사太史 백양부伯陽父가 점을 쳤을 때, '울다가 웃다가, 웃다가 또 울도다. 염소는 귀신에게 잡아먹히고, 말은 개에게 쫓기는도다. 삼가고 삼가라. 산뽕나무로 만든 활과 쑥대로 만든 전통이로다' 한 그 괘사도 맞은 셈이다.

염소가 귀신에게 잡아먹혔다[羊被鬼呑]는 것은 주선왕이 46년에 귀신 때문에 죽었으니, 그것이 바로 기미년己未年(기미년의 미未는 양羊임)이었다.

다음, 말이 개에게 쫓겼다[馬逢犬逐]는 것은 견융이 쳐들어올 걸 예언한 것이니, 그해가 바로 주유왕 11년으로서 경오년庚午年(경오년의 오午는 말[馬]임)이었던 것이다.

지난날의 모든 점괘와 징조대로 서주西周는 드디어 망했다. 하늘의 운수가 이렇듯 정해진 것을 어찌하리오. 다만 백양부의 신묘한 점괘를 감탄할 뿐이다.

　이리하여 서주는 없어졌다. 도읍을 동쪽으로 옮긴 이후는 어떠하였던가.

황천黃泉에서 어머니를 만나는 정장공鄭莊公

동쪽으로 옮겨가는 왕과 백성의 행렬은 끝이 없었다.

주평왕周平王은 낙양에 이르렀다. 그는 시정이 조밀稠密하고 궁궐이 장려壯麗한 모양이 지난날의 호경에 비해서 손색이 없는 걸 보고 매우 기뻐했다.

왕성王城이 정해지자, 사방 제후들이 모두 주평왕에게 칭하稱賀하는 표문을 올리고 방물方物을 바쳤다. 그런데 형荊나라만 표문도 방물도 바치지 않았다. 주평왕은 크게 노하여 형나라를 치려고 했다. 그러자 모든 신하들이 간한다.

"오랑캐나 다름없는 형은 오래도록 왕화王化 밖에 있었기 때문에 선왕宣王께서 처음으로 이를 쳐서 항복을 받으신 곳입니다. 그들은 매년 청모菁茅 한 수레를 바칠 뿐이니 겨우 제사 때 축주縮酒로 쓰는 데 불과했으나, 꾸짖지 않으신 것은 그들을 견제하기 위함이었습니다. 이제 도읍을 옮긴 만큼 아직 인심도 안정되지 않았는데, 왕께서 군사를 거느리고 원정하시는 것은 불가한 일입니다. 그러니 널리 포용하사 그들을 덕화德化시켜야 합니다. 그러고도 그들이 버릇을 고치지 않고 뉘우치지 않는다면, 오늘날보다 병력이 충족하길 기다려서 형국을 쳐도 늦지 않습니다."

주평왕은 남쪽을 치려던 의논을 중지했다.

하루는 진양공秦襄公이 본국으로 돌아가겠다고 왕께 고했다. 주평왕이 진양공에게 부탁한다.

"이제 기·풍 땅 반이 견융에게 점령당한 것은 경도 아는 바라. 경이 앞으로 그 견융을 모조리 몰아낼 수만 있다면, 짐은 기·풍 땅을 다 경에게 하사하겠노라. 수고로움에 보답하는 건 비록 적을지 모르나, 경이 길이 서쪽을 지켜주면, 이 어찌 아름다운 일이 아니리오."

진양공은 무수히 머리를 조아리며 왕명을 받고서 본국으로 돌아갔다.

진나라로 돌아온 진양공은 즉시 군사와 군마를 조련하기 시작했다. 견융을 없애버리기로 결심한 것이었다.

그런 지 불과 3년도 지나지 않아서 진양공은 한 번 군사를 일으키자, 견융을 여지없이 무찔러버렸다. 마침내 오랑캐의 대장 패정과 만야속도 전진戰陣에서 죽었다. 융주는 진군秦軍에게 쫓겨 멀리 서황西荒으로 달아났다. 이리하여 기·풍 땅은 다 진나라 소유가 되었다.

마침내 진나라 지역은 천리까지 뻗었다.

염옹髥翁이 시로써 이 일을 읊은 것이 있다.

> 문왕文王 무왕武王도 당시에 그곳에서 일어났거니
> 어찌하여 그 좋은 땅을 진秦에 주었는가.

그 좋은 기풍 땅을 그대로 뒀더라면
진나라가 장차 어찌 시황始皇이라고 일컬었으리오.
文武當年發跡鄉
如何輕棄畀秦邦
岐豊形勝如依舊
安得秦强號始皇

여기서 잠시 진나라 내력을 살펴보기로 하겠다.

진秦은 제帝 전욱顓頊의 자손들로서 그 후손에 고요皐陶란 사람이 있었다. 고요는 당요唐堯 시대의 사사관士師官이었다. 또 고요의 아들에 백예伯翳란 사람이 있었다. 백예는 대우大禹를 도와 치산치수治山治水할 때, 산을 불지르고 못〔澤〕 물을 빼돌리고 흉악한 짐승들을 몰아냈다. 그 공으로 그는 왕으로부터 영嬴이라는 성을 받았다. 이리하여 백예는 순舜 임금 밑에서 축목畜牧하는 일을 맡아 봤다.

백예에게 두 아들이 있었다. 이름을 약목若木과 대렴大廉이라 했다. 약목은 서徐라는 나라를 받았다. 그 후손들은 하夏나라와 상商나라 시대를 내려오며, 대대로 제후로서 행세했다.

주왕紂王 때에 이르러 대렴의 자손으로서 비렴蜚廉이란 사람이 있었다. 그는 달음박질을 곧잘 했는데, 하루에 무난히 500리를 갔다. 그 아들에 오래惡來란 사람이 있었다. 그는 힘이 천하장사였다. 그는 능히 맨손으로 범과 표범 가죽을 찢었다. 아버지와 아들이 다 장사였기 때문에 그들은 주왕의 사랑하는 신하가 되어, 주왕의 포학무도한 행동을 많이 도왔다. 그래서 무왕은 주紂를 치고 상나라를 평정하자, 비렴과 오래를 죽였다.

비렴의 아들은 계승季勝이며, 그 증손의 이름은 조보造父였다. 그는 말을 잘 길들였기 때문에, 주목왕周穆王의 총애를 받아 조趙 땅에 봉작封爵되었다. 그가 바로 진晉나라 조씨趙氏의 조상인 것이다.

그 자손으로 비자非子란 사람이 있었는데, 비자도 견구犬邱에 살면서 말을 잘 길렀다. 이 소문을 듣고, 주효왕周孝王은 그에게 명하여 견수汧水와 위수渭水 사이에서 말을 기르게 했다.

말은 곧잘 번식했다. 주효왕은 크게 기뻐하고, 마침내 진秦의 땅을 비자에게 주는 동시 소국小國의 임금으로 봉했다.

이리하여 영씨嬴氏의 제사를 잇게 되자, 그는 영진嬴秦이라고 칭호했다. 그후 6대를 지나 진양공에 이르렀다.

진양공은 위에서 말한 바와 같이 왕에게 충성한 공로로 진백秦伯이 되었고, 다시 견융을 무찔러 기·풍 땅을 얻었기 때문에 그 형세가 더욱 강대해졌다.

진양공은 옹雍 땅에다 도읍을 정하고, 비로소 모든 나라 제후와 거래를 텄다. 진나라를 강성케 한 진양공이 세상을 떠나자, 그 아들 진문공秦文公이 뒤를 계승했다. 때는 주평왕 15년이었다.

어느 날, 진문공은 부읍鄜邑의 들에서 꿈을 꿨다. 꿈에 누런 뱀이 하늘에서 내려오지 않는가. 그 뱀은 산 위에 이르러 움직이지 않았다. 머리는 수레바퀴만하고, 몸을 평지까지 드리우고, 꼬리는 하늘에 닿아 있었다.

그러자 문득 그 뱀이 조그만 아이로 변했다.

조그만 그 아이가 진문공에게 말한다.

"나는 상제上帝의 아들이오. 상제께서 이제 당신을 백제白帝로

. 삼는다고 하셨소. 그러니 서방西方의 제사를 게을리 마오."

진문공은 대답할 여가도 없었다. 조그만 아이는 문득 없어졌다. 동시에 진문공은 꿈에서 깼다.

이튿날 진문공은 태사 돈敦에게 꿈 얘기를 했다.

"그게 무슨 징조인가 점을 쳐보오."

돈이 점을 치고 아뢴다.

"백白은 서방의 빛깔이로소이다. 이제 주공께서 서방을 차지함은 바로 상제의 명입니다. 그러니 백제를 모시고 제사를 지내시면, 반드시 많은 복을 받으시리이다."

진문공은 부읍에다 높은 대를 쌓고 백제묘白帝廟를 세우고 그 사당 이름을 부치鄜畤라고 했다. 그리고 흰 소를 잡아 제사를 지냈다.

이때 진창陳倉 사람 하나가 사냥을 하다가 이상한 짐승 한 마리를 잡았다. 그 짐승은 꼭 멧돼지같이 생겼는데, 아무리 찌르고 쳐도 죽지 않았다.

사냥꾼은 그 짐승의 이름도 알 수 없고 이상하기도 해서 진문공에게 바치려고 끌고 갔다. 그런데 그 사냥꾼은 가는 도중에 두 동자童子를 만났다.

두 동자가 사냥꾼이 끌고 가는 멧돼지를 보고 손가락질하면서 말한다.

"저건 위猬란 짐승인데, 항상 땅속에 엎드렸다가 죽은 사람의 골〔腦〕만 뽑아 먹고 산단다. 그 목을 치면 곧 죽는데, 아는 사람이 있어야지."

그러자 끌려가던 위란 짐승이 곧 사람 말을 한다.

"저 두 동자는 사람이 아니라 꿩의 정精인데, 이름을 진보陳寶

라고 합니다. 저 둘 중에 수놈을 얻으면 왕이 되고, 암놈을 얻으면 천하 패권을 장악하게 되지요."

이 말에 자기네 본색이 탄로난 두 동자는 즉시 꿩으로 변해서 날아갔다.

하늘로 후루룩 날아오른 두 마리 꿩 중에서 까투리는 진창산陳倉山 북쪽 고개에 내려앉았다.

순간 위란 짐승도 어디로 갔는지 없어졌다.

사냥꾼이 진창산으로 올라가본즉 까투리는 어느새 한 마리의 돌닭[石鷄]으로 변해 있었다.

사냥꾼은 하도 이상한 일이기에 진문공에게 가서 그대로 자초지종을 아뢰었다.

이 말을 듣자 진문공은 또 진창산에다 진보사陳寶祠(오늘날도 섬서성陝西省 보치현寶鷄縣에 있다)라는 사당을 지었다.

이런 일이 있고 또 얼마 뒤의 일이다.

종남산終南山에 엄청나게 큰 가래나무[梓]가 있었는데, 진문공은 그 가래나무를 베어서 전각殿閣을 짓는 재목으로 쓰려고 했다. 어떻게 된 까닭인지 톱으로 켜도 그 가래나무는 베어지지 않고, 도끼로 쳐도 날이 들어가질 않았다.

한참 나무를 베려고 법석대는데, 문득 큰 바람이 일어나더니 비가 억수로 쏟아지기 시작했다. 사람들은 일을 중지하지 않을 수 없었다.

그날 밤이었다.

일꾼 한 사람이 산밑에서 자다가 이상한 소리에 잠을 깼다. 많은 귀신들이 모여들어 그 가래나무에게 치하하며 기뻐하고 있었다.

가래나무의 신神이 모든 귀신들에게 일일이 응구應口한다.

"참으로 다행한 일이었다."

한 귀신이 묻는다.

"진秦이 나무 베는 사람들의 머리를 풀게 하고, 붉은 실로 나무를 동여매면 어찌할 테요?"

"……"

가래나무 신은 갑자기 벙어리라도 되어버렸는지 종시 대답이 없었다.

이튿날 그 일꾼은 진문공에게 가서 귀신이 하던 말을 그대로 고했다.

진문공은 즉시 일꾼들의 머리를 풀게 했다. 일꾼들은 붉은 실로 가래나무를 친친 동여맸다.

드디어 톱소리가 나고, 나무는 요란스레 넘어갔다.

그러나 일꾼들은 일제히 물러섰다. 쓰러진 나무 속에서 푸른 소한 마리가 뛰어나왔던 것이다. 푸른 소는 나는 듯이 달려가 바로 옹수雍水 속으로 들어가버렸다.

이런 일이 있은 지 얼마가 지난 뒤였다. 물가에 사는 백성들은 푸른 소가 물 속에서 다시 나오는 걸 봤다.

진문공은 즉시 기사騎士에게 분부했다.

"그 소를 잡아오너라."

그러나 푸른 소는 힘이 대단했다. 기사들은 모두 쇠뿔에 받혀 땅바닥에 꼬꾸라졌다.

곧 기사들은 머리를 산발하고 얼굴에 환칠을 했다. 그제야 푸른 소는 몹시 두려워하며 물 속으로 도로 들어가버렸다. 그 뒤 푸른 소는 다시 나타나지 않았다.

그래서 진문공은 군중軍中에다 다팔머리〔髦頭〕를 하도록 제도를 정했다. 그리고 다시 노특사怒特祠라는 사당을 세워, 가래나무 신을 모신 후 제사를 지냈다.

한편 노魯나라* 혜공惠公은 진문공이 외람되게 주왕周王처럼 상제께 제사를 지낸다는 소문을 듣고서 태재 양襄을 주 왕실로 보냈다.

노나라 태재 양은 주에 가서 주평왕에게 청했다.

"청컨대 우리 노나라도 교체郊禘의 예禮(왕만이 하늘[天]과 땅[地]에 제사지내는 고대 의식. 천자가 동지엔 남교南郊에서 하지엔 북교北郊에서 그 제祭를 올렸다)를 올릴 수 있도록 허락하소서."

물론 주평왕은 허락하지 않았다. 태재 양이 아무 성과 없이 돌아온 걸 보고 노혜공은 대로했다.

"과인의 조상 주공周公은 왕실에 큰 공로와 훈업을 세웠다. 오늘날의 예악禮樂도 우리 조상께서 제정하신 것이다. 그 자손인 내가 예식을 올린대서 무슨 잘못이 있겠느냐. 항차 천자는 진후秦侯가 천지天地에 제사지내는 것도 능히 금하지 못하면서 왜 우리 노나라만 못하라는 법이 있다더냐."

이리하여 진秦도 노魯도 천자처럼 천지에 대한 교체의 의식을 지내기 시작했다. 그러나 주평왕은 감히 그들을 문초하지 못했다. 그만큼 주 왕실은 점점 쇠약해졌다.

그 대신 모든 나라 제후는 제멋대로 권세를 부리고, 서로 침범했다. 이리하여 천하는 더욱 분분할 수밖에 없었다.

사관史官이 시로써 이 일을 탄식한 것이 있다.

자고로 왕과 후는 예법이 아주 다르건만
이제 미개지의 제후들도 왕과 같이 제사를 지내는구나.

한번 진·노 두 나라가 천하의 법을 어긴 이후로
열국이 다투어 대권을 도적질했도다.
自古王侯禮數懸
未開侯國可郊天
一從秦魯開端僭
列國紛紛竊大權

이제 이야기를 정鄭나라로 옮겨야겠다.

정나라에선 세자 굴돌掘突이 군위君位에 올랐다. 바로 그가 정무공鄭武公이다.

정무공은 천하가 산란한 틈을 놓치지 않고, 동괵東虢과 회鄶 땅을 손아귀에 넣고, 도읍을 회로 옮겨 신정新鄭이라 일컫고, 형양滎陽을 도성으로 삼고, 제읍制邑에다 관關을 설치했다.

드디어 정도 강대한 나라로 행세하게끔 되었다.

그는 또 위나라 위무공과 함께 주나라 조정에서 경사卿士 벼슬을 겸하고 있었다.

주평왕 13년에 위무공이 세상을 떠나자, 정무공은 주나라 정사를 혼자 장악하다시피 했다.

그가 정나라 도읍을 형양에 정한 것은 낙양과의 거리가 가까웠기 때문이었다. 조정에 있기도 하고 혹 본국에 가 있기도 했기 때문에 정무공의 거처는 항상 일정하지 않았다.

그러나 이런 이야긴 차차 하기로 하겠다.

이미 말한 것처럼 정무공의 부인은 신후申侯의 여식인 강씨姜氏
•였다. 강씨에겐 소생이 둘 있었다. 장자의 이름은 오생寤生이며,

둘째아들의 이름은 단段이었다.

장자의 이름을 하필이면 잠 깰 오寤 자 낳을 생生 자로 한 것은 이유가 있었다. 원래 강씨는 큰아들을 낳을 때 해산 자리에 앉아 보지도 못했다. 강씨는 깊이 잠을 자면서 자기가 해산하는 꿈을 꿨다. 문득 잠을 깼을 때엔 이미 어린것이 고고呱呱의 울음을 터 뜨리고 있었다. 강씨는 몹시 놀랐다. 그래서 그 아이의 이름을 잠 깰 오 자, 낳을 생 자로 한 것이었다.

강씨는 이 일을 몹시 불쾌히 생각했다.

그 뒤에 낳은 아들 단은 자랄수록 영특했다. 단의 얼굴은 분을 바른 듯 관옥 같고 입술은 유난히 붉고 또 힘이 세고 활을 잘 쏘았다.

강씨는 둘째아들 단만을 사랑했다. 강씨는 다음날에 단이 군위를 잇는다면, 오생보다 열 배 훌륭할 것이라고 생각했다.

강씨는 기회만 있으면 남편인 정무공에게 단이 어질다고 칭찬하면서 마땅히 다음날 단이 군위를 이어야 한다고 했다.

그러나 정무공은 점잖게 대답했다.

"자고로 장유長幼엔 질서가 있소. 일을 문란스레 하지 말지로다. 더구나 오생은 아무 허물이 없소. 어찌 장자를 폐하고 차자를 임금으로 세울 수 있으리오."

이리하여 마침내 오생이 세자가 되었다.

정무공은 단에게 식읍食邑으로서 조그만 공성共城이란 땅을 줬다. 그리고 단을 공숙共叔이라고 불렀다.

강씨는 남편의 처사가 도무지 맘에 맞지 않았다. 그래서 늘 기뻐하지 않았다. 이러는 중에 정무공이 세상을 떠나고 세자 오생이 즉위했다.

그가 바로 정장공鄭莊公*이다. 그는 부친의 대를 잇고, 역시 주

왕실의 경사卿士로 눌러앉았다.

이때 강씨 부인은 둘째아들 공숙이 아무 권세도 없는 걸 슬퍼했다. 하루는 강씨가 정장공을 보고 탄식한다.

"너는 부친의 군위를 계승하고 물려받은 땅만도 수백 리나 된다. 그런데 한배에서 난 동생은 겨우 궁벽한 곳에 용신容身하고 있구나. 그러니 너의 맘인들 어찌 좋을 리 있으리오."

정장공이 부드러운 음성으로 묻는다.

"어쩌면 좋겠습니까? 모친께서 지시하십시오."

"왜 공숙을 제읍制邑에 봉하지 않느냐?"

정장공은 난처했다.

"제읍은 가장 험한 지대로 이름 높은 곳입니다. 선왕께서 그곳만은 나누어 봉하지 말라는 유언까지 하셨습니다. 이 이외의 말씀이면 분부대로 거행하리이다."

강씨가 서슴지 않고 말한다.

"그렇다면 경성京城을 주면 어떨까?"

정장공은 어이가 없어서 말도 못했다. 강씨가 새침해지면서 투덜거린다.

"그것도 안 되면 차라리 공숙을 다른 나라로 추방하라. 타국에 가서 벼슬에 나아가 입에 풀칠이나 하라고 권하겠다."

정장공은 황망히,

"그럴 것까진 없습니다. 그럴 것까진 없습니다. 그저 분부대로 하오리다."

하고 물러나갔다.

이튿날 정장공은 전상殿上에 올랐다.

"공숙 단에게 경성을 봉하고자 하노라."

신하들은 이 의외의 말에 모두 놀랐다.

대부大夫 제족祭足°이 간한다.

"그게 무슨 말씀입니까. 하늘엔 해가 둘일 수 없으며, 백성에겐 임금이 둘일 수 없습니다. 경성은 백치지웅百雉之雄(방장方丈을 도堵라 하며 삼도三堵를 치雉라 하므로 백치百雉는 대성大城이며 웅雄은 웅도雄都라는 뜻)입니다. 땅도 넓고 백성이 많아서 조금도 형양과 다를 것이 없습니다. 더구나 공숙은 모부인母夫人께서 특히 사랑하시는 아드님입니다. 공숙에게 대읍大邑을 봉한다면 이는 한 나라에 두 임금을 두는 것입니다. 더구나 공숙은 모부인만을 믿고 있습니다. 그저 후환이 있을까 두렵습니다."

정장공이 힘없이 말한다.

"이는 모친의 분부시라. 내 어찌 거절할 수 있으리오."

정장공은 마침내 공숙에게 경성 땅을 봉했다. 공숙은 형인 정장공에게 사은숙배하고, 내궁으로 들어가 어머니 강씨에게 절했다. 강씨는 좌우 사람을 물리치고 단에게 속삭인다.

"너의 형은 골육의 정도 없는 사람이어서 지금까지 너를 몹시 박대했다. 이번에 너에게 경성을 봉한 것도, 내가 재삼 청했기 때문에 할 수 없어서 내놓은 것이다. 반드시 맘속으론 언짢았으리라. 그러니 너는 경성에 가거든, 마땅히 군사를 많이 모아 기회 있으면 일을 도모할 수 있도록 비밀히 준비하여라. 앞으로 네가 군사를 일으키고 내가 이곳에서 내응하면, 넉넉히 이 나라를 차지할 수 있을 것이다. 네가 만일 오생 대신 이 나라 군위에 오른다면, 난 죽어도 여한이 없겠다."

공숙이 하직 겸 대답한다.

"모친께서는 염려 마십시오."

이리하여 공숙은 경성으로 떠나갔다. 이런 뒤로 정나라 사람은 공숙을 경성 태숙太叔이라고 불렀다.

경성에 이르러 태숙이 부문府門을 열던 날이었다. 서비西鄙와 북비北鄙 관장官長들이 함께 와서 축하했다. 태숙 단이 두 관장에게 분부한다.

"지금 너희들이 맡은 땅도 이제 내 봉토의 소속이다. 앞으론 나에게 세를 바쳐라. 그리고 군사와 전차戰車는 내 명령 없이 징집하거나 조발調發할 수 없다. 앞으로 특별히 명심하고 어긋남이 없게 하여라."

두 관장은 오래 전부터 태숙이 국모의 사랑을 받는 아들이란 것과 장차 군위를 노리고 있다는 것까지 알고 있었다. 그들은 이제야 태숙의 풍채를 본 것이다. 아름답고 미끈하지 않은가. 그들은 태숙의 출중한 풍채에 눌려 감히 항거하지 못했다.

이로부터 태숙은 날마다 사냥한다 핑계하고, 성밖에 나가서 군사와 병졸을 훈련시켰다. 그는 서비와 북비의 백성까지 병사로 만들고 그들을 모조리 군적軍籍에 올렸다. 그는 또 먼 곳으로 사냥 간다 핑계하고, 마침내 언鄢과 늠연廩延 두 지방을 엄습하고 그 땅을 뺏었다. 언과 늠연의 두 관장은 겨우 정鄭으로 도망쳤다.

그들은 정장공에게 호소했다.

"태숙이 병사를 이끌고 와서 저희들 고을을 뺏었습니다."

"......"

정장공은 아무 대답도 안 했다. 그 대신 얼굴에 미소를 지었다. 이때 반班 중에서 한 관원이 큰소리로 부르짖는다.

"단을 죽여야 합니다."

정장공은 머리를 들어 소리나는 편을 봤다. 그는 바로 상경上卿

벼슬이 있는 공자公子 여몄였다. 정장공이 묻는다.

"여는 무슨 좋은 의견이라도 있느냐?"

공자 여가 아뢴다.

"신이 듣건대 신하 된 자는 군사를 둘 수 없나니 군사를 기르는 자 있으면 반드시 죽여야 한다고 합니다. 이제 태숙이 안으론 모후母后의 사랑을 믿고, 밖으론 경성의 견고한 지형을 믿고서 밤낮없이 군사를 조련하며 무예를 가르치고 있다 합니다. 과연 그 뜻이 무엇이겠습니까. 이는 바로 군위를 찬탈하려는 것입니다. 그러니 주공主公께서는 군사를 신하라고 가칭케 하여 경성으로 보내사, 저편을 속이고 단을 결박지어 잡아오게 하십시오. 그래야만 반드시 후환이 없습니다."

정장공이 천천히 대답한다.

"단에게 이렇다 할 죄가 없거늘, 어찌 그를 죽일 수 있으리오."

공자 여가 강경히 주장한다.

"이제 서비와 북비가 단의 손아귀에 들어갔습니다. 다시 단은 언과 늠연까지 손을 뻗었습니다. 선군先君의 토지를 어찌 이렇듯 베어줄 수 있습니까?"

정장공이 부드러이 웃는다.

"단은 모친이 사랑하는 아들이며, 과인이 사랑하는 동생이다. 차라리 땅을 잃을지언정 어찌 형제의 정을 상하게 할 수 있으며, 또 국모의 뜻을 물리칠 수 있으리오."

공자 여가 다시 아뢴다.

"신은 주공께서 토지 잃는 것을 걱정하는 건 아닙니다. 이러다간 나라까지 잃게 될까 봐 염려하는 것입니다. 그러잖아도 지금 인심이 황황한데, 태숙의 세력이 강성하면 모두 형세만 관망하려고 할 것입니다. 이런 시국을 내버려두면 머지않아서 도성 안 백성들도 두 마음을 품는 자가 생길 것입니다. 오늘날 주공께선 태숙을 용납하지만, 다음날 태숙은 결코 주공을 용납하지 않을 것이니, 그때에 후회한들 무슨 소용이 있습니까."

정장공이 태연히 대답한다.

"경은 망령된 말을 하지 마라. 과인이 알아서 할 것이다."

공자 여는 밖으로 물러나갔다. 그는 정경正卿 벼슬에 있는 제족祭足에게 푸념을 했다.

"주공은 골육의 사정에 얽매여, 사직의 대계大計를 소홀히 하고 있소."

제족이 조용히 대답한다.

"주공은 재주와 지혜를 겸전한 분이오. 그러니 이 일을 그냥 두지 않으리이다. 다만 대정大庭에선 여러 사람의 이목이 있기 때문에 속뜻을 토설하지 않은 것뿐이오. 그대는 귀인이며 주공과 친척간이며 높은 벼슬에 있음이라. 타인이 없을 때에 주공을 가서 보시오. 반드시 주공께서 결정한 뜻을 말씀하리이다."

공자 여는 제족의 말을 듣고 머리를 끄덕이었다. 그는 다시 궁문으로 들어갔다. 정장공이 들어오는 공자 여를 보고 묻는다.

"나를 찾아온 뜻이 무엇이냐?"

"주공이 군위에 계시지만, 국모는 주공을 싫어하고 있습니다. 만일 속과 바깥이 공모하면, 변은 바로 눈앞에서 일어납니다. 그렇게 되면 이 정나라는 주공의 것이 아닙니다. 이런 걸 생각하면 신은 침식마저 편치 않습니다. 그래서 거듭 뵈오러 왔습니다."

"그렇다면 이 일이 국모와 관련되지 않는가?"

"주공께서는 옛날에 주공周公도 관管·채蔡(무왕武王의 동생 관숙선管叔鮮과 채숙도蔡叔度. 둘 다 간악한 무리였다)를 죽였다는 걸 듣지 않았습니까. 마땅히 끊어야 할 것을 끊지 않으면, 도리어 그 난을 받고 맙니다. 바라건대 속히 계책을 결정하십시오."

그제야 정장공이 슬며시 말한다.

"과인은 이미 계책을 세웠다. 단이 비록 옳지 못한 생각을 하고 있으나 아직 아무런 증거가 없다. 지금 내가 만일 단을 죽이려 하면 궁내에서 모친이 반드시 방해할 것인즉, 헛되이 많은 사람의 의논만 일으킬 뿐이다. 그러면 세상 사람은 과인을 형제간에 우애 없고 불효한 자라고 할 것이다. 내가 이제 단을 도외시하고, 그가 하는 짓을 내버려두는 것은, 그가 국모의 사랑만 믿고 맘대로 일을 꾸미다가 마침내 기탄없이 반역하기를 기다리는 것이다. 그러한 시기에 이르러 그의 죄를 밝혀야 신하와 백성들도 나를 도울 것이며, 모친도 꼼짝못할 것 아닌가."

공자 여가 크게 감탄한다.

"주공께서 앞일을 멀리 보시는 데엔 신이 미칠 바가 아닙니다. 그러나 단의 세력이 마치 뻗어나는 덩굴처럼 나날이 자라나 제거할 수 없는 데까지 이른다면 어찌하시렵니까? 저편에서 선수를 쓰기 전에 이편에서 먼저 그들을 없애버리는 것이 상책일까 합니다."

"그렇다면 어떤 계책을 써야 할꼬?"

공자 여가 조그만 소리로 아뢴다.

"주공께서 오랫동안 조정에 못 간 것은 태숙이 무슨 짓을 할지 안심할 수 없었기 때문입니다. 주공은 주 왕실에 간다는 소문부터 내고 떠나십시오. 태숙은 반드시 국내에 주공이 없는 틈을 타서 군사를 일으키고 정나라를 손아귀에 넣으려고 쳐들어올 것입니다. 그때 신은 미리 군사를 거느리고 경성 근처에 매복하고 있겠

습니다. 태숙이 군사를 거느리고 성에서 떠난 뒤에 신은 경성으로
쳐들어가 그의 소굴부터 점령하겠습니다. 이런 한편 주공은 주周
로 가시는 체하다가, 다시 늠연 길로 무찔러 들어오십시오. 그러
면 적은 앞뒤로 협공을 받게 될 것입니다. 일이 이쯤 되면 태숙이
하늘로 오를 수 있는 날개를 가졌을지라도 능히 벗어나지 못할 것
입니다.”

정장공이 여러 번 머리를 끄떡이면서 당부한다.

“그 계책이 좋다. 다른 사람에게 누설 말고 각별히 조심하여라.”

밤이 깊은 뒤 공자 여는 궁문을 나왔다.

“제족은 이 일을 미리 알고 있었으니, 과연 귀신같은 사람이구나.”
하고 그는 거듭 찬탄했다.

이튿날 아침이었다. 정장공이 말한다.

“대부 제족은 나라를 보살피오. 과인은 주 왕실에 가서 왕의 정
사를 도와야겠다.”

이 소문은 즉시 강씨의 귀에 들어갔다. 강씨는 몹시 기뻤다.

‘단은 복이 있어서 이제야 군위에 오르겠구나.’

강씨는 즉시, 5월 초순에 군사를 일으켜 정나라를 엄습하라는
밀서를 써서 심복 한 사람에게 건네줬다. 그 심복은 강씨의 밀서를
가지고 태숙 단이 있는 경성으로 떠났다. 이때는 4월 하순이었다.

이런 일이 있을 걸 미리 짐작하고, 공자 여는 이미 사람을 요긴
한 길목에 매복시켰다.

밀서를 가지고 가던 자는 도중에서 공자 여의 부하에게 살해당했
다. 이리하여 강씨의 밀서는 도리어 공자 여의 수중으로 들어갔다.

공자 여는 다시 그 밀서를 비밀히 정장공에게 보냈다.

정장공은 그 밀서를 다 보고 다시 전처럼 굳게 봉했다. 그리고

정장공은 강씨의 밀사처럼 가장시켜놓은 심복 부하에게 밀서를
내줬다.

"네 본색이 탄로나지 않도록 가서 이 밀서를 태숙에게 전하고
반드시 답장을 받아오너라."

강씨의 밀사로 가장하고 경성으로 간 심복 부하는 그 뒤 과연
태숙의 답장을 받아서 돌아왔다. 그 내용인즉, 5월 초닷새에 정성
鄭城을 공격하겠으니, 그때 성루에다 백기를 세워 내응內應하는
장소를 알려달라는 것이었다.

정장공은 그 답장을 보고 기뻐했다.

"이제야 단의 죄목과 증거가 생겼다. 모친인들 어찌 그를 두호
斗護하고 변명할 수 있으리오."

정장공이 내궁으로 들어가서 강씨에게 하직한다.

"주에 가서 조정 일을 도울까 합니다. 이번에 가면 아마 오래
지체될 것 같습니다."

정나라를 떠난 정장공은 주나라로 가다가 도중에서 늠연 길로
방향을 바꿨다.

한편 공자 여는 이미 병거 200승을 거느리고 경성 근방에 가서
매복하고 있었다.

태숙은 모부인 강씨의 밀서를 받은지라, 아들 공손활公孫滑과
함께 앞일을 상의했다. 태숙이 아들 공손활에게 분부한다.

"너는 위나라에 가서 병력을 빌려오되, 많은 뇌물을 가지고 가
거라."

공손활은 많은 뇌물을 가지고 청병請兵하러 위나라로 떠나갔다.

태숙은 경성 소속인 두 성과 두 비鄙의 무리를 소집했다. 그리
고 그는 그들에게 그럴듯하게 거짓말을 했다.

"정백鄭伯이 주나라로 가면서 나에게 그동안만 나라를 보살펴라고 하기에, 그 명을 받아 너희들을 거느리고 가는 것이다."

그는 군중軍中의 대기大旗인 독纛에 제사를 지내고, 짐승을 잡아 군사를 배불리 먹인 뒤 의기양양하게 경성을 떠났다.

태숙이 군사를 거느리고 성을 떠난 뒤다. 매복하고 있던 공자 여는 병거 10승을 풀었다. 그 군사들은 장사꾼 모양으로 가장하고 경성 안으로 잠입했다. 장사꾼으로 가장한 공자 여의 병사들은 경성 안을 조사했다. 태숙의 군사는 모조리 떠나고 없었다. 그들은 성루에다 불을 질렀다. 경성의 성루는 일시에 검은 연기를 뿜으며 활활 타올랐다.

공자 여는 타오르는 불길을 보고서 나아가 일제히 성을 쳤다. 그러자 장사꾼으로 가장하고 성안에 잠복해 있던 병사들이 성문을 열고 공자 여를 영접했다. 마침내 공자 여는 힘들이지 않고 경성을 점령했다. 즉시 그는 거리에 방문을 내걸고 백성을 안정시켰다.

그 방문엔 정장공이 형제간에 우애가 있었다는 것과 효성이 대단하다는 것과 태숙의 배은망덕한 사실이 기록되어 있었다. 성안 백성들은 방문을 보고서 놀랐다.

"태숙이 반역할 생각을 품었다니 참으로 무서운 일이다."

아무도 정장공을 그르다는 사람은 없었다.

한편 태숙은 진군한 지 이틀이 못 되어, 경성이 함몰했다는 소식을 들었다. 이 소식은 그에게 바로 청천벽력이었다.

그는 황망히 군사를 돌려 밤낮을 가리지 않고 경성으로 돌아왔다. 그는 경성에 당도하자 성밖에다 둔屯을 치고 공격 준비를 서둘렀다.

태숙의 수하 군사들이 서로 속삭인다. 이미 한 병사가 성안으로 부터 집안 편지를 받고, 그 진상을 발설했던 것이다.

"정장공은 후덕하되, 태숙은 어질지 못한 사람이다. 그는 대의를 저버린 역적이다."

한 사람이 열 사람에게 이 말을 하자, 열 사람은 백 사람에게 이 사실을 전했다. 삽시에 병사들은,

"정의를 저버리고 역도를 좇는다면 하늘이 우리를 용납하지 않을 것이다."

하고 뿔뿔이 흩어졌다. 태숙이 아무것도 모르고 군사를 점호했을 때엔 이미 반수 이상이 없었다.

태숙은 그제야 인심이 변한 걸 알고, 다시 군사를 징집하려고 언읍鄢邑으로 달아났다. 그러나 이때 정장공은 이미 언읍에 와 있었다. 태숙은 중도에서 이 소식을 듣고 다시 방향을 바꿨다.

"공성共城은 지난날의 나의 봉토였다. 그러니 공성으로 가자."

태숙은 공성에 가서 성문을 닫고 굳게 지키면서, 다만 위나라로 군사를 청하러 간 공손활이 돌아올 때만을 초조히 기다렸다. 그러나 위병의 원조보다도 정장공이 군사를 거느리고 먼저 풍우처럼 닥쳐왔다.

정장공은 즉시 공성을 공격했다. 구구한 소읍 공성이 어찌 오래 버틸 수 있으리오. 더구나 정장공의 군사와 공자 여의 협공을 받고, 마치 태산에 짓눌린 계란처럼 공성은 무너졌다.

태숙은 정장공이 이미 성안에 들어왔다는 보고를 받았다. 태숙이 하늘을 우러러 깊이 탄식한다.

"모친이 나의 앞길을 망쳤구나. 이제 내 무슨 면목으로 형님을 대하랴."

마침내 그는 칼을 뽑아 스스로 자기 목을 찌르고 죽었다.

호증胡曾 선생이 시로써 태숙의 죽음을 읊은 것이 있다.

사랑받는 동생은 재주 많아 큰 땅을 받았으며

겸하여 내응하는 어머니가 궁 안에 있었도다.

누가 알았으랴. 공론은 반역한 자를 용납하지 않았기 때문에

살아서는 경성에 있더니 죽어선 공성에 누웠구나.

寵弟多才占大封

況兼內應在宮中

誰知公論難容逆

生在京城死在共

또 동생 단의 잘못을 키우다시피 한 강씨의 입을 틀어막은 정장공이야말로 천고의 간웅奸雄이었다는 것을 읊은 시가 있다.

자제는 그 교육 여하에 앞날이 결정되거늘

악을 길러줘서 재앙 속으로 끌어넣었구나.

지난날 경성을 받았을 때부터

태숙은 이미 남의 손아귀에 빠진 것이다.

子弟全憑敎育功

養成稔惡陷災凶

一從京邑分封日

太叔先操掌握中

정장공은 아우 단의 시체를 쓰다듬으면서

"어리석은 동생아! 네 어찌 이 지경에 이르렀느냐."

하고 대성통곡했다.

태숙의 시체를 염하는데, 시체의 품속엔 아직도 강씨의 밀서가 들어 있었다.

정장공은 강씨의 밀서와 자기가 가지고 있는 지난날 태숙의 답장을 한데 봉했다.

정장공이 두 밀서를 한 장수에게 내주며 분부한다.

"이걸 정성鄭城으로 가지고 가서 제족으로 하여금 모친에게 바치게 하여라. 그리고 모친을 즉시 영潁 땅에 안치시켜라. 황천黃泉*에 이르기 전엔 다시 만나지 않겠다고 내가 맹세하더란 말도 모친께 전하여라."

이에 그 장수는 먼저 정성으로 돌아갔다.

그후 강씨는 제족이 바치는 두 통의 밀서를 받고서 부끄러워 어쩔 줄을 몰라 했다. 강씨는 정장공을 대할 면목이 없었다. 강씨는 궁중을 떠나 영 땅으로 갔다.

그 뒤 정장공은 정성으로 돌아가,

"내 하는 수 없어 동생을 죽였지만 어찌 모친마저 멀리 여의고 천륜의 죄인이 되었는가!"

하고 길이 탄식했다.

이때, 영곡潁谷 땅을 다스리는 지방 관리의 이름은 영고숙潁考叔*이었다. 그는 위인이 매우 정직해서 사사로운 정으로 매사를 판단하지 않았다. 뿐만 아니라 그는 원래 부모에게 효도하며, 형제간에 우애 있기로 유명했다. 그는 정장공이 그 어머니 강씨를 영 땅에다 안치시켰다는 소문을 듣고 탄식했다.

"어미가 비록 어미답지 못할지라도, 자식은 자식의 도리에서 벗어날 수 없다. 주공의 이번 처사는 교화教化를 상하게 하는구나."

영고숙은 몇 마리의 올빼미를 구했다. 그는 정장공에게 날짐승의 고기 맛을 보이러 간다면서 정성으로 갔다. 정성에 당도한 그는 정장공에게 올빼미를 바쳤다. 정장공이 묻는다.

"이는 무슨 날짐승인가?"

"이 새는 올빼미라고 합니다. 낮이면 태산도 보지 못하며, 밤이면 능히 추호秋毫까지 분별합니다. 곧 조그만 것은 볼 줄 알지만, 큰 것은 못 봅니다. 그런데 이 올빼미는 어릴 때 어미의 젖을 먹고 일단 장성하면 그 어미를 쪼아 먹기 때문에 세상에선 불효不孝한 새라고 합니다. 그래서 사람들은 서슴지 않고 이 새를 잡아먹습니다."

"……"

정장공은 아무 대답이 없었다. 이때 재부宰夫•가 염소를 찐 요리상을 가지고 들어와 정장공 앞에 바쳤다. 정장공은 그 염소 다리를 떼어 영고숙에게 줬다. 그러나 영고숙은 먹지 않고, 먼저 연하고 맛난 살을 골라 종이에 싸서 소매 속에 넣었다.

정장공이 묻는다.

"왜 먹지 않고 종이에 싸서 넣느냐?"

영고숙이 대답했다.

"소신에겐 늙은 어머니가 계십니다. 집안이 가난해서 매일 채소로 구미를 돋우어드릴 뿐, 한번도 맛난 고기를 올리지 못했습니다. 이제 주공은 이런 맛난 고기를 소신에게 주셨으나, 소신의 늙은 어머니는 이런 음식을 한번도 맛보지 못하셨습니다. 이를 생각하니 고기가 어찌 소신의 목에 넘어가겠습니까. 그러므로 싸가지고 가서 어머님께 드리려고 합니다."

마침내 정장공이 처량한 안색으로 찬탄한다.

"경은 참 효자로다."

영고숙이 시침을 떼고 묻는다.

"주공은 무슨 일로 탄식하십니까?"

정장공이 다시 탄식한다.

"그대는 어머니를 지극히 봉양하여 사람의 자식 된 도리를 다하는데, 과인의 부귀는 제후의 지위에 있건만 도리어 그대만 못하구나."

영고숙이 짐짓 놀라는 체하면서 다시 묻는다.

"지금 강부인께서 당堂에 계시사 무탈하신데, 어찌 그런 처량한 말씀을 하십니까?"

정장공은 강씨와 태숙이 공모하여 정성을 습격하려 했다는 것과, 그래서 강씨를 영읍으로 안치시켰다는 것까지 말한 뒤,

"황천이 아니면 다시 만나지 않겠다고 맹세했다. 이제 후회한들 한번 한 맹세를 돌이킬 수 없구려."

하고 더욱 슬퍼했다. 그제야 영고숙이 아뢴다.

"태숙은 이미 죽었습니다. 다만 강부인의 아들로는 주공 한 분이 남았습니다. 그런데도 봉양하지 않으시면, 어찌 이 올빼미와 다를 것이 있습니까. 만일 황천에 가서야 만나겠다고 맹세한 것이 괴롭다면 신에게 계책이 하나 있으니 그 근심을 풀어드리겠습니다."

"어찌하면 이 괴로움을 면하겠는가. 그 계책을 말하오."

영고숙이 계책을 아뢴다.

"땅을 파서 샘물이 나거든, 그곳에다 지하실을 만드십시오. 그리고 먼저 강부인을 그 지하실로 모시고 사람을 시켜 주공이 항상 모친을 그리워하신다는 뜻을 고하십시오. 아마 주공이 모친을 생각하는 것보다 강부인이 아들을 생각하시는 마음이 더욱 간절하실 것입니다. 이렇게 한 뒤에 주공께서 지하실로 내려가셔서 모친과 서로 만

나십시오. 그러면 황천에서 만나겠다는 맹세를 지킨 것이 됩니다."

정장공이 크게 기뻐했다. 이에 정장공의 명을 받은 영고숙은 장사 500명을 거느리고 떠났다.

영고숙은 곡유曲洧 땅에 이르러 우비산牛脾山 아래에다 땅을 수십 길 팠다.

샘물이 솟기 시작했다. 그 샘물 곁에다 나무를 걸쳐 방을 만들고 긴 사닥다리를 놓았다. 공사가 끝나자, 영고숙은 강씨를 모시러 영 땅으로 갔다.

"지금 주공께서 매우 후회하고 계십니다. 이제 부인을 모시고 가서 효도하려 하시더이다."

강씨는 슬픔과 기쁨에 어쩔 줄을 몰라 했다. 영고숙은 먼저 강씨를 모시고 우비산 지하실로 돌아갔다. 그런 뒤에 정장공이 여輿를 타고 우비산에 이르렀다. 정장공은 사닥다리를 밟고 지하실로 내려갔다. 그는 엎어지듯 모친에게 절하면서 고한다.

"오생이 불효하와 오랫동안 문안을 드리지 못했습니다. 모친께서는 불효의 죄를 용서하십시오."

강씨가 황망히 아들을 일으킨다.

"늙은 몸이 죄가 많아서 너를 대할 수 없었구나."

강씨는 정장공을 붙들어 일으켰다. 모자는 서로 안고 방성통곡했다.

드디어 정장공은 친히 강씨를 부축하여 사닥다리를 밟고 올라가 연輦에 모시었다. 그리고 정장공은 말고삐를 잡고 앞장서서 걸었다.

백성들은 정장공이 모친을 모시고 함께 돌아온다는 소문을 듣고 모두 이마에 손을 대고 행렬을 바라보면서 찬탄했다.

"참으로 우리 주공은 효자로다."

그러나 이는 모두 다 영고숙의 공로였다.

호증 선생이 시로써 이 일을 읊은 것이 있다.

　　황천의 맹세로 모자의 윤기倫紀를 끊었으나

　　크게 땅을 팠다고 저 세상이 될 수 있는지 모를 일이다.

　　영고숙이 만일 고기를 소매에 넣지 않았던들

　　정장공이 어찌 천륜을 도로 찾았으리오.

　　黃泉誓母絶彝倫

　　大隧猶疑隔世人

　　考叔不行懷肉計

　　莊公安肯認天親

정장공은 영고숙이 모자의 정을 다시 돌이켜준 데 대해서 깊이 느끼고 그에게 대부의 벼슬을 주었다.

이리하여 영고숙은 공자公子 알閼과 함께 정나라 병권을 맡게 되었다.

주周와 정鄭이 서로 인질을 교환하다

태숙의 아들 공손활公孫滑은 위衛나라 군사를 빌리러 간 뒤 어찌 되었는가?

그는 많은 뇌물을 위나라에 바치고 위나라 군사를 빌려서 오던 도중, 부친 공숙이 뜻을 이루지 못하고 자살했다는 소식을 들었다. 대세가 뒤집혔음을 알고, 그는 다시 발길을 돌려 위나라로 달아났다.

다시 위나라에 이른 공손활이 위후衛侯에게 아뢴다.

"백부가 저의 부친을 죽음으로 몰아넣고, 자기 친어머니까지 감금했답니다. 세상에 이런 일도 있습니까. 원수를 갚아야겠습니다. 도와주십시오."

이 말을 듣자 위환공衛桓公은 매우 분노하여,

"참으로 정장공은 무도한 사람이다. 내 마땅히 공손활을 위해 정나라를 치리라."

하고 군사를 내주었다. 공손활은 위나라 군사를 거느리고 본국으로 행군했다.

이때 정나라 정장공은 공손활이 위나라 군사를 거느리고 쳐들어온다는 보고를 받았다. 정장공이 모든 신하들에게 계책을 묻는다.

공자公子 여몸가 대답한다.

"풀을 베되 뿌리를 그냥 두면 봄마다 살아납니다. 공손활은 죽지 않은 것만으로도 천행으로 생각지 않고, 도리어 외국 군대를 이끌고 들어오니, 이는 위환공이 공숙의 반란한 죄를 모르기 때문에 군사를 내준 것입니다. 공손활은 필시 조모를 구출한다는 핑계를 댔을 것입니다. 신의 어리석은 소견으론, 우선 위환공에게 일봉 서신을 보내어 이번 사실을 밝히는 것이 좋을까 합니다. 서신을 보고 사실을 알면 위환공은 반드시 군사를 소환할 것입니다. 그리 되면 공손활도 고단한 신세가 될 것입니다. 우리는 싸우지 않고 그를 사로잡을 수 있습니다."

정장공이 머리를 끄덕인다.

"경의 말이 옳다."

이에 정장공은 서신 한 통을 써서 위나라로 보냈다.

위환공은 사자가 가지고 온 정나라 서신을 받았다.

그 글에 하였으되,

오생寤生은 재배하고 서書를 위후 전하께 바치나이다.

집안이 불행하여 골육상잔이 있었으니 이웃 나라에 부끄럽습니다. 과인이 지난날 공숙에게 경성을 내준 것은 실로 과인이 형제간에 우애를 두터이 한 것이건만, 그가 내궁內宮의 총애만 믿고 난을 일으켰으니 누구를 원망하리이까. 과인은 선인이 대대로 지켜온 바를 지키기 위해 하는 수 없이 공숙을 쳤으며, 모친 강씨는 공숙을 사랑했던 만큼 몸소 면목없다 하사, 영성潁城으로 물러가신 것입니다. 그러나 과인은 천륜을 어길 수 없어 모친을 모시고 돌아와 지금 봉양하고 있습니다. 이제 역도 공손활이 우매한 아비의 잘못을 생각지 않고 대국에 가서 무슨 말을 했는지 알 순 없으나, 귀후께서 그들의 잘못을 모르실새, 군사를 일으켜 이 폐읍敝邑에 하림하신다 하니 놀랍고 놀랍습니다. 그들은 스스로 반란을 일으키고도 아무런 벌을 받지 않았습니다. 원컨대 귀후께서는 난적亂賊을 물리치고 순치脣齒의 의誼를 상함이 없게 하시면 폐읍으로선 이보다 큰 다행이 없겠습니다.

위환공은 정장공의 서신을 보고 놀랐다.

"태숙 단은 의리를 저버리고 스스로 멸망한 것이구나. 과인이 공손활을 위해 군사를 내줬으나 알고 보니 역적을 도왔도다. 사자를 보내어 본국 군사를 속히 소환하여라."

그러나 위나라 사자가 이르기 전에 공손활은 이미 군사를 거느리고 늠연 땅으로 쳐들어갔다.

정장공은 격노했다. 대부 고거미高渠彌에게 병거 200승을 내주고 명을 내린다.

"속히 늠연에 가서 적을 무찔러라."

고거미는 늠연에 가서 적과 싸움을 벌였다. 그제야 위병들은 사자로부터 통지를 받고 본국으로 돌아갔다.

공손활은 형세가 고단하자 고거미를 당적할 수 없어 늠연을 버리로 다시 위나라로 달아났다.

고거미는 승세를 이용하여 위나라까지 추격했다.

한편 위환공은 모든 신하에게 물었다.

"싸워야 할 것인가 수비만 할 것인가, 계책을 말하여라."

공자公子 주우州吁가 앞으로 나아가 아뢴다.

"정鄭나라 군사가 경계도 분별 아니 하고 내달아왔으니, 장차 맞이해서 무찔러버려야 합니다. 무엇을 주저할 것 있습니까."

대부 석작石碏*이 말한다.

"그건 당치않은 소리요. 정나라 군사가 온 것은 우리가 공손활을 도와 다시 반역하게 한 때문입니다. 지난날 정나라가 우리에게 서신을 보낸 일이 있습니다. 우리도 답장을 보내어 잘못되었음을 사과하면, 군사를 수고롭히지 않고도 가히 정나라 군사를 물리칠 수 있지 않습니까."

위환공은,

"경의 말이 옳다."

하고 석작으로 하여금 답서를 쓰게 했다. 그리고 그 서신을 즉시 정장공에게 보냈다. 그 글에 하였으되,

완完은 상왕경사上王卿士 정현후鄭賢侯 전하께 재배하나이다. 과인은 공손활이 와서 말하는 것만 곧이 믿고, 참으로 상국이 동생을 죽이고 모친을 수금囚禁하였으며, 조카에게 용신할 땅마저 주지 않으신 줄로 잘못 알고 군사를 일으켰습니다. 그런데 지난날 보내신 서신을 보고야 경성의 태숙이 반역하였음을 자세히 알게 되었으니, 이제 무어라 후회의 말씀을 올리오리까. 그러므로 즉시 늠연으로 간 본국 군사를 불러들였던 것입니다. 마땅히 공손활을 결박하여 귀국에 바치겠으니, 현후도 잘 지시하사 다시 지난날의 우호를 유지하게 하소서.

정장공은 위나라에서 온 서신을 읽고,

"위가 이미 잘못을 사과했으니, 과인이 또 무엇을 요구하리오."

하고 군사를 소환했다.

이때 국모 강씨는, 정장공이 군사를 일으켜 위나라를 친다는 소문을 듣고 혹 공손활이 피살되면 태숙의 자손마저 끊어질까 두려워했다.

강씨가 정장공에게 애원한다.

"바라노니, 선군先君 무공武公을 생각해서라도 공손활의 목숨만은 살려주기 바란다."

정장공은 강씨의 간곡한 부탁도 받았지만, 또 공손활이 워낙 외로운 신세인 만큼 앞으론 딴 짓을 못하리라고 생각했다. 그래서 정장공은 위후에게 보내는 답장에 다음 몇 줄을 더 써넣었다.

가르치심을 받아 군사를 거두나이다. 앞으로 양국이 우호하길 바랍니다. 공손활은 큰 죄를 저질렀으나 아우의 혈육으론 그 하나뿐이니 상국에 그냥 두어두사 단의 제사나마 받들게 해주면 고맙겠습니다.

정장공은 위나라로 답장을 보냈다. 동시에 위까지 갔던 고거미는 군사를 거느리고 본국으로 돌아왔다.

공손활은 그 뒤 어떻게 되었는가.

그는 늙어서까지 위에서 살다가 죽었다. 그러나 그것은 다음날의 이야기다.

한편 주평왕은 정장공이 벼슬 자리에 붙어 있지 않고, 늘 본국에 가 있는 것이 마땅치 않았다.

어느 날 괵공虢公 기보忌父가 조정에 왔다. 주평왕은 괵공과 담론하는 중에 서로 뜻이 상통했다.

주평왕이 괵공에게 말한다.

"정백은 부자 2대나 오랫동안 조정 정사를 보았다. 그런데 이젠 벼슬 자리를 늘 비워두기만 하고 정에만 가 있으니, 이름만 걸어 두었을 뿐 실다움이 없구려. 그러니 경이 짐의 정무政務를 돌봐주기 바라노라."

괵공이 머리를 조아리며 아뢴다.

"정백이 조정에 못 오는 것은 반드시 본국에 일이 있어 그럴 것입니다. 신이 그 사람 대신 정무를 본다면, 정백이 신을 원망할 뿐 아니라 왕께도 그 원망이 미칩니다. 그러니 신은 왕명을 받들지 못하겠습니다."

괵공은 거듭 사양하고 괵국虢國으로 돌아갔다. 정장공은 비록 본국에 있었으나 왕도王都에다 심복 부하를 두고 있었다. 그래서 그는 본국에 있으면서도 조정에서 일어나는 모든 일을 소상히 알고 있었다.

심복 부하가 대소사를 막론하고 보고하는 판이니, 주평왕이 괵공에게 자기 벼슬 자리를 내주려던 것도 정장공이 어찌 모를 리 있으리오.

정장공은 왕도에서 온 심복 부하로부터 이 보고를 듣고 그날로 수레를 몰아 주나라로 갔다.

주에 당도한 정장공은 조정에 들어가서 왕을 뵈온 뒤 아뢰었다.

"성은聖恩을 입사와 부자 2대에 걸쳐 정사政事를 맡았으나, 신은 큰일을 담당할 주제도 못 되면서 그간 벼슬에 있었나 봅니다. 원컨대 경사의 벼슬에서 내려앉아 본국으로 물러가, 신하로서의 절개나 지킬까 합니다."

주평왕이 뜻밖이란 듯이 묻는다.

"경이 오래도록 조정에 오지 않기에 짐은 항상 경을 생각했다. 이제 경이 왔으니, 이는 마치 고기가 물을 얻은 거나 다름없거늘 왜 그런 소릴 하는가?"

정장공이 다시 아뢴다.

"신은 그간 본국에서 아우가 반역한 변이 일어났기 때문에 조정의 직위를 비워둔 지 오래되었습니다. 이제 그 변을 대충 진압했기에 밤낮을 가리지 않고 조정을 향해 왔습니다. 그런데 오던 도중에서 들으니 사람들이 말하기를 왕께서 정사를 괵공에게 부탁할 뜻이 있으시다고 하더이다. 참으로 신의 재주는 괵공의 만분지일도 못 됩니다. 어찌 능력 없는 자가 벼슬을 누리어, 왕에게까지 죄를 지을 수 있습니까."

주평왕은 정장공이 괵공과 견주어서 말하는 걸 듣자, 그제야 지난날의 일이 누설된 줄 알고 얼굴을 붉히며 힘써 대답했다.

"짐은 경을 못 본 지 오래되었으나, 또한 경의 나라에 피치 못할 일이 있는 성싶기에 다만 괵공으로 하여금 수일 동안만 나랏일을 보이고, 경을 기다리기로 한 것이다. 그러나 괵공이 거듭 사양하기에 짐도 더 권하지 않고 본국으로 돌아가게 했다. 그런데 경은 무엇을 의심하느냐."

"대저 정치란 것은 왕의 정치니 사람을 쓰는 근본도 왕께서 스스로 조종하셔야 합니다. 괵공의 재주는 왕을 보좌할 만하니 신은 이치로도 마땅히 자리에서 물러서야겠습니다. 그렇지 못하면, 모든 신하들이 말하길, 신이 권세를 탐하여 나아갈 뿐 물러설 줄 모른다고 할 것입니다. 오직 왕께서 이를 살피소서."

"경의 부자는 국가에 큰 공이 있으므로, 2대를 내려오며 큰 정사를 부탁받았음이라. 이미 40여 년 간을 왕과 신하가 서로 합심해왔는데 이제 경은 짐을 의심하니 짐은 뭘로 이 맘을 경에게 알려줄꼬. 경이 끝까지 짐을 믿지 않는다면, 짐은 마땅히 태자太子 호狐를 인질로서 정에 보내리라."

정장공이 재배하고 사양한다.

"정사를 맡았다가, 정사를 그만두는 것은 신의 직분입니다. 어찌 천자께서 신하에게 인질을 보낼 수 있습니까. 천하 사람들이 볼 때, 이는 신이 임금께 태자를 인질로 주십소사고 요구한 것밖에 아니 됩니다. 그러고 보면 신은 만번 죽어도 마땅하지 않겠습니까."

"그렇지 않다. 경이 나라를 잘 다스릴새, 짐이 태자로 하여금 정에 가보게 한 것이라고 하면, 그런 조그만 의심쯤은 바로 풀릴 것인데 무엇 두려워할 것이 있으리오. 경이 이렇도록 굳이 사양하면 이는 도리어 짐을 책망함이로다."

정장공은 거듭 왕명을 받지 않았다.

좌우의 모든 신하가 아뢴다.

"신들의 공의公議를 한마디 아뢰겠습니다. 왕께서 인질을 보내지 않으시면 정백의 의심을 풀지 못하게 됐으나, 그렇다 하여 왕께서만 인질을 보내시면 이는 또한 정백을 신하의 도리에서 어긋나게 하는 것입니다. 그러니 왕과 신하가 서로 인질을 교환하기로 하고, 함께 의심을 푸는 것이 상하의 은혜를 온전히 할 수 있는 길이라 믿습니다."

주평왕이 기뻐하면서 말한다.

"그것 참 좋은 생각이다."

이에 정장공은 먼저 정나라로 사람을 보내어, 세자 홀忽을 데려
오게 하여 주나라에다 인질로 두었다. 그러고서야 정장공은 왕에
게 사은숙배했다. 동시에 주나라의 태자 호는 인질로서 정나라로
갔다.

후세의 사관은 주와 정이 서로 인질을 교환한 데 대해서,

"이에 이르러 왕과 신하의 분별이 없어졌다."

고 평했다. 또 시로써 이 일을 읊은 것이 있다.

　　손발이 본시 한 몸인데
　　한 몸이 서로 시기하며 의심한다는 건 우스운 일이다.
　　서로 인질을 주고받다니 장사꾼과 다를 것 무엇인가
　　이때부터 왕의 기강이 무너졌도다.
　　腹心手足本無私
　　一體相猜事可嘆
　　交質分明如市賈
　　王綱從此遂陵夷

서로 인질을 교환한 뒤로, 정장공은 주나라에 머물러 정사를 도
왔다. 그 뒤 주평왕은 재위한 지 51년 만에 세상을 떠났다.

주평왕이 붕어하자, 정장공은 주공周公 흑견黑肩과 함께 조정
정사를 맡아봤다. 그리고 정나라의 세자 홀은 주나라의 태자 호를
모셔 오려고 정나라로 돌아갔다.

태자 호는 정나라에서 인질로 있다가 부왕이 세상을 떠났다는
소식을 듣고 몹시 애통해했다. 그는 부왕의 병중에 시탕侍湯 한
번 못하고 종신終身도 못하고, 더구나 염하는 것도 못 보았기 때

문에 한이 골수에 사무쳤다.

주나라에 돌아온 태자 호는 너무나 애통해하다가 병이 나서 왕위에 오르지도 못하고 세상을 떠났다. 이에 태자 호의 아들 임林이 왕위에 올랐다. 그가 바로 주환왕周桓王•이다. 각국의 제후들이 모두 입조했다. 그들은 분상奔喪하고, 새 천자天子께 배알했다.

이때 제후들 중에서 제일 먼저 온 사람이 괵공虢公이었다. 그의 행동거지는 추호도 예법에 어긋남이 없었다. 그래서 모두가 그를 존경했다.

등극한 주환왕은 조부 되는 주평왕이 붕어하고, 잇달아 부친이 세상을 떠나 심중이 편할 리 없었다.

특히 주환왕은 그 부친이 오랫동안 정나라에 인질로 가서 외로이 살다 왔기 때문에 그 수명을 다 누리지 못한 것이라고 믿었다. 그래서 왕은 정장공이 오래도록 조정 정사를 잡고 있는 것이 무서웠다.

하루는 심궁深宮에서 주환왕이 주공 흑견에게 조용히 말한다.

"지난날 정백은 태자를 정에다 인질로 뒀으니, 그는 반드시 짐까지도 대단히 생각지 않으리라. 왕과 신하가 서로 불안해한다면 이 무슨 꼴인가. 짐이 이번에 보니 괵공은 일을 진행하는 것이 매우 겸손하고 부지런했다. 짐은 장차 정사를 괵공에게 부탁할까 한다. 경의 뜻에 어떠한가?"

주공 흑견이 대답한다.

"정백은 원래 각박하고 은혜를 모르니, 충성을 다해서 순종할 위인이 아닙니다. 다만 우리 주가 동쪽 낙양으로 천도하는데, 진晉과 정의 공로가 컸을 따름입니다. 개원改元한 오늘날 갑자기 정백의 권세를 뺏어 다른 사람에게 준다면, 정백이 분노하여 반드시 그냥 있지 않을 것입니다. 그러니 깊이 생각할 문제입니다."

주환왕이 결연히 말한다.

"짐은 앉아서 그의 압제를 받지 않으리라! 짐은 이미 뜻을 결정했다."

이튿날 아침, 주환왕은 정장공을 불렀다.

"경은 선왕의 신하라. 짐은 반료班僚에게 굽혀 지낼 수 없다. 경도 스스로 편안할 도리를 취하여라."

정장공이 대답한다.

"신은 오래 전부터 정사 맡은 것을 내놓으려 했습니다. 이제 곧 사퇴하겠습니다."

그는 분연히 일어나 조회에서 물러나갔다. 그는 조정에서 나오자 사람들에게 말했다.

"어린 왕이 나를 버리니, 족히 도울 것 없다."

그날로 그는 수레를 달려 분연히 본국으로 돌아갔다.

정나라 세자 홀은 모든 관원을 거느리고 성밖까지 나가서 부친을 영접했다.

"어찌하사 갑자기 귀국하셨습니까?"

정장공은 주환왕이 자기를 벼슬에 두려 하지 않았다고 자초지종을 말했다. 정나라 관원들은 모두 분개했다.

대부 고거미가 앞으로 나아가 말한다.

"우리 주공께서 2대나 주를 도운 공로는 큽니다. 더구나 지난날 태자가 우리 나라에 와서 인질로 있었을 때도, 일찍이 우리는 예의에 벗어난 일을 하지 않았거늘 이제 주공을 몰아내고 괵공을 등용한다니, 이런 억울한 일이 어디 있습니까. 여러 말 할 것 없이 곧 군사를 일으켜 주의 성곽을 쳐부수고, 새 왕을 폐위시키고, 다시 어진 분을 세우면 천하의 모든 제후가 그 누구라 우리 정을 두려워 않겠습니까. 이래야만 비로소 가히 패업을 성취할 수 있습니다."

영고숙穎考叔이 반대한다.

"안 될 말이오. 왕과 신하는 비하건대 어미와 자식과 같습니다. 주공은 지난날 어머니도 용서하셨습니다. 어찌 차마 왕을 원수로 대할 수 있습니까. 다만 주공께선 한 1년만 참고 계시다가 조정에 들어가서 왕을 뵈오면 주왕도 반드시 후회하시리이다. 주공은 한때의 분노로써, 선군이 충성을 위해 세상을 떠나신 절개나마 손상함이 없게 하십시오."

이번엔 대부 제족祭足이 의견을 말한다.

"신의 어리석은 소견으론 마땅히 두 신하의 말을 겸용해야 할 줄로 아뢰나이다. 원컨대 신은 군사를 일으켜 주의 지역으로 들어가 흉년이 들어서 왔노라 핑계하고, 온溫·낙洛 두 지방 사이의 곡식을 거두어오겠습니다. 만일 주왕이 사자를 보내어 우리를 꾸짖으면 저편이 알아들을 만큼 불평을 말하고, 만일 주왕이 아무 말 없으면 그때에 주공께서 조정으로 들어가신대도 늦지 않습니다."

정장공은 제족의 말을 좇기로 했다.

제족은 일지군一枝軍을 거느리고 주나라 지역으로 가 온·낙 사이에 이르렀다. 그는 먼저 온 땅 대부大夫에게 갔다.

"우리 나라는 흉년이 들어 먹을 게 없어 왔소. 그러니 곡식 1,000종鍾만 내놓으시오."

온 땅 대부는 당황했다.

"왕명이 없는데 어찌 내 맘대로 할 수 있겠소."

제족이 너 좀 들어보란 듯이 혼잣말로 중얼거린다.

"지금 온·낙 두 곳의 보리가 잘 익었으니 가히 우리의 굶주린 배를 채울지라. 사람은 굶어 죽으란 법이 없구나. 어찌 반드시 구걸할 것 있으리오. 내 스스로 취하리라."

정나라 군사들은 각기 준비해온 낫을 들고 일제히 밭에 들어가서 보리를 베었다.

그들은 보리를 베어 모든 수레에 가득 싣고서 돌아갔다.

제족은 몸소 정나라 병사들을 거느리고 수레들을 보호했다.

온 땅의 대부는 정나라 병사들이 강하여 보고도 못 본 체했다. 정나라 병사들은 경계까지 와서야 휴식을 취했다.

다시 3개월이 지났다.

제족은 군사를 거느리고, 이번에는 성주成周 지방으로 들어갔다. 이때가 가을 7월 중순이었다.

논엔 올벼[早稻]가 이미 익어 황금 물결이 넘실거렸다.

제족은 보는 군사를 장사꾼으로 변장시키고, 일변 각 마을마다 장수들을 매복시키고 삼경三更이 되길 기다렸다.

삼경이 되자, 그들은 일제히 논에 들어가서 나락을 베었다.

이튿날 성주 교외엔 벼 한 폭도 남아 있지 않았다. 문자 그대로 시뻘건 허허벌판이었다.

성주 수장守將은 이 소식을 듣고 군사를 점고하고 성에서 나왔으나, 이미 정나라 군사들이 떠난 지 오랜 뒤였다.

드디어 온 땅 대부와 성주 땅 수장이 올린 문서가 낙경洛京에 당도했다. 주환왕은 정나라 군사들이 주나라의 지역에까지 들어와서 보리와 벼를 베어갔다는 보고를 받고 몹시 노했다. 왕은 즉시 군사를 일으켜 정을 문죄하기로 했다.

주공 흑견이 간한다.

"정나라 제족이 비록 나락과 보리를 도적해갔으나, 이는 변방의 소소한 일입니다. 그리고 정백은 필시 이런 일이 있은 줄도 모를 것입니다. 왕께서 조그만 일에 분노하사 오랫동안 친하던 신하를 버린다면, 어찌 옳은 일이라 하겠습니까. 차차 정백이 이 사실을 알게 되면, 필연코 친히 조정에 와서 사과할 것입니다."

주환왕은 흑견의 말을 좇기로 했다.

"연변沿邊 모든 지방은 특히 주의하여 타처 병졸이 경계에 들어오지 못하도록 하여라."

이렇게 명령했을 뿐 정나라가 보리와 나락을 거두어간 데 대해선 언급하지 않았다.

한편 정장공은 주환왕이 전혀 책망하지 않으므로 과연 불안해하기 시작했다. 하루는 정장공이 장차 조정에 가고자 모든 관원과 함께 의논하고, 주나라를 향해 막 떠나려던 참이었다.

문득 밖에서 아랫사람이 들어와 아뢴다.

"제齊나라에서 사신이 왔습니다."

정장공은 제나라 사자를 불러들여 접견했다.

"우리 상감의 명을 받고 왔습니다. 우리 주공께서는 석문石門에서 군후君侯와 회견하기를 원하옵니다."

정장공은 즉시 쾌락했다.

그는 제나라와 손을 잡는 것이 앞으로 유리하다고 생각했다. 주나라에 가려고 채비까지 차렸던 정장공은 방향을 바꿔 석문으로 갔다.

석문에서 정장공과 제희공齊僖公은 회견하고 즉시 의기상투했다. 그들은 서로 피를 바르고[歃血] 앞날을 맹세하며(고대 사람들은 맹세할 때 입술에다 짐승의 피를 발랐다) 형제의 의를 맺었다. 그리고 앞으로 무슨 일이 생기면 두 나라가 행동을 함께하기로 조약을 맺었다.

이렇듯 조약을 맺고 나서 제희공이 묻는다.

"세자 홀을 어디로 정혼하셨소?"

정장공이 대답한다.

"아직 정한 곳이 없습니다"

제희공이 청한다.

"내게 사랑하는 여식이 있습니다. 나이는 비록 어리나 자못 재주와 지혜가 있은즉, 만일 싫지 않으시다면 다음날 우리 통혼通婚합시다."

정장공은,

"거 참 좋은 말씀이외다."

하고 칭사했다.

정장공은 본국으로 돌아가서, 세자 홀에게 혼사 정한 것을 말했다. 그러나 세자 홀은 자기대로의 생각이 있었다.

"부부란 양편이 서로 기울지 않아야 합니다. 그러므로 배우配偶란 말도 있지 않습니까. 이제 제는 조그만 나라며, 우리 정은 불꽃처럼 일어나는 큰 나라입니다. 우선 크고 작은 것부터가 어울리지 않습니다. 그러므로 소자는 명하심을 좇지 못하겠습니다."

정장공이 다시 권한다.

"이미 저편에서 청혼한 것이라. 제와 함께 사돈의 의를 맺는다면 앞으로 내게 도움 될 바가 많다. 그런데 너는 어째서 이를 사양하느냐."

세자 홀이 대답한다.

"장부의 뜻은 반드시 자립하는 데 있습니다. 어찌 혼인으로 한 몫 보려 하리이까."

정장공은 이 말을 듣자, 세자에게 굳은 의지가 있음을 알고 은근히 기뻐서 굳이 권하지 않았다.

그후 제나라 사자가 혼인 문제로 정나라에 왔다. 정장공은,

"세자가 아직 이르다 하며 혼인을 원하지 않는구려."

하고 완곡히 대답했다.

사자가 본국으로 돌아가 이 말을 전하자, 제희공은,

"정나라 세자는 지극히 겸손한 사람이구려. 우리 여아의 나이도 아직 어리니, 이 일은 다음날을 기다려 다시 의논하겠다."

하고 찬탄했다.

후세 사람이 시로써 이 일을 읊은 것이 있다.

혼인은 쌍방이 서로 기울지 않아야 하니
이런 일이란 각기 스스로 짐작해서 할 일이다.
우습네. 어리석고 분수 모르는 자는
재물만 허비해서 결국 낡은 것을 사들이고 마는도다.
婚姻門戶要相當
大小須當自酌量
却笑攀高庸俗子
拚財但買一巾方

어느 날 정장공은 주나라에 가려고 다시 관원들과 상의했다. 이때 위환공衛桓公이 죽었다는 부고가 왔다.

정장공이 위나라 사자에게 묻는다.

"위후께선 무슨 병환으로 세상을 떠나셨느냐?"

위나라 사자가 대답한다.

"병환으로 떠나셨으면 덜 원통하겠습니다. 공자 주우州吁가 주공을 죽였습니다."

정장공이 발을 구르며 탄식한다.

"우리 나라가 외병外兵의 침범을 받겠구나!"

이 말에 모든 신하들이 의아해서 묻는다.

"주공은 어찌 앞날을 짐작하십니까?"

"주우는 본시 군사를 거느리고 싸우기를 좋아하는 사람이다. 이제 임금을 죽이고 반드시 군사를 휘몰아 위의를 드날리고, 그 뜻을 키우려 할 것이다. 더구나 우리 정나라와 위나라는 서로 친한 처지도 아니거니와 약간의 혐의까지 있으니, 그는 먼저 군사를 시험하되 반드시 우리 정나라부터 건드릴 것이다. 마땅히 우리는 그들을 방비하지 않으면 안 된다."

하고 정장공은 추연히 대답했다.

그러면 공자 주우는 왜 형님인 위환공을 죽였던가.

이야기는 잠시 지난날로 돌아간다.

원래 위환공의 선군 위장공衛莊公의 부인은 제나라 동궁 득신得臣의 여동생으로 이름을 장강莊姜이라 했다. 장강은 얼굴이 몹시 아름다웠으나 아이를 낳지 못했다.

위장공이 다음에 들여놓은 비妃는 진나라 진후陳侯의 딸로서, 이름을 여규厲嬀라 했다. 그러나 여규도 어찌 된 셈인지 아이를 낳지 못했다.

여규에게 친정 동생이 있었다. 이름은 대규戴嬀라고 하였다. 대규는 언니가 위나라로 시집올 때 따라왔다. 이리하여 위장공과 대규 사이에서 아들 둘이 태어났다. 하나는 이름을 완完이라 하고, 하나는 이름을 진晉이라 하였다.

장강은 원래 마음이 착했다. 조금도 질투하지 않고 대규가 낳은 완을 자기 소생처럼 길렀다.

또 장강은 한 궁녀를 위장공에게 천거했다. 그 궁녀의 몸에서 난 아들이 바로 주우였다.

주우는 장성하면서부터 성미가 횡포하고 무예를 좋아했다. 그리고 항상 싸움에 관해서 담론하길 즐겼다.

위장공은 모든 아들들 중에서 특히 주우를 사랑했다. 그래서 주우가 하는 짓이면 뭐든지 방임했다. 한번은 대부 석작이 위장공에게 간했다.

"신이 듣건대, 대저 자식을 사랑하는 자는 옳고 바른 것으로써 가르칠 뿐 사사邪邪로움을 용납해선 안 된다고 하더이다. 무릇 총애하심이 지나치면 반드시 당자는 교만해지며, 교만이 지나치면 반드시 난을 일으키는 법입니다. 만일 주공께서 주우에게 위를 전하실 생각이면 마땅히 주우를 세자로 세우시고, 만일 그럴 생각이 없으시면 주우의 방자함을 차차 억압하심으로써, 다음날에 교만과 사치와 음탕한 재앙이 일어나지 않도록 미리 방지하십시오."

그러나 위장공은 대부 석작의 말을 유의하지 않았다.

이때, 석작의 아들에 석후石厚란 자가 있었다. 그는 주우와 절친한 사이였다.

그들은 일찍이 수레를 나란히 몰고 사냥을 나간 일이 있었다. 사냥하러 간 곳에서 백성들을 어떻게 들볶았던지 소요까지 일어난 적이 있었다.

석작은 아들 석후를 50도度나 매질하여 빈방에 감금하고, 출입을 못하게 했다. 감금당한 석후는 그 빈방 벽을 뚫고, 어느 날 밤에 담을 넘어 주우의 부중으로 달아났다.

석후는 주우와 침식을 함께하며, 집으로 돌아가려 하지 않았다. 그들의 친교는 더욱 두터워졌다. 일이 이쯤 되고 보니, 석작은 비록 자기 자식이지만 어쩔 수 없었다.

다시 세월은 흘렀다. 그러다가 위장공은 세상을 떠났다. 이에 공자 완이 군위를 계승했다. 그가 바로 위환공이다.

위환공은 매사에 결단력이 없었다. 그리고 매우 나약했다.

석작은 위환공의 무능함을 알았기에, 스스로 늙은 걸 핑계 삼고 집 안에 들어앉아 정사에 간섭하지 않았다.

그후로 주우는 매사에 더욱 기탄없이 굴었다. 그는 밤낮 석후와 함께 어떻게 하면 형의 군위를 찬탈할 수 있을까 하고 의논했다.

이렇게 계책을 강구하던 차에 마침 주평왕이 붕어했다는 부고가 왔다. 그리고 주에선 주환왕 임林이 등극했다.

위환공은 선왕의 죽음을 조문하는 동시, 신왕의 즉위를 축하하기 위해서 주나라로 가야만 했다.

석후가 주우에게 속삭인다.

"드디어 대사를 경영할 때가 왔소. 내일 주공이 주나라로 간답니다. 이번 기회를 놓치면 안 됩니다. 공자는 내일 서문에서 전송하는 잔치를 베푸시오. 그리고 서문 밖에다 무장한 병사 500명을 미리 매복시켜두시오. 전송하는 술이 몇 순배 돌길 기다려, 품고 있던 단도로 그를 찔러 죽이기만 하면 그만입니다. 만일 그 수하놈들이 순종하지 않거든 그 자리에서 모조리 그놈들의 목을 참합시다. 이러고 보면 군위를 손쉽게 얻을 수 있지요."

주우는 크게 기뻐했다.

이튿날 일찍이 주우는 석후에게 명하여 장사 500명을 서문 밖에다 매복시켰다.

주우는 몸소 위환공의 수레를 영접하고, 서문 밖 행관行館까지 배행했다. 행관엔 이미 잔치 자리가 준비되어 있었다.

주우가 몸소 술을 따라 위환공에게 바치며 권한다.

"형후兄侯께서 먼 길을 가시는지라, 비록 박주薄酒나마 받들어 전송하나이다."

위환공은 동생의 뜻이 고맙기만 했다.

"이렇듯 어진 동생을 걱정케 하니 심히 미안하다. 내 이번에 떠나면, 불과 한 달 남짓하여 돌아오리라. 귀찮겠지만 동생은 잠시나마 나랏일을 보살피되 항상 모든 일에 세심하여라."

주우가 능청스레 대답한다.

"형후는 아무 걱정 마소서."

술이 몇 순배 돌았을 때다. 주우는 일어서서 금잔에다 술을 가득 부어 다시 위환공에게 바쳤다.

위환공은 아우가 주는 잔을 받아 단숨에 마셨다.

그리고 위환공은 친히 그 잔에다 술을 가득 따라서, 아우를 소중히 생각하는 뜻으로 권했다. 주우는 일어나서 두 손으로 잔을 받다가 실수한 듯이 금잔을 땅바닥에 떨어뜨렸다.

주우는 황망히 잔을 주워 친히 씻었다. 위환공은 물론 주우의 계책을 알 리 없어,

"그 잔을 이리 가져오너라."

하고 다시 그 잔에다 술을 부었다. 바로 이때 주우는 기회를 놓치지 않고 선뜻 뒤로 돌아가, 품에서 단검을 뽑아 위환공의 등을 찍

었다.

"으아악……"

외마디 소리와 함께 이미 칼날은 그의 등을 뚫고 앞가슴까지 나왔다.

위환공은 장작개비처럼 땅에 쓰러져 즉시 숨을 거두고 말았다.

이날이 바로 주환왕 원년 춘삼월 무신일戊申日이었다.

수레를 호위하고 왔던 모든 신하들은 원래 주우의 무력이 출중함을 알고 있었기 때문에 그저 어쩔 줄을 몰라 했다.

석후는 500명의 무장한 병사를 휘몰아 공관을 에워쌌다. 모든 사람들은 일이 이미 틀렸다는 걸 알고, 무릎을 꿇고 살길만 도모했다.

빈 수레엔 위환공의 송장이 실려 되돌아갔다.

주우는 즉시 주공이 급살병으로 세상을 떠났다고 선포했다.

주우는 드디어 군위에 올라 임금이 되었다. 이리하여 위나라 사세는 순식간에 뒤집혔다.

석후는 상대부上大夫가 되고, 한편 위환공의 친동생 진晉은 밤을 이용해 형邢나라로 달아났다.

지난날 위장공이 주우를 지나치게 사랑한 결과 이런 참변이 일어났음을 탄식한 사신史臣의 시가 있다.

자식을 가르치려면 무엇이 옳은가를 알아야 한다.
교만하고 방자하게 길러서 재앙을 불렀구나.
정장공은 태숙 단을 무찔렀으니 형제간에 복 없는 사람이지만
오히려 위후가 동생에게 꼼짝없이 죽음을 당한 것보다는 낫다 하리라.

敎子須知有義方
養成驕佚必生殃
鄭莊克段天倫薄
猶勝桓侯束手亡

그러나 위나라 백성들은 주우의 말을 믿지 않았다.

주우가 즉위한 지 사흘이 지났다. 그제야 주우는 백성들이 자기를 형을 죽인 놈이라고 저주한다는 보고를 들었다. 주우가 상대부 석후를 불러 묻는다.

"소란한 민심을 위협하고 억압하려면, 다른 나라와 전쟁을 일으키는 길밖에 없다. 장차 어느 나라를 무찌를꼬?"

상대부 석후가 대답한다.

"이웃 나라들과는 아무 혐의가 없으니 칠 수 없고, 지난날에 정나라가 공손활을 없애려고 우리 나라까지 쳐들어온 일이 있지 않습니까. 그때 이번에 죽은 환공은 그들에게 잘못했노라 빌어올리고 무사히 일을 결말지었으나, 우리 나라로선 수치였습니다. 주공께서 군사를 쓰시려면 마땅히 정나라를 치십시오."

주우가 대답한다.

"정鄭과 제齊는 석문지맹石門之盟을 맺었으니, 이제 두 나라가 서로 연결하여 당黨을 이루었다. 만일 우리 위가 정을 치면 제는 반드시 정을 원조할지라. 그리고 보면 우리 위가 어찌 두 나라를 당적할 수 있으리오."

석후가 서슴지 않고 아뢴다.

"오늘날 성姓이 다른 나라로선 오직 송나라가 있습니다. 그는 공공의 벼슬을 일컬을 만큼 강대한 나라가 됐습니다. 우리와 성이 같은 나라로선 노魯나라(魏衛와 노魯의 조상은 다 주무왕周武王의 동생들이었다)가 있습니다. 이제 노나라도 숙부叔父라 일컬을 만큼 존대尊大하게 됐습니다. 주공께서 정나라를 치시려면, 먼저 송나라와 노나라에 사자를 보내사 그들에게 원조를 청하는 동시, 진陳·채蔡 두 나라 군사와 합세하여 다섯 나라가 일시에 쳐들어가면, 그까짓 정·제쯤이야 무슨 근심할 것 있습니까."

주우가 걱정한다.

"진과 채는 조그만 나라며, 원래부터 주왕周王에게 순종하는 나라라. 이번에 정과 주 사이에 알력이 있다는 것을 진과 채는 반드시 알고 있을 것이므로 우리와 함께 정을 치자 하면 두말하지 않고 와서 협조하겠지만, 그러나 송과 노는 큰 나라인 만큼 우리 청을 들어줄는지 모르겠다."

석후가 또 서슴지 않고 아뢴다.

"주공께서는 그 하나만 아시고 그 둘을 모르십니다. 지난날 송 목공宋穆公은 군위를 그 형인 송선공으로부터 양도받았습니다. 그러므로 목공은 죽을 때 형의 은혜를 갚고자 자기 아들 빙馮에게 군위를 물려주지 않고, 형의 아들인 여이與夷에게 군위를 전했습니다. 이에 빙은 자기에게 군위를 물려주지 않고 죽은 아비를 원망하는 동시, 위에 오른 여이를 질투하다가 송을 버리고 정나라로 가버렸습니다. 그런데 정은 본국인 송에 불평을 품고 온 빙을 맞아들였고, 장자 빙을 위해 군사를 일으켜 송을 치고, 여이의 위를 뺏으려 노리고 있습니다. 그러니 오늘날 송이 우리와 함께 정을 친다면, 또한 그들도 걱정을 덜게 되는 것이 아닙니까. 다음 노로 말할 것 같으면, 지금 공자 휘翬가 그 나라 전권을 잡고 있습니다. 공자 휘는 모든 권세를 손아귀에 넣고서 노의 임금을 무시하고 있습니다. 많은 뇌물을 공자 휘에게 보내고 결탁하면, 노나라 군대가 움직일 것은 뻔합니다."

이 말을 듣고 주우는 매우 기뻐했다.

주우는 노·진·채 삼국으로 각기 사자를 보냈다. 그러나 송으로 보낼 마땅한 인물이 없었다. 이에 석후가 주우에게 한 사람을 천거한다.

그 사람의 성은 영寧이며, 이름은 익翊이니 바로 중모中牟 땅 사람이었다.

영익은 매우 구변이 좋았다. 주우가 영익에게 분부한다.

"송나라가 군사를 동원하도록 성공하고 돌아오라."

그날로 영익은 송나라를 향하여 떠났다.

송나라에 당도한 영익은 궁으로 들어가서 군사를 청하러 왔다고 솔직히 말했다.

송상공宋殤公*이 묻는다.

"왜 정을 치려 하느냐?"

영익이 대답한다.

"정백은 무도한 사람입니다. 그 아우를 죽게 하고 그 어미를 감금하고 그래서 공손활은 우리 나라에 와서 망명하고 있습니다. 그런데 정백은 그것마저 용납할 수 없다 하고, 군사를 일으켜 우리 나라로 쳐들어온 일까지 있었습니다. 그러나 우리 선군은 워낙 나약해 정이 무서워서 까닭 없이 사과했던 것입니다. 이제 우리 주공께서 선군이 입은 수치를 씻고자 하는데, 또 귀국은 정나라와도 원수간이기에 이처럼 원조를 청하러 왔습니다."

"과인은 정백과 원래 아무런 혐의가 없다. 그대는 지금 우리 송과 정이 서로 원수간이라고 했는데 어째서 그런 소리를 하느냐?"

영익이 옷깃을 여미고 대답한다.

"좌우의 사람을 물러가게 하십시오. 조용히 그 까닭을 아뢰겠습니다."

송상공은 곧 좌우 사람에게 물러가도록 손짓했다.

"과인에게 무슨 조용히 할말이 있는가?"

영익이 되묻는다.

"군후께선 오늘날의 군위를 누구로부터 받으셨습니까?"

"숙부 목공이 과인에게 전하신 바라."

영익이 목소리를 가다듬고 아뢴다.

"부친이 죽으면 그 아들이 위를 계승하는 것은 자고로 내려오는 법입니다. 세상을 떠난 목공은 요·순 같은 맘으로 그렇게 하셨지만, 그 아들 공자 빙은 군위를 잃고 타국에 외로이 가 있으니 그 마음인들 어떠하겠습니까. 그는 비록 정나라에 있으나, 마음은 잠시도 송나라를 잊지 않고 있습니다. 더구나 정백은 공자 빙을 영접한 뒤로 교분이 두터워졌습니다. 하루아침에 그들이 군사를 일으켜 쳐들어오면, 귀국의 백성들은 목공의 은혜를 생각하고 그 아들을 잊지 않았기 때문에 안팎에서 난을 일으킬 것입니다. 그때 군후의 위는 어떻게 됩니까? 그러니 정을 친다는 것은 실로 군후의 깊은 걱정거리를 없애는 것입니다. 군후께서 만일 이 일을 허락하시면 우리 위나라도 즉시 군사를 일으킬 것이며, 따라서 노·진·채 삼국과 연합하여 일제히 쳐들어가리니, 정이 망할 것은 바로 눈앞 일입니다."

송상공은 원래 공자 빙을 좋아하지 않았다. 게다가 구변 좋은 영익의 일장 설명을 들었으니 어찌 동하지 않을 수 있으리오. 송상공은 알겠다는 듯이 머리를 끄떡이며,

"즉시 군사를 일으키겠소."

하고 승낙했다.

이때 송나라에는 대사마大司馬* 벼슬에 있는 공부가孔父嘉*(공자孔子의 조상이다)란 사람이 있었다. 그는 은殷나라 탕왕湯王의 후예로, 위인이 정직할 뿐 아니라 매사에 조금도 사사로움이 없었다.

공부가는 주공이 위나라에서 온 사자의 말을 듣고 군사를 일으킨다는 걸 알고, 간했다.

"위나라 사자의 말을 듣지 마십시오. 정백이 그 동생을 죽게 하고 그 어미를 감금했던 것을 죄라고 하여 치신다면, 형을 죽이고 군위를 찬탈한 위나라 주우의 죄는 어찌해야겠습니까? 원컨대 주공은 깊이 생각하십시오."

그러나 송상공은 공부가의 말을 듣지 않고 즉시 군사를 일으켰다.

이때 노나라 공자 휘도 위나라로부터 많은 뇌물을 받고서, 노은공魯隱公에게 알리지도 않고 제멋대로 중병重兵을 거느리고서 출발했다.

또 진과 채도 기약을 어기지 않고 군사를 일으켰다.

이리하여 그들은 송나라를 공공의 벼슬에 있다 하여 맹주盟主로 떠받들었다. 위의 석후는 선봉이 되고, 주우도 친히 군사를 거느리고 후방과 연락하기로 했다. 위나라는 우선 많은 양초糧草를 옮겨, 네 나라 병사를 크게 대접했다. 기일이 되자 무장한 수레 1,300승의 다섯 나라 대군은 정나라로 쳐들어갔다.

다섯 나라 대군은 정나라 동문을 물샐틈없이 포위했다.

한편 정장공은 모든 신하에게 계책을 물었다.

신하들은 싸우자는 둥 화평하자는 둥 의견이 분분했다.

정장공이 껄껄 웃고 말한다.

"그대들의 의견은 다 좋은 계책이 못 된다. 우선 위衛가 우리 나라를 치는 그 까닭부터 알아야 한다. 이는 주우가 형을 죽이고 군위를 찬탈했으나, 민심을 얻지 못했기 때문에 지난날의 원한을 갚겠다는 핑계로 네 나라 군사를 빌려 위의를 세우는 동시 백성들을 위압하려는 수작밖에 아무것도 아니다. 또 노나라로 말할 것 같으면 공자 휘가 위의 뇌물을 탐하여, 주공에겐 알리지도 않고 제 맘대로 군사를 거느리고 왔을 뿐이다. 그 다음 진陳과 채蔡는 우리 정과 원래 원수질 것이 없다. 그러니 그들은 반드시 싸워야 한다는 결심이 없다. 그러나 다만 송나라가 자기 나라 공자 빙이 우리 정나라에 망명 와 있는 걸 싫어하고, 진심으로 위에 협력하고 있으니 이것이 문제다. 그러니 나는 장차 공자 빙을 장갈長葛로 보내겠다. 그러면 송병도 반드시 그리로 옮겨 갈지라. 그때를 기다려 자봉子封(공자 여의 자字)은 보병 500명만 거느리고 서문에 나아가 위와 싸움을 걸되, 곧 패한 체하고 달아나라. 그러면 주우는 싸움에 이겼다는 명목을 세울 수 있고, 그 뜻한 바를 달성하는 것이다. 왜냐하면 그는 아직 본국이 안정되지 않았으니, 어찌 불안한 마음으로 오래 군중에 머물 수 있으리오. 그러기에 나는 그가 부득이 빨리 돌아가야 한다는 걸 알고 있다. 또 듣건대 위의 대부 석작은 충절이 대단한 사람이라 하니, 오래지 않아 위에서 내변內變이 일어날 것이다. 주우는 제 몸을 돌볼 여가도 없을 것이다. 어찌 두고두고 나를 해칠 수 있으리오."

이에 대부 하숙영瑕叔盈은 정장공의 명령을 받고 일지병을 거느리고서 송나라 공자 빙을 장갈로 호송했다.

공자 빙을 장갈로 보낸 뒤, 정장공은 수하 장수에게 분부했다. 그 수하 장수는 성 위로 올라가 송군에게 외쳤다.

"공자 빙은 죽지 않으려고 이미 도망갔다. 차마 잡아 죽일 수 없어 벌을 받을 때까지 장갈에서 기다리게 하였노라. 송나라 군후는 자량自量해서 하라."

아니나 다를까, 송상공은 성 위에서 정나라 장수가 외치는 말을 듣고 즉시 군사를 돌려 장갈로 이동해갔다.

송병이 장갈로 가는 걸 보자, 별 이해 관계 없이 따라온 채·진·노 세 나라 군사도 슬며시 깃발을 돌려 돌아가고 싶은 생각이 났다.

바로 이때, 정나라 공자 여가 서문 밖으로 군사를 이끌고 나아가 싸움을 걸었다.

이미 싸울 생각이 없어진 채·진·노 세 나라 군사들은 누벽壘壁 위에 올라 팔짱만 끼고서 싸움을 구경했다.

다만 석후의 병사와 공자 여 사이에 싸움이 벌어졌다. 공자 여는 싸운 지 불과 수합에 방패를 뒤로 돌리고, 창을 내리고 달아나기 시작했다.

석후가 병사를 휘몰고 뒤쫓아갔으나, 이미 서문은 열리고 공자 여를 맞이하여 넣자 성문은 다시 닫혔다.

석후는 병사를 시켜 서문 밖 나락[稻禾]을 모조리 베어서 걷어 가지고 돌아갔다.

석후는 돌아가자 즉시 선포했다.

"이제부터 본국으로 회군할 준비를 하라!"

석후는 겨우 정나라 군사와 싸워 일진을 이기고서 회군을 선포한 것이었다. 모든 장수는 자기 귀를 의심할 정도로 어리둥절했다. 도무지 그 뜻을 알 수가 없었다.

장수들이 주우에게 가서 말한다.

"우리 군사의 예기가 바야흐로 높거늘, 이번 승전을 기회로 쳐 들어가지 않고 갑자기 회군한다니 어찌 된 것입니까?"

이 천만뜻밖의 보고를 듣고 어리둥절한 주우는 즉시 석후를 불렀다.

"아직 크게 이기지 못했는데 어째서 회군을 선포했는가?"

석후가 대답한다.

"아뢰올 말씀이 있습니다. 좌우 사람을 물러가게 하십시오."

주우는 좌우 사람을 물러가게 했다. 그제야 석후가 조용히 까닭을 말한다.

"정의 병사들은 원래 강한 군사며 그들의 군후는 왕조의 경사卿 士입니다. 오늘 싸움에 우리들이 이겼으니, 이만하면 족히 위엄을 세운 거나 진배없습니다. 이제 주공께서 군위에 오른 지도 얼마 되지 않았고, 나랏일도 아직 안정되지 않았는데 오래도록 외방外 方에 머물러 계시면, 그동안에 국내에서 무슨 변이 일어날지 모릅 니다."

이 말을 듣고 주우는 크게 깨달았다.

"만일 경이 말하지 않았던들 과인은 미처 그런 생각도 못하였 으리라."

조금 지나자 바깥이 떠들썩했다. 노 · 진 · 채 삼국 장수들이 들 어와서 칭찬한다.

"이번 승전을 축하하나이다."

그리고 삼국 장수들은,

"이제 우리도 회군하겠소이다."

하고 청했다.

이튿날부터 정나라에 대한 포위는 풀렸다. 그동안의 날짜를 헤아리면, 에워싼 이후 포위를 풀기까지가 겨우 닷새였다.

석후는 스스로 공을 세웠다 자랑하고 삼군은 일제히 개가를 부르며 떠났다.

석후는 주우를 옹호하고 의기양양히 본국으로 돌아갔다.

위나라 백성들은 주우와 석후가 군사를 거느리고 개가를 외치며 돌아오는 꼴을 바라보았다.

어느덧 백성들이 부르는 노랫소리가 이곳 저곳에서 일어났다.

한 사람 쓰러지고
새로운 사람 일어났도다.
노래와 춤은 변하여 칼과 병사가 되었네.
어느 때 우리도 태평 세월을 누릴거나.
사람 없음을 한하노라.
그 누가 낙양에 가서 우리 천자께 호소할꼬.
一雄斃
一雄興
歌舞變刀兵
何時見太平
恨無人兮
訴洛京

송宋을 치는 삼국

주우州吁는 그걸 개선이랍시고 본국에 돌아왔다. 그러나 백성들은 그를 환영하지 않았다.

주우가 석후石厚에게 말한다.

"민심이 아직도 안정되지 않았으니 어쩌면 좋을꼬?"

석후가 아뢴다.

"신의 아비 작碏은 지난날 상경上卿 벼슬에 있었습니다. 신의 아비는 원래 백성들의 신임이 대단했으므로 백성을 쉽사리 복종시켰습니다. 신의 아비를 부르사, 나라 정사를 맡기면 주공의 임금 자리가 반드시 안정되리이다."

주우가 즉시 하얀 구슬〔白璧〕 한 쌍과 백미 500종鍾을 석작에게 보내면서 분부한다.

"곧 입조하여 나랏일을 의논하라고 하여라."

그러나 석작은,

"늙은 몸이 병들어 들어가 뵐 수 없소이다."

핑계하고, 보내온 물건을 받지 않았다.

주우가 다시 석후에게 의논한다.

"경의 아비가 입조하여 국사를 의논하려 않으니 어찌할꼬. 과인이 직접 찾아가서 계책을 물어볼까 하노라."

석후는 누구보다도 부친의 성격을 잘 알았다.

"비록 주공께서 가실지라도 반드시 서로 만나려 하지 않을 것입니다. 신이 군명君命으로써 가보겠습니다."

석후는 오래간만에 집으로 돌아가 부친을 뵈었다.

"이번 새로 군위에 오르신 임금께서 아버지를 공경하며 사모하십니다."

백발이 성성한 석작이 묻는다.

"새 주공이 나를 부르는 것은 무슨 뜻이냐."

석후가 속으로 은근히 기대하면서 말한다.

"다름아니라, 다만 군위가 안정되지 못하옵기로 부친을 모셔다가 좋은 계책과 지시를 받고자 함입니다."

석작이 머리를 끄떡인다.

"누구나 제후의 위에 오르면 왕조에 가서 품명稟命하고, 인증을 받아야 하는 법이다. 새 주공이 주에 가서 천자를 뵈오면, 주왕周王은 불敵(청색靑色과 흑색黑色을 섞어서 수놓은 무늬가 있는 예복)과 면룡(제후의 관冠)과 수레와 의복을 줄 것이다. 그것을 받고 봉명奉命하면 비로소 임금이 된다. 그렇게 하면 백성들이 어찌 딴소리를 하리오."

석후가 다시 묻는다.

"참으로 좋은 말씀입니다. 그러나 까닭 없이 조정에 들어가면 주왕이 필시 의심하리니, 먼저 사람을 보내어 왕에게 통정通情한 뒤에 가면 어떻겠습니까?"

석작이 지시한다.

"지금 진후陳侯는 주왕에게 모든 충성을 바치고 있다. 그는 조정에서 부를 때면 가지 아니한 일이 없었다. 그래서 주왕은 진후를 매우 총애한다. 우리 나라가 원래 진나라와 서로 친하기 때문에 지난날 정을 칠 때 그들의 군사를 빌린 일도 있지 않느냐. 그러니 새 주공은 우선 진陳나라에 가서 잘 말하고, 진후로 하여금 주왕에게 가서 이곳 일을 통정케 하고 그런 연후에 조정에 들어가서 천자를 뵈오면 무슨 난처할 것이 있으리오."

석후는 부친의 높은 의견에 감탄하지 않을 수 없었다.

석후는 즉시 주우에게 가서 아비의 말을 전했다.

어찌할 바를 몰라 골머리를 앓던 주우의 기뻐함이란 이만저만이 아니었다.

주우는 구슬과 비단과 그 외 모든 예물을 갖추고 수레를 타고서 상대부 석후의 호위를 받으며 진나라로 갔다.

그러나 잠시 주우가 진나라로 가기 전 이야기를 해야겠다.

석작은 진나라 대부 자침子鍼과 전부터 친분이 두터운 사이로 서로 존경하는 처지였다.

그날 석작은 아들 석후가 다녀간 뒤, 곧 칼로 손가락을 찔러 혈서 한 통을 썼다.

석작은 심복 부하를 불렀다. 혈서를 내주며 간곡히 분부한다.

"진나라에 가서 이것을 자침께 드리되, '진환공께 바치십시오' 하고 아뢰어라. 이 비밀이 누설되면 안 된다. 도중 각별히 조심하고 조심하여라."

이리하여 주우가 떠나기 전에, 이미 석작의 밀사가 진나라에 당도했다.

그 혈서 내용에 하였으되,

외신外臣 석작은 백배하고, 진현후陳賢侯 전하께 글을 바치나이다. 위는 보잘것없는 작은 나라이지만 하늘이 거듭 재앙을 내리사, 불행히도 임금을 죽이는 변재變災가 일어났습니다. 이는 비록 반역한 주우의 소행이지만, 실은 외신의 자식 석후가 자리를 탐하여 악한 자를 도왔기 때문에 생긴 참변이었습니다. 이 두 역적놈을 죽이지 않으면, 장차 천하에 난신亂臣 적자賊子가 그치지 않을 것입니다. 노부老夫는 늙고 힘없어 능히 일이 일어나기 전에 그들을 제압하지 못했으니, 선군先君을 저버린 노부의 죄도 이루 다 말할 수 없습니다. 이제 두 역적이 수레를 나란히 타고 귀국에 입조할 것입니다. 그러나 그들이 귀국에 가는 것은 실로 노부의 계책으로 이루어진 것입니다. 바라건대 귀국이 그놈들을 잡아서 죄를 밝히고, 신자臣子의 기강을 바로 세워주시면 이는 실로 천하의 만행萬幸이며 어찌 위나라만의 행이라 하리이까.

진환공이 석작의 혈서를 읽고 자침에게 물었다.

"이 일을 어찌하면 좋을꼬?"

자침이 아뢴다.

"위나라 악당들을 용서하면 우리 진까지도 악화합니다. 이제 그놈들이 진으로 오는 것은 제 발로 죽음을 찾아오는 것입니다. 어찌 그냥 버려둘 수 있습니까."

진환공이 연방 머리를 끄떡인다.

"그럼 계책을 잘 세워서 주우를 사로잡도록 하여라."

며칠 뒤, 주우는 석후와 함께 진나라에 당도했다.

그들이 석작의 계책을 알 리 없었다. 두 놈은 임금과 신하로서 자못 뽐냈다.

진환공이 전혀 내색하지 않고 공자 타佗에게 분부한다.

"성밖에까지 나가서 그들을 영접하고, 객관客館에 머물게 하여라."

성밖까지 영접 나간 공자 타가 주우에게 진후의 명을 전했다.

"우리 주공께선 내일 태묘太廟에서 귀후貴侯와 상견하겠다 하시더이다."

주우는 자기에 대한 진후의 예의가 자못 은근한 걸 보고 매우 기뻐했다.

이튿날, 진나라 태묘의 넓은 뜰엔 횃불까지 밝혀졌다.

진환공은 주인 자리에 서고, 왼편엔 빈객賓客을 영접하는 사람을 두고, 오른편엔 들어와 예를 고하는 사람을 서게 했다. 그 법다운 절차가 다 정연했다.

이윽고 석후가 먼저 태묘에 이르렀다. 문 앞을 보니 패牌가 서 있었다.

그 패엔 다음과 같은 글이 씌어 있었다.

신하로서 충성치 못한 자와 자식으로서 불효한 자는 태묘에 들어오지 마라.

석후가 은근히 놀라면서 대부 자침에게 묻는다.

"이 패를 세운 것은 무슨 뜻이오니까?"

자침이 부드러운 목소리로 대답한다.

"저것은 우리 선군께서 남기신 교훈입니다. 그러므로 우리 주 공께선 그 교훈을 잊지 않고자 패를 세웠습니다."

그제야 석후는 더 의심하지 않았다.

조금 지나자 이번엔 주우의 법가法駕가 당도했다. 석후는 법가 에서 내리는 주우를 부축했다.

주우는 큰 띠에 구슬을 차고 규圭(천자가 제후를 봉할 때 부절符節 로서 주는 일종의 단옥端玉으로 여러 가지 종류가 있다. 왕은 진규鎭圭, 공公은 환규桓圭, 후侯는 신규信圭, 백伯은 궁규躬圭를 갖게 된다)를 잡 고 진나라 태묘로 들어갔다.

태묘에 들어선 주우가 바야흐로 국궁鞠躬하고 예를 행하려던 참이었다. 이때까지 진환공 곁에 서 있던 자침이 문득 안색이 변 하며 벽력같은 소리로 외친다.

"이제 주 천자의 명을 받자와, 임금을 죽인 주우와 석후를 잡는 다. 이 두 놈 이외에 위나라에서 온 수행원은 안심하여라!"

자침의 호령이 끝나기도 전에 좌우에서 범 같은 무사들이 달려 나왔다. 무사들은 단번에 주우부터 잡아 앉혔다.

이를 보고서 석후는 급히 패검佩劍을 뽑으려고 했다. 칼이 칼집 에서 다 뽑히기 전이었다. 범 같은 무사들이 석후에게 달려들었 다. 그래도 그는 주먹을 움켜쥐고서 대항했다. 그는 워낙 힘이 세 어 격투 끝에 무사 둘을 쳐눕혔다. 그러나 어찌하리오.

태묘 안 좌우 벽과 행랑[廂]에 매복하고 있던 무장 병사들이 일 제히 내달아왔다. 석후는 싸웠으나, 순식간에 결박을 당하고 말 았다.

주우와 석후를 따라온 위나라 병사들은 태묘 문 밖에 있었다. 그들은 태묘 안에서 무슨 일이 일어났는지를 몰랐다. 자침은 품속에서 석작의 혈서를 꺼냈다. 그리고 사람들에게 그 내용을 밝혔다.

위나라에서 온 사람들은 그제야 주우와 석후가 사로잡힌 걸 알았다. 그리고 석작의 계책으로, 진나라 힘을 빌려 그들이 붙들렸다는 것도 알았다.

주우와 석후를 따라온 수행원과 병사들은 하늘에 이치가 있다면 당연한 일이다 하고 분분히 위나라로 돌아갔다.

사관이 시로써 이 일을 탄식한 것이 있다.

주우여, 지난날 환공을 전송하던 때가 생각나느냐
이제 진나라에 와서 같은 화를 당하는구나.
손꼽아 헤어보라, 그대 임금 된 지 몇 날이냐
하늘에 이치 있으니 푸른 하늘에 물어보라.
州吁昔日餞桓公
今日朝陳受禍同
屈指爲君能幾日
好將天理質蒼穹

진환공은 주우와 석후를 죽이기로 했다.

좌우 여러 신하가 아뢴다.

"석후는 석작의 친아들입니다. 그러니 석작의 뜻이 어떤지를 알아야 하지 않겠습니까. 위나라에 통지하여 그들이 알아서 처분하도록 하십시오. 그래야만 뒷말이 없을 것입니다."

진환공이 머리를 끄떡이며,

"경들의 말이 옳다."

하고 계속 분부한다.

"두 놈을 한곳에 두지 말고, 각각 따로 감금하여라."

이리하여 주우는 복읍濮邑 땅에 수감되고, 석후는 진나라 도성에 수감되었다. 주우와 석후는 서로 만날 수도 없고 소식조차 몰랐다.

한편 진나라 사자는 밤낮을 가리지 않고 위나라로 달려갔다. 물론 석작에게 경과를 보고하기 위해서였다.

한편 석작은 늙었다 칭탈하고 문밖출입을 안 했다. 그는 진나라로부터 소식 있기를 기다렸다. 그러던 차에 진후의 사자가 왔다.

그는 경과 보고를 듣고 즉시 아랫사람을 불렀다.

"수레를 준비하여라."

석작은 오래간만에 궁으로 들어갔다.

"모든 대부를 즉시 입조케 하여라."

백관들은 석작의 부름을 받고 무슨 일인가 하고 속속 모여들었다. 석작이 조중朝中에 모여든 백관에게 진환공의 서신을 내보인다.

"역적 주우와 석후는 이제 진나라에 감금되어 있소. 지금 진나라는 우리 위나라 대부들이 오기를 기다려 함께 두 놈 죄를 의논하고자 하니, 장차 어찌하면 좋겠소?"

모든 백관이 일제히 대답한다.

"이는 사직의 대계大計이옵니다. 저희들은 오로지 국로國老의 분부대로 좇겠습니다."

석작이 백설 같은 머리를 앙연히 쳐들며 말한다.

"두 역적의 죄는 결코 용서할 수 없소. 법과 형刑으로 밝혀야 할 것이오. 나는 그 두 놈을 죽여, 선군의 혼령께 사죄할 결심이오. 누가 가서 이 일을 맡겠소?"

우재右宰 추醜가 앞으로 나서며 말한다.

"난신과 적자는 죽여야 합니다. 추가 비록 적임은 아니나 일찍부터 의분을 품고 있었습니다. 이 추가 가서 역적 주우를 참하는 장소에 임하겠습니다."

모든 대부가 찬동한다.

"우재 추가 간다면 족히 이 일을 밝힐 것입니다. 원흉인 주우는 법으로 다스리겠지만 석후는 부역附逆한 것뿐입니다. 그 죄 지중하지 않으니, 가볍게 다스리기로 합시다."

이 말을 듣자, 석작이 추상같이 말한다.

"주우의 반역은 다 내 자식이 꾸민 일이오. 여러분이 가볍게 다스리자는 것을 보니, 내가 자식에게 사정私情을 두는 줄로 잘못 아시는 모양이구려. 노부는 마땅히 일행과 함께 가서 내 손으로 그 역적을 죽이겠소. 그렇게 하지 않으면, 내 무슨 면목으로 선군 사당[廟]을 뵈리오."

가신家臣 누양견獳羊肩이 앞으로 나아가 말한다.

"국로께선 고정하십시오. 제가 가서 처치하겠습니다."

석작은 우재 추로 하여금 복읍에 가서 주우가 죽는 걸 보고 오게 하고, 누양견으로 하여금 진나라에 가서 석후가 죽는 것을 확인하고 오게 했다.

다시 대부들은 석작의 분부를 받고 법가를 갖추어 공자公子 진晉을 모셔오려고 형邢나라로 갔다.

좌구명左邱明(춘추 시대 노나라 태사太史로 공자가 대찬大讚한 현인. 『좌전左傳』의 찬자撰者이다)이 고사古史를 편찬하다가, 이 대목에 이르러 '석작은 대의를 위해 자식을 죽였으니 진실로 순수한 신하로다' 하고 찬했다.

또 사신이 시로써 이 일을 읊은 것이 있다.

공의公義와 사정私情을 겸전할 수 없어
주저치 않고 자식을 죽여 전 임금의 원수를 갚았도다.
세상 사람들은 사정에 치우쳐 분별을 못하니
어찌 꽃다운 이름을 만세에 전하리오.
公義私情不兩全
甘心殺子報君寃
世人溺愛偏多昧
安得芳名壽萬年

석작이 당초에 그 아들 석후를 죽이지 않았기 때문에 마침내 참
혹한 일까지 생겼고, 주우마저 죽음을 당했다는 뜻을 농서 거사隴
西居士가 시로써 읊은 것이 있다.

역적놈들의 근거를 잘 알고 있었다면
어찌 먼저 역적할 자식놈부터 없애버리지 않았더냐.
늙은 신하는 앞날을 너무 염려한 나머지
자식 석후를 내버려뒀다가 주우의 신세까지 망쳤도다.
明知造逆有根株
何不先將逆子除
自是老臣懷遠慮
故留子厚誤州吁

우재 추와 누양견은 진나라에 당도했다.

그들은 우선 진환공을 알현하고,

"역란逆亂한 놈들을 잡아주셔서 감사합니다."

하고 칭사했다.

그들은 각기 소임을 완수하기 위해 헤어졌다.

우재 추가 복읍에 이르자, 주우는 사람 많은 저자로 끌려나왔다. 끌려나온 주우가 우재 추를 보고서 큰소리로 외친다.

"너는 나의 신하가 아니냐. 감히 나를 범하려 하느냐!"

우재 추가 대답한다.

"그렇다! 지난날 우리 위나라에선 신하로서 임금을 죽인 자가 있었다. 나도 그놈을 본받고자 하노라."

주우는 더 말을 못하고 머리를 숙였다.

칼이 번쩍 빛나자, 주우의 목은 피를 뿜고 땅바닥에 굴렀다.

한편 누양견은 바로 진도陳都에서 석후를 죽이는 장소에 임석했다.

옥에서 끌려나온 석후가 말한다.

"나는 이미 죽음을 각오했다. 그러나 한 가지 원이 있다. 나는 수거囚車에 실려가서 부친의 얼굴이나 한번 보고 죽겠다."

누양견이 꾸짖는다.

"내 너의 부친으로부터 역적한 자식을 죽이라는 분부를 받고 이곳까지 왔다. 네 정히 부친을 생각한다면, 내 마땅히 네 목을 가지고 돌아가마. 그때 부친을 뵈옵도록 하여라."

드디어 무사들은 칼을 뽑아 석후를 참했다. 이리하여 위나라 두 역적은 참형을 당했다.

한편 오랫동안 형나라에 도망가 있던 공자 진은 본국인 위나라로 돌아왔다. 공자 진은 주우의 목을 무궁武宮에 바치고, 선군의 원혼을 위로했다. 그리고 위환공을 위해 다시 발상發喪한 뒤 즉위했다. 그가 바로 위선공衛宣公이다.

석작은 국로가 되어 다시 경의 벼슬을 누렸다. 이로부터 위·진 두 나라는 더욱 친한 사이가 되었다.

한편 정장공은 송·노·진陳·채·위 다섯 나라 군사가 예상했던 대로 물러가는 걸 보고서는 소리 없는 미소를 지었다. 그제야 그는 장갈長葛로 보낸 송나라 공자 빙憑이 궁금해졌다.

정장공이 사람을 장갈로 보내어 그 뒤 소식을 알아보려는 참이었다. 이때 아랫사람이 들어와서 아뢴다.

"송나라 공자 빙이 장갈에서 변복하고 도망왔습니다. 지금 조문 밖에 있습니다."

정장공은 즉시 공자 빙을 불러 보았다.

"그렇잖아도 사람을 보내어 소식을 알고자 하던 차에 참 잘 왔구려. 그래 그간 어떻게 연명했소?"

공자 빙이 추연히 대답한다.

"이미 송나라 군사는 장갈에 들어와 성지城池를 모조리 점령했습니다. 하늘이 도우사 죽음을 면하고 도망쳐오긴 왔으나, 앞으로 갈 곳이 없습니다. 청하건대, 불쌍한 이 몸을 전처럼 돌봐주십시오."

말을 마치자 공자 빙은 엎드려 슬피 통곡했다.

"염려 마오. 사람에겐 운이란 것이 있소. 어찌 하늘인들 무심할 리 있으리오. 우리 나라에 있으면서 때를 기다리오."

하고 정장공은 위로했다. 송나라 공자 빙은 관사館舍에서 거처했다. 정장공은 의식衣食과 필요품을 그에게 넉넉히 대줬다.

이러는 중에 주우가 복읍에서 참살되었다는 것과, 위나라에 새로 임금이 섰다는 소문이 삽시에 퍼졌다. 이 소문을 듣고 정장공이 말한다.

"지난날 주우가 우리 나라에 쳐들어왔지만 이번 새로 선 위나라 임금과 우리 정나라는 아무런 혐의도 없다. 다만 군사의 주동主動이 되어 우리 정나라를 쳤던 것은 송나라다. 과인은 마땅히 먼저 송나라부터 쳐부수리라."

정장공이 모든 신하에게 장차 송나라 칠 계책을 묻는다. 제족祭足이 앞으로 나아가 아뢴다.

"지난번에 송 · 노 · 진 · 채 · 위 다섯 나라가 군사를 연합하여 우리 나라를 쳤으니, 이제 우리가 송나라를 치면 노 · 진 · 채 · 위 네 나라도 겁을 먹고 반드시 군사를 연합하여 함께 송나라를 도울 것입니다. 일이 그렇게 되면 이기기 어렵습니다. 이제 일을 성취하려면, 먼서 사람을 진나라로 보내어 진나라와 우호를 맺고, 다시 좋은 조건을 내세워 노나라와도 손을 잡아야 합니다. 그러기 전엔 송나라 형세를 꺾을 수 없습니다."

정장공은 즉시 사자를 진나라로 보냈다.

진陳나라에 당도한 사자는 우호를 맺고자 정나라에서 왔다고 청했다. 그러나 진환공은 응하지 않았다. 정나라 사자와 만나보려고도 안 했다.

이에 공자 타가 진환공에게 간한다.

"이웃 나라와 친선하는 것이 바로 국가의 보배입니다. 정나라가 사람까지 보내어 우호를 맺으려 하는데, 거절하는 것은 옳지 못합니다."

진환공이 그 이유를 말한다.

"정백은 수단이 비상한 사기꾼이다. 어찌 그 말을 믿을 수 있으리오. 첫째 정은 왜 송 · 위 같은 큰 나라와 친선하지 않고 하필이면 우리 나라와 우호를 맺으려 하는가. 이는 설명할 것도 없이 모든 나라와 우리를 이간 붙이려는 수작인 것이다. 더구나 내 일찍이 송나라를 따라 정나라를 쳤다. 이제 정나라와 함께 우호를 맺는다면, 우선 송나라가 크게 노할 것이다. 만일 정나라와 손을 잡음으로써 송나라와 원수간이 된다면, 또한 우리에게 무슨 이익이 있겠느냐."

정나라 사자는 진환공이 만나주지도 않아 하는 수 없이 본국으로 돌아가서, 자초지종을 정장공에게 보고했다.

정장공은 진나라가 우호에 응하지 않은 데 대해 몹시 분개했다.

"진나라는 무엇을 믿고 이다지 거만한가. 바로 송나라와 위나라가 있기 때문이다. 위나라는 이제 겨우 난이 진정됐으니, 자기를 돌볼 여가도 없는 터에 어찌 남을 위해 일어날 수 있으리오. 내 마땅히 노魯나라와 우호를 맺고 다시 제齊나라의 응원을 받아, 먼저 송나라를 쳐서 원한부터 갚고 다음에 진을 치리니, 이것이 바로 파죽지세破竹之勢•다."

그러나 곁에서 제족이 간한다.

"주공의 말씀은 옳지 않습니다. 우리 정은 강국이며, 진은 약한 나라입니다. 청하면 이루어지지 않을 리 없건만, 어째서 우리가 이번에 거절당했는지 그것을 알아야 합니다. 이는 진나라가 우리가 자기네를 다른 나라와 이간 붙이려고 하는 수작인 줄로 잘못 알아 거절한 것입니다. 변방 사람에게 명하사 진나라가 아무 방비도 않고 있는 틈을 타서 침입하게 하면, 반드시 얻는 바가 많으리이다. 그런 연후에 구변 좋은 사람을 보내어 뺏어온 물품과 잡아

온 남녀를 돌려보냄으로써, 추호도 속일 생각이 없다는 신의를 그들에게 보이십시오. 그러면 진나라는 반드시 우리와 우호를 맺을 것입니다. 진나라와 손을 잡은 연후에, 천천히 송나라 칠 계책을 의논하는 것이 마땅한 줄 아룁니다."

정장공이 머리를 끄떡인다.

"그대 말이 옳다."

이에 정나라 변방 두 비재鄙宰는 보병 5,000을 거느리고 사냥하는 체하면서 진나라 경계로 숨어 들어가, 남녀와 치중輜重을 약 100여 수레쯤 약탈해 돌아왔다.

이에 진나라의 지방 관리는 이 사실을 그 즉시 진환공에게 보고했다. 이 보고에 분노한 진환공이 여러 신하와 함께 정나라의 불법 행위에 대해서 어떻게 조처할 것인가를 상의하려던 참이었다.

바깥에서 아랫사람이 들어와 아뢴다.

"지금 정나라 사사 영고숙潁考叔이 조문 밖에 왔습니다. 그는 본국 서신을 가지고서 잡아간 남녀와 뺏어간 물품을 도로 바치러 왔다고 합니다."

진환공이 공자 타에게 묻는다.

"정의 사자가 또 왔다니, 이건 무슨 뜻일까?"

"그들이 사자를 보낸 것은 아름다운 일입니다. 그러니 거듭 물리치지 마십시오."

진환공은 영고숙을 인견引見했다.

영고숙이 재배하고 국서國書를 봉정한다.

그 내용은 다음과 같았다.

오생은 재배하고, 서를 진현후陳賢侯 전하께 바치나이다. 군

174

후께서도 왕의 총애를 받으시는 터며, 과인도 왕신王臣의 자리에 있으니, 이치로 미루어볼지라도 서로 마땅히 우호가 두터워야 할지며, 함께 울타리를 이루어야 할 줄로 압니다. 지난번 친선코자 했으나 뜻을 이루지 못했더니, 드디어 변방의 관리가 망령되이 우리 두 나라 사이에 무슨 혐의라도 있는 줄 잘못 알고서, 무례하게도 귀국에 침입하여 많은 사람과 물품을 약탈해왔다 하니 이럴 수가 있습니까. 이제 억울하게 잡혀온 사람과 치중을 돌려드리는 동시 영고숙을 보내어 사죄드립니다. 원컨대 과인은 군후와 함께 형제의 우호를 맺고자 하나이다. 군후는 이를 허락하소서.

진환공은 서신을 보고 그제야 정나라의 친선하려는 뜻이 진실에서 나온 줄로 생각하고, 드디어 영고숙을 융숭히 예대禮待하는 동시, 공자 타를 정나라로 보내어 답례하게 했다.

이런 뒤로 진·정 두 나라 사이에 우호 친선이 성립되었다.

한편 정장공이 제족에게 말한다.

"진이 우리와 손을 잡았으니, 이젠 송을 치는 것이 어떨까?"

제족이 대답한다.

"송나라는 벼슬 높은 대국입니다. 왕조에서도 빈례賓禮로써 대우하니 경솔히 치지 마십시오. 지난날 주공이 천자를 뵈오러 조정에 가려다가 제후齊侯와의 언약 때문에 석문石門으로 갔고, 그 뒤는 또 주우가 군사를 몰고 침입해왔기 때문에 가시지 못한 채 오늘에 이르렀습니다. 그러니 먼저 조정에 가서 주왕周王부터 뵈십시오. 그래야만 우리 정은 천자의 명을 받아 송나라를 친다는 거짓 구실이라도 내세우고, 제와 노를 부를 수 있으며, 그들의 군사와 함께 송나라를 쳐야만 명분이 뚜렷해집니다. 이러고도 이기지 못할 리 있겠습니까.”

이 말을 듣고 정장공은 매우 기뻐했다.

“경의 꾀는 참으로 만전지계萬全之計다.”

이때가 바로 주환왕이 즉위한 지 3년이었다.

정장공은 세자 홀忽에게 잠시 나라를 맡기고 제족과 함께 오랜만에 주나라로 갔다.

정장공이 주나라에 이르러 천자를 뵈온 것은 바로 그해 겨울 11월이었다. 마침 그때가 제후들이 천자께 봉축송하奉祝頌賀하는 계절이었다.

주공周公 흑견黑肩이 주환왕에게 권한다.

“왕께선 정에 예를 베풀고, 열국을 대하는 대우에 어긋남이 없게 하소서.”

그러나 주환왕은 원래 정을 좋아하지 않았다. 더구나 그들은 지난날 좀도적처럼 주에 침입하여, 보리[麥]와 나락[禾]을 훑어가지 않았던가. 그래서 주환왕은 노기등등하여 정장공에게 빗대놓고 말했다.

“경의 나라는 올해 수입이 어떠한가?”

정장공이 아뢴다.

“폐하의 하늘 같은 복을 힘입사와, 수재水災와 한재旱災는 없었습니다.”

주환왕이 비웃는다.

“다행히 수년 동안 저축한 온 지방의 보리와 성주 지방의 나락이 있어 짐도 굶지 않고 견딜 만하다.”

정장공도 주환왕이 지난 일을 빗대놓고 말하는 걸 모를 리 없었다. 이러고서야 도저히 서로 상통할 수 없다는 걸 깨닫고, 정장공은 말없이 앉았다가 물러나갔다.

주환왕의 태도도 전날과는 판이했다. 정장공을 위해서 잔치도 베풀지 않고, 하사하는 물건도 없었다.

그러던 어느 날, 정장공에게 까닭 모를 곡식 열 수레가 들어왔다. 곡식을 가지고 온 자가 말한다.

"왕께서 말씀하시길, 받아뒀다가 흉년에 쓰라 하시더이다."

정장공은 몹시 우울했다.

"내 공연히 왔구나. 내 공연히 왔구나!"

그리고 제족을 돌아보고 탄식한다.

"그대가 권하기로 조정에 왔더니, 나를 대하는 주왕의 태도가 이와 같구나. 말마다 원망만 하더니, 이젠 곡식까지 보내왔구나. 이는 과인에게 앙갚음을 하자는 것이니 어찌할꼬. 과인은 곡식을 돌려보내고 싶으나 돌려보낼 구실도 없다."

제족이 부드러운 음성으로 위로한다.

"오늘날 모든 제후가 우리 정나라를 존중하는 이유는, 대대로 정이 경사卿士로서 왕의 좌우에 있었기 때문입니다. 왕이 하사하신 물품은 좋든 나쁘든 다 그걸 천총天寵이라고 합니다. 만일 주공께서 사양하고 받지 않으시면, 참으로 주와의 사이에 틈이 생기고 맙니다. 정이 주를 잃으면 모든 제후로부터 어찌 존경을 받을 수 있습니까."

이렇게 서로 의논하고 있는데, 밖에서 시종이 들어왔다.

"주공 흑견께서 비단 두 수레를 거느리고 오셨습니다."

정장공은 주공周公 흑견을 영접했다. 주공 흑견은 들어와 그저 친절한 말만 하다가 돌아갔다.

정장공이 다시 제족에게 묻는다.

"주공이 왔다 간 뜻은 무엇일까?"

제족이 대답한다.

"주왕에게는 아들 둘이 있습니다. 장자는 이름이 타他며, 차자는 이름이 극克입니다. 지금 주왕은 차자를 사랑할새, 주공周公에게 매사를 부탁하고 있다 하더이다. 앞으로 반드시 주나라에는 적자를 뺏는 모략이 있을 것입니다. 그러므로 주공이 오늘날 우리에게 친선해서 장차 외방 원조를 받으려는 것입니다. 주공主公은 서슴지 마시고 그 비단[綵繪]을 받아두십시오. 장차 쓸 곳이 있습니다."

"그까짓 걸 무엇에 쓰리오."

제족이 속삭인다.

"우리 정이 이번에 입조했다는 것은 이웃 나라들도 다 알고 있습니다. 주공이 준 비단을 수레 열 대에다 나누어 싣고, 다시 비단보로 덮으십시오. 그리고 이 도성을 떠난 뒤 널리 선전하십시오. 이것은 왕이 하사하신 활과 화살인데, 송공宋公이 오래도록 천자께 조공하지 않기 때문에 이제 과인이 왕명을 받아 송나라를 친다고 꾸며대십시오. 왕명이라 내세우고 모든 나라를 불러 종군시키되, 만일 응하지 않는 자가 있다면, 그건 왕명을 거역하는 것이 아니겠습니까. 그렇게만 하면 우리를 따르지 않을 제후는 없습니다."

이 말을 듣자 정장공은 제족의 어깨를 툭툭 치며,

"경은 참으로 지사智士로다! 과인은 경이 시키는 대로만 하리라."

하고 감탄했다.

농서 거사가 지은 영사시詠史詩에 다음과 같은 것이 있다.

받은 비단과 훔쳐간 곡식이 서로 맞지 않거니
더구나 왕명도 받지 않고 어찌 왕을 이용하느냐.
필경 헛된 명목으로 많은 군사를 동원했으니
수양 땅만 전쟁터가 되었구나.
綵繪禾麥不相當
無命如何假託王
畢竟虛名能動衆
睢陽行作戰爭場

　정장공은 주나라 경계를 벗어나자,
　"송공이 신하의 도리를 지키지 않으므로 이제 과인이 왕명을
받아 송을 치게 되었다."
하고 선양宣揚했다.

　이 소문은 그 뒤 송나라까지 퍼졌다. 송상공은 이 소문을 듣고
몹시 놀랐다.
　송상공은 밀사를 위선공에게 보냈다. 그리고 장차 정과의 관계
가 무사하도록 주선해주기를 부탁했다.
　송나라로부터 이런 부탁을 받고 위선공은 즉시 제齊나라 희공
僖公과 상의했다.
　위와 제는 앞으로 송 · 정 두 나라 군후를 와옥瓦屋 땅에 불러
회견시키고 서로 동맹을 맺도록 주선해주자는 데 합의했다.
　이리하여 위나라는 이 뜻을 송나라에 통지하고, 제나라는 이 뜻
을 정나라에 전달했다.
　송상공은 그제야 마음을 놓고 이렇게까지 애써준 위나라에 대

해서 많은 물품을 보냈다. 그리고 앞으로도 더욱 힘써주길 바란다고 간청했다.

송상공은 와옥에서 정나라와 회견하기 전에 직접 위선공과 견구犬邱에서 만나 어떻게 하면 정나라와 친선할 수 있는지에 대해서 여러 가지로 상의했다.

그러고 나서 송상공과 위선공은 법가를 타고 나란히 와옥 땅으로 갔다.

드디어 송·정이 와옥 땅에서 회견할 날이 되었다.

저쪽에서 행렬이 온다.

송상공은 초조히 정장공의 행차를 기다렸다. 그러나 그것은 제희공의 행차였다.

그날 송상공, 위선공, 제희공은 눈이 빠지게 정장공을 기다렸다.

어느덧 해가 저물었다. 그러나 정장공은 오지 않았다.

이튿날 제희공이 탄식한다.

"정백이 오지 않으니 강화는 실패인 것 같소. 그러니 과인은 본국으로 돌아가겠소."

송상공은 황망히 제희공을 붙들었다.

"우리가 이렇게 그냥 헤어질 수야 있습니까. 우리만이라도 동맹을 맺읍시다."

제희공은 거절할 수 없어,

"그럼 그렇게라도 합시다."

하고 비록 겉으론 응낙했으나, 내심으론 그저 대세를 관망하자는 정도였다.

다만 송과 위는 자별한 사이이기 때문에 그들만 깊이 결납結納

하고서 작별했다.

한편 주환왕은 정백의 조정 직품을 뺏어버리고 그 대신 괵공 기보를 후임으로 앉히려 했다. 그러나 주공 흑견이 여러 가지로 간했다. 주환왕은 이에 괵공虢公 기보忌父로 우경사右卿士를 삼고 국가의 정사를 맡기는 동시, 정백을 좌경사左卿士로 삼았다. 좌경사란 이름뿐 아무 실속 없는 벼슬이었다.

정나라 장공은 이 소식을 듣고 한바탕 웃었다.

"으음, 주왕은 능히 나의 벼슬을 아주 뺏지는 못하는구나!"

얼마 뒤에야 정장공은 제나라 희공이 와옥에서 송과 합당했다는 소식을 들었다.

이 보고를 받자 정장공은 웃지 않았다.

"제나라가 우리와 동맹한 사이로서 그럴 수 있을까."

하고 제족과 상의했다.

제족이 아뢴다.

"제와 송은 원래 깊은 사이가 아닙니다. 이는 위후가 그 사이에서 규합한 것이니, 비록 동맹은 했지만 실로 제의 본심은 아닐 것입니다. 이제 주공은 제나라와 노나라에 왕명을 선포하시고, 노후에게 부탁해서 다시 제후와 규합하는 동시, 힘을 합쳐 송을 쳐야 합니다. 더구나 노와 제는 경계가 연해 있고 대대로 혼인한 처지이니, 노후가 우리와 일을 함께하는데, 제후인들 반대하진 못할 것입니다. 그리고 채·위·성郕·허許 모든 나라에도 또한 격서檄書를 보내십시오. 주공께서 송을 치는데도 만일 오지 않는 자 있거든 그땐 군사를 그리로 옮겨서 쳐도 늦지 않습니다."

정장공은 머리를 끄떡이며, 제족의 계책을 좇기로 했다.

정장공은 즉시 사자를 노나라로 보냈다.

정나라 사자는 노나라에 이르러 군사를 일으킬 날짜를 알리고, 또 노나라가 뺏은 송나라 땅은 모조리 노나라에 주겠다는 약속을 했다.

앞서도 말한 바와 같이, 노나라 공자 휘翬는 욕심이 대단한 사람이었다. 그는 정나라의 조건을 듣고서, 두말 아니하고 쾌락했다.

공자 휘는 곧 노후에게 장차 군사 일으킬 것을 아뢰고, 또 제후에게 함께 송나라를 치자고 통지하고, 다시 정나라와 함께 중구中邱에서 회합하기로 했다.

이에 제후는 그 동생 이중년夷仲年을 장수로 삼고, 병거 300승을 출동시켰다.

노후는 공자 휘로 장수를 삼고, 병거 200승을 출동시켰다.

이 두 나라 군사는 정나라를 돕기 위해서 나선 것이다.

이에 정장공은 친히 공자 여, 고거미, 영고숙, 공손알公孫閼 등 일반 장수를 거느리고 스스로 중군中軍이 되었다.

정장공은 일면으로 대독大纛(중군中軍의 대기大旗)을 세우고, 그 것을 모호蝥弧(기旗의 이름)라 부르게 하고, 그 위에다 천명을 받들어 죄를 토벌한다〔奉天討罪〕는 넉 자를 커다랗게 써서 천자만이 탈 수 있는 노거輅車에다 꽂고, 붉은 활〔彤弓〕과 화살〔弧矢〕을 수레 위에 걸고, 이제 자기는 경사로서 죄 있는 자를 친다고 선언했다. 정장공은 제나라 장수 이중년을 좌군으로 삼고, 노나라 장수 공자 휘를 우군으로 삼고, 위엄을 드날리고 무기를 빛내면서 송나라로 물밀듯 쳐들어갔다.

공자 휘가 누구보다 앞서 송나라 노도老桃 지방에 이르렀다.

노도 지방을 지키던 송나라 수장守將이 병사를 이끌고 나와서 싸웠다. 공자 휘는 용기 분발하여 누구보다 앞서 나아가 제1진에서 송나라 병사를 무찔렀다. 송병宋兵은 갑옷을 벗어버리고 무기를 질질 끌면서 달아났다.

이날 송병으로서 포로 된 자만 하여도 250명이었다.

공자 휘는 즉시 첩서捷書를 써서 정장공에게 보냈다. 그리고 그는 노도에 하채하고 있다가 정장공을 영접하고 포로를 바쳤다.

정장공은 공자 휘를 크게 칭찬하며 막부幕府 제일 공로자로 추켜올리고, 소를 잡아 군사를 배불리 먹인 뒤 이틀 동안 휴식하도록 했다.

정장공이 명령한다.

"이제 병사를 나누어 나아가되, 영고숙은 공자 휘와 함께 병사를 거느리고 고성郜城 땅을 공격하고, 공자 여는 그 뒤를 접응하여라. 그리고 공손알은 이중년과 함께 병사를 거느리고 방성防城을 공격하고, 고거미는 그 뒤를 접응하여라."

그리고 정장공은 노도에 남아 첩보捷報 오기만을 기다렸다.

한편 송상공은 이미 세 나라 군사가 경계에 들어왔다는 보고를 받고 얼굴이 흙빛으로 변했다.

그는 급히 사마司馬 공부가孔父嘉를 불러 계책을 물었다.

공부가가 아뢴다.

"신이 사람을 왕성에 보내어 알아본즉, 천자께서 송을 치라는 명령을 내리신 일이 없다고 하더이다. 이제 정이 천자의 명을 받았노라 널리 선전하고 있으나 실은 거짓말입니다. 그러니 제와 노는 정의 술책에 속아넘어간 것입니다. 그러나 삼국이 이미 합세하였은즉, 그 힘을 당해낼 도리가 없습니다. 그래도 신에게 꼭 한 가지 계책이 있으니, 가히 정으로 하여금 스스로 물러가게 하리이다."

송상공은 수심이 만면했다.

"정은 지금 이기고 있는데 어찌 갑자기 물러갈 리 있으리오."

공부가가 조그만 목소리로 아뢴다.

"정은 왕명을 받았노라 거짓말하고 모든 나라를 불러모았으나, 이에 응한 것은 제·노 두 나라뿐입니다. 지난날 정을 쳤을 때 우리 송과 채와 진陳과 노는 함께 손을 잡고 싸웠건만, 이번에 욕심 많은 노는 정의 뇌물을 탐하여 변절했고, 진은 정과 별로 혐의가 없기 때문에 정의 무리가 된 것입니다. 아직도 정과 손을 잡지 아니한 나라는 채·위 두 나라입니다. 이번에 정나라 임금이 친히 이곳까지 출전했으니 그 병력이 강할 것이며, 동시에 정나라 국내는 반드시 텅 비었을 것입니다. 주공께서는 이 기회를 놓치지 마시고 속히 많은 뇌물을 위나라로 보내사, 그들과 손을 잡고 또 채나라와 규합하여 즉시 경병輕兵으로 주인 없는 정을 치십시오. 정백은 자기 본국에 외국 병사들이 쳐들어왔다는 보고만 받으면, 반드시 군사를 돌려 본국으로 돌아가지 않고는 못 배길 것입니다. 정나라 군사가 돌아갈 바에야, 제와 노인들 홀로 남아 무엇 때문에 우리와 싸우겠습니까."

송상공은 공부가의 계책을 듣고도 한동안 말이 없었다.

"경의 계책이 비록 좋긴 좋으나, 경이 친히 가지 않으면 위병衛兵이 즉시 출동해줄지 염려로다."

"신이 마땅히 일지병—枝兵을 이끌고 나아가서 위나라의 힘을 빌리겠습니다."

이에 송상공은 즉시 병거 200승을 뽑아주고, 공부가를 장수로 삼았다.

공부가는 황금과 하얀 구슬과 비단 등 뇌물을 가지고 밤낮없이 위나라로 달려갔다.

위나라에 당도한 그는 위후에게 간곡히 청했다.

"이 기회에 군사를 보내어 함께 정나라를 쳐주시면, 백골난망白骨難忘이겠습니다."

위선공은 많은 예물을 받고 우재右宰 추醜에게 명령했다.

"군사를 거느리고 가서 송군을 도우라."

드디어 위나라 우재 추는 군사를 거느리고 공부가와 함께, 사잇길로 빠져 주인 없는 정나라를 엄습했다.

이리하여 위·송 두 나라 군사는 정나라의 뒷덜미를 치고 즉시 형양滎陽으로 육박했다.

너무나 뜻밖의 일에 깜짝 놀란 정나라 세자 홀과 제족이 명령을 내린다.

"성을 지켜라!"

송·위 두 나라 군사는 정성鄭城 밖에 이르러, 한바탕 사람과 가축과 치중을 노략질해가지고 물러갔다. 많은 사람과 물품을 노략질해서 물러선 우재 추는, 다시 본격적으로 성을 공격하려 했다.

공부가가 말린다.

"무릇 군사를 휘몰아 적을 엄습하는 것은, 저편에 방비가 없는 틈을 타서 하는 것이오. 이미 이득이 있었으면 즉시 멈출 줄도 알아야 하오. 만일 견고한 성 밑에서 군사를 거느리고 오래 머물다가 병사를 거느리고 돌아오는 정백과 만나면, 우리는 앞뒤로 포위를 당하고 맙니다. 그런 위기를 기다리느니보다는 대戴나라 길을 빌려 회군합시다. 우리 군사가 완전히 정에서 떠날 무렵엔, 정백도 송을 떠났을 것입니다."

우재 추는 그 말을 그럴듯하게 여기고 대나라로 갔다.

그러나 대나라는 위와 송 나라가 자기 나라를 치러 온 줄로 착각했다. 그들은 성문을 굳게 닫고 군사를 풀어 성을 지켰다. 공부가는 대성戴城에서 10리쯤 떨어진 곳에다 우재 추와 함께 앞뒤로 영채를 세웠다. 그러고 나서 대성을 공격했다.

대나라는 굳이 지키기만 하고 수차 성에서 나와 싸우다가 들어가곤 했다. 이러는 통에 양편은 전사자가 나고 서로 포로가 났다.

공부가는 이래선 안 되겠다 생각하고, 사람을 채蔡나라로 보내어 원조병을 청했다.

아첨으로 왕을 죽이다

한편 영고숙穎考叔은 송나라 고성郜城을 함몰하고, 공자 알閼은 방성防城을 함몰했다. 그들은 각기 정장공鄭莊公의 본영으로 사람을 보내어 승리를 고했다.

정장공은 파죽지세로 송나라에 쳐들어간다는 첩서를 속속 받았다. 그런데 어느 날 본국의 세자 홀忽로부터 급사急使가 왔다. 송나라 공부가 쳐들어왔다는 급한 소식이었다. 그러나 정장공은 아무 내색도 안 했다.

"회군하도록 준비하여라!"

이중년夷中年, 공자 휘 들이 본영으로 들어가 정장공에게 묻는다.

"소장들이 승세를 놓치지 않고 바로 송나라를 들이치려는 참인데, 갑자기 회군하라는 명령을 내리시니 어찌 된 일입니까?"

원래 정장공은 간특한 영웅이며, 지혜 많은 사람이었다. 송과 위가 뒤로 돌아가서 정을 친다는 사실은 털끝만큼도 내색하지 않고 천연스레 대답한다.

"과인이 천명을 받고 송나라를 치는데, 귀국의 병력에 힘입은 바 커서 이제 두 고을[邑]을 취했소. 이만하면 이미 송나라 땅을 삭제하는 형벌을 내린 셈이라. 송은 왕께서도 손님으로 대우하는 높은 벼슬에 있는지라, 과인인들 어찌 감히 많은 형벌을 내리고 싶으리오. 이번에 뺏은 고성, 방성 두 고을을 제 · 노 두 나라에 드리니, 두 공자는 각기 한 고을씩 차지하시오. 과인은 조금도 땅에 대한 욕심이 없소."

이중년이 대답한다.

"귀국이 이번에 왕명으로써 군사를 징집할새, 우리 나라도 뒤떨어지지 않기 위해서 부지런히 달려와 약간의 공로를 세웠으나, 이는 마땅한 일을 한 데 불과합니다. 그러므로 뺏은 고을을 받을 수 없습니다."

정장공은 그럴 것 없이 받으라고 권했다. 그러나 제나라 이중년은 거듭 사양했다.

정장공이 말한다.

"공자가 땅을 받을 뜻이 없다면 두 고을을 노후에게 주어 노도 老桃를 먼저 뺏은 공자 휘의 첫 공로에 보답하겠소."

이 말을 듣자, 욕심 많은 공자 휘는 냉큼 두 고을을 받고 칭사했다.

공자 휘는 즉시 장수를 보내어 고와 방 두 고을을 지키게 했다.

정장공은 크게 차리고 삼군을 배불리 먹였다. 각기 이별할 때에 이중년, 공자 휘와 함께 짐승을 잡아 피를 뿌리고 서로 맹세했다.

그것은 앞으로도 무슨 일이 있으면 각기 병사와 병거를 내어 서로 돕되, 만일 배반하거나 이 맹세를 저버릴 때엔 신명神明도 용서하지 마시라는 것이었다. 맹세를 마치고서 삼국 군사들은 각기 본국으로 돌아갔다.

이중년은 귀국하자, 제희공齊僖公에게 방성을 함몰한 것과 그간의 자초지종을 자세히 보고했다.

보고를 듣고서 제희공이 말한다.

"우리 나라와 정나라는 지난날 석문石門에서 동맹한 일이 있으니, 일 있으면 서로 협조해야 할지라. 이번에 비록 송나라 고을을 뺏었을지라도 정에다 돌려준 것은 마땅한 처사였다."

이중년이 다시 아뢴다.

"그러나 정백은 받지 않고, 그 땅을 다 노나라에 주었습니다."

제희공은,

"참으로 정백은 욕심 없고 청렴한 사람이다."

하고 연방 감탄했다.

한편 정장공은 군사를 휘몰아 본국으로 달렸다. 그는 도중에서 또 본국으로부터 서신을 받았다. 그것은 송과 위 두 나라 군대가 이미 대戴나라로 향했다는 것이었다.

정장공이 소리 없는 웃음을 웃는다.

"내 본시 두 나라가 무능한 걸 모른 바 아니다. 그러나 병법을 모르는 공부가 자기 나라를 구제하고도 화풀이를 다른 나라에 가서 하리라곤 생각지 못했다. 내 마땅히 계책을 써서 그를 취하리라."

이에 그는 장수 네 사람에게 명하여, 군대를 4대隊로 나눴다. 각각 계책을 일러준 뒤, 모두 함매銜枚(말 못하게 입에 나무토막을 물리는 일)하고, 북소리를 내지 않고 일제히 대나라로 갔다.

한편 송과 위는 채나라에서 원병이 왔기 때문에 북 한 번 울리면 대성을 무찌를 수 있는 만반의 태세를 갖추고 있었다.

그런데 세작細作(상대편의 내부에 침입하여 그 기밀을 알아내는 사람)이 와서 보고한다.

"정나라 상장上將 공자公子 여呂가 군사를 거느리고 대나라를 구원하러 옵니다. 그들은 지금 50리 밖에 하채했습니다."

우재右宰 추醜가 말한다.

"공자 여는 지난날 석후石厚에게 패한 장수로 전혀 싸움을 모르는 자다. 우리는 그를 두려워할 것이 없다."

조금 지나자 또 세작이 와서 보고한다.

"대나라 임금이 성문을 열고 구원 온 정나라 군대를 영접해들였습니다."

공부가 탄식한다.

"손만 내밀면 대성戴城을 손아귀에 넣게 되었는데 정나라 군대가 뜻밖에 구원을 왔으니 또 많은 시일이 걸리겠구려. 이 일을 어쩌면 좋겠소?"

우재 추가 말한다.

"대나라는 이제 정나라 원조를 받게 되었으니, 반드시 그들은 병사를 합쳐 우리에게 싸움을 걸 것이오. 그대와 나는 함께 벽루壁壘에 올라, 성안 동정부터 살펴본 뒤에 대책을 세웁시다."

우재 추와 공부가는 벽루로 올라갔다. 이때 요란한 연주포連珠砲 소리가 일어났다. 동시에 대성 위로 빙 돌아가면서 정나라 기가 꽂혔다. 그 많은 정나라 기가 바람에 펄펄 나부낀다.

전신을 무장한 정나라 공자 여가 대나라 성루에 나타났다. 여는 난간을 짚고 높은 소리로 외쳤다.

"송 · 위 · 채 세 나라 장수들의 힘을 입어 우리 주공은 손쉽게 대성을 얻었소이다. 참으로 여러분께 감사하오."

이 어찌 된 일인가? 우재 추와 공부가는 어리둥절했다.

190

원래 정장공에겐 음흉한 계책이 있었다. 공자 여가 군대를 거느리고 대나라를 구원하러 왔다는 이야기는 거짓 선전이었던 것이다.

실은 공자 여의 군대 속에 정장공은 친히 끼여 있었다. 정장공은 병거를 타고 무난히 대성 안으로 휩쓸려 들어갔던 것이다.

대나라의 환영을 받고 성안으로 들어서자, 이른바 정나라 구원병이란 것들은 태도를 확 바꾸었다.

가면을 벗은 정장공은 도리어 대나라 군대를 위협했다.

"대국 임금아! 목숨이 아깝거든 속히 성밖으로 도망하여라. 만일 지체하면 네 목숨을 유지 못하리라."

대나라 병사에겐 정장공의 호령이야말로 천만뜻밖이었다.

날마다 싸우며 성을 지키기에 지칠 대로 지친 대군은 정장공의 위세에 꼼짝못했다.

대대로 백세百世나 전하여 내려온 대나라 성지城池는 일조에 정나라 손아귀로 넘어갔다. 대나라 임금은 길이 탄식하고, 궁중 권속들을 거느리고 성에서 쫓겨나 서진西秦으로 달아났다.

공부가는 정장공이 대성戴城을 가로챈 것을 알고 격분했다. 공부가가 투구를 벗어 땅에 던지며 말한다.

"내 오늘부터 맹세코 정장공과 함께 이 하늘 아래서 살지 않으리라."

곁에서 우재 추가 주의한다.

"저 늙고 간사한 정백은 용병을 가장 잘하는 여우입니다. 반드시 뒤에 계속해서 오는 군대가 있을 것만 같소. 그들이 우리를 가운데 두고 안팎에서 협공하면, 우리 형세는 매우 위태로울 것이오."

이 말을 듣자, 공부가는 더욱 화가 났다.

"거 무슨 말씀이오. 우재는 어찌 이다지도 겁이 많소."

우재 추와 공부가가 서로 입다툼을 하는데, 대성의 정장공으로부터 싸우자는 서신이 왔다.

공부가는 내일 결전하자는 답서를 보내고 위나라와 채나라 장수들을 불렀다.

"장군들은 삼로 군마를 거느리고, 20리 밖까지 물러나서 적의 공격을 방비하오."

세 나라 장수들은 일제히 20리 밖까지 물러갔다. 공부가를 중심으로 채 · 위 두 나라는 좌우로 영채를 세웠다.

그들은 간격을 서로 3마장씩 두었다.

그들이 겨우 영채를 세우고, 가쁜 숨을 돌리려던 참이었다. 문득 영채 뒤에서 난데없는 포 소리가 일어났다.

보라! 불빛이 하늘로 뻗어 오르지 않는가.

동시에 어디서 오는지 병거 소리가 땅을 진동했다. 세작이 돌아왔다.

"정나라 군사가 쳐들어옵니다."

공부가는 분기충천하여 손에 방천극方天戟을 잡고 병거에 올라, 적을 맞이하려고 밖으로 달려나갔다.

그러나 어찌 된 일인가! 지금까지 들려오던 병거 소리는 간 곳이 없고 사방은 고요했다. 하늘까지 치솟던 불빛도 없었다.

공부가가 다시 영채로 돌아왔을 때였다. 문득 왼편에서 또 포소리가 일어났다. 동시에 불빛이 다시 오르기 시작했다.

공부가는 다시 영채 밖으로 달려나갔다. 왼편에서 오르던 불빛이 문득 꺼지면서, 이번엔 오른편에서 포 소리가 잇달아 일어났다. 한줄기 불빛이 숲 사이로 은은히 나타났다.

공부가가 하령한다.

"저 늙고 간사한 놈이 군사가 많은 것처럼 꾸미고서, 의병疑兵으로 우리를 홀리려는 수작이다. 무단히 움직이는 자가 있으면 참하리라."

조금 지났을 때다.

문득 왼편에서 또 불빛이 일어났다.

어디 그뿐인가. 갑자기 함성이 천지를 뒤흔들었다. 그때 아랫사람이 달려와 보고한다.

"좌영左營의 채군蔡軍이 적의 습격을 받고 있습니다."

공부가가,

"내 몸소 가서 채군을 구하리라."

하고 다시 영문을 나갔을 때였다.

갑자기 왼편은 고요하고 다시 오른편에서 불빛이 일어났다. 공부가는 정군이 어디쯤 와 있는지를 알 수 없었다.

병거 위에서 공부가가 급히 명령한다.

"속히 병거를 몰아라!"

병사들은 한동안 왼편으로 달렸다. 역시 사방은 고요하기만 했다. 공부가는 정군이 나타나지 않아서 초조했다.

공부가가 꾸짖는다.

"어찌하여 속히 오른편으로 몰지 않느냐."

병거들은 다시 오른편을 향해 달렸다. 얼마 동안 병거들이 오른편으로 달렸을 때였다. 문득 앞에서 일대 군사가 병거를 타고 달려왔다.

어둠 속에서 양편 군대간에 치열한 싸움이 벌어졌다.

칼 부닥치는 소리와 서로 죽어 자빠지는 비명이 이곳저곳에서 일어났다.

싸운 지 일경—更이 훨씬 지나서다. 싸우다 보니 상대는 정군이 아니었다. 그제야 공부가는 지금까지 위나라 군사와 싸운 것을 알았다.

공부가가 싸움을 중지하고 묻는다.

"이게 웬일이오?"

위나라 장수가 말한다.

"불빛과 포 소리가 요란하기에 무슨 일이 생겼나 하고 도우러 오던 길이었소."

서로 도우러 오고 가다가, 어두워서 잘못 알고 싸운 것이었다.

그들은 서로 길이 탄식했다. 그들은 군사를 합친 뒤 중영中營으로 돌아갔다.

그러나 중영은 공부가가 떠난 뒤, 이미 정나라 고거미高渠彌에게 점령되어 있었다.

공부가는 자기 군사와 위나라 군사와 함께 돌아오다가, 중영 영문 앞에 정나라 장수 고거미가 칼을 비껴들고 서 있는 모습을 보았다.

공부가는 크게 놀라, 즉시 수레를 돌려 달아나기 시작했다.

그러나 오른편 산속에서 영고숙이 뛰어나오고, 왼편 숲 속에서 공손알이 내달아오면서 공부가의 앞을 가로막았다.

공손알은 우재 추의 앞을 가로막고, 영고숙은 공부가를 에워싸려고 달려들었다.

양편 군대는 서로 어우러져 크게 싸웠다.

얼마나 싸웠는지 어느덧 동쪽이 밝았다.

공부가는 더 이상 싸울 생각이 없었다. 그는 열심히 달아나기만 했다. 얼마쯤 달아나던 공부가가 영고숙의 추격을 벗어나 겨우 숨을 돌리려는데, 난데없이 고거미가 앞에서 쳐들어왔다. 공부가는 병사들을 독전督戰하며, 죽을 힘을 다해 싸웠다. 그는 타고 있던 병거마저 버리고 길도 없는 산속으로 뛰었다.

공부가의 뒤를 따르는 부하 군졸은 겨우 20여 명에 불과했다.

그들은 산 넘고 물을 건너, 간신히 정군鄭軍의 포위에서 벗어났다.

한편 우재 추는 벌 떼처럼 달려드는 정군 속에서 벗어나지 못하고 마침내 전사했다.

이리하여 송·위·채 세 나라 군사와 병거는 거의 정군의 포로가 되었다.

정장공은 그간 뺏겼던 본국 교외郊外 백성과 가축과 치중을 도로 찾았다. 이번 싸움은 정장공의 묘한 계책이 승리를 거둔 것이었다.

사관이 시로써 이 일을 읊은 것이 있다.

이기고 지는 것이 결정나기 전에
정장공의 계책은 묘하기 귀신같았다.
황새와 조개가 서로 물고 놓지 않았으니
이익은 그물 치던 어부에게 돌아갔구나.
主客雌雄尙未分
莊公智計妙如神
分明鷸蚌相持勢
得利還歸結網人

정장공은 대戴나라를 얻고, 겸하여 세 나라 포로를 이끌고 대군大軍이 부르는 개가를 들으며 뺏은 물건을 수레마다 가득 싣고서 본국으로 돌아갔다.

환국하자 정장공은 크게 잔치를 베풀고, 이번 싸움에 따라갔던 모든 장수들을 위로했다. 모든 장수들이 차례로 정장공에게 술잔을 올리며 축하한다.

"상수上壽하소서."

정장공의 얼굴엔 매우 후덕厚德한 기색이 떠올랐다.

그가 잔을 받아 술을 땅에 뿌리며 묻는다.

"과인은 천지조종天地祖宗의 신령과 경들의 힘을 입어, 싸운즉 반드시 이겼는지라. 이제 과인은 상공上公으로서 위엄이 극했으니, 옛 방백方伯과 비해서 어떠하냐?"

모든 신하들은 대답 대신 일제히,

"천세千歲!"

하고 우렁찬 소리로 호응했다.

이때 영고숙만은 종시 묵묵히 앉아 있었다.

정장공이 눈을 부릅뜨고 영고숙을 노려본다. 그제야 영고숙이 아뢴다.

"주공께서는 말씀을 잘못하셨습니다. 대저 방백이란 왕명을 받아 제후들 사이에 으뜸이 되는 것입니다. 방백은 불의不義를 정벌征伐할 수 있기 때문에 한번 호령하면 따르지 않는 나라가 없으며, 부르면 응하지 않는 자가 없습니다. 그렇건만 이번에 주공께서 왕명이라 이르고 송나라를 쳤으나, 사실은 주 천자도 이 일을 전혀 모르고 있습니다. 비록 군사를 청하는 격서를 여러 나라에 보냈으나, 채와 위는 도리어 송을 도와 우리 정나라의 뒷덜미까지 쳤습니다. 뿐만 아니라 성郕과 허許는 조그만 나라로되, 주공의 격서를 받고도 일부러 오지 않았습니다. 그러니 방백의 위엄이 어

196

찌 이럴 수 있습니까?"

이 말을 듣자, 정장공은 갑자기 부드러운 안색으로 변했다.

"경의 말이 옳다! 이번에 채·위 두 나라 군사가 전멸하다시피 패했으니, 과인은 약간 분풀이를 한 셈이다. 앞으로 성·허 두 나라를 문죄하겠다. 어느 쪽부터 먼저 쳐야 할꼬?"

영고숙이 아뢴다.

"성은 제나라 이웃에 있으며, 허는 우리 정나라 이웃에 있습니다. 주공께서 그들이 명령을 어긴 것을 치고자 할진대, 먼저 그들의 죄목부터 명백히 알리십시오. 그리고 한 장수를 제나라로 보내어 제로 하여금 성나라를 치게 하고, 그런 뒤에 우리 정은 제나라 군사를 청해서 함께 허를 치십시오. 그러기 위해선 성을 얻으면 제에 주기로 하고, 허를 얻으면 우리 정이 차지하기로 조약을 맺고서 일을 시작해야 합니다. 그래야만 우리 정과 제는 함께 일하며, 더욱 단결할 수 있습니다. 일이 끝난 뒤 승리한 대의명분을 주왕周王께 바치면, 또한 사방 이목耳目을 눈가림할 수 있습니다."

정장공이 칭찬한다.

"놀라운 계책이다. 즉시 경의 말대로 하리라."

정나라 사자는 성과 허 두 나라에 가서, 우선 명령을 어긴 죄부터 꾸짖었다.

그리고 다시 제나라로 가서 성과 허 두 나라를 칠 계책을 고하고, 이기면 서로 한 나라씩 차지하자는 조건을 상세히 설명했다.

제후는 두말 아니하고 정나라 청을 쾌락했다.

이리하여 제는 이중년으로 장수를 삼고, 즉시 성나라로 쳐들어갔다.

이에 조약한 바와 같이, 정의 대장 공자 여도 동시에 병사를 거느리고 직접 성나라 도성으로 쳐들어갔다.

제·정 두 나라가 성나라로 쳐들어가자, 조그만 성나라는 깜짝 놀라 싸울 것도 없이 곧 제후에게 강화를 청했다.

제후는 즉시 항장降狀을 받고, 성나라를 손아귀에 넣었다. 이에 제나라 사자는 본국으로 돌아가는 공자 여와 함께 정나라로 향했다.

제나라 사자가 정에 당도하여 정장공에게 아뢴다.

"이번에 성나라의 항장을 받았으니, 다음 허나라는 언제쯤 치시겠습니까. 그걸 알고자 왔습니다. 그 시기를 알려주시면, 우리 주공께서 즉시 군대를 보내겠다고 하시더이다."

정장공이 간곡히 말한다.

"과인은 거사하기 전에 귀국 제후와 시래時來 땅에서 서로 회견하고 앞일을 의논하고 싶소. 그때 제후가 노후魯侯도 데리고 오셔서, 우리 함께 일을 의논하면 더욱 좋을까 생각한다고 가서 아뢰오. 시일은 지금 정할 수 있으나 여름이 어떠할지."

제나라 사자가 대답한다.

"말씀대로 돌아가서 아뢰겠습니다."

이에 제나라 사자는 본국으로 돌아갔다. 이때가 주환왕 8년 봄이었다.

제나라를 도와 성나라를 무찌르고 본국으로 돌아오던 도중에서 공자 여는 병이 났다.

공자 여는 겨우 본국에 돌아왔으나 백약이 무효였다. 얼마 후에 그는 세상을 떠났다.

정장공은 큰소리로 통곡했다.

"자봉子封(공자 여의 자字)이 불행하여 세상을 떠났다. 내 이제 오른팔을 잃었구나!"

정장공은 그 집안을 여러모로 돌봐주는 동시, 그 동생 공자 원元을 대부로 삼았다.

이때 정나라 정경正卿 벼슬 자리가 비어 있었다. 정장공은 고거미를 그 자리에 앉히려고 했다. 그런데 하루는 세자 홀이 비밀히 간한다.

"고거미는 욕심이 많아서, 마치 늑대와 같은 사람입니다. 그는 결코 정대한 사람이 못 됩니다. 어쩌자고 그러한 중임을 맡기려 하십니까?"

정장공은 머리만 끄떡일 뿐 대답을 하지 않았다.

이에 정장공은 제족에게 상경 벼슬을 주었다. 그것은 공자 여가 죽었기 때문에 그간 비었던 자리였다. 그리고 고거미에겐 아경亞卿 벼슬을 주었다. 그해 여름이었다.

한편 제후齊侯는 노후魯侯와 함께 시래 땅으로 갔다. 시래에서 정장공은 제후, 노후와 회견하고 앞으로 허나라 칠 일을 상의했다. 회의한 결과, 그들은 초가을 7월 초하룻날에 허나라를 치기로 정했다.

회담이 끝나자, 서로 굳게 언약하고 제후와 노후는 각기 본국으로 돌아갔다.

정장공은 시래 땅에서 회담을 마치고 본국으로 돌아가서 크게 군마를 사열했다. 그리고 태궁太宮(정나라의 조묘祖廟)에 제사지내고, 장차 허나라 칠 것을 고했다.

정장공은 모든 장수를 교장敎場에 모으고, 큰 모호蝥弧를 큰 수레 위에 세우고, 굵은 쇠사슬로 비끄러매게 했다. 그 큰 기는 비단으로 만들었는데, 방方이 1장 2척이요, 금방울이 24개나 달리고,

기폭엔 천명을 받들어 죄를 친다〔奉天討罪〕는 네 개의 큰 글자가 뚜렷이 수놓여 있었다. 깃대 길이만 해도 3장 3척이나 되었다.

정장공이 모든 장수에게 훈시한다.

"능히 이 큰 기를 손에 잡고 평상시처럼 걷는 자 있으면, 이번 싸움에 선봉을 삼는 동시 노거輅車 한 채를 하사하리라."

정장공이 말을 마치기도 전에, 한 대장이 달려나온다. 그는 머리에 은회銀盔를 쓰고 자포紫袍에 황금 갑옷을 입었는데, 얼굴은 칠처럼 시꺼멓고 용 수염과 진한 눈썹에 큰 눈이 광채를 발했다.

모든 사람이 보니, 대부 하숙영瑕叔盈이었다. 그는 앞으로 나아가,

"신이 능히 이 기를 잡겠습니다."

하고 한 손으로 깃대를 뽑아 움켜잡았다. 하숙영은 다시 앞으로 세 걸음 나아가고 뒤로 세 걸음 물러서서, 큰 수레 가운데다 그 큰 기를 도로 꽂았다. 조금도 숨 가빠하는 기색이 없었다.

모든 군사의 박수갈채 소리가 진동한다. 이에 하숙영이 큰소리를 부르짖는다.

"수레를 모는 자〔御者〕는 어디 있느냐. 나를 위해 이 수레를 끌어라."

바야흐로 그가 정장공에게 사은하려는데,

"주공께서는 잠시 기다리소서!"

하는 소리가 반중班中에서 일어나며, 한 대장이 뛰어나온다. 그는 머리에 치관雉冠을 쓰고 이마에 녹금綠錦을 바르고 몸에 비포緋袍와 서피 갑옷〔犀甲〕을 입고서 부르짖는다.

"기를 들고 걷는 것쯤이야 족히 희한할 것 없다. 내가 기를 들고 능히 한번 춤을 출 테니, 모든 사람은 자세히 보아라!"

모든 사람이 그를 보니, 바로 대부 영고숙이었다. 수레를 몰러

나가던 어자御者는 영고숙의 늠름한 위풍에 눌려 감히 더 나가지 못했다.

영고숙은 왼손으로 옷을 걷어올리고 오른손으로 기를 비끄러맨 쇠사슬을 젖힌 뒤 돌아서서, 다시 손을 어깨 뒤로 넘겨 등 너머로 깃대를 잡고 몸을 솟구쳐 한 번 뛰었다. 그러자 어느 틈에 깃대가 쑥 빠져 이미 앞으로 넘어와 있었다. 그는 왼손에 깃대를 움켜잡고, 몸을 빙빙 돌리면서 문득 오른손으로 깃대를 치켜올렸다. 그는 다시 기를 왼편으로 돌리며, 또 오른편으로 휘두르니 깃대가 마치 장창長槍처럼 놀았다.

영고숙이 발을 구르며 춤을 추기 시작하자, 깃발 펄럭이는 소리가 요란했다. 기는 두르르 말렸다간 다시 펴지며, 활짝 펴졌다간 다시 말리니, 구만리장천에서 붕鵬새가 춤을 추는 듯했다.

이를 보고서 모든 사람은 크게 놀랐다.

정장공은 매우 기뻐했다.

"참으로 범 같은 신하로다. 마땅히 이 수레를 받고 선봉이 되어라."

그러나 정장공의 이 말이 끝나기도 전이었다.

또다시 반중에서,

"주공께서는 잠시 기다리소서."

하고 외치는 소리가 일어났다.

이번엔 소년 장군 하나가 뛰어나왔다. 얼굴은 분을 바른 듯 희고, 입술은 앵둣빛 같고, 머리엔 속발자금관束髮紫金冠을 쓰고, 몸엔 직금녹포織金綠袍를 입은 소년 장군이 손가락으로 영고숙을 가리키며 큰소리로 꾸짖는다.

"너만 능히 기를 들고 춤을 출 줄 안다더냐. 그 수레에 오르지 마라!"

영고숙은 가까이 오는 그 소년 장군의 형세가 흉악하고 살기가 가득한 걸 보고서, 한 손에 깃대를 잡고 성큼 수레 위로 뛰어올라가 한 손으로 수레를 몰며, 나는 듯이 달아났다.

달아나는 영고숙을 보자, 소년 장군은 즉시 병기가 걸려 있는 시렁에서 방천극 한 자루를 집어들고 영고숙의 뒤를 쫓아 교장教場 밖으로 달려나갔다.

그들이 대로大路로 나가는 걸 보고 정장공은 즉시 대부 공손획公孫獲에게 분부했다.

"속히 가서 싸움을 말려라."

조금 뒤 소년 장군은 씩씩거리며 교장 안으로 돌아왔다. 영고숙이 멀리 달아난 걸 몹시 분개해하며,

"그놈이 나만 업신여기는 게 아니라, 우리 희성姬姓(주나라 성씨)엔 사람이 없는 줄로 아는 모양이지. 내 언제고 반드시 그놈을 죽이리라."

하고 저주했다.

그렇다면, 이 소년 장군은 누구인가.

그는 공족公族 대부大夫로서, 이름은 공손알公孫閼이요 자字를 자도子都라 했다. 당시 남성들 중에 첫째가는 미남자로 평소부터 정장공의 총애를 받고 있었다.

훗날, 동양의 아성亞聖 맹자孟子가 자도의 교활을 모른다면 이는 눈 없는 자라고 한 것은 바로 이 사람을 두고 평한 것이다. 그는 평소 정장공의 총애만 믿고서 교만 횡포했다. 겸하여 그는 용력勇力이 있었다.

공손알은 영고숙과 평소부터 사이가 좋지 않았다. 교장에 돌아와서도 노기를 참지 못했다.

정장공은 평소부터 그를 사랑했는지라 그 용맹을 칭찬하며,

"두 범〔虎〕은 싸우지 마라. 과인이 알아서 하리라."

하고, 공손알과 하숙영에게까지 각기 수레와 말을 하사했다.

공손알, 영고숙, 하숙영 세 장군은 각기 사은하고 물러갔다.

염옹이 시로써 이 일을 읊은 것이 있다.

군대의 법은 원래 정돈을 주로 삼나니

수레를 두고 서로 다투니 이 어쩐 일이냐.

정장공 밑에 비록 무서운 장수가 많으나

예의 없는 사람은 반드시 목숨이 위태로우리라.

軍法從來貴止齊

挾輈拔戟敢胡爲

鄭庭雖是多驍勇

無禮之人命必危

어느덧 7월 초하루가 되었다.

정장공은 제족과 세자 홀로 하여금 나라를 지키게 하고 친히 대
군을 거느리고 허성許城으로 행군했다.

이미 제후와 노후는 허성 20리 밖에 하채하고 있었다.

삼국 군후는 서로 만나 인사를 마친 뒤 가운데 자리를 제후에게
사양하고, 노후는 오른편에 앉고, 정백은 왼편에 자리를 잡았다.

이날 정장공은 크게 잔치를 벌여 그들을 환대했다. 제후가 소매
속에서 격서를 내놓는다.

그 격서 내용은 공동 직분을 다하지 아니한 허나라 죄목을 들
고, 이제 왕명으로 친다는 것이었다. 노후와 정백이 함께 그 격서

를 읽고 감탄한다.

"반드시 이래야 할지니, 이만하면 허를 치는 명목이 서겠소."

삼국 군후는 이튿날 진시辰時에 일제히 허성을 공격하기로 했다.

그날 밤 정나라 군사는 화살에다 격서를 끼워, 허성 안으로 쏘아보냈다. 이튿날 일찍부터 세 군영은 각기 포를 쏘며 군대를 출동시켰다.

본시 허나라는 남작男爵 벼슬을 받고 있는 조그만 나라로, 성은 높지 않고 성지城池는 깊지 못했다. 허성은 삼국 군대와 병거에 완전히 에워싸여 물샐틈없게 되었다.

성안 백성은 크게 놀라고 두려움에 떨었으나, 워낙 허장공許莊公이 본시부터 민심을 얻은지라 모두 일심단결하여 굳게 지켰다. 더구나 제후와 노후는 이번 싸움의 주모자가 아닌 만큼 그렇게 전력을 기울여서 싸우진 않았다.

정나라 장수들만이 힘을 분발하고 용맹을 자랑했다. 그들 중에서도 영고숙은 지난날 공손알과 함께 수레를 서로 차지하려고 다툰 일이 있어 큰 공훈을 세우고자 힘썼다.

싸운 지 사흘째 되던 날 임오壬午에, 영고숙은 소거軺車 위에서 모호의 큰 기를 옆에 끼고 크게 외마디 소리를 지르면서 뛰었다.

보라! 순간 그의 몸은 날개가 돋친 듯이 허나라 성 위로 올라갔다. 누구보다도 먼저 이 광경을 본 것은 공손알이었다. 그의 두 눈에선 곧 질투의 빛이 타올랐다. 이미 영고숙은 큰 공을 세운 것이다.

공손알은 날쌔게 모든 병사들 틈으로 휩쓸려 들어갔다.

그리고 번개같이 화살 한 대를 뽑아 허성 위에서 싸우는 영고숙을 겨누고 쐈다. 화살은 성 위에서 싸우는 영고숙의 등을 뚫고 앞가슴까지 나왔다.

영고숙은 외마디 소리를 지르며, 성 위에서 기와 함께 거꾸로 떨어졌다. 그가 다른 사람 아닌 자기편 화살에 죽을 줄이야 누가 알았겠는가.

이때 하숙영은 영고숙이 성 위에서 기와 함께 떨어져 죽는 걸 보자, 분노를 참을 수 없었다. 그는 성을 지키는 허나라 군사가 영고숙을 죽인 줄로 알았다.

태양 속에서 화성火星이 튀어나오는 듯한 분노를 참을 수 없어 성 아래로 달려가 큰 기를 움켜잡고 한 번 뛰자, 하숙영은 성 위로 솟아올랐다.

하숙영이 허나라 군사들과 싸우며 성 위를 한바퀴 돌면서 큰소리로 외친다.

"정나라 임금께서는 이미 성 위에 올라오셨다."

모든 정나라 군사는 수놓은 기가 펄펄 나부끼는 걸 보고서 참으로 자기네 주공이 성 위에 오른 줄 알았다. 군사들은 더욱 용기가 나서 일제히 성 위로 기어오르며 닥치는 대로 허나라 군사를 무찔렀다.

이윽고 정군에 의해서 성문이 안에서 열리자, 제 · 노 두 나라 군사도 물밀듯 성안으로 들어갔다. 그 뒤를 따라 세 나라 군후가 입성했다.

일이 이에 이르자, 허장공은 옷을 평복으로 바꿔입고 군민들 사이에 끼여서 허성을 빠져나가 위나라로 달아났다. 이리하여 허나라는 함몰됐다.

제후는 방문을 내걸고, 백성들을 안심하게 한 뒤 노후에게 말했다.

"이 허나라를 노국魯國이 차지하십시오."

노은공魯隱公이 굳이 사양한다.

"그게 어디 될 말이오니까."

그제야 제희공은 정장공에게 권했다.

"이번 일은 원래 정나라가 발기한 것입니다. 굳이 노후께서 받지 않으신다니 정백이 차지하십시오."

정장공은 허나라를 차지하고 싶은 생각이 가득했다. 그러나 제후와 노후가 서로 사양하던 끝인 만큼, 짐짓 사양하는 체했다.

허나라를 누가 차지할 것인가에 대해서 의논하는 중이었다.

이때 아랫사람이 들어와서 아뢴다.

"허나라 대부 백리百里가 조그만 아이 하나를 데리고 와서 군후들을 뵙겠다고 청합니다."

삼국 군후들은 이구동성으로 백리를 들어오게 하라고 분부했다. 이윽고 백리가 들어와 크게 통곡하며, 땅바닥에 쓰러져 머리를 조아리고 애걸한다.

"원컨대 태악太岳(허나라의 시조始祖) 이래 내려오는 한줄기 봉제사奉祭祀나마 그치지 않게 해주십시오."

제후가 묻는다.

"그 어린아이는 누구요?"

백리가 설명한다.

"우리 허나라 주공은 슬하에 자손이 없습니다. 이는 우리 주공의 동생인데, 이름을 신신新臣이라고 합니다."

설명을 듣자, 제와 노 두 나라 군후는 각기 그를 불쌍히 생각했다.

정장공도 이 광경을 보자 측은한 생각이 일어났다. 그래서 그는 장차 대책으로서 계책을 세우기로 작정했다.

"과인은 본시 왕명을 어길 수 없어 하는 수 없이 허나라를 쳤소. 내 만일 조금이라도 땅에 대한 욕심이 있다면, 이는 의거義擧

라 할 수 없을 것이오. 허나라 임금이 비록 달아났으나 그 대대로 내려오던 제사마저 없앨 순 없소. 지금 그 아우가 있고 또 허나라 대부가 있은즉, 가히 만사를 부탁할 수 있소. 임금이 있고 신하가 있거늘, 어찌 허나라를 돌려주지 않을 수 있으리오.”

백리가 아뢴다.

“이제 임금과 나라가 다 망했습니다. 신은 다만 이 어린 혈통을 보전하고자 원할 뿐입니다. 땅은 이미 군후들이 차지하신 바니, 어찌 다시 돌려달라겠습니까.”

정장공이 천연스레 말한다.

“내가 허나라를 돌려준다는 것은 진심에서 하는 말이오. 그러나 다만 허숙許叔이 아직 나이 어리므로 나랏일을 맡기기 어려우니, 마땅히 과인이 저 어린 허숙을 도와드리겠소.”

마침내 정장공은 허나라를 두 조각으로 나눴다. 백리에겐 신신을 모시고 동쪽 땅에서 살게 하고, 서쪽 땅은 정나라 대부 공손획이 다스리도록 했다. 이리하여 허나라를 돕는다는 것은 명색뿐이었다. 실은 허나라 전체를 감독하며 지배하려는 배짱이었다.

그러나 제 · 노 두 나라 군후는 정장공의 이 같은 야심을 모르고서,

“매우 타당한 처사라.”

하고 칭찬했다. 백리와 허숙은 삼국 군후에게 칭사稱謝하고 절했다. 이튿날 정 · 제 · 노 세 나라 군후들은 각기 군대를 거느리고 본국으로 돌아갔다.

염옹이 시로써 정장공의 속임수를 비난한 것이 있다.

그는 어머니와 형제간에도 잔인한 사람이었거니
까닭 없이 허나라와 친할 리 있겠는가.

남의 나라를 두 조각으로 나누고 감시했으니

헛된 이름만 내세우고 사람을 업신여김이라.

殘忍全無骨肉恩

區區許國有何親

二偏分處如監守

却把虛名哄名人

위나라로 도망친 허장공은, 그 뒤 그곳에서 늙어 죽었다. 허숙은 본국 동쪽에 있었으나 정나라의 갖은 압제를 다 받았다.

정장공이 죽은 뒤는 세자世子 홀忽과 공자公子 돌突이 수년 동안 서로 싸웠다. 돌이 들어앉았다간 다시 쫓겨나고, 쫓겨났던 홀이 다시 들어앉게 되자, 정나라는 몹시 어지러웠다. 그 무렵엔 공손획도 허나라 서편에서 죽은 뒤다.

허숙은 비로소 백리와 함께 계책을 세우고, 기회를 이용해서 허도許都로 들어가 다시 종묘를 바로잡았다. 그러나 이것은 다 다음날의 이야기다.

한편 허나라를 무찌르고 본국으로 돌아간 정장공은 하숙영에게 많은 상을 줬다. 그리고 늘 죽은 영고숙을 잊지 못했다.

정장공은 영고숙이 의리와 용기도 있었지만 지난날 올빼미로써 효도를 말하고 모자의 정을 돌이켜줬기 때문에 더욱 그의 죽음을 슬퍼했다. 그럴 때마다 정장공은 영고숙을 쏘아 죽인 사람을 알지 못해서 늘 한탄했다.

정장공은 어떻게 해서라도 그 범인을 잡아낼 생각이었다. 그는 허나라에 출정 갔던 군사들에게 100명마다 돼지 한 마리씩을 내게 하고, 25명마다 개와 닭을 한 쌍씩 내놓게 했다. 얼마 후에 무사巫史⁕(신을 봉임奉任하는 관원)를 불러 주문呪文을 짓게 하고, 밤낮없이 영고숙을 죽인 놈을 저주하게 했다.

무사들은 일심으로 영고숙을 죽인 놈에게 천벌을 내리라고 주문을 외었다. 그 주문 외는 소리를 들을 때마다 공손알은 속으로 그들을 비웃었다.

이렇게 저주한 지 사흘이 지났다. 정장공은 친히 모든 대부를 거느리고 주문 외는 곳으로 갔다. 이윽고 주문을 불사르는 연기가 오르기 시작했다. 한참 오르던 연기가 사라지면서 한 사람이 쑥대머리에 때묻은 얼굴로 정장공 앞에 나타났다.

난데없이 나타난 그 사람이 무릎을 꿇고 울면서 고한다.

"신 고숙考叔은 누구보다 먼저 허나라 성 위로 올라갔습니다. 아무도 내가 정나라를 배반했다곤 안 할 것입니다. 그런데 지난날 기와 수레를 뺏으려고 싸움을 걸던 그 간신놈의 화살에 맞아 죽을 줄이야 어찌 알았겠습니까. 신은 상제께 청하여 원수를 갚아도 좋다는 허락을 받았습니다. 주공께서 이렇듯 신을 생각해주시니, 구천에 있을망정 그 은혜를 잊지 못하겠습니다."

그러곤 그 사람이 자기 목구멍을 손으로 더듬는다. 보라! 그 사람 목구멍에서 시뻘건 피가 쏟아져 나오지 않는가. 드디어 그 사람은 쓰러져 기절했다.

정장공은 그제야 그 쓰러진 사람이 바로 공손알이란 걸 알았다. 정장공이 황급히 분부한다.

"공손알을 구하라."

사람들이 쓰러진 공손알을 주무르며 이름을 불렀다. 그러나 깨어나지 않았다. 이미 공손알은 싸늘한 시체로 변해 있었다. 공손알의 몸에 영고숙의 원혼이 붙은 것이었다.

영고숙의 원혼이 옮겨붙은 공손알은 자기도 모르는 결에 정장공 앞에 나아가 영고숙의 원통한 포한抱恨을 스스로 진술한 것이었다.

모든 사람들은 그제야 영고숙을 쏘아 죽인 자가 바로 공손알이었다는 걸 알고 놀랐다. 정장공은 슬피 탄식하고 친히 글을 지어 군전軍前에서 영고숙을 제사지냈다.

그 글에 하였으되,

슬프다! 고숙이여
하늘이 그 순일함을 주셨도다.
부모를 섬기되 효성으로써 하였으며
나라에 보답하되 충성으로써 하였도다.
행동은 예악에 어긋남이 없었고
싸우되 절충을 겸비했도다.
바로 나의 수족이나 다름없었던 사람이여
이에 어찌 문득 세상을 떠났느냐.
이미 내 마음 슬프고 쓰라려
다시 내 얼굴도 참혹하다.
애오라지 한잔 술을 올리고
이 끝없는 진정을 표하노라.
嗚呼考叔
天縱其純
事母以孝
報國以忠

210

動全禮樂

戰備折衝

正玆謀翼

云胡遽終

旣痛我曲

復慘我容

聊奠淸獎

以盡我衷

　그리고 정장공은 영고숙의 영혼을 위로하기 위해서,

　"영곡潁谷에다 사당을 세우고, 해마다 그에게 제사를 지내게 하라."

하고 분부했다. 오늘날 하남부河南府 등봉현登封縣은 옛날 영곡 땅이니, 영대부潁大夫의 사당이 지금도 있다. 그 이름을 순효묘純孝廟라고 한다. 또 유천洧川에도 영고숙을 모신 사당이 있다.

　농서 거사가 시로써 정장공을 비방한 것이 있다.

　수레를 다투더니 다시 몸까지 망치도록

　어지러운 나라엔 예법도 없었는가.

　정장공이 모든 신하에게 법을 똑똑히 가르쳤던들

　하필 닭과 개를 써서 원혼과 만났으리오.

　爭車方罷復傷身

　亂國全然不忌君

　若使群臣知畏法

　何須雞犬黷神明

정장공은 예물과 폐백幣帛을 제·노 두 나라에 보냈다. 허나라
를 쳤을 때 그들이 도와준 데 대해 감사의 뜻을 전한 것이다. 제나
라에 갔던 사자는 무사히 다녀왔다. 그런데 노나라로 갔던 사자는
의외로 빨리 돌아왔다.

정장공은 사자가 너무 속히 다녀온 걸 의심하고 물었다.

"노나라는 그간 별고 없더냐?"

"가다가 도중에서 돌아왔습니다."

사자는 가지고 떠났던 예물과 국서國書를 도로 내놓았다.

"무슨 일이라도 있었느냐?"

노나라로 가다가 돌아온 사자가 아뢴다.

"신은 노나라 접경에 들어가서야 공자 휘가 노후魯侯를 죽이고
새로 임금을 세웠다는 걸 알았습니다. 신이 가지고 간 국서와 노
나라 정세가 맞지 않기에 중도에서 돌아왔습니다."

정장공이 다시 묻는다.

"노후는 겸양하는 덕이 있는 임금인데 어쩌다 죽음을 당했다더
냐?"

사자가 자세히 들은 바를 아뢴다.

"신은 그 까닭을 자세히 듣고 왔습니다. 노나라 선군 혜공惠公
의 원비元妃는 일찍 세상을 떠났다 합니다. 그래서 혜공은 총첩寵
妾인 중자仲子를 비妃로 세웠습니다. 그 중자의 소생으로 궤軌라
는 아들이 있었답니다. 혜공은 그 궤에게 군위를 넘겨줄 생각이었
습니다. 그러나 혜공이 세상을 떠나자, 모든 신하들은 이번에 죽
음을 당한 노후를 받들어 임금으로 모셨습니다. 원래 노후도 다른
첩의 소생이지만, 궤보다 나이가 많았다고 합니다. 군위에 오른
노후는 죽은 아버지의 뜻을 잊지 않고자 항상 말하기를, '이 나라

는 궤가 맡아야 한다. 나는 궤가 나이 어리기 때문에 잠시 국사를 보살펴줄 뿐이다'고 말했답니다. 그런데 한번은 공자 휘가 노후에게 가서 태재太宰 벼슬을 시켜달라고 청했답니다. 노후는 말하기를 '조금만 기다리면 궤가 군위에 오를 것이니, 그때에 네가 태재 벼슬을 시켜달라고 청하려무나' 하고 대답했답니다. 그런데 공자 휘는 노후가 속마음으론 궤를 시기하는 줄로 잘못 알고서 비밀히 노후에게 충고했습니다. '좋은 것이 손에 들어왔을 땐, 그걸 남에게 빌려주는 법이 아닙니다. 주공께서는 이미 임금이십니다. 백성들은 기꺼이 복종하고 있습니다. 천세 후까지 자손에게 군위를 전할 수도 있습니다. 그런데 왜 주공은 섭정만 할 뿐이라고 하면서 모든 사람들이 바라는 바를 저버리려 하십니까. 이제 궤도 장성했으니, 장차 주공께 이롭지 못할 것입니다. 이 참에 궤를 죽여버리십시오. 신이 주공을 위해 이 숨은 근심을 없애버리겠습니다.' 그러나 노후는 귀를 틀어막고 소릴 질렀답니다. '네가 본정신을 잃었거나 미치지 않고야 어찌 이런 무엄한 소릴 할 수 있느냐. 내 이미 사람을 시켜 토구菟裘에다 궁실을 짓게 했으니 장차 그곳에 가서 이 늙은 몸을 수양할 요량이다. 나는 머지않아 군위를 궤에게 전하기로 작정했다. 그런 말 말아라.' 공자 휘는 아무 말도 않고 물러갔습니다. 그는 경솔히 실언한 것을 후회했습니다. '노후가 내 말을 궤에게 전하면 어찌할꼬' 하고 걱정했을 것이 아닙니까. 이런 말을 들은 궤가 위에 오르면 자기는 반드시 실언한 죄를 면하지 못하리라 생각하고, 공자 휘는 그날 밤으로 궤를 찾아갔습니다. 그는 궤에게 '주공은 그대가 장성한 걸 보고, 자기 자리를 뺏기지나 않을까 근심한 나머지 오늘 나를 궁중으로 불러 비밀히 부탁하길, 그대를 죽이라고 합디다' 하고 슬쩍 거짓

말을 둘러댔더랍니다. 궤는 크게 놀라, 장차 어찌하면 좋겠느냐고 공자 휘에게 계책을 물었습니다. 공자 휘가 대답하길, '그가 어질지 못하니 우리도 의리를 지킬 것 없소. 앞으로 공자가 화를 면하려면 반드시 큰일을 실행해야 한다'고 했답니다. 궤는 벌벌 떨면서 '그가 임금이 된 지 이미 11년이라. 신하들과 백성들이 다 그를 믿고 복종하는 터인데, 만일 우리가 대사를 경영하다가 성공 못하는 날이면 도리어 큰 재앙을 받지 않겠느냐'고 걱정했습니다. 공자 휘는 서슴지 않고, '내 공자를 위해 이미 계책이 있소' 하고 다음과 같은 지난 일까지 말하였답니다. '아직 주공이 군위에 오르기 전 일인데 그때 주공이 정나라 임금과 호양狐壤에서 싸우다가, 정나라에 사로잡혀가서 정의 대부 윤씨尹氏 집에 감금당한 일이 있었지요. 그 윤씨 집은 한 귀신을 섬기고 있었소. 그 귀신 이름을 종무鍾巫라 하오. 그때 주공은 그 집에 있으면서, 남몰래 그 귀신에게 노나라로 돌아갈 수 있도록 해주십소사 하고 열심히 기도를 드렸소. 어느 날 주공이 홀로 점을 쳐본즉 괘가 몹시 길하였다오. 그래서 주공은 그 집 주인 윤씨에게 자기는 본국으로 달아날 생각이란 걸 말했지요. 이때 윤씨는 정나라에서 뜻을 얻지 못하고 항상 불평을 품고 있었던 참이라, 그후 주공과 함께 도망쳐서 우리 노나라로 왔고, 그래서 주공과 윤씨는 평소 모시던 귀신인 종무의 사당을 성밖에다 지은 것이오. 누구나 알다시피 해마다 동짓달이면, 주공은 친히 사당에 가서 제사를 지내오. 그런데 지금이 바로 동짓달이구려. 제사를 지낼 때면, 주공은 반드시 위대부寫大夫 집에서 머무시오. 내 미리 용사들을 풀어 모든 시중드는 무리 속에 끼게 하면 주공도 의심 안 할 것이며, 이윽고 주공이 그 집에서 깊이 잠들기를 기다려 한칼에 찔러 죽이면 결국 한 사람의 힘만으로도 넉넉하오.' 이 말을 듣자, 궤는 그래도 걱정이 돼서 '그 계책이 비록 좋긴 하나 임금을 죽였다는 누명을 어떻게 씻겠느냐'고 다시 물었답니다. 공자 휘가 대답하길, '내 용사들로 하여금 일을 성공하거든 자취를 감추고 도망하게 하리니, 모든 죄를 위대부에게 뒤집어씌우면 무슨 걱정할 것 있겠소'라고 하더랍니다. 궤는 절하고 '대사가 성공하면, 그대를 태재로 삼고 상종하리라' 하고 언약했답니다. 공자 휘는 마침내 계책대로 일을 진행시켜 노후를 죽이고, 이젠 궤가 임금이 되고, 공자 휘는 태재가 되고, 위대부에게 죄를 뒤집어씌워 그 집안을 결딴내었다고 합니다. 그러나 지금 노나라 백성은 이 사실을 모르는 사람 없이 다 알고 있습니다. 다만 공자 휘의 권세가 두려워서 아무도 감히 말리지 못할 뿐이라고 합니다."

사자의 일장 설명을 듣고서, 정장공이 모든 신하에게 묻는다.

"장차 우리는 노를 칠 것인가, 아니면 노와 화평을 유지할 것인가. 이 두 가지 중에서 어느 쪽이 우리에게 이로울꼬?"

제족이 대답한다.

"우리 정과 노는 대대로 사이좋게 지내왔습니다. 앞으로도 친하게 지내는 것이 좋을 줄로 압니다. 신의 생각으론 머지않은 앞날에 노나라에서 사자가 올 것만 같습니다."

말이 채 끝나기도 전이었다. 바깥에서 아랫사람이 들어와서 아뢴다.

"노나라 사자가 역관驛館에 왔습니다."

정장공이 분부한다.

"어째 왔나 온 뜻을 알아봐라."

조금 뒤 아랫사람이 다시 들어와서 아뢴다.

"노나라 사자는 자기 나라에 새로 임금이 섰기 때문에 전날처럼 우호를 맺으러 왔다고 합니다. 그리고 장차 서로 군후끼리 회견하고 동맹를 맺고자 원한다 하더이다."

정장공은 노나라 사자를 인견했다.

"4월 중에 귀국 군후와 월越 땅에서 서로 만나기로 하고, 그때 피를 바르고서 동맹하겠소."

하고 승낙했다.

이런 뒤로 노 · 정 두 나라 사이엔 사자가 끊임없이 왕래했다. 이건 주환왕 9년 때 일이었다.

염옹이 고사古史를 읽다가, 이 대목을 평한 것이 있다.

공자 휘는 일찍부터 병권兵權을 쥐고, 정을 치기도 했으며 송을 치기도 했으니, 제멋대로 놀아난 사람으로 원래부터 신의가 없었다. 이것만 보아도 이미 반역의 단서는 나타난 것이다. 마침내 그는 주공에게 동생 궤를 죽이라고 청하기까지 했다. 그때 노은공이 꾸짖는 것만으로 끝내지 않고 공자 휘의 죄를 모든 신하와 백성들에게 알려서 다스리게 하는 동시, 위를 아우에게 전했던들 궤도 그 큰 덕에 감복했을 것이다. 그렇건만 노은공은 공연히 군위를 내준다고 말만 하다가 도리어 죽음을 당했다. 어찌 우유부단한 성격이라 아니 할 수 있으리오. 스스로 재앙을 불러들인 것이나 다름없다.

또 시로써 이 일을 탄식한 것이 있다.

오만무례한 장군이 멋대로 놀아나건만

노후는 서리를 밟으면서도 굳은 얼음을 경계하지 않았도다.
토구에다 공연히 궁을 지었으나 그곳에서 늙지 못했으니
위씨는 누구 때문에 원통해야 할지.
跋扈將軍素橫行
履霜全不戒堅氷
菟裘空築人難老
寫氏誰爲抱不平

또 귀신 종무에게 제사지낸 것이 아무 소용없었다는 걸 시로써
비웃은 것도 있다.

임금은 정나라에서 도망와 사당을 짓고
해마다 제사지내어 귀신에게 보답했도다.
그러나 참으로 종무가 영험 있어 도왔다면
마땅히 공자 휘에게 날벼락을 내렸으리라.
狐壤逃歸廟額題
年年設祭報神私
鍾巫靈感能相助
應起天雷擊子翬

정나라, 혼사를 거절하다

한편 송宋나라* 공자 빙馮이 주평왕 말년에 정鄭나라로 달아나, 아직 정장공의 보호를 받고 있다는 것은 위에서 말한 바와 같다.

어느 날, 송나라 사자가 정나라에 당도했다. 그 사자가 정장공에게 아뢴다.

"공자 빙을 본국으로 모셔가려고 왔습니다. 다름이 아니라 군위에 모시려는 것입니다."

정장공이 송나라 사자를 객관에 나가서 쉬게 하고, 모든 신하에게 묻는다.

"송나라 군후와 신하들이 우리를 속이고, 빙을 데리고 가서 혹시 죽이려는 것이나 아닌지?"

제족祭足이 아뢴다.

"조금 전에 사신이 바친 국서國書가 있으니, 우선 그 내용부터 보사이다."

그 국서 내용을 말하기 전에 우선 그간 송나라에서 일어났던 일을 이야기해야겠다.

송상공 여이與夷는 즉위한 후로 늘 군사를 징집하고 조련했다. 정나라를 치기 위한 것이었다. 이미 그는 세 번이나 정나라를 쳤으나 모두 실패했다. 송상공은 공자 빙이 정나라에 가 있으므로 그를 없애버리기 위해 싸움을 일으켰던 것이다.

이때 송나라 태재 화독華督은 지난날에 공자 빙과 자별하게 지내던 사이였다.

화독은 송상공이 정나라를 칠 때마다, 비록 간하진 못했으나 쓸데없이 병사만 낭비한다면서 마땅치 않게 생각했다.

더구나 그가 병권을 잡고 있는 공부가를 곱게 보았을 리 없다.

화독은 늘 어떻게 하면 공부가孔父嘉를 죽일 수 있을까 궁리했다.

그러나 송상공이 신임하는 사람인지라 섣불리 손을 댈 수는 없었다.

그러던 중 공부가가 대나라를 친다는 소문이 들려왔다.

그러나 결국엔 데리고 갔던 군사는 모조리 죽고, 공부가만 단신으로 도망쳐 돌아왔다.

이곳저곳에서 백성들의 원망이 자자했다.

"우리 군후는 백성을 불쌍히 생각지 않고, 경솔히 싸움만 좋아한다. 나라엔 서방 없는 계집과 아비 없는 자식만 늘었다. 사람은 줄어들고, 나라 꼴은 말이 아니다."

이런 원망 소리를 기화로 하여, 화독은 기회를 놓치지 않고 심복 부하들을 시켜 항간에 다음과 같은 소문을 퍼뜨렸다.

"지금까지 여러 번 싸운 것은 다 공사마孔司馬가 저지른 일이다."

이렇게 그는 타오르는 불길에다 기름을 부었다.

"암 그렇고말고. 반드시 병권을 잡은 공부가의 소행이 아니면 누가 그런 짓을 하겠나."

백성들은 다 이 뜬소문을 믿었다. 그리고 모두 공부가를 원망했다.

화독은 이제야 일이 뜻대로 되어가는구나 하고 마음을 졸였다. 화독이 마음을 졸이는 데에는 또 한 가지 이유가 있었다. 그것은 공부가의 후처로 들어온 위씨魏氏가 얼굴이 매우 아름다워서 세상에 그 짝이 없다는 소문을 들은 때문이었다. 화독은 항상 공부가의 후처인 위씨를 한번 못 봐서 한이었다.

하루는 위씨가 친정에 갔다가, 사람들을 따라 성묘하려고 교외에 나간 일이 있었다.

마침 그때는 따뜻한 봄철이었다.

푸른 수양버들은 도처에 아지랑이처럼 자욱했다. 꽃은 온 천지를 비단으로 휘감듯 만발했다. 이때야말로 남자와 여자들이 다투어 답청踏靑하는 계절이었다.

위씨는 날씨가 화창해서 수레의 비단을 걷어올리고, 지나가는 아름다운 바깥 풍경을 구경했다.

이날 화독도 마침 교외로 봄을 완상玩賞하러 나갔다.

우연히 화독은 앞에서 오는 비단 수레와 만났다. 동시에 공사마의 사람들이 그 수레와 함께 오는 걸 보았다. 그리고 비단 수레가 자기 옆을 지나가는 걸 유심히 응시했다.

꽃 같은 미인이 타고 있지 않은가.

화독은 넋을 잃은 듯 바라보다가, 수레가 멀리 사라진 후에야 크게 탄식했다.

"세상에 어찌 저렇듯 뛰어난 여자가 있으리오. 과연 그 이름이 헛되지 않구나."

그런 뒤로 그는 밤낮없이 위씨만 생각했다.

"만일 저런 미인을 뒷방에다 두고 산다면, 남아 반생半生에 한이 없겠다."

하고 그는 얼빠진 사람처럼 중얼거렸다.

"반드시 공부가를 죽인 뒤 위씨를 뺏으리라."

이때는 주환왕 10년, 춘수春蒐(봄에 수렵하는 것)할 무렵이었다.

어느 날 공부가는 군사와 수레와 군마를 사열했다. 그의 호령은 서릿발이 휘날리는 듯했다.

화독의 지시를 받은 심복 부하들이 군대 안에다 다음과 같은 소문을 퍼뜨렸다.

"공사마가 또 군사를 일으켜 정나라를 칠 것이라대. 어제 태재와 서로 회의하고 이미 결정했다더군. 그래서 오늘 군사를 사열했다는 거야."

소문은 입에서 입으로 삽시에 퍼졌다. 군사들은 이 소문을 듣고 다 두려워했다. 그들은 삼삼오오 떼를 지어 태재의 집으로 몰려갔다. 그리고 그들은 진정했다.

"이젠 난리라면 진저리가 납니다. 저희들의 괴로운 심정을 군후께 전해주십시오. 그리고 칼과 창을 쉬게 해주십시오."

태재 화독은 아랫사람을 불러,

"문을 열어주지 말고, 다만 문틈으로 군사들을 위로해주어라."

하고 일렀다.

군사들은 열리지 않는 문밖에 모여서서 부르짖었다.

"꼭 태재를 한번 뵙게 해달라."

그들은 더욱 간절히 호소했다. 점점 군사들의 수효는 늘어갔다. 모여든 군사들은 대부분이 칼이나 창 같은 무기를 가지고 있었다.

어느덧 해가 서산에 기울고 땅거미가 들었다. 그래도 군사들은 태재를 만나보려고 아우성을 쳤다.

자고로 사람을 모으긴 쉽지만 해산시키긴 어렵다는 말이 있다. 화독은 군사들의 마음이 완전히 변했다는 걸 알았다. 그제야 천천히 일어나 갑옷을 입고 큰 칼을 차고 나갔다.

화독은 문지기에게 분부했다.

"문을 열어줘라. 그리고 군사들에게 줄지어 기율 있게 서도록 일러라."

군사들이 조용해지자 문밖으로 나갔다.

화독은 문밖에 나가 높은 데 서서, 늘어선 군사를 둘러본 뒤 기침을 한번 하고, 부드러운 목소리로 그들을 무척이나 동정하는 듯이 말했다.

이렇게 군사의 마음을 어느 정도 쓰다듬어놓고선 한층 언성을 높였다.

"이번 일만 하여도 공사마가 싸우자고 주장했다. 이 어찌 백성의 불행이 아니리오. 그러나 주공께서 편협하리만큼 그를 믿으시기 때문에 내가 누차 간했으나 소용없었다. 이제 앞으로 사흘 내에, 또 크게 군사를 일으켜 정나라를 치러 갈 것이다. 우리 송나라 백성은 무슨 죄가 지중하기에, 이런 고초를 또 겪어야 하는가!"

화독은 슬며시 군사를 격동시켰다.

아니나 다를까, 군사들은 모두 이를 갈며 소리소리 질렀다.

"그놈을 죽여버리자."

이 소리를 듣고서, 화독이 황급히 말린다.

"너희들은 경솔히 굴지 마라. 만일 공사마가 이 말을 들으면 곧 주공께 아뢸 것이다. 그러면 생명을 부지 못한다."

일시에 모든 군사들이 분연히 외친다.

"우리 부자父子, 친척 들은 해마다 전쟁으로 반 이상이나 죽었습니다. 이제 또 크게 군사를 몰아 출정하면, 정나라 장수는 범 같고 군사는 용맹하니 어찌 당적할 수 있습니까. 이러나저러나 기왕 죽게 된 바에야, 백성을 못살게 구는 도적부터 죽여서 모든 백성의 근심이나 덜면 차라리 고대 죽어도 한이 없겠습니다."

그럴수록 화독은 말리는 체했다.

"쥐를 잡으려면 무기부터 버려야 하느니라. 비록 공사마는 악독할지라도 주공께서 사랑하는 신하이다."

그러나 흥분한 군사들은 두려울 것이 없었다.

"만일 태재께서 이 나라 임금이 되어주신다면, 저토록 무도하고 혼암한 임금쯤이야 두렵지 않습니다."

군사들은 일변 청하고, 화독은 일변 그들을 말리는 체했다. 마침내 군사들은 집 안으로 들어가려는 화독의 소매를 붙들고 일제히 간청했다.

"원컨대 태재를 모시고, 백성을 못살게 구는 도적부터 죽이고 싶습니다."

어느덧 군사들은 거가車駕까지 가지고 왔다. 화독은 군사들에게 떠받들려 수레에 올랐다.

이미 수레 모는 어자 속에 화독의 심복 부하들이 끼여 있었다. 수레바퀴는 바로 공사마 집을 향하여 달렸다.

이윽고 군사들은 공사마 집을 에워쌌다. 화독이 모든 군사에게 분부한다.

"너희는 떠들지 말고 조용하여라. 내가 문을 두드려 주인을 부르겠다. 문이 열리거든 거사하여라."

화독은 사면에다 군사를 매복시키고, 유유히 한 걸음 두 걸음 공사마 집 대문 앞으로 갔다.

황혼이 지나고 사방은 어두웠다. 공부가는 이런 줄도 모르고 내실에서 술을 마시며 얼근히 취해 있었다. 바깥에서 대문 치는 소리가 난다.

문지기가 섬돌 밑에 와서 아뢴다.

"화태재華太宰께서 친히 대문 앞까지 왕림하셨습니다. 비밀히 의논할 일이 있어서 오셨다고 합니다."

공부가는 황망히 의관을 정제하고 당堂에서 내려 대문 쪽으로 갔다.

삐이걱 소리가 나며 대문이 열렸을 때였다. 문을 열던 문지기놈이,

"으아악!"

외마디 소리를 지르면서 손으로 얼굴을 감싸고 나가자빠졌다. 동시에 함성 소리가 일어났다. 군사들이 벌 떼처럼 대문을 박차고 들어온다.

깜짝 놀란 공부가는 비실비실 옆걸음질을 치며 돌아서려는데, 어느덧 화독이 당 위로 껑충 뛰어올라서서 내려다보고 호령한다.

"백성을 못살게 구는 도적이 바로 여기 있다. 왜 속히 없애버리지 못하느냐!"

공부가는 머리를 번쩍 쳐들고 당 위의 화독을 노려보며, 무슨 말을 하려는 참이었다.

이때 바로 공부가의 등 뒤에 군사가 나타났다. 군사의 손에서 칼이 번쩍하고 빛나는 순간 공부가의 머리가 땅 위로 굴러떨어졌다. 목을 잃은 공부가는 피를 쏟으면서 거꾸러졌다.

화독은 피비린내 풍기는 공부가의 송장을 돌아보지도 않았다.

그는 곧 심복 부하들을 거느리고 내실로 들어갔다.

화독의 눈짓을 받은 심복 부하는 위씨를 안고 나와서 수레 안에 태웠다. 위씨는 등신상等身像처럼 악도 쓰지 않고 몸부림도 치지 않았다.

어디로 가는지 흔들리는 수레 속에서 위씨의 고운 눈이 얼음처럼 빛났다. 이윽고 위씨의 손이 허리를 더듬더니 띠를 풀었다.

위씨는 뱀처럼 긴 띠로 자기 목을 옭았다.

목을 조르는 위씨의 손이 바르르 떨렸다. 이윽고 손이 아래로 탁 떨어지며 앞으로 꼬꾸라졌다. 그 바람에 수레가 한 번 흔들렸을 뿐이다.

뒤쫓아온 화독이 집에 이르러 수레 속을 들여다봤을 때는 이미 위씨는 죽어 있었다.

위씨는 감지 못한 두 눈을 무섭게 부릅뜨고 있었다. 화독은 시체를 외면하고 수레에서 물러나며 길이 탄식했다.

그는 아랫사람들을 불러 분부했다.

"즉시 짚〔藁〕에 싸서 교외에 내다 묻어라."

다시 그는 부하들에게 엄중히 분부했다.

"이 일을 발설하는 자는 재미롭지 못할 것이다. 각별히 조심하여라!"

슬프다! 하룻밤 재미도 못 보고, 여자의 깊은 원한만 샀으니 어찌 후회되지 않으리오.

한편 군사들은 공씨 집안 물건을 닥치는 대로 노략질했다. 공씨 집안 사람들은 군사들에게 도륙을 당했다. 다만 요행으로 살아남은 것은 공부가의 어린 아들 목금부木金父뿐이었다.

집안 하인 한 사람이 어린 목금부를 끌어안고 빠져나가 밤을 이용해서 노魯나라로 달아났다. 그후 목금부는 자字로써 성을 삼고 공씨孔氏라 했다. 동방東方 대성大聖 공자孔子는 공부가의 7대 손孫이다. 곧 목금부의 6대 손인 것이다.

그 이튿날에 송상공은 공사마가 무참히 죽었다는 소식을 들었다. 송상공이 어쩔 줄을 모르고 안절부절못하는데,

"지난밤에 화독이 가서 그 일을 저질렀다고 하더이다."

하고 아뢰는 신하가 있었다.

격노한 송상공은,

"즉시 화독을 불러라."

하고 호령했다. 그 죄를 다스릴 작정이었다.

그러나 화독은 병이라 핑계하고 송상공에게 가지 않았다.

송상공이 명령한다.

"수레를 준비하여라. 과인이 친히 공부가의 상사喪事에 가봐야겠다."

송상공이 공부가를 문상한다는 소문은 즉시 화독에게 전해졌다. 화독은 벌떡 일어나 군정軍正*(군중軍中의 문서를 맡은 자)을 불렀다.

"주공이 공사마를 끔찍이 사랑했다는 것은 너도 잘 아는 바다. 너희가 공사마를 맘대로 죽였은즉, 어찌 무사할 수 있겠느냐. 지난날에 선군이신 목공穆公은 그 아드님에게 군위를 전하지 않고, 주공을 세웠다. 그런데도 배은망덕한 주공은 공사마만 신임하고, 늘 선군의 아드님 빙이 도망가 있는 정나라만 쳤으니, 너희들 손에 공사마가 죽은 것은 하늘의 이치라 하겠다. 이때를 당해서 만일 큰일을 하지 않으면 이는 의義가 아니다. 또 배은망덕한 주공

을 없애버리고, 선군의 아드님인 공자 빙을 데려와서 군위에 모신다면 이는 재앙이 바뀌어 복이 되는 것이다. 어찌 아름다운 일이 아니리오."

군정이 대답한다.

"태재의 말씀이 바로 군사들의 생각입니다."

이에 화독은 즉시 모든 군사를 공씨 집 대문 근처에다 매복시켰다.

이윽고 송상공의 행차가 공씨 집 문 앞에 당도하자 난데없는 북소리와 함성이 일시에 일어났다. 사방에서 군사들이 내달아오자 송상공을 시위하던 자들은 크게 놀라 달아났다. 송상공이 탄 수레는 개미 떼처럼 모여든 군사들에게 묻혔다.

얼마 후 군사들은 흩어지고, 공씨 집 문 앞엔 조각난 수레 사이로 피투성이가 된 송상공의 시체가 쓰러져 있었다.

화독은 송상공이 죽었다는 기별을 듣자, 즉시 상복으로 갈아입고 궁에 가서 곡했다.

화독은 북을 울려 모든 신하를 모았다. 그는 평소 비위에 맞지 않던 장군 두서너 사람에게 주공을 죽였다는 허물을 뒤집어씌워 죽이고, 모든 사람의 이목을 가렸다.

화독은 다시 그 당장에서 선포했다.

"나라에 하루라도 임금이 없지 못할지라. 지금 선군의 아드님 공자 빙이 정나라에 계십니다. 백성들도 선군의 은덕을 잊지 못할 것이오. 마땅히 그 아드님을 군위에 모셔야 하오."

누가 감히 반대할 수 있으리오. 모든 백관은,

"지당한 말씀이오."

하고 허리를 굽혔다.

화독은 즉시 사자를 정나라로 보냈다. 이리하여 송상공이 죽었다는 상사를 알리고, 공자 빙을 모셔오게 한 것이었다.

그리고 화독은 송나라 보고寶庫에 있는 보물들을 여러 나라에 뇌물로 보냈다. 동시에 그는 공자 빙을 군위에 모시게 된 걸 각국에 고했다.

한편 정장공은 송나라 사자를 만나보고, 국서를 보고서야 이런 사실을 알았다. 정장공은 공자 빙을 그의 본국으로 돌려보내어 군위에 오르도록 하기 위해 즉시 법가를 준비시켰다.

본국으로 떠나는 날, 공자 빙은 마당에 엎드려 정장공에게 절하고 울었다.

"쇠잔한 목숨이 오늘날까지 살아 있는 것은 오직 군후께서 보호해주신 덕택입니다. 이제 다행히 본국으로 돌아가 대대로 내려오는 조상들의 제사를 받들게 되었습니다. 앞으로도 마땅히 대대로 정나라를 모시는 신하가 되겠습니다."

정장공도 눈물을 씻으며 이별을 슬퍼했다.

공자 빙은 송나라에 돌아간 즉시로 화독의 영접을 받고 군위에 올랐다. 그가 바로 송장공宋莊公이다.

그리고 화독은 여전히 태재의 벼슬에 눌러앉아 다시 여러 나라에 뇌물을 보냈다. 물론 그 나라들은 송에서 보내온 뇌물을 사절하지 않았다.

그후 정백과 제후와 노후는 직직稷(지명)에서 회견하고 송장공의 군위를 승인했다. 그 뒤 화독은 송나라 재상宰相이 됐다.

사관이 시로써 이 일을 탄식한 것이 있다.

춘추 시대엔 임금을 몰아내고 죽이는 것이 예사라
1년 사이에 노·송 두 나라에서 해괴한 일 일어났도다.

모든 나라가 뇌물을 받지만 아니했어도
임금을 죽이고 나라를 망친 놈들이 어찌 편히 잘 수 있었으리오.

春秋篡弑嘆紛然
宋魯奇聞只隔年
列國若能辭賄賂
亂臣賊子豈安眠

또 송상공이 의리를 버리고 공자 빙을 시기하다가 맞아 죽은 것
은 하늘의 이치라는 뜻으로, 시를 읊은 것도 있다.

송목공이 나라를 송상공에게 전한 것은 공명한 마음이었건만
송상공이 선군의 아들 빙을 시기한 것은 한심스러운 일이다.
이제 송상공은 죽고 빙이 임금 자리에 올랐으니
그는 죽어 구천에 갔을망정 아비와 형을 대하기가 부끄러웠
으리라.

穆公讓國乃公心
可恨殤公反忌馮
今日殤亡馮卽位
九泉羞見父和兄

제나라 희공僖公이 직稷이란 지방에서 정백과 노후와 회견을
마치고 본국으로 돌아가던 도중이었다.
제희공은 도중에서 급한 보고를 받았다.
"지금 북쪽 오랑캐 융주戎主가 그의 원수元帥인 대량大良, 소량
小良에게 군사 1만 명을 주어 제나라 경계를 치고 있습니다. 이미

그들은 축아祝阿 땅을 함몰하고, 역성歷城을 공격 중입니다. 그곳을 지키던 신하들은 오랑캐들을 감당할 길이 없어 구원을 청하고 있습니다. 주공께서는 속히 돌아가야겠습니다."

제희공은 크게 놀랐다.

"북쪽 오랑캐가 여러 번 우리를 침범했지만 그저 좀도적질을 하거나 우리를 엿보는 정도였다. 그런데 이번엔 그놈들이 크게 군사를 일으켜 쳐들어왔다 하니, 만일 그놈들에게 재미를 보였다가는 앞으로 북방에 편안할 날이 없을 것이다."

제희공은 즉시 노·위·정 삼국에 사람을 보내 구원을 청했다. 동시에 제희공은 급히 본국으로 돌아가, 공자 원元과 공손대중公孫戴仲을 거느리고 적을 막기 위해 역성으로 달려갔다.

한편 정장공은 제나라 사신으로부터 북쪽 오랑캐들이 침범했다는 사실을 듣고, 즉시 세자 홀忽을 불렀다.

"제나라와 우리 정은 서로 동맹한 사이다. 더구나 우리 정에 싸움이 있을 때마다 제나라는 반드시 우리를 도왔다. 이제 제나라가 군사를 청하니 그냥 있을 수 있겠느냐. 속히 가서 구원하여라."

이에 세자 홀은 분부를 받고 병거 300승을 거느리고 친히 대장이 되어, 고거미를 부장副將으로 삼고 축담祝聃을 선봉으로 삼아 밤낮없이 제나라를 향하여 달렸다.

그들은 제나라에 당도하자, 제희공이 역성으로 갔다는 말을 듣고 다시 방향을 역성으로 돌렸다. 세자 홀이 역성에 이르러 제희공과 만났을 때는 아직 노·위 두 나라 군사는 오지 않았다.

제희공은 정나라 군대가 구원 온 걸 보고 감격한 나머지 친히 성에서 나와 영접하고 크게 잔치를 벌이고 군사를 배불리 먹였다. 그리고 세자 홀과 함께 융병 물리칠 계책을 상의했다.

세자 홀이 의견을 말한다.

"오랑캐들의 군사들은 진격하는 데도 능하지만, 쉽사리 패하기도 잘합니다. 그런가 하면 우리의 병사들은 좀처럼 패하지도 않지만, 진격하는 것도 더딥니다. 원래 오랑캐는 성미가 경솔하고 정돈을 모르며, 욕심이 대단하고 친척도 몰라보며, 이겨도 서로 사양할 줄 모르며, 지면 서로 도울 줄 모르는 무리들입니다. 꾀로 그들을 유인하는 것이 가장 좋습니다. 그들은 이길 자신만 있으면 반드시 진격합니다. 만일 그들과 싸우는 척하다가, 거짓 패한 체하고 달아나면 오랑캐들은 기를 쓰고 쫓아옵니다. 그때 우리는 미리 복병하고 있다가 쫓아오는 오랑캐를 기다려서 포위하면, 놈들은 반드시 몹시 놀라 뿔뿔이 달아날 것입니다. 곧 달아나는 놈들을 뒤쫓으면 크게 승리할 수 있습니다."

이 말을 듣고 제희공은 매우 기뻐했다.

"그 계책이 몹시 묘하오. 제나라 병사는 동쪽에 매복하여 적의 앞을 막고, 정나라 병사는 북쪽에 매복했다가 그 뒤를 쫓으오. 머리와 꼬리를 동시에 공격하면 실수 없을 것이오."

이에 세자 홀은 군사를 거느리고 북쪽 길로 올라가서, 길 양편에 매복했다.

한편 제희공은 공자 원을 불러 계책을 일러준다.

"너는 군사를 거느리고 동문東門에 매복하고 있다가, 오랑캐 군사들이 쫓아오거든 즉시 나아가 들이쳐라."

다시 제희공은 공손대중을 불러 지시한다.

"그대는 일지군을 거느리고 적에게 가서 싸움을 걸되, 아예 이길 생각일랑 말고 못 이기는 체 도망하여라. 어떻든 공자 원이 매복하고 있는 동문東門까지만 적을 유인하여라. 그러면 자연 좋은 도리가 있을 것이다."

그들은 각기 명령을 받고 떠나갔다.

공손대중은 군사를 거느리고 관문을 열고 내달아, 오랑캐 앞으로 가서 싸움을 걸었다. 이에 오랑캐의 원수 소량이 융병 3,000명을 거느리고는 칼을 높이 들고 말을 달려, 영채에서 쏟아져나왔다.

대뜸 양편이 어울려 싸움이 벌어졌다. 대중은 소량과 함께 20합 가량을 싸우다가, 더 노력하지 않고 못 이기는 체하면서 명을 내린다.

"속히 퇴군하라!"

군사들은 일제히 병거를 돌려 북쪽 길을 버리고, 성을 돌아 동쪽 길로 달아났다. 소량은 더욱 용기가 나서, 군사를 거느리고 힘을 다하여 뒤쫓았다.

이때 오랑캐의 영채에서 싸움을 구경하던 대량은, 자기 군사가 크게 이겨 제나라 군사를 뒤쫓는 걸 보고서 즉시 대군을 모조리 일으켜, 소량을 도우려고 역시 뒤쫓아갔다.

오랑캐 군사가 달아나는 제나라 군사의 뒤를 쫓아 동문까지 갔을 때였다.

문득 포성이 크게 일어나고 잇달아 금金과 북소리가 천지를 뒤흔들었다. 덤불과 갈대 속에 숨었던 제나라 군사들이 일제히 나타나 달려오는 오랑캐 군사를 향하여 쳐들어갔다.

제나라 군사에게 에워싸인 소량은 그제야 속은 줄 알고, 급히 말고삐를 돌려 자기 군사도 돌볼 여가 없이 오던 길로 달아났다.

소량은 도중에서 달려오는 대량과 만나,

"적의 속임수에 빠졌소. 속히 달아납시다!"

소리치고 함께 북쪽으로 내뺐다.

이에 지금까지 달아나기만 하던 공손대중과 동문에서 적을 가로막고 싸우던 공자 원은 합세하여, 달아나는 오랑캐 군사를 뒤쫓았다.

대량이 달아나면서 소량에게 분부한다.

"당신은 앞길을 인도하오. 나는 뒤따라오는 제나라 군사를 막겠소."

이리하여 오랑캐의 두 원수는 싸우며 달아났다. 뒤떨어진 오랑캐 군사는 뒤쫓아오는 제나라 군사에게 사로잡히거나, 그렇지 않으면 맞아 죽었다.

허둥지둥 달아나던 오랑캐 군사는 작산鵲山 아래 이르렀다. 그들은 그제야 제나라 군사의 추격이 보이지 않아서 가쁜 숨을 돌렸다. 그리고 이마의 땀을 씻고 냄비[鍋]를 걸어 밥을 짓기 시작했다.

모두 시장해서 밥 되기를 기다리는 참이었다.

으슥한 사방 산기슭에서 갑자기 큰 함성이 일어났다. 난데없이 일지군마가 일시에 달려오면서,

"정나라 상장上將 고거미가 예 있으니, 꼼짝 말고 칼을 받아라!"

호령하는 소리가 벼락같이 그들 머리 위에 떨어졌다. 이 소리를 듣자, 대량과 소량은 황망히 말에 올라 북쪽으로 달아났다.

오랑캐 군사는 냄비고 밥이고 생각할 겨를도 없이 두 손을 불끈 쥐고 뛰었다.

고거미는 짐승 몰듯 오랑캐 군사를 추격했다. 오랑캐 군사들이 다시 허둥지둥 몇 마장쯤 갔을 때다. 바로 전면에서 또 함성이 크게 일어났다. 그들은 넋을 잃었다.

지금까지 적을 기다린 공자 홀이 그물 치듯 적의 앞을 한 줄로

가로막고 내달아왔던 것이다. 어느새 공자 원과 공손대중이 오랑캐를 뒤쫓아오는 것도 보인다.

오랑캐 군사는 어찌할 바를 모르고 사방으로 흩어져 달아났다. 사로잡히고 칼 맞아 죽는 자, 그 수효를 헤아릴 수 없었다.

축담祝聃이 잔뜩 노리고 쏜 한 방 화살에 소량은 뒤통수를 맞고 말에서 굴러떨어져 죽었다.

대량은 홀로 포위에서 벗어나 달아나는 중, 바로 세자 홀을 만났다. 병거를 비키려다가 미처 손이 자라지 못해서, 세자 홀의 칼에 대량은 두 조각이 났다.

이제 제 · 정 두 나라 군사들에겐 싸움이 아니었다. 그들은 오랑캐 군사를 에워싸고 마치 사냥하듯 했다. 우두머리로 사로잡힌 오랑캐만 해도 300명이 넘었다. 죽은 자는 이루 헤아릴 수 없을 정도였다.

세자 홀은 대량 · 소량의 목과, 사로잡은 우두머리 오랑캐들을 모조리 제희공에게 바쳤다. 제희공은 크게 기뻐했다.

"참으로 정나라 세자는 영웅이다. 이번에 세자가 아니었더라면 오랑캐 군사를 어찌 물리칠 수 있었으리오. 오늘날 우리 제나라 사직이 무사한 것은 다 세자의 공이다."

너무나 과분한 찬사에 세자 홀은 면구스러웠다.

"우연한 공로를 어찌 과도히 칭찬하시나이까."
하고 겸양했다.

또 제희공은 사자 두 사람을 골라 보내며,

"속히 노와 위 두 나라에 가서 군사를 보내실 것 없다고 전하여라."
하고 분부했다.

제희공은 큰 잔치를 베풀었다. 오로지 정나라 세자 홀을 대접하기 위한 것이었다.

술이 몇 순배 돌았다. 잔치 자리에는 화락한 기운이 가득했다. 제희공이 세자 홀에게 슬며시 허두를 낸다.

"과인에게 딸이 있는데, 세자는 버리지 마오."

세자 홀은 전에도 이런 말이 있었던 만큼 굳이 사양했다.

잔치가 파하자, 제희공은 이중년夷仲年을 불렀다.

"그대는 정나라 장수 고거미를 찾아가서 이 혼사가 되도록 좀 힘써달라고 하여라."

분부를 받고 이중년은 고거미에게 갔다.

"우리 주공께서는 귀국 세자를 영웅으로 사모할새, 서로 혼인하고자 전번에도 사신을 보냈으나 쾌한 허락을 받지 못했소이다. 그래서 오늘, 우리 주공께서는 세자에게 친히 말씀하셨습니다. 그런데 세자가 굳이 고집하고 말을 듣질 않는구려. 세자가 왜 사양하는지 그 뜻은 알 수 없으나, 대부께서 이 일이 잘되도록 힘 좀 써주시오. 구슬 두 쌍과 황금 100일鎰을 정표로 드리겠소."

고거미가 대답한다.

"힘은 써보지만 될지 안 될지는 나 역시 알 수 없소."

그리고 고거미는 세자 홀에게 가서 여러모로 권했다.

"지금도 제후는 세자를 존경하고 있소. 두 나라 사이에 서로 혼인하여 의誼를 맺으면, 다음날 큰 도움이 되리다. 또한 아름다운 일이 아니겠소."

세자 홀이 대답한다.

"지난날 별일 없던 때도 제후가 혼사를 맺고자 청해왔으나 나는 거절했소. 이제 더구나 군명君命을 받고 제나라를 구원하고 다행히 성공했는데, 만일 장가들어 아내를 얻어 돌아가면, 세상 사람이 모두 세자는 공로를 미끼로 아내를 얻었다고 할 것이오."

고거미가 여러 번 권했으나 세자 홀은 종시 승낙하지 않았다.

이튿날 이중년은 또 제희공의 분부를 받고, 세자 홀을 찾아갔다. 역시 세자 홀이 사양한다.

"부모께 아뢰지 않고, 내 맘대로 혼인할 수 없습니다. 오늘 즉시 본국으로 돌아갈까 하오."

이중년은 세자 홀이 이렇게까지 승낙을 안 하는 바에야, 더 권할 수 없었다. 이중년의 자초지종 보고를 듣고서 제희공은,

"내 여식이 아무 허물도 없거니와 세상에 어찌 신랑감이 저 하나뿐이리오."

하고 드디어 노기를 띠었다.

그날로 세자 홀은 본국으로 돌아갔다. 그는 돌아가 제희공의 청혼을 물리친 일을 아버지인 정장공에게 아뢰었다.

정장공은,

"나의 아자兒子가 능히 스스로 공로를 세웠으니, 어찌 좋은 혼처가 없으리오."

하고 태연히 말했다. 그러나 제족은 고거미를 조용히 책망했다.

"지금 주공께서는 사랑하는 아들이 많소. 공자 돌과 공자 의儀 공자 미亹 세 사람이 다 다음 임금 자리를 노리고 있소. 세자가 이번에 제 같은 큰 나라와 결혼하면 다음날에 많은 원조를 받을 것이오. 제나라가 싫다 할지라도, 오히려 이편에서 청혼을 해야 할 판인데 어째서 우리에게 들어오는 복을 박차버렸는지 알 수 없구려. 그대는 이번에 세자를 따라갔거늘, 왜 간하지 않았소?"

고거미가 변명한다.

"내가 여러 번 권했소. 그러나 세자가 듣지 않는 걸 어쩌오."

원래 고거미는 공자 미와 친한 사이였다. 그는 제족의 말을 들

은 후로 더욱 공자 미와 친했다.

제족은 이 말을 듣고 길이 탄식했다.

염옹이 혼사를 거절한 세자 홀을 두고 시로써 읊은 것이 있다.

장부가 일을 하려면 강유를 겸해야 하나니
굳이 혼사를 거절한 것은 지각없는 짓이다.
한번 재구 폐구*를 읊어보라
노나라 환공도 더 오래 살았을 것이다.**
丈夫作事有剛柔
未必辭婚便失謀
試詠載驅竝敝笱
魯桓可是得長壽

* 이는 그 당시 제나라 백성들이 그 임금을 비난한 노래로 『시전詩傳』에 있다.
**노환공에 대한 이야기는 다음에 나온다.

어느 날, 세자 홀이 정장공에게 비밀히 말한다.

"지금 고거미와 미가 각별히 친하다고 합니다. 서로 찾아가고 찾아오되, 사람 눈을 피하고 비밀히 만난다 합니다. 그들의 속맘을 측량할 수 없습니다."

세자 홀의 말을 듣고 정장공은 어느 날 고거미를 꾸짖었다.

"남에게 의심 산다는 것은 지각없는 짓이다. 각별히 조심하라."

고거미는 아무 대답도 아니하고 머리만 조아렸다.

그날로 고거미는 공자 미와 만났다. 그리고 꾸중 들은 걸 말했다. 공자 미가 탄식한다.

"우리 아버지는 그대를 정경 벼슬로 올리려 했는데 세자가 방해하더니, 이젠 또 우리 두 사람 사이까지 끊으려 하는구려. 아버지가 살아 있는데도 이러니, 세상을 떠나신 후면 어찌 서로 용납하리오."

고거미가 대답한다.

"세자는 우유부단한 성격이라 능히 사람을 해치지 못하겠지만, 공자 돌이 걱정이오."

이런 공자 미와 고거미는 세자 홀을 마땅치 않게 생각했다.

훗날 고거미가 세자 홀을 죽이고 공자 미를 군위에 세운 것도 실은 이때부터 그 싹이 텄던 것이다. 그러나 이건 다 다음날의 이야기다.

그후 제족은 세자 홀을 진陳나라로 장가들게 하는 한편 위나라와 수호修好하고, 진·위 두 나라와 친목을 도모하고자 결심했다.

이렇게 진·정·위 세 나라가 솥발[鼎足] 같은 형세를 이루면 자기와 세자 홀의 앞날이 탄탄하기 때문이었다.

이렇게 앞날을 염려한 제족은 정장공에게 아뢰고, 우선 사자를 진나라로 보내어 세자 홀에 대한 청혼을 했다. 진후는 두말 안 하고 정나라 청혼을 쾌락했다.

드디어 세자 홀은 진나라에 가서 장가들고, 규씨嬀氏를 친영親迎했다.

이런 일이 있은 지 얼마 후다. 이번은 노나라 환공이 제희공에게 청혼했다. 지금까지 정나라 세자 홀과 통혼하려다가 뜻을 이루지 못한 제희공은 딸 문강文姜을 노나라로 출가시켰다.

이것이 또 앞으로 허다한 사건을 일으키는 근본이 됐다.

정나라를 치는 천자의 군사

　제희공齊僖公에겐 딸이 둘 있었다. 둘 다 천하절색이었다. 큰딸
은 위나라로 출가했다. 그녀가 바로 위의 선강宣姜이다. 선강에
대해선 차차 이야기하기로 하겠다.

　둘째딸 문강文姜은 총명하기가 가을 물 같고, 겸하여 얼굴이 연
꽃 같았다. 사실 그녀를 꽃에 비하면, 그 꽃은 말하는 것 같고, 옥
에 비하면 그 옥에서 향기가 나는 듯한 절세미인이었다. 뿐만 아
니라 그녀는 고금 만사에 널리 통달한 지식을 겸비하고 있었다.
입만 벌리면, 그녀의 말은 그대로 문장文章을 이루었다. 그래서
이름을 문강이라고 했다.

　제나라 세자 제아諸兒는 원래 주색이라면 사족을 못 쓰는 호색
꾼이었다. 그들은 서로 남매간이지만 이복 소생이었다. 세자 제
아는 문강보다 나이 두 살 위였다. 그들은 어렸을 때부터 궁중에
서 같이 놀고 같이 다니며 자랐다.

　문강은 장성하면서 꽃 같고 옥돌같이 아름다웠다. 어느덧 제아

는 여동생인 문강에게 애정을 느꼈다. 더욱이 문강도 용모와 재주에 날려, 매양 행동거지가 경박했다. 그녀는 장난을 매우 좋아했다. 문강은 나면서부터 요염하고 음탕한 여자였다. 예의 같은 것을 생각하는 성격이 아니었다. 이야기하며 놀 때엔 간혹 입에 담지 못할 음탕한 말까지도 곁사람 눈치보지도 않고 종알거렸다.

그런가 하면 제아는 나면서부터 키가 크고 자라면서 뼈대가 굵었다. 게다가 얼굴이 분을 바른 것 같고 입술은 주홍朱紅을 칠한 것 같아서 그야말로 하늘이 내놓은 미남자였다. 문강과는 좋은 짝이 될 만했으나, 한 아버지의 자녀로서 한 집안에 태어나 남매간이 되었으니, 어찌 한 쌍이 될 수 있으리오.

그러나 그들은 서로 남녀의 차별이 없었다. 그래서 어깨도 나란히 하고, 손도 서로 맞잡고 못하는 짓이 없었다. 다만 궁중 사람들의 이목 때문에 한 이부자리 속에서 속살을 맞붙이지 못한 것뿐이었다.

제희공 부부는 자녀를 지나치게 사랑한 나머지 미리 방지할 줄을 몰랐다. 마침내 그들로 하여금 금수와 같은 행위를 이루게 했던 것이다. 훗날 제아가 죽음을 당하고, 나라까지 위태롭게 한 것도 모두 이 때문이었다.

정나라 세자 홀이 오랑캐 군사를 전멸시켰을 때, 제희공은 어찌나 기뻤던지 문강을 앞에 놓고,

"지금 너와 혼사할 영웅이 있다. 네 맘에 어떠하냐?"

하고 자랑삼아 늘어놓았다. 문강은 비록 대꾸는 안 했으나, 속으로 매우 기뻐했다. 그러던 차에 문강은 세자 홀이 굳이 혼인을 사양한다는 말을 듣고 몹시 울적했다. 마침내 병이 나서 자리에 누웠다.

문강의 병은 약으로 고칠 수 없는 것이어서, 해가 저물면 열이 나고 아침이 되면 머리가 식었다.

항상 정신이 황홀했다. 진종일 반은 앉고 반을 드러누워서 졸았다. 문강은 먹는 것, 잠자는 것을 전폐하다시피 했다.

옛사람이 시로써 이 일을 증명한 것이 있다.

이팔 처녀는 규중에서 시름을 풀지 못하고
정에 겨워 고운 눈썹 펼 날이 없더라.
난새와 황이 애정에 안기지 않으니
다른 뭇 새와 닭도 다 근심이더라.
二八深閨不解羞
一椿情事鎖眉頭
鸞凰不入情絲綱
野鳥家鷄總是愁

이에 세자 제아는 문강을 문병한답시고 자주 규중에 드나들었다. 그는 문강이 누워 있는 침상 머리에 앉아,

"어디가 아프냐?"

하고 온몸을 주물렀다. 다만 궁중 이목이 번다해서 감히 딴 짓을 할 수 없었을 뿐이었다.

어느 날 제희공이 문강 방에 들어갔다가 제아를 발견하고 꾸짖는다.

"비록 남매간이지만 서로 자리를 피해야 하지 않느냐. 이후는 궁인을 보내어 문병하고, 이 방에 들어오지 말아라."

제아가 굽실거린다.

"잘 알아듣겠나이다. 명심하고 잊지 않겠습니다."

이런 후로 제아와 문강은 서로 잘 만나지 못했다.

그후 얼마 안 있어, 제희공은 제아를 위해 송후宋侯의 딸을 며느리로 맞아들였다. 아내를 얻은 제아는 송나라에서 따라온 잉첩媵妾(여자가 출가하면 몸종 비슷한 역할을 하는 동성同姓 시녀들이 따라간다)에 둘러싸여 신혼 재미를 보느라고 딴생각은 할 겨를이 없었다.

문강은 깊은 규중 적막에 견딜 수 없었다. 문강은 제아를 생각하느라고 병이 더 심해졌다. 그러나 입 밖에 내어 말을 못했다. 마치 벙어리가 소태 먹은 격이었다.

옛사람이 시로써 문강의 고민을 읊은 것이 있다.

봄 풀은 아지랑이에 취했는데
규중에서 여자는 혼자 졸도다.
한이 쌓이면 얼굴도 늙나니
못 잊는 마음 타는 듯하더라.
몇 번이나 달 밝은 밤이면
꿈속에서 임 곁으로 날아갔던고.
春草醉春煙
深閨人獨眠
積恨顔將老
相思心欲燃
幾回明月夜
飛夢到郎邊

한편 노나라 환공은 즉위했을 때 나이가 많았다. 그는 그때까지 미혼이었다. 이를 근심하고 대부 장손달臧孫達이 나아가 아뢴다.

"옛날 임금은 나이 열다섯이면 세자를 뒀습니다. 그런데 주공께선 아직도 내실이 비어 있습니다. 군위를 누구에게 전하실 생각이십니까. 이는 종묘를 존중하는 바가 못 됩니다."

노환공은 잠자코 있었다. 곁에서 공자 휘가 아뢴다.

"일찍이 신이 들건대, 제후齊侯에게 사랑하는 딸이 있는데 이름이 문강이라 한다 하더이다. 지난날 제후는 정나라 세자 홀과 통혼하려다가 뜻을 이루지 못했습니다. 주공께서 한번 청혼해보시면 어떻겠습니까?"

노환공이 대답한다.

"무방하리라."

이에 공자 휘는 제나라로 가서 청혼했다.

제희공은 한참 생각하다가,

"지금 여식이 병으로 누워 있소. 청컨대 다음에 기회를 보아 다시 상의합시다."

하고 조급히 서둘지 않았다. 이때 입빠른 궁인들이 문강의 방에 가서 치하한다.

"노후魯侯의 청혼이 들어왔답니다."

궁인들은 일이 다된 것처럼 종알거렸다.

원래 문강은 상사증相思症이 대단한 여자였다. 이 소식을 듣자, 곧 몸과 마음이 거뜬해졌다. 병이 저절로 낫는 것 같았다.

그후 제·노 두 나라는 송나라를 감시하기 위해 직稷 땅에서 회견했다. 이때 노환공이 직접 제희공에게 다시 청혼했다. 제희공은 내년에나 다시 상의하자면서 역시 대답을 회피했다.

그 이듬해는 노환공 3년이었다. 노환공은 친히 영嬴(제나라 땅)이란 지방까지 가서 제희공과 회견하고 다시 간곡히 청혼했다. 제희공은 노환공의 꾸준한 성의에 감동하여 혼인을 허락했다.

노환공은 영에서 바로 납폐納幣하고, 제희공을 정중히 대접했다. 이에 제희공은 노환공이 은근하고 성심스레 구는 데 기분이 좋았다.

"그럼 가을이 좋겠소. 혼인을 오는 9월로 정합시다. 그때 과인이 문강을 데리고 귀국에 가서 혼례하도록 하겠소."

노환공이 흔연히 대답한다.

"그러시면 그때 공자 휘를 귀국에 보내어 따님을 영접해오도록 하겠습니다."

두 군후는 서로 언약하고 작별했다.

그런데 제나라 세자 제아는 문강이 노나라로 시집가게 되었다는 말을 듣고서 싱숭생숭해졌다. 그는 전처럼 또 미친 마음이 싹텄던 것이다.

어느 날이었다. 그는 궁중 사람을 시켜 꽃 한 송이를 문강에게 보냈다. 그리고 쪽지에다 시 한 수를 적어서 함께 보냈다.

그 시에 하였으되,

복숭아나무에 꽃이 피어서

그 찬란하기가 아지랑이 같도다.

바로 창 앞에서 흐느적거리건만 꺾지 못하니

나는 나부끼는 풀 같은 신세일세

아아! 탄식스럽다. 이를 어쩔꼬.

桃有華

燦燦其霞
當戶不折
飄而爲苴
吁嗟兮復于嗟

한편 문강은 시를 읽고 제아의 심정을 십분 짐작했다. 이에 문강도 시 한 수를 지어 제아에게 보냈다.

복숭아나무 꽃이여
그 아름다움이 무르익었네.
이제 꺾지 않아도
어찌 오는 봄을 거절하리오.
아아! 더욱 다정하셔라. 다정할진저!
桃有英
燁燁其靈
今玆不折
詎無來春
叮嚀兮復叮嚀

제아는 시를 받아보았다. 그리고 문강이 자기에게 마음이 있는 줄 알았다. 그래서 더욱 문강을 잊지 못했다.

어느덧 혼례날이 가까웠다. 노나라 상경上卿 공자 휘는 문강을 모시러 제나라에 갔다.

제희공은 지난날의 언약도 있었지만 애지중지하던 딸이 출가하기 때문에 친히 노나라까지 데려다주려고 채비를 차렸다.

제아가 아뢴다.

"동생이 이제 노후에게 출가하니 우리 제와 노 두 나라는 대대로 세의世誼 좋게 지내왔던 만큼 더욱 아름다운 일이 아닐 수 없습니다. 그러나 노후가 친히 영접하러 오지 않았는데, 아버지께서 친히 데려다주실 것까지야 있습니까. 더구나 아버지께선 늘 나랏일에 바쁘신 몸입니다. 불편한 먼 길을 가시지 않는 것이 좋겠습니다. 비록 불민하나 아자兒子가 아버지를 대신해서 일행을 데리고 가겠습니다."

제희공은 제아를 효심 있는 자식으로 생각했다. 그래서 부드러운 목소리로 대답한다.

"네 말이 비록 좋다마는 내 이미 문강을 친히 데려다주기로 언약하였다. 어찌 신의를 잃을 수 있으리오."

제희공의 말이 채 끝나기도 전이었다. 한 신하가 들어와서 아뢴다.

"노후께서 친히 영친하려고 훤讙 땅까지 오셔서 기다린다고 합니다."

제희공은 매우 기뻤다.

"노나라는 예의 있는 나라다. 저희 나라 경내境內까지 가야 할 과인의 수고로움을 염려하고 마중 나와서 기다리는 모양이다. 내 아니 갈 수 없구나."

제아는 아무 소리 못하고 물러섰다.

시집갈 날이 임박했건만 문강도 무엇을 잃기나 한 듯이 허전했다. 이때는 9월 초순이었다. 가을 하늘은 드높았다. 떠나는 날 문강은 육궁의 비妃와 권속들에게 작별하고 제아와 이별하려고 동궁으로 갔다.

제아는 떠나는 문강을 위해 술상까지 차려놓았다. 그들은 서로 바라보고 이별을 슬퍼했다. 원비元妃도 문강을 따라 동궁에 왔다. 또 제희공이 궁인을 시켜 재촉하고 전송 나온 사람들도 많아서 그들은 서로 말 한마디 못했다.

문강이 떠나는데 제아가 수레 휘장을 걷어올리고 들여다보면서 말한다.

"동생은 지난날 보내준 그 다정한 시구를 잊지 마라."

문강이 대답한다.

"동궁은 안녕히 계시오. 서로 다시 만날 날이 있으리이다."

제희공은 나랏일을 제아에게 부탁하고, 문강을 데리고 떠났다.

제희공은 휜 땅에 이르러 노환공의 영접을 받았다. 노환공은 제희공을 위해 크게 잔치를 베풀었다. 시종侍從 갔던 제나라 사람들도 많은 대우를 받았다. 잔치가 끝난 후 제희공은 본국으로 돌아갔다. 노환공은 문강과 함께 노성魯城으로 돌아가서 성례를 올렸다.

노환공은 모든 것이 만족했다.

첫째는 제나라가 큰 나라인 만큼 좋았다. 둘째는 문강이 꽃보다 아름다운 절색이어서 좋았다. 노환공은 문강을 지극히 사랑했다. 그래서 그는 사흘에 한 번 정도로 신하와 만났다. 대부大夫, 종부宗婦도 내궁까지 들어가야만 겨우 주공 양주를 볼 수 있을 정도였다.

그후 제희공은 자기 아우 이중년을 보내어 노환공을 초청하고, 문강의 안부도 물었다.

이런 후로 노·제 두 나라는 극친한 사이가 되었다.

옛사람이 시로써 문강을 읊은 것이 있다.

원래 남녀는 항상 조심해야 하나니
어찌 남매를 서로 격리하지 않았던고.

떠나는 날 괴상한 인사를 남겼기 때문에
다음날에 불미스런 일이 생겼도다.
從來男女愼嫌微
兄妹如何不隔離
只爲臨岐言保重
致令他日玷中閨

한편 주환왕周桓王은 정장공이 천자의 명을 받았노라 근거 없
는 거짓말을 하고 송나라를 쳤다는 소식을 듣고서 몹시 분노했다.

주환왕은 본시부터 정장공을 좋아하지 않았다. 그래서 괵공 임
보林父에게 조정 정사를 맡기고, 다시 정장공을 부르지 않았다.

정장공은 조정 벼슬이 떨어지자, 주환왕을 원망했다.

그후 5년이란 세월이 지났다. 정장공은 한번도 조정에 가지 않
았다. 그래서 주환왕은 더욱 대로했다.

"정 오생이 짐에게 어찌 이렇듯 무례하냐. 그놈을 치지 않으면
다른 제후에게도 천하에 법 없음을 가르치는 결과가 되겠다. 짐은
친히 육군六軍을 거느리고 정의 죄를 다스리겠다."

괵공 임보가 간한다.

"정은 대대로 조정 경사로서 많은 공로를 세웠습니다. 그 벼슬
을 뺏겼으니 어찌 조정에 오고 싶은 생각이 나겠습니까. 마땅히
좋은 말로 하조下詔하시고 친히 칠 생각은 마십시오. 도리어 천위
天威에 손상이 있으실까 두렵습니다."

그러나 주환왕은 분이 삭지 않았다.

"오생이 짐을 속인 것은 이번 한 번만이 아니다. 앞으로 짐과
오생은 맹세코 같은 하늘 아래 함께 살 수 없다."

마침내 주환왕은 채·위·진陳 세 나라에 영을 내렸다.

"이제 짐은 정의 무례한 죄를 치고자 한다. 즉시 군사를 일으켜 짐을 보좌하여라."

주환왕의 분부는 추상같았다.

이때 진陳나라는 어떠했던가.

진후 포鮑가 죽자, 그의 아우 공자 타佗(자字는 오부伍父)가 조카인 세자 문免을 죽이고, 선군 포에게 환공桓公이란 시호를 올렸다.

그러나 백성들이 공자 타에게 복종하지 않고, 도망하고 흩어지는 바람에 나라 꼴이 말이 아니었다.

이때 주 왕실로부터 사신이 와서 군사를 일으켜 정을 치라는 천자의 어명을 전했다. 공자 타가 조카를 죽이고 즉위한 직후였다. 국내는 어지럽지만 그렇다고 왕명을 어길 수도 없었다.

공자 타는 겨우 군사와 병거를 모았다. 이리하여 진나라 대부 백원제伯爰諸가 군사를 거느리고 정나라를 치러 갔다.

이때 채·위 두 나라도 천자를 돕기 위해 군사를 보냈다.

주환왕은 괵공 임보를 우군 장수로 삼고, 채와 위에서 온 군사를 거느리게 했다. 그리고 주공周公 흑견黑肩을 좌군 장수로 삼고 진나라 군사를 거느리게 했다.

왕은 친히 대군을 통솔하고 중군이 되어, 좌군·우군과 호응하기로 하였다.

한편 정장공은 장차 주환왕이 세 나라 군사까지 거느리고서 쳐들어올 것이라는 보고를 받자, 즉시 대부들과 함께 상의했다.

"장차 이 일을 어째야 좋을꼬?"

"……"

워낙 일이 큰 만큼 대부들도 하나같이 말이 없었다.

무거운 침묵만 흐른다. 이윽고 정경 벼슬에 있는 제족이 아뢴다.

"천자께서 친히 군사를 거느리고, 주공이 오래도록 입조하지 아니한 것을 책망하고자 쳐들어오신다 하니 그 명목이 뚜렷합니다. 두말 말고 주공은 천자께 사자를 보내어 사죄하십시오. 그래야만 재앙이 복으로 변합니다."

정장공이 화를 낸다.

"과인에게 항복하란 말이냐. 왕은 나의 조정 벼슬까지 뺏고, 이젠 군사까지 끌고 와서 치려 하지 않는가. 우리 정은 3대를 내려오며 왕들을 섬겼건만, 조정을 위한 우리의 공로는 흘러가는 물결에 띄워버린 듯 아랑곳하지 않고, 결국은 우리를 이렇게 푸대접해야 옳단 말인가. 우리가 이번에 천자의 그 고집을 꺾지 못하면 앞으로 우리는 종묘사직을 보전하기 어렵다."

고거미가 정장공을 보비위하려고 어리무던한 소리를 한다.

"진나라와 우리 정은 원래부터 친하되, 이번에 그들이 천자를 원조하는 것은 어쩔 수 없어서 오는 것입니다. 그러나 채·위 두 나라는 전부터 우리와 사이가 좋지 못하기 때문에 아마 힘껏 싸우려 들 것입니다. 또 지금 천자의 분노가 대단한즉, 우리는 그 날카로운 기운을 당적할 수 없습니다. 성벽을 튼튼히 하고, 천자의 군사들이 권태를 느낄 때까지 혹 싸우기도 하고 혹 화해도 청하면서 슬슬 구슬리면, 모든 것이 뜻대로 될 성합니다."

정장공은 달다 쓰다 말이 없었다. 지금까지 말이 없던 대부 공자 원元이 아뢴다.

"신하로서 왕과 싸우는 것은 이치에 어긋납니다. 일이란 속히 결말을 내야지, 언제까지고 느릿느릿 시일만 천연遷延할 수 없습니다. 신이 비록 불민하나 한 가지 계책이 있습니다."

정장공이 묻는다.

"그 계책이란 뭣이냐?"

공자 원이 차근차근 말한다.

"왕의 군사는 3대隊로 나뉘어 쳐들어올 것이라고 합니다. 우리도 마땅히 군사를 3대로 나눠서 당적해야 합니다. 좌우 두 군사가 방진方陣을 치되 좌군은 천자의 우군을 담당하고, 우군은 천자의 좌군을 담당하고, 주공께서는 중군을 거느리시고 왕과 친히 대적하십시오."

정장공이 묻는다.

"그러면 반드시 이긴다는 보장이라도 있느냐?"

공자 원이 말을 계속한다.

"진나라 타는 임금을 죽이고 이번에 새로 임금 자리에 선 사람입니다. 백성들이 순종하지 않는 것을 그가 억지로 징발해서 보낸 군사이기 때문에 마음이 단결되어 있지 않습니다. 그러므로 먼저 우리 우군이 진나라 군사를 치면, 그들은 각기 흩어져 달아날 것입니다. 그러고서 우리 좌군이 내달아 채·위 두 나라 군사를 휘몰아치면 채·위는 진이 패했다는 소문을 듣고 감히 홀로 나서지 못하고서 역시 달아날 궁리부터 할 것입니다. 그런 연후에 군사를 합쳐 왕군을 공격하면 결코 실패하지 않습니다."

그제야 정장공이 빙그레 웃는다.

"경은 적의 형세를 손바닥 들여다보듯 하도다. 공자 원은 어디에다 내세워도 죽지 않으리라."

다시 서로 상의하는데 아랫사람이 들어와서 지방 관리의 보고를 전한다.

"왕군이 이미 수갈繻葛 땅까지 쳐들어왔으며, 세 병영이 물샐틈없이 연락되어 아무리 쳐도 끊을 수 없다는 보고가 들어왔습니다."

정장공이 모든 대부에게 말한다.

"그중에 한 병영만 격파하면 나머지 것들은 족히 칠 것도 없으리라."

이에 정장공은 대부 만백曼伯에게 일군을 내주며 왕의 우군을 담당케 하고, 또 정경 제족에게 일군을 내주어 왕의 좌군을 담당케 하고, 자기는 친히 고거미, 원번原繁, 하숙영, 축담 등 모든 상장上將들을 거느리고서 모호의 큰 기를 중군에 세웠다.

제족이 나아가 아뢴다.

"모호의 큰 기는 송·허 두 나라를 이기기 위해서 만든 것입니다. 천자의 명을 받고 제후를 칠 때엔 쓸 수 있지만, 왕과 대적하는 데엔 쓸 수 없습니다."

그제야 정장공은 알고서도 모르는 체했는지, 또는 몰랐던 것을 그제야 깨달았는지,

"과인은 미처 생각이 자라지 못했구나."

하고 즉시 대패大旆(장수들이 세우는 기)의 기로 바꾸게 했다. 그리고 하숙영으로 하여금 대패를 잡게 했다.

이리하여 정은 모호의 큰 기를 무고武庫 속에 넣고, 그 뒤로 쓰지 않았다.

고거미가 아뢴다.

"이번 싸움은 심상히 할 수 없습니다. 청컨대 어려진魚麗陣을 치도록 하십시오."

정장공이 묻는다.

"어려진이란 어떤 것이냐."

고거미가 설명한다.

"갑거甲車 25승을 편偏이라 하고, 갑사甲士 5인을 오伍라 하니, 병거마다 앞에 1편을 세우고, 갑사 오오 이십오로 5오伍를 병거 뒤에 따르게 하여 싸우다가, 죽는 사람이 있어 비거나 모자라면 그 뒤를 채우며, 병거에 탄 사람이 상하면 오伍들 중에서 보충하는 전법입니다. 아무리 강적과 맞닥뜨려도 나아갈 수 있을 뿐, 물러서는 일이 없습니다. 이 진법이 견고하고 주밀周密하기 때문에, 저편에선 무찌르기 어렵고 이편에선 승리하기 용이합니다."

정장공이 어려진에 관한 설명을 듣고 머리를 끄덕인다.

"좋다."

이에 정나라 삼군은 행군하여 수갈 땅 가까이 가서 영채를 세웠다.

한편 주환왕은 정백이 군사를 거느리고 감히 왕군과 싸우러 왔다는 보고를 받고, 몹시 화가 나서 말도 못했다. 주환왕은 노기를 진정 못하고, 친히 군사를 거느리고 나아가 싸우려고 했다.

괵공 임보가 굳이 말려서 겨우 중지했다.

이튿날 왕군과 정군은 각기 진세를 벌였다. 정장공이 모든 군사들에게 명을 내린다.

"좌우 이군은 경솔히 동動하지 말고 있다가, 다만 군중에서 대패기가 오르거든 일제히 진격하여라."

한편 주환왕은 정장공이 싸움터에 나타나기만 하면 크게 꾸짖어 정나라 군사의 기세부터 꺾을 작정이었다.

그런데 정장공은 진까지 벌이고 있으면서, 어찌 된 셈인지 진문陣門만 지킬 뿐 전혀 움직이질 않았다.

주환왕은 더욱 분기가 솟아 즉시 싸움을 걸도록 했다. 그래도 정나라 군사는 응하질 않았다.

싸움은 시작되지 않고 잔뜩 노리고 있는 동안에, 어느덧 오후가 되었다.

정장공은 왕군이 태만스레 앉기도 하고 누워 있는 걸 멀리 바라보고서, 하숙영에게 손을 들어 신호했다. 이에 하숙영이 대패를 번쩍 치켜올리고, 푸른 하늘을 우러러 전후좌우로 휘둘렀다.

대패는 높이 솟아 펄펄 나부꼈다. 정나라 군사들은 일제히 북을 쳤다. 그 북소리에 천지가 진동했다.

보라! 그 북소리와 함께 정나라 군사가 용맹을 떨치며 전진해가지 않는가.

그러더니 정나라 우군 만백이 먼저 군사를 휘몰고 왕의 좌군을 쳤다. 왕의 좌군 소속인 진나라 군사는 원래부터 싸울 뜻이 없었기 때문에 즉시 흩어지면서, 도리어 주병周兵에게까지 달아나기를 권했다.

사세는 글렀다. 왕군은 너무나 무능했다.

주공 흑견도 흩어지는 병사를 막지 못하고 달아났다.

한편 정나라 제족도 왕의 우군을 향하고, 특히 채·위 두 나라 깃발이 나부끼는 곳으로 쳐들어갔다.

채·위 두 나라는 비록 정나라를 좋아하진 않았으나, 왕군에 소속되어 따라온 군사들이어서 정의 예기를 감당하지 못하고 각기 길을 찾아 달아나기 시작했다. 다만 괵공 임보만이 칼을 짚고 병거 위에 서서 달아나는 군사를 꾸짖는다.

"어지러이 동하는 자는 참하리라!"

이 호령에 주병은 더 이상 달아나지 못했다. 따라서 제족도 함부로 가까이 나아가지 못했다. 괵공 임보는 일단 병사들을 진정시킨 후, 천천히 후퇴했다. 그래서 주나라 군사들 가운데 다치거나 죽은 사람은 없었다.

한편 주환왕은 친히 중군을 거느리고 있었다. 적의 영채에서 북소리가 진동했다. 정나라 군사가 싸우러 나온 걸 알고서 주환왕도 곧 전투 준비를 했다.

"우리 좌군이 달아났다네."

"우리 우군도 후퇴하는 중일세."

"벌써 우리 대오가 어지러워졌다고들 하네."

군사들이 여기저기서 중구난방으로 지껄였다.

주환왕은 군사들이 지껄이는 말을 듣고, 멀리 바라봤다. 병사들이 제각기 흩어져 달아나지 않는가.

주환왕은 그제야 좌우 두 병영을 빼앗겼다는 걸 알았다. 이젠 중군마저 발붙일 곳이 없었다.

북소리가 점점 가까워진다.

주환왕은 북소리 나는 쪽을 돌아봤다.

어느새 정나라 군사가 무슨 큰 담〔牆〕처럼 일자로 늘어서서 오고 있었다.

정나라 군대의 선두를 축담이, 그리고 그 뒤를 원번이 계속해 오고 있었다.

좌우 이군으로 나뉘었던 만백과 제족도, 이미 왕의 좌우 영채를 무찌르고 기세 좋게 달려와 합세했다.

정나라 군사는 일시에 아우성을 치며 왕군을 쳤다. 주환왕의 군사들은 쓰러지고, 병거는 뒤집히고, 말들은 제멋대로 달아났다.

주환왕이 부르짖는다.

"속히 후퇴하라!"

주환왕은 즉시 전령하고 친히 뒤를 끊으며 달아났다. 주환왕은 싸우며 달아나며 허둥지둥이었다.

이때 축담은 달아나는 왕군 뒤에 기우뚱거리며 따라가는 수레 위의 수놓은 덮개를 바라봤다. 그 찬란한 덮개 밑에 타고 있는 자가 주환왕임이 틀림없을 것 같았다. 그는 달아나는 수개繡蓋 수레를 뚫어지게 노려보며, 활을 반달처럼 잡아당겼다.

화살은 수레의 수놓은 덮개를 뚫고 들어가, 주환왕의 왼편 어깨에 꽂혔다. 그러나 주환왕은 속에 갑옷을 입고 있었기 때문에, 화살이 깊이 박히진 않았다.

활을 쏜 축담은 병거를 몰아 달아나는 주환왕의 수레를 뒤쫓았다. 주환왕은 점점 가까워오는 정나라 장수의 추격을 받고 위급했다.

달아나는 주환왕과 뒤쫓는 축담의 병거는 서로 무섭게 달렸다.

왕이 위급한 걸 알고 괵공 임보가 즉시 말을 달려와 왕의 수레를 구하는 동시, 달려오는 축담의 앞을 가로막았다.

그들은 칼을 휘두르며 싸웠다.

이때 원번, 만백과 모든 정나라 장수가 몰려왔다. 정나라 장수들은 곧 괵공 임보를 무찌르는 한편, 주환왕을 추격하고 포위했다. 이때 정의 군중에서 급히 금을 울리는 소리가 일어났다.

정나라 상장들은 금 소리를 듣고, 눈앞에서 사로잡게 된 주환왕을 놓아줬다. 후퇴 신호인 금 소리를 듣고서 정나라 장수들은 돌아갔다. 이에 주환왕은 구사일생으로 달아났다. 주환왕은 30리 밖에 가서 겨우 영채를 세웠다.

조금 뒤 주공 흑견이 뒤쫓아왔다. 주공 흑견이 주환왕에게 아뢴다.

"이렇듯 낭패한 것은 오로지 진나라 군사가 힘써 싸우지 않고 달아났기 때문입니다."

주환왕은 얼굴을 붉히며,

"짐이 사람을 쓰는 데 밝지 못한 때문이다."

하고 힘없이 대답했다. 한편 축담이 군사를 거느리고 돌아가서, 정장공에게 푸념한다.

"신이 먼저 활로 어깨를 쏘아 왕의 간담을 서늘하게 하고, 바로 추격하여 곧 사로잡으려는 참인데, 갑자기 금을 울려 군사를 거두시니 대체 어찌 된 일입니까."

정장공이 빙그레 웃는다.

"본시 천자가 밝지 못하사, 덕을 쓰지 않고 원망을 사기에 어쩔 수 없이 우리 정도 싸운 것이다. 다행히 모든 경들의 힘을 빌려 별 탈은 없었으니, 이 이상 뭣을 더 바라리오. 만일 그대의 말처럼 천자를 사로잡아왔다면 장차 내 무슨 명목으로 천자와 세상 사람을 대하리오. 그러니 경이 활로 왕을 쏜 것은 옳지 못한 짓이었다. 만일 왕이 중상을 입어 운명했다면, 과인은 천자를 죽였다는 누명을 면하지 못할 것이다."

제족이 아뢴다.

"주공의 말씀이 옳습니다. 이번에 우리 나라는 위세를 단단히 보였습니다. 지금쯤 주왕은 우리를 두려워하리다. 주공께서는 즉시 사자를 보내사, 왕에게 문안을 아뢰고 충성을 보이십시오. 그리고 왕의 어깨를 쏜 것은 주공의 뜻이 아니었다는 걸 해명하십시오."

정장공이 거듭 머리를 끄덕이면서 분부한다.

"이런 일은 제족이 아니면 담당할 사람이 없다."

이에 제족은 소 열두 마리와 염소 한 쌍과 좋은 곡식 100여 수레를 거느리고, 그날 밤에 주환왕에게로 갔다.

제족이 영내로 들어가서 땅에 엎드려 거듭거듭 머리를 조아리고 정장공의 말을 전한다.

"신臣 오생은 죽을죄를 저질렀습니다. 다만 사직을 유지하고자 군사를 모아 방위하려던 것이 군중軍中에 무엄한 자가 있어 왕의 옥체를 범할 줄이야 어찌 알았겠습니까. 오생은 황공하고 전전긍긍하여 어찌할 바를 모르겠습니다. 이제 삼가 아랫사람을 보내어 원문轅門에서 대죄待罪하게 하고, 별고나 없으신지 공손히 문안드리게 하는 동시, 총망 중에 예답지 못한 것이나마 보내오니 군사를 위로하시는 데 쓰시옵소서. 바라건대, 천왕天王께선 불쌍히 생각하사 신을 용서하소서."

주환왕은 종시 아무 대답이 없었다.

왕은 부끄럽기만 했다.

한참 뒤에야 괵공 임보가 바깥으로 나가, 꿇어 엎드린 제족을 내려다보고 주환왕을 대신해서 대답한다.

"오생이 이미 제 죄를 알았다 하니, 특히 용서하노라. 심부름 온 사자야! 사은謝恩하여라."

제족은 겨우 땅바닥에서 이마를 들고 일어나 다시 재배하고 거듭 머리를 조아렸다.

이윽고 제족은 물러나와, 모든 왕군 영채를 돌아다니며 일일이 문안드렸다.

사관이 시로써 이 일을 탄식한 것이 있다.

왕의 어깨를 쏘아 맞힌 것을 자랑 마라
왕과 신하는 하늘과 땅 같느니라.
진을 치고 싸울 때는 못하는 짓 없더니
이젠 체면상 왕 앞에 가서 아첨하는구나.
漫誇神箭集王肩

不想君臣等地天
對壘公然全不讓
却將虛禮媚王前

　또 주환왕이 경솔히 군사를 일으켜 정을 치다가 차마 견딜 수
없는 모욕을 당한 데 대해서, 염옹은 시로써 비웃었다.

　자고로 밝은 구슬로 새를 쏘는 것을 비웃나니
　어찌 천자가 친히 싸움에 나갔던고.
　사방에 격문을 보내고 벼슬까지 뺏었으나
　정나라는 오히려 천자를 두려워하지 않았도다.
明珠彈雀古來譏
豈有天王自出車
傳檄四方兼貶爵
鄭人寧不懼王威

　주환왕은 패한 군사를 거느리고 돌아갔다. 왕은 분을 삭일 수
없어, 장차 사방 모든 나라에 격서를 보내고, 이번에 정장공이 왕
을 업신여긴 죄를 다시 치려고 결심했다.
　괵공 임보가 여러 가지로 간한다.
　"왕께서 이번에 헛되이 군사를 일으키사 공을 세우지 못하셨는
데, 만일 다시 사방 모든 나라에 격서를 보내사 또 군사를 일으키
면 스스로 이번 실패를 천하에 드날리는 것밖에 안 됩니다. 그저
고정하소서. 모든 나라 제후 중에서도 진·채·위 세 나라 이외는
모두가 다 정의 무리들입니다. 왕명으로 군사를 징집해도 그들이

오지 않으면, 도리어 웃음거리가 됩니다. 더구나 이번에 정은 제 족을 보내어 자기 죄를 사과하고, 군사들까지 위문하고 용서를 빌었습니다. 앞으로 정은 또 무슨 구실을 만들지 모릅니다. 만사를 참으시고 고정하소서."

주환왕은 분을 참느라고 아무 대답도 못했다.

이런 후로 주환왕은 정나라에 관해서 다시 입을 열지 않았다.

송후宋侯의 비책秘策

천자天子를 도와 정鄭나라를 치다가 도망 온 채蔡나라 군사들 사이에 다음과 같은 소문이 퍼졌다.

"요즘 진陳나라는 말이 아니라대. 공자 타佗가 태자를 죽이고 위位에 올랐으나 백성이 그를 미워한다더군."

채후蔡侯는 이 소문이 참인가 거짓인가를 알아봤다. 과연 진나라 민심은 소란했다. 이에 채군蔡軍은 진나라를 습격하러 갔다.

이 무슨 까닭일까.

죽은 진환공에겐 서자庶子가 하나 있었다. 이름을 약躍이라 했다. 그런데 그 약은 바로 채후의 여동생인 채희蔡姬의 소생이었다. 그러니까 약은 채후의 생질甥姪뻘이었다.

진과 채가 주환왕을 따라 정나라를 치러 갔을 때였다. 진나라에선 대부 백원제伯爰諸가 대장이 되어서 갔고, 채나라에선 채후의 동생 채계蔡季가 장수가 되어 갔다. 그들은 오랜만에 서로 만났다.

자연 채계는 백원제에게 그간 진나라 사정을 묻게 되었다. 진나라 백원제가 길이 탄식한다.

"타가 비록 임금 자리를 뺏었지만, 백성들이 복종하지 않으니 어찌하리오. 또 타는 사냥하기를 매우 좋아하오. 늘 미복微服으로 교외에 나가서 짐승들 뒤나 쫓아다닐 뿐, 나랏일은 돌보지 않소. 장차 우리 나라에 변이 일어날 것만 같소."

채계가 묻는다.

"그럼 걱정만 할 것이 아니라, 왜 타를 죽여버리지 않소?"

백원제가 한숨을 내쉰다.

"누군들 그런 생각이야 왜 없겠소. 힘이 없으니 한이지요."

이윽고 주환왕이 정나라를 치다가 소득 없이 패하자, 채병蔡兵과 진병陳兵도 다 본국으로 돌아갔다. 어느 날, 채후는 전쟁에서 돌아온 동생 채계를 불렀다.

"요새 진나라가 소란하다는 소문이 들리는데, 그게 참말인가?"

채계는 형님인 채후에게 백원제로부터 들은 말을 아뢰었다. 채후가 화를 내며 소리친다.

"진나라 태자 문免이 옳게 죽었든 그릇 죽었든 간에 이미 죽었으면, 그 다음은 마땅히 과인의 생질인 약이 군위에 올라야 하지 않느냐. 더구나 타란 놈은 임금을 죽인 도적이다. 어찌 그놈을 그냥 둘 수 있으리오."

채계가 선뜻 아뢴다.

"타는 사냥을 매우 좋아한다 하더이다. 그놈이 사냥하러 나오거든 엄습해서 죽여버립시다."

그 말에 채후는 연방 머리를 끄떡였다. 이에 채계는 형인 채후의 영을 받아, 병거 100승을 거느리고 채·진 두 나라의 경계로 갔다. 그는 타가 사냥하러 나오기만 하면 엄습할 요량이었다. 동시에 그는 정탐꾼을 미리 진나라로 보내어 저편 동정을 살펴오도록 했다. 진나라로 갔던 정탐꾼이 돌아와 보고한다.

"진나라 임금은 사흘 전에 사냥하러 나갔다고 합니다. 그리고 알아본즉, 지금 계구界口에 둔屯치고 있다 합니다."

채계는 머리를 끄덕이었다.

"내 계책대로 모든 것이 들어맞는구나."

이에 채계는 병거 100승을 거느리고 계구 땅으로 갔다. 계구에 당도한 채계는 수레와 말을 10대隊로 나눴다. 모든 군사들을 사냥꾼으로 변장시키고 좌우로 흩어져 타를 에워싸게 했다.

그들은 나아간 지 얼마 안 되어 멀리 있는 진나라 군사들을 발견했다.

이때 사슴 한 마리가 허허벌판을 달렸다. 진나라 군사 한 사람이 활을 당겨 사슴을 쐈다. 화살은 사슴을 정통으로 맞혔다. 가볍게 달아나던 사슴은 대번에 고꾸라지면서 나둥그러졌다.

이를 본 채계는 불문곡직하고 달려가서 죽은 사슴을 수레에 실었다. 난데없는 사람이 나타나 사슴을 가로채는 걸 보고 진나라 임금은 분기충천했다.

"저게 웬 놈이냐? 속히 붙들어오너라!"

군사들이 잡으러 오는 걸 보고 채계는 수레를 돌려 달아났다. 이에 진나라 임금은 즉시 수레를 타고 군사를 거느리고 뒤를 쫓았다. 문득 금라金鑼 소리가 요란스레 일어났다. 양쪽 고개와 앞 언덕에서 난데없는 사냥꾼 10대가 나타나 길을 가로막고 진나라 임금을 에워싸기 시작했다. 진나라 임금이 잔뜩 노해서 소리친다.

"너희들은 뭣 하는 놈이냐? 물러서지 못할까!"

그러나 10대나 되는 사냥꾼들은 달려들어 진나라 임금을 수레

밑으로 끌어내렸다. 그제야 채계가 앞으로 나아가 꿇어앉은 진나라 임금을 꾸짖는다.

"나는 다른 사람이 아니다. 채후의 동생 채계다. 네 이놈! 너는 진나라 임금을 죽인 대역무도한 놈이다. 내 우리 형님의 명을 받고 너를 잡아 죽이러 왔다."

그는 다시 진나라 군사에게 말했다.

"죄는 이놈에게만 있다. 여러 병사는 안심하여라."

사냥 따라왔던 진나라 병사들은 형세가 이롭지 못해서 떨떠름하던 판에 이 말을 듣자, 모두 땅바닥에 꿇어 엎드려 절했다.

우선 채계는 일일이 부드러운 말로 위로한 뒤에,

"귀국의 공자 약은 그대 나라 선군의 아들이며, 우리 채후의 생질이시다. 이제 그 어른을 받들어 군위에 모시고자 하니, 그대들 뜻은 어떠하냐?"

진나라 병사들이 일제히 대답한다.

"그렇게만 해주시면, 이는 저희뿐만 아니라 모든 백성의 소원이기도 합니다. 청컨대 저희들이 궁으로 인도하겠습니다."

채계는 그 당장 역적 타를 한칼에 참했다. 그 목을 수레 위에 덩그러니 달고 진나라 도성으로 갔다.

진나라 군사들이 앞장서서 길을 열고 거리로 들어가면서 백성들에게 알린다.

"채나라에서 사람이 와서 이미 역적을 참하고, 이제 새로 임금을 모시려고 들어오시는 길이다."

그런데 타는 얼마나 민심을 잃었던지, 시정 백성들은 조금도 놀라지 않았다. 백성들은 환호성을 올리며 채계를 환영했다.

진궁陳宮에 당도한 채계는 즉시 수레 위에 매단 타의 목을 내려, 진환공 묘묘廟에 바치고 제사를 지냈다. 그리고 공자 약을 진나라 군위에 올려모셨다. 그가 바로 진여공陳厲公이다. 이는 주환왕 14년 때 일이었다.

진환공이 죽자, 그 동생 공자 타는 조카뻘 되는 세자를 죽이고, 임금 자리에 오른 지 겨우 1년 6개월 만에 죽음을 당한 셈이다. 그는 길지 못한 부귀를 탐하여 그 임금을 죽였다는 흉악한 누명만 남겼다. 참으로 어리석은 일이다.

이 일을 증명한 옛 시가 있다.

임금을 죽이고 천년 부귀를 원했으나
부질없이 사냥만 즐기다가 죽을 줄이야 뉘 알았으리오.
이 같은 흉악한 자를 죽이지 않는다면
난신 적자를 양성하는 거나 다름없으리라.
弒君指望千年貴
淫獵誰知一旦誅
若是兇人無顯戮
亂臣賊子定紛如

진나라는 공자 약이 즉위한 이래로, 채나라와 극친한 사이가 되었다. 이리하여 천하는 몇 해 동안 무사했다.

남방南方엔 초楚나라가 있었다. 초의 성씨姓氏는 미羋며 벼슬은 자작子爵이었다. 그들 조상은 전욱제顓頊帝(고대의 제명帝名)의 손자 중려重黎에서 시작된다. 중려는 고신씨高辛氏(고대의 제명帝名으로 황제黃帝의 증손曾孫)의 화정火正(불을 맡은 벼슬)으로 있으면서, 능히 천하를 빛내고 융합시켰기 때문에 축융祝融이란 칭호를 받았다.

중려가 죽자, 그 아우 오회吳回가 뒤를 이어 축융이 되었다. 그에겐 육종陸終이란 아들이 있었다. 육종은 귀방국鬼方國 임금의 딸을 아내로 맞이했다. 귀방국 공주인 그의 아내는 애를 밴 지 11년 만에 왼쪽 옆구리로 아들 셋을 낳고, 또 오른쪽 옆구리로 아들 셋을 낳았다. 그 여섯 아들 중에 장자長子의 이름은 번樊이며, 성씨는 기己며, 위허衛墟에 봉封되어 하夏나라 백伯으로 있다가, 탕왕湯王이 폭군 걸桀을 칠 때 멸망했다.

다음 차자次子의 이름은 삼호參胡며, 성씨는 동董이며, 한허韓墟에 봉되었다가 주周나라 때 호국胡國이 되었으나, 뒤에 초楚에 멸망당했다.

삼자三子는 팽조彭祖니, 팽彭은 성씨며, 팽허彭墟에 봉되어, 상商나라 백伯으로 있다가 상나라 말년에 망했다.

사자四子는 회인會人이니, 성씨는 운妘이며, 정허鄭墟에 봉되었다.

오자五子는 안安이니, 성씨는 조曹며 주허邾墟에 봉되었다.

육자六子는 계련季連이니, 성씨가 미羋였다. 이 계련의 후예에 유명한 육웅鬻熊이란 사람이 있다. 그는 학문도 대단했거니와 도덕도 높았다. 주나라 문왕과 무왕이 다 함께 그를 스승으로 모셨다는 것만 보아도, 가히 그 학문과 덕행을 짐작할 것이다. 그후 그의 자손은 성을 웅씨熊氏로 고쳤다.

주성왕周成王 때 문무文武에 공로 있는 자손들을 천거했는데, 그때 웅역熊繹이란 사람이 뽑혔다. 그는 바로 육웅의 증손이었다. 웅역은 형만荊蠻에 봉되어 자남지전子男之田(벼슬 이름)으로 가 있으면서 단양丹陽에다 도읍을 정했다.

웅역으로부터 다시 5대를 지나 웅거熊渠의 대에 이르렀다. 웅거는 야심도 대단하고 정치 수완도 비상한 사람이어서, 강江·한漢 사이의 민심을 얻었다. 그는 무엄하게도 스스로 왕이라 칭했다. 그 당시가 바로 주여왕周厲王 시대였다. 알다시피 주여왕은 난폭하고 모질고 무서운 왕이었다. 웅거는 혹 주여왕이 자기를 정벌하지나 않을까 뒤가 켕겨서, 곧 자칭하던 왕호王號를 버렸다.

다시 웅거에서 8대를 지나 웅의熊儀의 대에 이르고, 웅의에서 다시 2대를 지나 웅순熊眴의 대에 이르렀다. 그가 바로 분모蚡冒란 사람이다. 분모가 세상을 떠나자, 그의 아우 웅통熊通은 분모의 아들을 죽이고 스스로 군위에 올랐다.

웅통은 천성이 강포强暴하고 싸움을 좋아했다. 그는 은근히 왕이라 자칭할 생각이 있었다. 그러나 천하 대세를 훑어본즉, 아직 모든 나라 제후들이 주를 왕으로 떠받들어 모시고, 끊임없이 조정에 출입하기 때문에, 그는 속뜻을 내색하지 못하고 사세만 관망했다.

바로 이럴 때에 주환왕은 주책없이 오기를 부려 정나라를 쳤다가 여지없이 패했던 것이다. 웅통은 이 소문을 듣고 기뻐했다. 주나라 왕실은 스스로 무능을 폭로한 것이다. 그래서 그는 더욱 주 왕실에 대해서 버릇없이 굴었다. 드디어 웅통은 왕호를 자칭하기로 결심했다.

웅통이 여러 신하를 모아놓고 의논조로 묻는다.

"과인은 앞으로 왕이라 일컫겠으니, 그대들 뜻에 어떠하냐?"

영윤令尹 투백비鬪伯比가 앞으로 나아가 아뢴다.

"우리 초楚나라가 왕호를 중지한 지도 오래 되었습니다. 이제 다시 일컫는다면 세상 사람이 놀랄까 두렵습니다. 반드시 먼저 위력으로 모든 나라 제후를 굴복시킨 뒤라야 칭왕稱王할 수 있습니다."

웅통이 다시 묻는다.

"그러려면 어떻게 해야 좋을꼬?"

투백비가 대답한다.

"한동漢東 모든 나라는 수隨나라를 대국大國으로 섬기고 있습니다. 그러니 주공은 잠시 군사를 거느리고 수나라 가까이 가서 다시 사신을 보내어 동맹을 맺자고 청하십시오. 수나라가 우리에게 복종만 하면 한漢·회淮 간의 모든 나라도 우리에게 순종하게 됩니다."

웅통은 연방 머리를 끄떡였다. 이에 웅통은 대군을 거느리고 가서 하瑕 땅에 둔쳤다. 그리고 대부 원장蓬章을 수나라로 보내어 동맹하기를 청했다.

이때 수나라에 한 어진 신하가 있었다. 그는 계량季梁이란 사람이었다. 또 간특한 신하가 있었다. 그는 이름을 소사少師라 하였다. 수후隨侯는 원래 아첨하는 신하를 좋아했다. 어진 신하라면 이맛살을 찌푸렸다. 그래서 소사를 총애했다.

초나라 사자가 와서 동맹을 청하자, 수후는 두 신하를 불러 상의했다. 문제는 동맹을 맺느냐 마느냐에 있었다. 계량이 아뢴다.

"초는 강하고 우리 수는 약합니다. 그런데 초가 사람을 보내어 우리와 동맹을 청하니, 그들의 속마음을 측량하기 어렵습니다. 그러니 겉으론 응하는 체하고, 속으론 방어할 준비만 갖추면 별로 근심할 것 없습니다."

소사가 아뢴다.

"이곳에서 알 수도 없는 초나라를 이러니저러니 하고 말해야 무슨 소용이 있습니까. 청컨대 신이 동맹할 조약을 가지고 초군楚

軍에 가서, 그들의 허실부터 자세히 내탐하고 오겠습니다."

"그러면 경이 하 땅에 가서 형편부터 본 후에 초와 동맹을 맺도록 하라."

하고 수후는 분부했다.

한편 투백비는 수나라에서 소사가 온다는 말을 듣고, 웅통에게 아뢴다.

"신이 듣건대 수나라 소사는 소견이 좁고, 겨우 아첨해서 수후의 총애를 받는 자라 합니다. 이제 그자가 이리로 오는 것은 우리의 허실을 알아보려는 짓입니다. 우리는 실력을 감추고 어리숭하게 보여야 합니다. 그러니 씩씩한 군사는 후방으로 돌리고, 늙고 약한 군사만 늘어세우십시오. 그들이 우리를 경멸하면 할수록 더욱 교만하리니, 교만하면 반드시 게을러지는 법입니다. 그들이 게을러진 뒤라야 우리는 뜻을 이룰 수 있습니다."

곁에서 대부 웅솔熊率이 참견한다.

"소사는 경망하지만, 그 뒤에 지감知鑑 있는 계량이 있습니다. 우리가 그만한 일로 수를 속일 수 있을지요?"

투백비가 대답한다.

"오늘날을 위해서 일하는 것이 아닙니다. 나는 다음날을 위해서 일을 도모하는 것이오."

웅통은 투백비의 계책을 좇기로 했다.

마침내 소사는 하 땅에 당도했다. 그는 초나라 내막을 알려고 온 만큼 모든 걸 예사로 보지 않았다. 그는 초영楚營으로 들어가면서 사방을 자세히 살펴봤다. 초나라 군사는 거개 늙은이 아니면 병약한 것들뿐이었다. 입고 있는 갑옷들은 낡아빠지고, 짚고 있는 창은 녹이 슬어서 싸움에 견뎌낼 만한 것이 없었다.

이윽고 소사의 얼굴에 오만한 기색이 떠올랐다. 소사가 웅통에게 묻는다.

"우리 두 나라는 각기 강토를 지키며 아무 연고도 없는데, 귀국이 동맹을 청하니 어찌 된 영문입니까."

웅통이 빙그레 웃으며 거짓말을 한다.

"우리 나라는 해마다 흉년이 들어 백성이 굶주리고 있소. 이럴 때 조그만 나라들이 합세하여 우리를 못살게 굴 염려가 없지 않기로, 귀국과 함께 동맹을 맺고 친형제처럼 지내려는 것이오."

소사는 거듭 머리를 끄떡이었다.

"한동에 조그만 나라들이 많으나, 다 우리 나라 호령엔 꿈쩍못하지요. 그러니 조금도 염려 마십시오."

소사는 초군을 깔보고 웅통과 동맹을 맺었다.

이리하여 소사는 수나라로 돌아가고, 웅통은 군사를 거느리고 초나라로 돌아갔다. 초나라로 돌아간 소사가 수후에게 자랑한다.

"초군은 모두 병약해서 보잘것없었습니다. 그들은 다행히 동맹을 맺게 되자, 곧 회군했습니다. 우리를 매우 두려워하는 눈치였습니다. 이럴 때 주공께서 신에게 약간의 군사만 주시면 신은 당장 그들의 뒤를 추격해서 비록 모조리 사로잡아오진 못할망정, 초군의 반수는 어렵지 않게 무찌를 수 있습니다. 한번 혼을 내줘야 초는 버르장머리를 고치고 우리 수나라를 우러러볼 것입니다."

수후는 소사의 말에 동해서, 군사를 일으키기로 했다. 이 소문을 듣고 계량은 크게 놀라, 즉시 궁으로 들어갔다.

"군사를 일으킨다니 천만부당한 일입니다. 초는 약오若敖와 분모 이래 대대로 그 정사를 바로잡고, 권세로서 강·한을 경영한 지 여러 해입니다. 더구나 웅통으로 말하면, 그는 조카를 죽이고 군위에 오른 놈입니다. 어찌 까닭 없이 우리에게 동맹을 청했겠습니까. 반드시 속에 별다른 생각이 있어 일부러 늙고 병든 군사만 우리에게 보인 것입니다. 이는 다 우리를 유인하려는 속임수입니다. 그들을 추격하면, 우리는 반드시 그들 계책에 떨어지고 맙니다. 깊이 생각하십시오."

수후는 소사의 말을 좇아야 할지 계량의 말을 따라야 할지 한동안 생각했다. 그는 마침내 점을 쳤다. 점괘는 불길했다. 그제야 수후는 초군을 추격하지 않기로 했다.

한편 웅통은 수병이 자기네를 추격하려다가 계량 때문에 중지했다는 소문을 듣고 탄식했다. 웅통이 투백비에게 묻는다.

"계량이 간했기 때문에 수후가 우리를 추격하지 않기로 했다 하니 수를 무찔러버리려는 우리 계획이 수포로 돌아갔다. 앞으로 어떻게 해야 좋을지, 다시 생각해보라."

투백비가 다시 계책을 아뢴다.

"한번 한동漢東 여러 나라 제후에게 침록沈鹿 땅으로 놀러 오도록 청하십시오. 그때 수후가 오면 우리에게 복종한 것이며, 아직 중국 제후의 열에 끼지 못한 초국을 변방 나라라 해서 멸시하고 안 오거든 동맹을 배반했다는 트집을 잡아서라도 수를 쳐야 합니다."

웅통이 연방 머리를 끄떡인다.

"경의 말이 옳다."

웅통은 모든 나라로 보낼 사자를 정한 뒤,

"경들은 각기 맡은 나라에 가서 7월 초하룻날에 침록 땅으로 놀러 오십소사 하고 그 나라 군장君長들을 초청하여라."

하고 일장 훈시를 했다. 초나라 사자들은 일제히 한동 모든 나라로 떠나갔다.

어느덧 7월이 되었다.

한동 일대의 파巴 · 용庸 · 복濮 · 등鄧 · 우鄾 · 교絞 · 나羅 · 운鄖 · 이貳 · 진軫 · 신申 · 강江 등 모든 나라 임금이 침록 땅으로 모여들었다. 결국 황黃 · 수隨 두 나라만이 참석하지 않았다.

웅통은 즉시 원장을 보내어 황나라를 책망했다. 황은 초의 책망을 받고 기세에 눌려 즉시 사자를 보내어 웅통에게 사과했다.

다음에 웅통은 굴하屈瑕를 보내어 수나라를 책망했다. 그러나 수후는 사과하지 않았다.

웅통은 계책대로 수나라를 치려고 한수漢水, 회수淮水 사이에 가서 둔쳤다.

한편 초군이 쳐들어온다는 소식을 듣고, 수후는 즉시 모든 신하를 모으고 계책을 묻는다.

계량이 아뢴다.

"초가 여러 나라를 청해서 대접하고 이제 병사를 일으켜 우리 나라를 치러 온다니, 가벼이 당적할 수 없습니다. 그러므로 싸우느니보다는 우리 편에서 우호를 청하는 것이 좋겠습니다. 초가 우리 말을 순순히 들어주면 우호를 맺고, 들어주지 않으면 허물은 초에 있습니다. 초가 우리의 부드러운 말에 속으면 그들의 군사는 태만한 마음을 일으킬 것이요, 우리 청이 초에 거절당하면 우리 군사들은 분노할 것입니다. 우리 군사가 분노하고 초군이 태만하면 그때는 한바탕 싸워 요행수라도 바랄 수 있습니다."

계량의 말이 끝나기가 무섭게 곁에 있던 소사가 팔을 걷어올리며 말한다.

"그대는 어찌 그다지도 겁이 많소. 초가 이번에 먼 길을 오는 것은 스스로 죽기 위해서 오는 거나 다름없습니다. 속히 나가서 싸우지 않으면, 또 전번처럼 초군은 달아나버립니다. 그러면 어찌 아깝고 분하지 않겠소."

수후는 두 신하가 옥신각신 입다툼하는 걸 듣고 어째야 좋을지 몰랐다. 드디어 수후는 소사를 융우戎右로 삼고, 계량을 어御로 삼아, 초군을 막기 위해 친히 군사를 거느리고 청림산青林山 밑에 가서 진을 쳤다. 계량이 수레 위에서 초나라 군사를 바라보며, 수후에게 말한다.

"지금 초군은 좌우 두 곳으로 나뉘어 있지 않습니까. 원래 초나라 풍속은 좌편으로 윗자리를 삼는 만큼 웅통은 반드시 저 좌군 속에 있을 것입니다. 웅통이 있는 곳에 반드시 강병이 모여 있습니다. 그러니 주공은 먼저 저들 우군을 공격하십시오. 적의 우군이 패하면 그들의 좌군도 기운을 잃을 것입니다."

곁에서 소사가 계량을 핀잔한다.

"우리가 웅통이 무서워서 공격을 안 하면, 우리는 초나라 사람들의 웃음거리밖에 안 되겠소그려."

수후는 소사의 말을 옳게 여기고, 즉시 초의 좌군을 향해 쳐들어갔다. 이에 초는 진문陣門을 열고 수나라 군사가 쳐들어오는 걸 그대로 받아들였다. 수후는 쉽사리 초의 진 속으로 풍우같이 쳐들어갔다.

일단 초의 진 속까지 들어갔을 때다. 사방에서 초의 복병이 일시에 일어나 수군을 내려덮었다.

초군은 모두가 용맹한 강병이었다. 이에 소사는 초나라 장수 투단鬪丹과 싸운 지 불과 10합에, 투단의 칼을 맞고 달리는 병거 아래로 굴러떨어져 죽었다.

계량은 죽기를 각오하고 수후를 보호하면서 싸웠다. 아무리 싸위도 초나라 군사는 물러서지 않았다. 수후는 얼마나 다급하던지 융거戎車를 버리고 미복으로 졸개들 틈에 끼여들었다. 그리고 계량이 전력을 기울여 혈로를 열고 겨우 초군 포위에서 탈출했다.

수후는 초군의 포위에서 겨우 벗어나와 군사를 점고했다. 살아온 자는 불과 열에 서넛 정도였다. 수후가 계량을 돌아보며 탄식한다.

"과인은 그대 말을 듣지 않다가 이 지경에 이르렀다. 소사는 어디 있느냐?"

곁에서 군사 한 사람이 아뢴다.

"적장에게 피살되었습니다."

수후는 거듭 탄식했다. 계량이 아뢴다.

"그자가 나라를 망칠 뻔했는데, 주공은 어째서 애석하다 합니까. 당장 급한 일은 곧 초와 강화講和하는 것입니다."

수후가 머리를 끄덕인다.

"과인은 앞으로 그대가 하자는 대로 하리라."

이에 계량은 초영楚營에 가서 강화하기를 청했다. 웅통이 노기등등하여 꾸짖는다.

"너의 주공은 동맹을 저버리고, 청해도 오지 않고, 더구나 군사를 일으켜 우리에게 대항했다. 이제 싸움에 패하고 강화를 청하니, 어찌 진심이라고 하겠느냐."

계량이 얼굴빛을 변하지 않고 조용히 대답한다.

"간신 소사가 총애만 믿고서 공功을 탐하여 굳이 주공으로 하여금 군사를 일으키게 한 것이지, 결코 우리 주공의 뜻은 아니었습니다. 이제 그 소사도 죽었습니다. 그러므로 우리 주공께서 스스로 잘못을 뉘우치시고 신을 보내사, 이제 휘하麾下에 머리를 조아리게 한 것입니다. 만일 군후께서 우리를 용서하시면, 우리 수는 마땅히 한동 땅 여러 군장들을 거느리고 귀국의 뜰에 서서 복종하겠습니다. 그때 군후는 우리 수를 재가裁可하십시오."

웅통은 계량을 밖에 나가서 기다리게 했다. 투백비가 탄식한다.

"하늘이 수를 기어이 망치려 아니하사, 그 경망한 소사를 죽게 했은즉, 이제 수를 아주 없애버릴 순 없습니다. 일이 이쯤 되었은즉, 그들의 청을 들어주십시오. 그 대신 수가 한동 땅 모든 군장을 거느리고 주에 가서 우리 초나라 공적을 칭송하는 동시, 우리 초나라 왕호를 받아오게끔 하고, 연후에 다시 남만南蠻을 진압하면 우리에게 이익은 있을지언정 손해는 없을 것입니다."

"그 계책이 좋다. 그러면 이 뜻을 계량에게 전하도록 하여라."

이에 원장이 밖으로 나가서 계량에게 말한다.

"우리 주공께서는 장차 강江·한漢을 거느리사, 왕호를 받고 남쪽 오랑캐〔蠻夷〕들을 진압하려 하십니다. 만일 귀국이 모든 오랑캐들을 거느리고 주 왕실에 가서 우리의 뜻을 달성시켜만 주면 이는 우리 주공의 영광이며, 또한 귀국의 공로라. 우리 주공께서는 잠시 싸움을 쉬고 귀국의 대답을 기다리겠다고 하십니다."

계량은 깊이 한숨만 쉬었다. 그는 돌아가 수후에게 그대로 보고했다.

수후는 입맛이 썼다. 그러나 감히 복종하지 않을 수도 없었다.

수후는 모든 오랑캐들을 거느리고 천자가 있는 주 왕실로 갔다. 그는 주환왕 앞에 부복하고 아뢰었다.

"신이 이번에 입조한 것은, 한동 땅 모든 군장의 뜻을 받아 초나라 공적을 칭송하고, 또 초나라가 아니면 사나운 오랑캐들을 진압할 수 없기 때문에, 초나라에 왕호를 내려주십소사 청하러 왔습니다."

주환왕은 별 기막힌 소리를 다 듣겠다는 듯이 수후를 굽어보고 크게 꾸짖는다.

"참으로 무엄하다. 네 감히 짐에게 그런 말을 아뢸 수 있느냐!"

수후는 벌벌 떨며 연방 머리를 조아리고 왕궁에서 물러나갔다. 그는 난처한 자기 처지가 불쌍해졌다.

그후 웅통은 천자가 자기에게 왕호를 허락하지 않았다는 소식을 듣고 또한 분기충천했다.

"과인의 선인 육웅께서 주나라 천자를 2대(문왕과 무왕)나 보좌한 공로만 해도 그럴 수 없을 것이다. 머나먼 곳 보잘것없는 이런 나라를 우리에게 떼어주고, 이제 지역이 개척되고 백성들이 늘고 오랑캐들이 신하로서 복종하게 되었건만 천자는 이래도 우리의 위位를 올려주지 않는구나. 그래 천자는 상도 줄 줄 모른다더냐! 천자는 정나라 놈들이 쏜 화살을 어깨에 맞고 능히 토벌도 못하더니, 그래 벌도 줄 줄 모른다더냐! 상벌도 모르는 것이 어떻게 왕질을 하는고! 우리 선군 웅거께서 일찍이 왕호를 쓰신 일도 있다. 과인은 이제부터 선군께서 쓰던 그 왕호를 광복光復하겠다. 어찌 그까짓 주에다 알아보고 말고 할 것 있으리오!"

웅통은 드디어 왕호를 자칭하고 스스로 무왕武王이라 했다.

초무왕은 수나라와 다시 동맹을 맺고 본국으로 돌아갔다.

한동漢東 모든 나라는 이 소식을 듣고 분개했으나, 법은 멀고 주먹은 가깝기 때문에, 모두 사신을 보내어 초를 칭하지 않을 수 없었다. 주환왕은 이 소식을 듣고, 비록 노발대발하여 초의 웅통을 당장에 죽일 놈이라고 호통했으나, 그 이상 어찌할 도리가 없었다.

이로부터 주 왕실은 더욱 무능해졌다.

그런 반면 초는 더욱 강성해졌다.

웅통이 세상을 떠나자, 그 아들 웅자熊貲가 왕위에 올랐다. 그는 도읍을 영郢 땅으로 옮기고, 모든 오랑캐를 거느리고, 중국을 침범하려고 노렸다. 만일 그 뒤 소릉召陵의 군사와 성복城濮의 싸움이 없었던들 중국은 초나라 힘을 막아내지 못했을 것이다. 그러나 그건 다 다음날의 이야기다.

정장공은 주환왕의 군사를 물리치고 이긴 뒤, 공자 원의 공로를 깊이 찬양했다. 그리하여 그에게 역읍櫟邑 대성大城을 지키게 했다. 이는 마치 왕이 신하에게 고을을 봉하듯이 한 행동이었다.

그리고 싸움에서 공로를 세운 모든 대부에게도 각기 상을 내렸다. 그러나 오직 축담의 공로만은 빼버렸다. 그에겐 상도 주지 않았고 일체 언급도 없었다. 이에 축담은 매우 분개했다. 그는 직접 정장공에게 가서 불평을 털어놓았다. 정장공은 축담의 말을 듣고 나서,

"그대는 활로 왕을 쏘지 않았는가. 그래 왕의 어깨를 쏘아 맞힌 사람에게 상을 주면, 천하 사람들이 과인을 뭐라고 하겠는가."

하고 축담을 거들떠보지도 않았다.

집으로 돌아간 축담은 너무나 분하고 원통했다. 그후 시름시름 앓다가 분을 삭이지 못하고, 마침내 축담은 등창이 나서 죽었다.

정장공은 축담이 죽었다는 소식을 듣고, 여러 번 머리를 끄떡이고 많은 비단과 곡식을 그 집으로 보내어 장사나 잘 지내주라고 했다. 이때가 주환왕 19년 여름이었다.

정장공은 그해 봄부터 시름시름 앓기 시작했다. 여름이 되자 병

상에서 일어나지 못했다. 어느 날, 정장공은 제족을 병상 곁으로 불러들였다. 그리고 대사를 의논했다.

"과인의 슬하에 아들이 열하나라. 세자 홀 이외에도 자돌子突, 자미子亹, 자의子儀가 있어 다 귀골로 생겼으되, 특히 자돌은 재주와 지혜와 복록福祿이 구비되어, 그들 중에서도 으뜸이다. 그외 세 아들은 끝을 잘 마치기 어려울 상相이다. 이제 과인은 군위를 돌에게 전하고자 한다. 뜻이 어떠하냐?"

제족은 경솔히 대답할 수 없었다. 한동안 생각하다가 아뢴다.

"등만鄧曼은 원비元妃며, 홀은 적자嫡子에 장자며, 오래도록 세자 위에 있었습니다. 또 그는 여러 번 큰 공을 세웠기 때문에, 백성이 다 신뢰하고 있습니다. 이제 만일 적자를 폐하고 서자를 세우신다면, 다른 사람은 몰라도 신은 감히 명령을 받들 수 없습니다."

정장공은 말이 없다가 한참 후에야,

"돌은 결코 남의 밑에 있기를 좋아하지 않는 성미다. 그냥 있지 않을 것이다. 꼭 홀을 군위에 세우려면, 차라리 돌을 외가로 보내는 것이 좋겠다."

제족도 함부로 말하기가 어려워서 간단히 대답한다.

"속담에 자식을 아는 건 아비만한 이가 없다 합니다. 그저 주공께서 매사를 알아 하십시오."

회생回生하지 못할 걸 짐작하고 정장공이 길이 탄식한다.

"우리 정나라는 이제부터 일이 많겠구나!"

아직도 할 일은 많은데 죽나 보다 하는 미련과, 내 죽은 뒤엔 장차 이 나라가 어찌 될 것인지 눈을 감을 수 없다는 뜻이었다. 정장공은 드디어 결심하고 공자 돌을 불렀다.

"너는 송나라로 가거라. 그리고 네 외가에서 살아라."

공자 돌은 모든 뜻을 눈치챘는지 그 아버지에게 응당 이유를 물음직도 하건만 종시 아무 말 없이 송나라로 떠나갔다.

사람이 맘대로 할 수 없는 것이 허다하지만, 특히 수명은 어쩔 수 없는 것이다. 지략과 수완과 기품이 누구 못지않던 일대의 간웅 정장공도 야심과 할 일은 태산 같았으나 수명을 늘릴 순 없었다. 그해 5월에 정장공은 정나라 장래를 근심하면서 마침내 세상을 떠났다.

정장공이 죽자 세자 홀이 군위에 올랐다. 그가 바로 정소공鄭昭公이다.

선군의 뒤를 이어 즉위한 정소공은 대부들을 여러 나라에 사절로 보냈다. 제족도 사절이 되어 송나라에 갔다. 그가 특히 송나라로 간 것은 외가에 가 있는 공자 돌의 그후 태도를 내탐하기 위해서였다.

공자 돌의 생모는 송나라 옹씨雍氏의 딸로, 이름을 옹길雍姞이라 했다. 자고로 옹씨 종족들은 송후宋侯 밑에서 많은 벼슬을 지냈다. 그래서 송장공은 옹씨 일가를 특히 사랑하고 신임했다.

공자 돌은 그 부친에게 쫓겨난 것이나 다름없는 신세가 되어, 송나라 외가에 와 있었다. 그는 아버지인 정장공이 세상을 떠났건만 조금도 슬퍼하지 않았다. 오히려 어머니 옹길만을 그리워했다. 그는 늘 외가 사람들과 서로 모여앉아 어떻게 하면 정나라로 돌아갈 수 있느냐에 대해서 상의했다.

옹씨는 송장공에게 공자 돌의 신세를 아뢰고,

"공자 돌이 정나라로 돌아갈 수 있도록 힘써주십시오."

하고 기회 있을 때마다 청했다. 그럴 때마다 송장공은,

"언제고 기회 있으면 주선하겠으니 염려 마라."

하고 대답했다. 바로 이런 때에 정나라 제족이 사절로서 송나라에 당도했다. 송장공은 제족이 왔다는 걸 듣고서 빙그레 웃었다. 그리고 홀로 중얼거린다.

"이제야 때는 왔다. 자돌子突이 정나라로 돌아가고 못 가는 것은 제족에게 달려 있다."

송장공은 남궁장만南宮長萬을 불러 궁중에다 무사를 매복시켰다. 제족은 아무것도 모르고 궁으로 들어가 송장공에게 예를 드렸다.

예가 끝났을 때였다. 매복하고 있던 무사들이 일시에 뛰어나가, 제족을 붙들어 꿇어앉혔다. 제족이 큰소리로 외친다.

"외신外臣이 귀국에 무슨 죄가 있습니까."

송장공은 빙그레 웃으며,

"할말이 있으면 군부軍府에 가서 하여라."

하고 내전으로 들어가버렸다.

즉시 제족은 군부로 끌려갔다. 무사들은 제족을 결박했다. 군부는 물샐틈도 없었다.

제족은 마음을 진정할 수 없었다. 해는 지고 밤이 되었다. 그제야 태재 화독華督이 군부로 와서 주안상을 차리게 하고 제족을 방으로 모셔들이게 한 뒤 술을 권했다.

제족이 술잔을 받지 않고 묻는다.

"우리 주공은 귀국과 수호하려고, 나를 사신으로서 보낸 것이오. 아직 아무 허물도 없거늘, 귀국 군후는 어찌하사 이렇듯 하시나이까. 혹 우리 주공께서 예의상 어긋남이 있어 그러시는지, 또는 사신으로 온 내게 무슨 잘못이 있어 그러시는지 똑똑히 말해주오."

제족은 불쾌한 기색으로 따졌다. 화독이 웃으며 대답한다.

"이래 그런 것도 저래 그런 것도 아니오. 귀국의 공자 돌이 지금 외가에 와 있다는 것은 천하가 다 아는 바라. 자돌이 우리 송나라에 와서 숨어 살다시피 하고 있기 때문에 우리 주공께서도 자연 그 사정을 불쌍히 생각하고 있소. 더구나 이번에 즉위한 귀국의 자홀子忽은 결단성도 없으려니와 원래 자격이 없는 사람이오. 그대가 자홀을 폐위시키기만 하면, 우리 주공은 언제든지 귀국과 수호할 것이오. 그대는 이 일을 도모하오."

제족이 대답한다.

"이번에 우리 주공은 선군의 명을 받고 즉위하신 것이오. 신하로서 임금을 폐위시키면, 천하 제후들이 우선 내 죄를 용서하지 않을 것이오."

그러나 화독은 능글맞게 말한다.

"정장공은 살아 계실 때 옹길을 총애하셨소. 그 어머니가 총애를 받았는데 그 아들이 어찌 귀염을 받지 않았으리오. 비록 그뿐 아니라, 오늘날 임금을 없앤다거나 몰아내는 일쯤이야 어느 나라고 간에 흔히 있는 일이오. 그저 힘만 있으면 그만이라. 감히 죄를 다스릴 자 누구리오."

그는 몸을 가까이 하여 제족의 귀에다 입을 대고 속삭인다.

"그대도 아시겠지만, 우리 주공께서도 내가 전 임금을 없애버렸기 때문에 즉위할 수 있었소. 그러니 그대도 꼭 이 일을 한번 실행해보시오. 우리 주공께서 일이 말썽나지 않도록 잘 돌봐주시리이다."

제족은 잔뜩 이마만 찌푸리고 대답을 안 했다. 지금까지 웃으며 말하던 화독은 말없이 앉아 있는 제족을 곁눈질로 흘겨보더니 대뜸 표정이 돌변했다.

"그대가 끝까지 우리 말을 안 들으면 우리 주공께선 남궁장만으로 장수를 삼고 융거 600승을 풀어 공자 돌과 함께 정나라를 칠 작정이오. 정을 치러 떠나는 날, 우리는 그대를 이 군부에서 참하기로 했소. 내가 그대를 보는 것도 오늘이 마지막인가 하오."

제족은 이 무서운 말에 기가 질렸다.

"말씀대로 하겠소."

그는 힘없이 승낙했다. 화독이 여전히 눈알을 부라린다.

"정 우리 말대로 하겠다면, 여기서 맹세하오."

제족이 머리를 숙이고 맹세한다.

"공자 돌을 정나라 군위에 세우지 못하거든, 천지신명은 나를 죽이소서."

그제야 화독은 머리를 끄덕이며 소리 없이 웃었다.

사관이 제족을 두고 지은 시가 있다.

대장부는 영욕에 놀라지 않나니
한 나라 재상으로서 어찌 협박에 굽혔느냐.
만일 충신이 되어 죽음을 두려워 않았더라면
송나라가 그렇게 만만히 보진 못했으리라.
丈夫寵辱不能驚
國相如何受脅陵
若是忠臣拚一死
宋人未必敢輕視

화독은 군부에서 나오는 길로, 송장공에게 가서 제족이 승낙했다는 걸 보고했다. 이튿날 송장공은 공자 돌을 밀실로 불러들였다.

"과인은 그대 외가인 옹씨에게 언약한 것도 있어서, 그대를 정나라로 돌려보내기로 했다. 이번에 정나라에선 새로 임금이 섰는데, 요즘 과인에게 밀서가 왔다. 그 밀서에 의하면 과인이 그대를 죽이면 정나라 임금은 과인에게 성城 셋을 주겠다는 것이다. 그러나 어찌 정나라 성 셋을 욕심내어, 차마 그대를 죽일 수 있으리오. 그러므로 이렇게 그대를 불러 비밀히 알리는 것이다."

공자 돌은 즉시 일어나 송장공에게 큰절을 했다.

"돌은 불행하여 귀국에 와서 몸을 의탁하고 있습니다. 돌의 생사는 이미 군후께 매였음이라. 만일 군후의 덕으로 다시 정에 돌아가 선인先人의 종묘를 보게 된다면, 이는 다 군후의 은덕인즉 어찌 성 셋뿐이오리까."

송장공이 거듭해서 머리를 끄떡인다.

"과인이 제족을 군부에 잡아둔 것도 공자를 위해서 한 것이다. 이 대사는 제족이 아니면 성취시킬 수 없다. 이제 과인은 제족을 불러 맹세를 시키리라."

이에 송장공은 제족과 자돌을 상면시켰다. 송장공은 다시 돌의 외가 사람인 옹씨까지 불렀다.

송장공은 장차 정나라 홀을 폐위시키고, 자돌을 군위로 올려모실 일에 대해서 일장 설명부터 늘어놓았다. 공자 돌과 제족과 옹씨는 송장공 앞에서 서로 입술에 피를 바르고 맹세했다.

송장공은 친히 그들의 맹세를 맡아보기로 하고 태재 화독은 이 일에 대해서 계책을 꾸미기로 했다. 송장공이 공자 돌에게 강요한다.

"이 일이 성취되면 성 셋과, 그외 흰 구슬 100쌍과 황금 1만 일鎰과 해마다 곡식 3만 종鍾을 우리 송에 보내주기 바란다."

그리고 즉석에서 서약서까지 쓰게 했다. 제족도 시키는 대로 서약서에 서명했다. 공자 돌은 정나라 임금도 되기 전에 송나라 요구를 다 승낙했다. 송장공은 서약서를 집어넣고, 다시 공자 돌에게 분부한다.

"앞으로 대사가 성공하거든 정나라 정사는 모조리 제족에게 맡기게."

"예, 그렇게 하오리다."

송장공이 이번엔 제족에게 명령한다.

"과인이 듣건대, 그대에게 여식이 있다 하니 공자 돌의 외가인 옹씨의 아들 옹규雍糾와 통혼하는 것이 좋을 듯하다. 이왕이면 이번에 옹규를 데리고 정으로 돌아가서 혼례하고, 그대의 사위인 옹규에게 정나라 대부 벼슬을 주어라."

제족은 벙어리 냉가슴 앓듯 싫든 좋든 순종하지 않을 수 없었다. 송장공은 물샐틈없이 계책대로 일을 꾸몄다.

마침내 공자 돌과 옹규는 백성 옷을 입고 장사꾼처럼 가장하고서, 제족의 수레 뒤를 따라 정나라로 갔다.

그들이 정나라에 도착한 것은 9월 초하룻날이었다. 제족은 공자 돌과 옹규를 자기 집에 숨겨두고, 병이 나서 운신을 못한다는 소문을 내고 궁으로 가지 않았다.

이에 정나라 대부들은 제부祭府로 문병을 갔다. 제족은 대부들이 왔다는 내통을 받고, 자객 100명을 자기 방 벽장 속에 감췄다. 그러고 나서 분부한다.

"모두 들어오시게 하여라."

이에 대부들은 제족의 방으로 들어갔다. 아프다던 제족의 얼굴엔 기름이 돌고, 게다가 의관까지 갖추고 있는 걸 보고서 대부들이 놀라 묻는다.

"상공相公은 별고 없으면서, 왜 궁에 들어오지 않으셨소?"

제족이 이마를 찌푸리며 대답한다.

"족足은 몸에 병이 있는 것이 아니고 국가 일 때문에 병들었습니다. 우리 선군께서 자돌을 송나라로 보냈을 때 송후에게 여러 가지로 부탁한 일이 있다 하오. 그래서 이제 송후가 장차 장수 남궁장만에게 병거 600승을 주어 우리 나라를 쳐서라도 자돌을 군위에 세우겠다고 합니다. 우리 나라는 아직 안정되지 못했은즉 장차 송을 어찌 당적하면 좋겠소."

이 말을 듣고서 대부들은 크게 놀랐다. 서로 돌아볼 뿐, 감히 선뜻 대답하는 자가 없었다. 제족이 대부들을 한번 둘러보고 말한다.

"송군을 막는 도리는 주공을 폐위시키는 길밖에 없소. 지금 우리 집에 공자 돌이 와 계시오. 여러분은 장차 어떻게 하시겠소. 바라노니 곧 결정하시오."

고거미는 지난날 자기가 상경 벼슬에 오를 수 있었던 것을 세자 홀이 간하여 뜻대로 되지 않은 일이 있다 해서 늘 세자 홀을 미워했다. 고거미는 손으로 칼집을 쓰다듬으면서,

"상공의 말씀은 참으로 사직의 복이오. 우리는 새로 임금 되실 분을 뵈옵고 싶소."

하고 찬동했다.

대부들은 잠잠히 앉았다가 이 말을 듣자, 혹 고거미와 제족 사이에 무슨 약속이라도 있지 않았나 하고 의심이 났다. 더구나 벽장 속에서 완연히 인기척이 나는 걸 듣고서 겁이 났다.

"고거미 말씀이 지당하오."

이에 대부들은 개개이 굽실거렸다. 제족은 밖으로 나갔다. 잠시 뒤 그는 공자 돌을 데리고 들어와 윗자리로 모셨다. 그리고 그

는 고거미와 함께 먼저 너부시 절했다.

대부들도 일이 이쯤 되고 보니 별도리 없었다. 그들도 약속이나 한 것처럼 일시에 섬돌 아래로 내려가 꿇어 엎드렸다. 제족은 먼저 자기 이름을 쓰고, 대부들에게 일일이 이름을 쓰도록 했다. 그리고 즉시 사람을 시켜 그 연명장連名狀을 궁으로 보냈다.

그 연명장 내용은, 송나라가 대군을 거느리고 공자 돌을 군위에 모시려 하니 이하 열명列名한 신들은 주공을 섬기지 못하겠다는 것이었다.

이리하여 대부들은 제족의 병문안을 갔다가 병을 얻은 셈이 됐다. 그러나 궁으로 보낸 그 연명장 속엔 아무도 모르는 제족의 비밀 장계狀啓가 끼여 있었다. 그 내용은 다음과 같았다.

주공이 군위에 오른 것은 실로 선군의 뜻이 아니옵고, 신 족이 주모主謀한 것이었습니다. 그런데 이번에 송나라는 신을 수감하고, 공자 돌을 군위에 모시라고 위협했으며 신에게 맹세하라고 강요했습니다. 신이 죽는대서 주공께 아무런 이익이 없을 것을 알고 이미 그들의 요구를 승낙했습니다. 이제 송나라 군사가 장차 우리 나라로 쳐들어올 것이매 모든 신하는 송나라 강병이 두려워서 공자 돌을 영접하기로 결정했습니다. 주공께서는 이러한 대세를 따르사 잠시 군위를 떠나십시오. 신이 다시 기회를 보아 복위復位하시도록 도모하겠습니다. 이 말이 거짓이 아님을 증명하기 위해서 다음과 같이 맹세하나이다. 이 말을 어기는 자에게 하늘은 벌을 내리시라.

정소공은 연명장과 제족이 보낸 비밀 장계를 보고서 자기의 외로운 처지를 알았다. 그는 규비嬌妃와 서로 울며 이별하고, 그날 밤에 위衛나라로 달아났다.

9월 기해일己亥日에 제족은 공자 돌을 받들어 군위에 올려모셨다. 그가 바로 정여공鄭厲公이다.

그 뒤 제족은 궁중 대소사를 도맡아 결재했다. 그리고 그는 자기 여식을 옹규와 결혼시켰다. 제족의 딸인 옹규의 아내를 옹희雍姬라고 한다.

제족은 다시 정여공에게 아뢴 뒤 자기 사위인 옹규에게 대부 벼슬을 시켰다.

옹씨는 위에서도 말한 바와 같이 정여공의 외가 사람이다. 정여공은 송나라에 있었을 때 많은 신세를 졌기 때문에 옹규를 자못 총애했다. 그래서 제족의 바로 다음 지위를 줬다.

생각보다 쉽사리 백성들도 안정하고 복종했다. 그러나 공자 미와 공자 의는 속으로 불평을 품었다. 그들은 정여공에게 부질없이 생명을 빼앗길까 두려웠다.

같은 달 9월에 공자 미는 채나라로 달아나고, 공자 의는 진陳나라로 달아났다.

송장공은 공자 돌이 군위에 올랐다는 기별을 받고, 즉시 사람을 시켜 치하하는 글을 보냈다. 이 한 번의 사명使命으로 인하여 장차 송·정 두 나라 사이에 싸움이 벌어지게 된다.

서로 싸우는 육국六國

즉시 송장공宋莊公은 정나라로 치하하는 글을 보냈다. 그 내용은, 전날 약속대로 세 성과 흰 구슬과 황금과 곡식을 보내라는 것이었다.

정여공鄭厲公이 제족祭足을 불러 상의한다.

"처음에는 나라를 차지하는 데 급해서 그들의 요구를 승낙했다만 이제 과인이 임금 자리에 오르기가 무섭게 약속한 걸 보내라 하니 송나라 요구대로 물건을 보내면 부고가 텅 빌 지경이다. 더구나 임금 자리에 오른 지도 얼마 안 되는데, 곧 성 셋을 잃고 보면 어찌 이웃 여러 나라의 비웃음을 면하리오."

제족이 계책을 아뢴다.

"즉위한 지 오래지 않고 인심도 안정되지 못한 중에 땅을 떼어 주면, 백성이 원망하고 들고일어날 염려가 있어서 우선 세 성에서 바치는 세물稅物만을 보낸다고 하십시오. 구슬과 황금은 언약한 것의 3분의 1만 보내시고, 완곡한 말로 사죄하십시오. 해마다 보

288

내기로 한 곡식은 내년부터 시행하겠다고 거절하십시오."

정여공은 제족의 말대로 송장공에게 완곡한 서신을 쓰고 우선 흰 구슬 30쌍과 황금 3,000일을 송나라 사자에게 주어 보냈다.

송나라 사자가 본국으로 돌아가 송장공에게 보고한다.

"자세한 내용은 상서한 글에 있다 하며, 세 성에서 받는 세물은 겨울에나 바치겠다고 하더이다."

송장공이 노발대발한다.

"죽어가는 놈을 내가 살렸고, 빈천한 놈을 내가 부귀하게 해줬다. 그놈이 차지한 것도 따지고 보면 다 자홀의 물건이거늘, 제놈이 무엇이관데 감히 인색스레 군다더냐! 다시 정나라에 가서 꼭 서약한 수량대로 내놓으라 하고, 성 셋을 달라고 하여라! 누가 세 성에서 바치는 세물만 받겠다더냐고 단단히 일러라."

이에 사자는 다시 정나라로 갔다.

그러나 정여공과 제족은 다시 상의하고, 송나라 사자에게 곡식 2만 종만 주어 보냈다. 그런데도 송나라 사자는 본국으로 돌아간 지 얼마 지나지 않아 또다시 왔다.

"우리 임금께서 말씀하시길, 만일 약속한 수량대로 못 보내겠으면 직접 제족이 와서 그 이유를 말하라고 하시더이다."

이 말을 듣고 제족이 정여공에게 아뢴다.

"송후는 지난날 우리 나라에 도망 와서 우리 선군의 은덕으로 목숨을 부지했습니다. 결국 우리 정나라 덕분에 오늘날 군위에 앉았건만, 눈곱만큼도 고마운 줄을 모르는 실로 배은망덕한 자입니다. 이제 주공을 군위에 올려줬다는 공으로 무한한 욕심을 부리니, 이렇듯 무례한 요구를 들어줄 순 없습니다. 청컨대 신은 주공의 명을 받잡고 제나라와 노나라에 호소하고, 이 일을 원만히 주선해주기를 부탁하겠습니다."

정여공이 근심한다.

"제·노 두 나라가 우리를 위해 과연 힘써줄지."

제족이 대답한다.

"지난날에 우리 선군께서 허許를 치고 송을 쳤을 때도 제·노 두 나라는 우리를 도왔습니다. 노후로 말할 것 같으면, 그가 지금 군위에 있는 것도 실은 우리 선군의 도움이 많았기 때문입니다. 제는 우리 정과 별로 자별自別하지는 못하나, 노만은 우리를 위해서 힘쓸 것입니다."

정여공이 다시 묻는다.

"그들이 원만히 해결할 수 있는 계책을 일러줘야 하지 않겠느냐?"

"애초에 화독華督이 자기네 주공을 죽이고 지금 송후로 있는 공자 빙을 군위에 세웠을 때, 우리 선군은 제·노 두 나라와 함께 송의 뇌물을 받고 일을 무사하게 해줬습니다. 그때 송으로부터 노는 고郜(주나라 문왕이 그 아들을 봉封한 국명)의 대정大鼎*(발이 셋, 귀가 둘 달린 솥으로 음식을 익히는 데 뿐만 아니라 죄인을 삶아 죽이는 데도 쓰였다. 『설문說文』에 三足兩耳 和五味之 寶器라 했고 고대엔 정鼎을 왕위 전승의 보기寶器로 삼았다)을 받았고, 우리 나라는 상이商彝*(상商은 고대 국명, 이彝는 종묘에 공물供物하는 예기禮器)를 받았습니다. 이제 우리는 제·노에 다 이 일을 호소하고, 그때 받았던 상이를 송에 돌려보내면, 송후도 지난날의 자기 소행을 생각하고, 자연 억지를 부리진 못하리이다."

정여공이 환히 반색한다.

"그대의 계책을 들으니, 이제야 악몽에서 깨어나는 듯하다."

이에 정나라 사자 두 사람은 많은 예물을 가지고 각기 제·노 두 나라에 갔다. 그들은 각기 맡은바 나라에 가서, 정나라에 새 임금이 즉위한 것을 고하고 송장공이 배은망덕하여 뇌물을 자꾸 강요한다고 호소했다.

노환공魯桓公은, 정나라 사자가 호소하는 말을 듣고 웃었다.

"지난날 송장공이 즉위한 뒤 우리는 뇌물이라고는 가마솥〔鼎〕 하나밖에 받지 못했건만, 이제 정나라 뇌물을 끔찍이 받아먹고도 오히려 만족하지 못하는 모양이구나. 과인이 책임지고 친히 송나라에 가서 그대의 주공을 위해 잘 주선할 터인즉, 안심하고 돌아가거라."

정나라 사자는 사례하고 노나라를 떠났다.

한편 제나라로 간 정나라 사자도 같은 사정을 호소했다.

제희공은 지난날 오랑캐들이 쳐들어왔을 때, 정나라 세자 홀이 적을 무찔러준 데 대해서 아직도 감격하고 있었다. 비록 둘째딸 문강과 혼인을 시키려다가 자홀이 굳이 사양하는 바람에 뜻을 이루진 못했으나, 제희공은 아직도 자홀에 대해 호감이 있었다.

그런데 그는 정나라 홀을 폐위시키고, 돌을 임금 자리에 세웠다는 것이 비위에 마땅치 않았다.

제희공이 불쾌한 안색으로 정나라 사자에게 말한다.

"홀에게 무슨 죄가 있기에 폐위를 시키고, 돌을 올려 앉혔느냐? 지금 그대들이 임금 자리에 올렸다는 그대들의 임금도 허물이 없지 않다. 과인은 모든 나라 제후를 거느리고 귀국의 성 아래로 가겠다. 그때 다시 보자."

하고 예물도 받지 않았다.

이야말로 선전 포고였다.

정나라 사자는 이 뜻밖의 말에 얼굴이 흙빛으로 변했다. 그는 즉시 제나라를 떠나 본국으로 돌아갔다. 제나라에서 돌아온 사자는 곧 이 사실을 보고했다.

크게 놀란 정여공이 제족에게 묻는다.

"제후는 우리를 책망하려고 반드시 군사를 거느리고서 올 것이다. 이 일을 어떡하면 좋을꼬?"

제족은 무슨 각오라도 한 듯,

"청컨대 신은 군사를 뽑고 수레를 모아 미리 준비하겠습니다. 만일 그들이 오면 맞이하여 싸울 뿐, 조금도 제나라 군사를 두려워할 건 없습니다."

하고 결연히 대답했다.

한편 노환공은 공자 유柔를 불렀다.

"너는 송나라에 가서, 내가 가겠으니 언제쯤 가면 좋겠느냐고 알아보고 오너라."

공자 유는 송나라에 가서 부친의 말씀을 전했다. 송장공은 노환공이 왜 온다는 것인지 알 수 없어서 엉큼스레 대답한다.

"과인이 귀국 경계까지 가야지 어찌 노후께서 몸소 이 머나먼 곳까지 오시도록 앉아서 기다리리오. 그러니 돌아가서 이 뜻을 전하오."

공자 유는 본국으로 돌아가서 부친에게 송후의 말을 전했다. 그러나 노환공은 다시 송으로 사자를 보냈다.

노나라 사자가 송나라에 가서 송후에게 아뢴다.

"우리 주공께서는 오는 9월에 작酌의 지방 부종扶鍾(정나라 지명) 땅에서 군후와 회견하겠다고 하시더이다."

송장공은 그저 웬일인가 궁금했을 뿐 거절하진 않았다.

주환왕 20년 가을 9월이었다.

송장공과 노환공은 부종 땅에서 회견했다.

"이번 귀국이 정나라를 여러 가지로 돌봐준 데 대해서 과인이 대신 감사의 말씀을 드리오. 지금 정나라는 재정이 궁색한 모양인데, 이왕 돌봐주는 김에 좀더 세정細情을 살펴줬으면 좋겠소."

송장공은 그제야 노후가 만나자고 한 뜻을 짐작했다.

"정나라 임금은 지금까지 과인의 은혜를 받은 것만 해도 많습니다. 비컨대 과인은 계란을 날개까지 돋도록 품어준 셈입니다. 더구나 과인이 애초에 강요한 것도 아닙니다. 그들이 우리 송나라 수고에 보답하겠다면서 미리 서약한 것입니다. 이제 그가 임금 자리까지 차지하고는 즉시 맹세를 저버리니, 과인인들 어찌 괘씸한 생각이 없겠습니까."

노환공이 타이른다.

"귀국이 정나라 임금에게 베푼 은혜를 그가 어찌 잊을 리 있겠습니까. 다만 즉위한 지 오래지 않고, 부고에 물건이 넉넉지 못해서 자연 약속을 지키지 못했다고 그럽디다. 그런즉, 약속한 바를 빨리 하느냐 좀 늦느냐의 정도입니다. 결코 정나라가 군후를 저버리진 않을 것입니다. 정 의심된다면 과인이 이 일을 보장하겠소이다."

그러나 욕심 많은 송장공은 호락호락하지 않았다.

"금과 옥은 부고가 넉넉지 못해서 그렇다고도 할 수 있지만, 성 셋은 왜 내놓을 수 없답디까?"

노환공이 좋은 말로 대답한다.

"정나라 임금은 선군이 이루어놓은 걸 조금이라도 잃고 보면 다른 나라의 웃음거리가 되겠기로, 그 대신 세 성에서 들어온 세물만 바치겠다는 것이겠지요. 과인이 듣기엔, 이미 곡식 2만 종을 군후에게 바쳤다고 하던데요."

그러나 송장공은 유리하게 말을 돌린다.

"이번 정나라에서 보내온 곡식 2만 종은 해마다 보내기로 한 곡식의 일부분입니다. 그러니 성 셋과는 아무 상관도 없습니다. 그 외에 보낸 물건도 반이 못 되게 보냈습니다. 벌써부터 이러니 다음날 과인은 다시 무엇을 바랄 수 있겠습니까. 노후는 여러 말 마시고, 과인을 위해 힘써주시오."

노환공은 송장공이 끝까지 고집하기 때문에 원만한 성과를 얻지 못했다.

마침내 회담은 결렬되고 노환공은 불쾌히 본국으로 돌아갔다.

노환공은 귀국하자, 즉시 공자 유를 정나라로 보내어 송이 도무지 말을 듣지 않는다고 통지했다.

그런 지 얼마 뒤, 정나라의 대부 옹규雍糾가 노나라에 왔다.

옹규가 지난날 송나라에서 뇌물로 받은 상이商彝를 노환공 앞에 내놓고 말한다.

"이것은 지난날 송나라 물건입니다. 우리 주공께선 이런 물건을 감히 두어두기 송구하다 하며 성 셋 대신 이 물건을 도로 송나라 부고에 돌려보내기로 하셨습니다. 그리고 다시 흰 구슬 30쌍과 황금 2,000일을 더 보내기로 했습니다. 이 물건들을 수고스러우시지만, 군후께서 좀 송나라에 전해주시고 다시 군말 없도록 힘써주십시오."

노환공은 귀찮지만 인정상 거절할 수 없어 정나라의 부탁을 승낙했다.

노환공은 다시 송장공과 곡구穀邱 땅에서 회견했다.

두 나라 군후는 서로 예를 마쳤다. 노환공이 정백을 대신해서 불안한 뜻을 말하고, 흰 구슬과 황금을 내놓았다.

"정이 언약한 물건을 군후에게 반도 바치지 못했다기에 과인이 정을 책망했더니, 정이 겨우 긁어모아가지고 와서 전해달라기에 가지고 왔습니다."

그러나 송장공은 고맙다고도 말하지 않았다.

"약속한 성 셋은 어느 날에 주겠다고 합디까?"

노환공은 속으로 참 지독한 놈이로구나 하고 생각했다.

"정백은 선군이 지키던 바를 감히 사사로운 은혜에 쓸 수 없다면서 강토를 내놓는 대신, 이제 한 가지 물건을 바치겠다고 합디다. 아마 그 물건은 성 셋만 못하지 않을 것이오."

그제야 노환공이 데리고 온 좌우 사람에게 분부한다.

"그 물건을 들여오너라."

이윽고 노에서 온 사람들이 비단 보자기로 싼 큼직한 물건을 높이 떠받들고 들어왔다. 그들은 꿇어앉아 그 물건을 송장공 앞에 갖다 바쳤다.

송장공은 사사로운 은혜란 말에 이맛살을 찌푸렸다.

좌우 신하들이 그 비단 보자기를 벗겼다. 상商나라 시대의 유물인 제사지낼 때 쓰던 이彝가 나타났다. 바로 그것은 지난날 송장공이 군위에 오른 뒤, 뇌물로 정나라에 보낸 것이었다. 송장공은 대번에 안색이 변했다. 그러나 그는 시침을 떼고 천연스레 묻는다.

"저 물건은 뭣에 쓰는 것입니까?"

노환공은 송후의 속을 뻔히 들여다보면서도, 내색하지 않고 설명했다.

"이것은 지난날 귀국 부고에 있었던 보물이오. 정나라 선군 정장공이 생존시에 군후를 위해 많은 수고를 했기 때문에, 귀국이 이 같은 보물을 정나라에 보낸 것이오. 그 뒤 정나라는 대대로 이 것을 보물로 전할 생각이었으나, 이번 새로 즉위한 정백은 감히 이런 보물을 홀로 차지할 수 없다면서 다시 귀국에 돌려보내는 바라고 합디다. 그러니 군후는 공자 때 정나라에서 망명 생활 하던 걸 생각하고, 정나라 땅 대신 받아두십시오. 지난날에 정장공은 귀국이 주는 물건이면 받았지만, 이번 새로 즉위한 정백은 아마 그럴 수 없는 모양이지요."

노환공의 음성은 부드러웠다. 그러나 언중유골言中有骨로 빈틈이 없었다. 엉큼하고 질긴 송장공은, 노환공이 지난 일을 들춰내는 데엔 별수 없이 얼굴을 붉혔다.

"과인은 정신이 없어 지난 일을 전혀 기억할 수 없습니다. 장차 돌아가 부고 맡은 신하에게 물어보리이다."

노환공은 빙그레 웃으면서,

"모든 일을 서로 좋도록 하시오."

하고 뒤를 눌렀다. 이때 밖에서 송나라 사람이 들어와 송장공에게 고한다.

"연백燕伯(연나라의 임금은 백작伯爵이었다)이 우리 송나라에 오셨다가 주공께서 궁에 계시지 않기에 지금 이곳으로 오셨습니다."

송장공은 연백을 이리로 모셔오라고 했다. 그래서 노환공은 그들과 자리를 같이 하게 됐다.

연백이 송장공에게 호소한다.

"우리 나라는 바로 제나라 이웃에 있기 때문에 항상 제나라 침략을 견뎌낼 수가 없습니다. 우리 나라가 장차 귀국의 힘을 입어 제나라와 우호를 맺고 사직을 보전할 수 있다면, 그 은혜를 길이 잊지 않겠습니다. 그러니 우리 연나라를 위해서 수고스러우시지만 제나라에 가서서 말씀 좀 해주십시오."

송장공은 연백의 호소를 동정했다. 그리고 그는 잘 주선하겠노라고 승낙했다. 곁에서 노환공이 송장공에게 말한다.

"제와 기杞는 대대로 원수간이므로(옛날에 기후杞侯의 참소讒訴로 제애공齊哀公이 주 왕실에 잡혀가서 팽살烹殺당한 일이 있었다. 그 뒤로 기나라는 제나라의 원수가 됐다) 제나라는 항상 기를 쳐부술 생각입니다. 이번에 군후가 연을 위해 제와 연이 우호를 맺도록 힘써주시면 과인도 기를 위해 제와 교섭해서 모든 나라가 무기를 버리고 화평하게 살 수 있도록 힘써보리이다."

이리하여 세 나라 군후는 함께 곡구에서 연맹을 맺었다.

노환공은 본국으로 돌아간 뒤, 겨울이 되도록 송나라로부터 아무 기별도 받지 못했다. 그러던 중 정나라에서 또 사자가 왔다.

"송나라에서 우리 나라로 사자를 보내어, 속히 약속한 물건을 내놓으라고 또 조릅니다. 그래서 송과 우리 정 사이에는 사람이 연락 부절連絡不絶입니다. 군후는 우리 정을 불쌍히 생각하사, 이왕 보아주시던 김에 한 번만 더 송후와 만나시고 잘 주선해주십시오."

노환공은 정나라 정경을 동정하고, 한 번 더 송장공과 교섭할 것을 허락했다.

노환공은 즉시 신하를 불러,

"경은 송나라에 가서 송후에게 과인의 말을 전하여라. 과인이 정나라에 관한 일을 의논하기 위해 다시 허구虛龜 땅에서 송후와 서로 회견하기를 바란다고 하여라."

하고 허구에서 만날 날짜까지 일러 보냈다.

통지한 그날에 맞추어 노환공은 허구로 갔다. 그러나 송장공은 나타나지 않았다. 그 대신 송나라에서 사자가 송장공의 전갈을 가지고 왔다.

"우리 주공께서 말씀하시길, 우리 송과 정은 서로 언약한 것이 있으니 군후는 간섭 말라고 하시더이다."

노환공은 비로소 분기가 솟아 송나라 사자를 크게 꾸짖었다.

"보통 사람이라도 욕심이 너무 많고 신의가 없으면, 그 장래를 가히 짐작할 수 있다. 더구나 한 나라 임금의 경우일 때엔 더 말할 것도 없다."

노환공은 송나라 사자를 면대해서 꾸짖고, 즉시 수레를 돌려 정나라로 갔다.

노환공은 수일 뒤 무부武父 지방에서 정여공과 회견했다.

그곳에서 노·정 두 나라 군후는 군사를 일으켜 함께 송나라를 치기로 합의했다.

염옹이 시로써 이 일을 읊은 것이 있다.

자홀을 쫓아내고 임금이 된 자돌이나 형인 노은공을 죽이고 임금이 된 노환공이나

흉악한 것들이 서로 청하고 서로 도우니 우습구나.

역시 피살된 임금 뒤를 이어 임금이 된 송장공은 욕심이 많아서 마침내 노·정의 군사와 싸웠도다.

逐忽弑隱竝元兇

同惡相求意自濃

只爲宋莊貪詐甚

致令魯鄭起兵鋒

송장공은, 사자로부터 노환공이 노발대발하며 돌아갔다는 말을 듣고 서로 의좋게 지내지 못할 바에야 차라리 무방하게 됐다고 생각했다. 송장공은 제희공이 정나라 청을 거절했을 뿐 아니라 자돌을 좋아하지 않는다는 소문을 듣고 무슨 속생각에선지 연방 머리를 끄떡였다.

송장공은 공자 유游를 불러 세세히 일러주었다.

"너는 제나라에 가서 우호를 맺되, 정나라 자돌이 우리 송의 은혜를 저버린 사실을 일일이 호소하여라. 그리고 과인이 후회하는 마음이 있어, 만일 제후와 협력할 수만 있다면 함께 정나라와 싸워서 자돌을 무찌르고, 정나라 전 임금 홀을 다시 군위에 세울 생각이 있다고 하여라. 동시에 제와 연燕과 서로 평화롭게 지내길 바란다는 것도 부탁하고 오너라."

공자 유는 송장공의 분부를 받고, 사자가 되어 즉시 제나라로 갔다.

제나라로 간 공자 유가 아직 돌아오기 전 일이었다. 하루는 송나라 변방 관리로부터 보고가 들어왔다.

"지금 노 · 정 두 나라가 군사를 일으켜, 우리 송나라로 쳐들어오고 있습니다. 그들은 매우 날카로운 기세로 이미 수양睢陽 가까이까지 이르렀습니다."

송장공은 이 보고를 받고 크게 놀랐다. 즉시 모든 대부와 함께 상의했다.

공자 어열御說(송장공의 둘째아들)이 간한다.

"군사가 강하게 싸울 수 있느냐 또는 약할 수밖에 없느냐는 것은 싸우는 명분이 옳으냐 그르냐에 있습니다. 이번 우리 송은 지나치게 정나라 재물을 탐하다가, 마침내 노국과의 우호마저 잃었습니다. 또 정·노 두 나라는 얼마든지 당당히 할말이 있으니, 우리 송은 사죄하고 강화하는 것이 좋습니다. 싸움을 포기하고 화평을 구하십시오."

남궁장만이 분연히 반대한다.

"적이 우리 성 밑까지 왔는데, 활 한 번 쏘아보지 않고 사죄할 순 없습니다. 이렇게 못난이 노릇을 하고야 어찌 나라 위신을 세울 수 있습니까."

두 사람 말을 잠잠히 듣고 있던 화독이 아뢴다.

"장만의 말이 지당한 줄로 아룁니다."

송장공이 드디어 공자 어열의 간언을 듣지 않고 분부한다.

"그러면 남궁장만을 장수로 삼고 적과 싸우기로 한다. 누구를 선봉으로 삼을꼬?"

남궁장만은 맹획猛獲을 선봉으로 천거했다.

송나라는 병거 300승을 출동시켜, 적과 사이를 두고 진세를 폈다.

한편 노환공이 정백과 함께 나란히 달려가서 진 앞에 수레를 멈추고, 홀로 나아가 적을 향해 외친다.

"과인은 싸우기 전에 우선 송공과 단둘이 할말이 있다. 속히 나오너라."

그러나 송장공은 속으로 부끄러운 생각이 없지 않아서, 병이라 핑계하고 나가지 않았다.

이때 남궁장만이 아득히 바라보니, 두 개의 수놓은 수레 덮개가 바람에 펄럭거리고 있었다. 그는 그 안에 노환공과 정백이 각기 타고 있다는 걸 알았다. 남궁장만이 맹획의 어깨를 쓰다듬으면서 분부한다.

"오늘날 대공을 세우지 않으면 다시 어느 때를 기다리겠는가.

저기 보이는 수놓은 두 덮개 속에 노·정 두 나라 군후가 틀림없이 타고 있으리니, 이 기회를 놓치지 말고 그대는 솜씨를 천하에 드날리도록 하라."

맹획은 즉시 손에 혼철점강모渾鐵點鋼矛를 들고 한 손으로 수레를 몰면서 나는 듯이 쳐들어갔다.

노·정 두 나라 군후는 달려오는 적장의 형세가 자못 흉악한 걸 보고, 군사를 거느리고 뒤로 물러섰다.

동시에 두 장수가 달려나왔다. 하나는 노나라 공자 익溺이며, 또 하나는 정나라 원번原繁이었다. 그들은 각기 쏜살같이 수레를 달려 앞에 오는 적장을 가로막고, 큰소리로 외친다.

"네 성명이 무엇이냐? 속히 말하여라."

적장이 수레를 달려오며 대답한다.

"나는 송나라 선봉 맹획이다."

원번이 웃으며 말한다.

"이름없는 졸개로구나. 내 칼을 너 같은 자에게 더럽힐 수 없으니, 속히 돌아가서 너의 장수나 내보내어라. 내 단번에 그놈을 죽이리라."

분기탱천한 맹획이 강모鋼矛로 원번을 후려친다.

원번이 머리 위로 내려오는 강모를 칼로 막으며 접전하는데, 공자 익이 노군을 거느리고 와서 맹획을 에워싸기 시작했다.

맹획은 공자 익과 원번을 상대로 싸우되 조금도 두려워하는 기색이 없었다.

이에 노나라 장수 진자秦子, 양자梁子와 정나라 장수 단백檀伯이 나가서 맹획에게 달려들었다.

맹획도 다섯 장수와 싸우기에는 힘이 벅찼다.

이때 양자가 쏜 화살이 맹획의 오른팔에 박혔다. 순간 맹획의 손에서 강모가 떨어졌다.

다섯 장수는 일제히 달려들어 맹획을 수레에서 끌어내려 결박했다.

맹획이 붙들리는 바람에 송나라 전차와 군사들도 많이 사로잡혔다. 송나라 병사로서 도망친 자라곤 겨우 보졸步卒 50여 명에 불과했다.

송나라 장수 남궁장만은 싸움에 패한 걸 바라보고 입술을 악물었다.

"맹획을 찾아오지 못하면 내 무슨 면목으로 성에 돌아갈 수 있으리오."

그는 즉시 그의 장자 남궁우南宮牛를 불러 병거 30승을 내주고 분부했다.

"너는 즉시 나아가 싸우되, 싸우다가 거짓 패한 체하고 적군을 유인하여 서문까지만 끌고 오너라. 내게 계책이 하나 있으니, 그 뒷일은 내가 담당하마."

남궁우는 명령을 받고 즉시 출전했다. 남궁우는 창을 비껴들고 나가서는 큰소리로 꾸짖는다.

"정나라 자돌아! 너는 의리를 저버린 놈이다. 스스로 죽고자 이 곳까지 왔으면 어째 속히 항복하지 않느냐!"

이런 욕설을 듣자, 정나라 장수 한 사람이 즉시 궁노수弓弩手 몇 명을 이끌고 홀로 병거에 올라 진 밖으로 달려나갔다. 그는 젊은 남궁우를 얕봤다. 정나라 장수는 즉시 달려들어 남궁우와 싸운 지 수합에 이르렀다. 남궁우는 슬며시 병거를 돌려 달아났다.

정나라 장수는 승세를 놓치지 않고 즉시 추격했다. 달아나며 쫓으며 두 병거는 서문 가까이까지 갔다.

문득 포 소리가 크게 일어났다. 그제야 정나라 장수는 뒤를 돌아봤다.

어느덧 남궁장만이 뒤를 끊고 시살厮殺해 들어오지 않는가. 그제야 달아나던 남궁우도 병거를 돌려 쳐들어왔다.

정나라 장수는 앞뒤로 공격을 받으며 연달아 활을 쐈다. 그러나 남궁우가 맞자 정나라 장수는 더욱 놀라고 당황했다.

어느덧 남궁장만은 전속력으로 병거를 달려 정나라 장수가 탄 수레 안으로 뛰어들어가, 한 손으로 정나라 장수의 뒷덜미를 들어 달리는 병거 밖으로 내던졌다.

이에 송나라 군사들은 벌 떼처럼 달려들어, 정나라 장수를 사로잡았다.

한편 정나라 장수 원번은, 본영의 편장偏將 하나가 홀로 병거를 몰아 적의 뒤를 쫓아갔다는 보고를 받고, 혹 실수나 하지 않을까 염려하고 단백과 함께 군사를 거느리고서 나는 듯이 뒤쫓아갔다. 원번과 단백이 달려가본즉, 송나라 성문이 크게 열리면서 태재 화독이 친히 대군을 거느리고 나타나 그들의 앞을 가로막지 않는가.

이 광경을 멀리서 바라본 노나라 장수 공자 익도 진자와 양자를 거느리고 싸움을 도우러 달려갔다. 이리하여 양편 군사는 해가 저물자, 서로 횃불까지 들고 크게 싸우다가 닭이 울 무렵에야 겨우 흩어졌다.

송나라 군사의 손실은 매우 컸다. 남궁장만이 사로잡은 정나라 장수를 송장공에게 바치고 청한다.

"청컨대 사자를 정나라 병영에 보내어 이 정나라 장수와 우리 맹획을 서로 바꾸기로 교섭하십시오."

송장공은 허락했다. 사자는 정나라 병영에 가서 사로잡은 장수를 서로 교환하자고 교섭했다.

정백도 허락했다. 양편에선 사로잡은 장수를 함거檻車에 싣고 각자 진 앞에 나아가서 서로 교환했다. 이리하여 정나라 장수는 정나라 병영으로 돌아가고, 맹획은 송나라 성중으로 돌아갔다. 이날은 양편이 다 싸우지 않고 쉬었다.

한편 송나라 공자 유는 제나라에 당도했다. 그는 송장공의 뜻을 제희공에게 전했다. 제희공이 답한다.

"과인은 정나라 자돌이 그 형 자홀을 쫓아내고, 군위에 오른 것을 미워하오. 그러나 과인은 원수간인 기나라가 있어서 정까지 손을 댈 겨를이 없소. 이번 과인이 기杞나라를 치는 데에 귀국이 군사를 보내주면, 과인도 귀국이 정나라를 칠 때에 가서 도와드리겠소."

공자 유는 제희공에게 절하고 본국으로 돌아갔다.

한편 노환공과 정여공은 군영에 모여앉아 장차 어떻게 해야 송나라를 뿌리째 뽑아버릴 수 있을까 하고 상의했다. 이때 한 장수가 밖에서 들어와 아뢴다.

"기나라에서 사자가 왔습니다. 급한 일이라면서 노후를 뵈옵겠다고 합니다."

노환공은 기나라 사자를 들어오게 했다. 기나라 사자가 들어와 국서를 올린다. 그 국서 내용은 다음과 같았다.

지금 제나라가 우리 기나라를 침범했습니다. 망하느냐 사느냐가 조석朝夕간에 놓였습니다. 노나라는 우리 기나라와 조상 때 서로 혼인한 사이라. 군후는 지난날의 우호를 잊지 마시고, 친히 군사를 거느리고 오셔서 지금 물불 속에서 헤어나지 못하는 우리 기나라를 도와주소서.

노환공은 국서를 보고 크게 놀랐다.

"기나라 군후가 이렇듯이 급함을 고하니, 과인은 가서 구원하지 않을 수 없습니다. 지금 송나라 성을 함몰하진 못했으나 사세가 이렇듯 어긋나는 바에야 우선 회군합시다. 이쯤 하면, 송후도 다시는 물건을 보내라 마라 귀찮은 소리는 하지 않을 것입니다."

정여공이 대답한다.

"군후께서 군사를 옮겨 기나라를 구원하러 가신다면, 원컨대 과인도 제군齊軍을 무찌르기 위해서 군사를 거느리고 함께 가겠습니다."

노환공은 흡족하여,

"영채를 뽑고 곧 회군할 준비를 하여라."

하고 모든 병영에 명을 전했다. 마침내 노·정 두 나라 군후는 군사를 거느리고 기나라로 갔다.

노환공은 30리 가량 앞서가고, 정여공은 혹 송나라 군사의 추격이 있을까 하여 뒤를 끊으며 떠났다.

이때 송장공은 제나라를 다녀온 공자 유로부터 보고를 받았다. 그리고 적의 군사가 어디론지 이동해가는 걸 보았다. 송장공은 혹 자기네를 유인하려는 계책이나 아닌가 의심하고, 그 뒤를 쫓지 않았다. 그 대신 정탐꾼을 뒤딸려 보냈다.

수일 뒤 정탐군이 돌아와서 보고한다.

"노·정 두 나라 군사는 이미 우리 나라 경계에서 떠났습니다. 수소문해본즉, 그들은 기나라를 도우러 갔다고 합니다."

송장공은 비로소 안심했다.

태재 화독이 아뢴다.

"제나라는 우리가 정나라를 칠 때에 도와주겠다고 승낙했습니다. 하오니 우리 송도 이번에 제후가 기나라 치는 것을 도와줘야 합니다."

남궁장만이 자원한다.

"원컨대 신이 가서 제나라를 원조하겠습니다."

송장공은 병거 200승을 내주고 맹획을 선봉으로 삼아 출발하게 했다.

한편 기나라를 치기 시작한 제나라는 위衛나라 군사와 합세했다. 겸하여 그들은 연燕나라 군사까지 징집했다.

지난날 제희공은 위선공衛宣公과 회견하고 언제든지 일이 있으면 서로 도와주기로 약속했던 것이다. 이에 제나라가 기나라를 치자 위나라도 군사를 보내어 도우려 했으나 때마침 병중이던 위선공이 세상을 떠났다. 즉시 세자 삭朔이 군위에 올랐다. 그가 바로 위혜공衛惠公이다.

위혜공은, 부군이 세상을 떠났기 때문에 비록 상중이지만 선군先君이 제희공과 약속한 것을 어길 수 없다 해서, 즉시 병거 200승을 보냈다. 그러면 연나라 군사는 어째서 이런 싸움에 참가했을까?

원래 연나라 임금 연백燕伯은 제나라에 잡아먹힐까 봐 늘 벌벌 떨고 있던 처지였다. 그러던 차에 범보다 무서운 제나라가 군사를 청했으므로 연백은 이 참에 제희공의 비위를 맞춰주고 우호 관계를 맺으려고 친히 군사를 거느리고 갔던 것이다.

이에 기나라 기후는 제 · 위 · 연 세 나라 대군이 쳐들어오자 감히 나아가 싸울 생각도 못했다. 기후는 성과 보루만 높이 쌓고 성지를 깊이 판 후, 굳게 지키면서 그저 노나라 군사가 구원 오기를 눈이 빠지게 기다렸다.

어느 날 신하가 급히 들어와 기후에게 아뢴다.

"지금 노후와 정백이 군사를 거느리고 우리 나라를 도우러 오고 있습니다."

그제야 기후는 노랗던 하늘이 파랗게 보였다. 기후는 즉시 성위에 올라가 노군과 정군을 바라보았다. 그러는 한편 영접할 제반 준비를 했다.

이때 노환공은 기나라 성 밖에 진을 치고 있는 제희공과 만났다. 노환공이 장인丈人인 제희공에게 좋은 말로 청한다.

"기나라는 과인의 나라와 윗대에 서로 혼인한 사이입니다. 옛날에 기가 귀국에 지은 죄가 있다 하기에 이렇게 과인이 몸소 왔습니다. 청컨대 기나라의 옛 허물을 용서하소서."

제희공이 완강히 대답한다.

"우리 선조 애공哀公(애공은 제발공齊發公의 아들인데, 지난날 기후杞侯가 주이왕周夷王에게 참소讒訴하여 주이왕이 애공을 팽살烹殺하고, 그 아우 정靜을 세운 일이 있다)은, 지난날 기의 참소로 주周에 붙들려가 펄펄 끓는 가마솥에서 세상을 떠났소. 그 일이 있는 뒤 과인의 대까지 8대를 내려오도록 아직 그 원수를 갚지 못했소. 군후는 조상 때 서로 통혼한 사이라니 기나라를 도와주든 말든 맘대로 하오. 과인은 무슨 일이 있을지라도, 조상 원수를 갚기 위해서 기나라를 쳐야겠소. 오늘날 할 일은 다만 싸움이 있을 뿐이오."

이 말을 듣고 노환공은 분개했다. 그는 공자 익으로 하여금 병거를 몰고 나가서 싸우게 했다.

이에 제희공도 공자 팽생彭生으로 하여금 나가서 싸우게 했다.

원래 팽생은 만부萬夫도 당적할 수 없는 용사였다. 공자 익이 어찌 그를 당적할 수 있으리오.

노나라 진자, 양자 두 장수도 나가서 힘을 합해 팽생과 싸웠다. 그러나 세 장수는 자기들 앞가림밖에 못했다.

이때 위후와 연백이 제·노 간에 싸움이 시작됐다는 보고를 받고 즉시 달려나가 제군을 도왔다. 노군의 형세가 몰리는 판인데, 뒤떨어져오던 정나라 대군이 당도했다. 정나라 장수 원번은 단백과 함께 모든 장수를 거느리고 직접 제후의 본영을 엄습했다. 그제야 기후의 동생 영계嬴季도 군사를 거느리고 성밖에 나가서 싸움을 도왔다. 이에 각 군사들의 함성이 하늘을 뒤흔들었다.

제나라 공자 팽생도 그제야 약간 뒤로 물러섰다. 마침내 제·위·연이 한패가 되고, 노·정·기가 한패가 되어 육국六國 군사가 한데 어우러져 서로 시살했다. 피비린내가 천지에 가득했다. 노환공은 한참 싸우다가, 우연히 연백을 보게 됐다. 노환공이 큰 소리로 꾸짖는다.

"연백아! 지난날 곡구 땅에서 송·노·연 세 나라가 함께 동맹 맺은 것을 잊었느냐. 맹세한 입에 침도 마르기 전에, 송이 먼저 맹세를 저버리기로 과인은 송을 치고 왔다. 너도 송나라의 못된 버릇을 본받아 제나라 앞에서 아첨 부릴 줄만 알고, 네 국가를 위해 길이 생각할 줄은 모르느냐?"

연나라 연백은, 자기가 신의를 지키지 못한 것을 알고 있었다. 연백은 머리를 숙이고 싸움터에서 슬며시 피했다.

"데리고 온 군사들이 패하고 도망갔기 때문에 수습해야겠소."

연백은 핑계하고 어디론지 숨어버렸다. 위군은 애초부터 이렇다 할 장수가 없었다. 그래서 맨 먼저 위나라 군사가 패하기 시작했다. 일이 이쯤 되자, 제후의 군사도 패하기 시작했다.

죽어자빠진 여섯 나라 군사가 산과 들에 가득하고 피는 흘러서 냇물을 이루었다.

이 싸움에서 제나라 장수 공자 팽생이 화살을 맞고 거의 죽게 됐다. 이때 저편으로부터 티끌이 연기처럼 일어나면서 달려오는 군사가 있었다. 송나라 군사가 그제야 당도했던 것이다.

송나라 군사가 오는 걸 보고 노·정 두 나라 임금은 일단 군사를 거두었다.

호증胡曾 선생이 시로써 이 일을 읊은 것이 있다.

강한 나라는 약한 나라를 속이면서
외로운 성을 단번에 집어삼킬 줄 알았지만
그러나 다른 나라가 망하기 전에 자기 군사가 먼저 패했으니
제후는 후세 사람의 웃음거리가 되었도다.
明欺弱小恣貪謀
只道孤城頃刻收
他國未亡我已敗
令人千載笑齊侯

송나라 군사가 미처 가쁜 숨결도 돌리기 전이었다. 일단 군사를 거뒀던 노·정은 송군이 가까이 오기를 기다렸다가 각기 일지군을 보내어 급작스레 쳤다.

이에 송군은 능히 영채도 세우지 못하고, 오자마자 대패하여 달아났다. 송군은 이미 제나라 연합군이 여지없이 패한 것을 눈치챘기 때문에, 홀로 노·정과 싸울 신명이 나지 않았다. 제와 위와 연

은 각기 패잔병을 수습하고 본국을 향해 떠나갔다.

제희공이 떠나며 기성杞城을 돌아보고 저주한다.

"내가 이 세상에 있는 한, 기는 이 땅에서 멸망할 것이다. 만일 기가 이 땅 위에서 존속한다면 내가 없어질 것이다. 우리 제와 기는 이 하늘 아래서 결코 함께 살지 않으리로다."

그는 거듭 맹세하고 떠났다.

위기를 모면한 기나라 군후는 즉시 노후와 정백을 성안으로 모시고 들어가 큰 잔치를 베풀고 모든 군사를 배부르게 먹이고 상을 줬다.

잔치 자리에서 영계가 말한다.

"이번에 제후는 아무 이득 없이 돌아갔습니다. 우리에 대한 원한이 골수에 사무쳤을 것입니다. 지금 두 군후께서 여기 계시니, 이왕이면 아주 완전한 계책까지 지시해주십시오."

노환공이 대답한다.

"그걸 지금 결정할 순 없는 일이오. 다음날 차차 다시 도모합시다."

이튿날 노환공과 정여공은 기나라를 떠났다. 기후는 성밖 30리까지 따라나가서, 눈물을 흘리며 두 나라 군후를 전송했다.

노환공이 본국에 돌아오고 얼마 지나서였다. 정여공의 사자가 와서, 지난날 양국이 무부武父 땅에서 동맹한 정의를 말하고 앞으로도 더욱 우호 있기를 청했다.

이로부터 노와 정이 한패가 되고, 송과 제가 한패가 됐다.

한편 정나라에선 역성을 지키던 대부 공자 원元이 세상을 떠났다. 제족은 정여공에게 아뢰고 단백을 그 후임으로 보냈다. 이는 주환왕 22년 때 일이었다.

한편 제희공은 기를 치러 갔다가 패하고 돌아온 뒤로 그 분을 삭이지 못하여 시름시름 앓았다. 그해 겨울로 접어들면서, 병세가 위독했다. 제희공은 세자 제아諸兒를 병상 앞으로 불렀다.

　"기나라는 우리와 대대로 내려오는 원수다. 능히 기나라를 멸망시키는 자라야 방가위지方可謂之 효자라고 할 수 있다. 깊이 명심하여 들어라. 이제 내가 죽으면 네가 군위에 오르는 것이다. 나의 이 부탁을 제일 사명으로 알아야 한다. 곧 대대로 내려오는 원수를 갚지 못하는 자는 아예 나의 종묘에 들어서지도 말아라. 깊이 명심하고 이 원한을 풀게 하여라."

　세자 제아는 머리를 조아리며, 부군父君의 분부를 받았다.

　제희공은 다시 이중년夷仲年의 아들인 무지無知를 불러 제아에게 절하게 하고 부탁한다.

　"너의 부친 이중년은 나와 형제간이며 나의 친동생이다. 나의 혈육이라곤 세자 제아 하나뿐이구나. 네 마땅히 세자를 잘 섬기어라. 너는 새 임금에 대한 충성과 예의를 생전에 내게 했듯이 하여라."

　제희공은 말을 마치자, 다시 뜰 수 없는 눈을 감았다.

　모든 대부는 즉시 세자 제아를 받들어 상례喪禮를 지내고, 즉시 그를 군위에 올려 모셨다. 그가 바로 제양공齊襄公이다.

　한편 송나라 송장공은 정나라에 대한 원한이 골수에 박혔다. 어떻든지 정나라에 대한 분풀이를 하고야 말 작정이었다. 마침내 송장공은 그간 정나라가 갖다바친 흰 구슬과 황금을 모조리 뇌물로 제·채·위·진陳 네 나라에 나누어 보냈다.

　"과인은 정나라를 무찔러야만 한이 풀리겠습니다. 모든 군후께선 군사를 거느리고 오셔서 우리 송나라를 도와주십시오."

하고 송장공은 네 나라에 원조를 청했다.

한편 제나라는 마침 제희공이 세상을 떠났기 때문에, 상중이어서 다만 대부 옹름雍廩이 병거 150승을 거느리고 송을 원조하러 갔다. 채와 위도 각기 장수를 보내어, 송나라가 정나라 치는 것을 도왔다.

한편 정나라 정여공은 송나라가 여러 나라 군사를 규합해 쳐들어온다는 보고를 받고 즉시 싸우기로 결심했다.

그런데 상경 제족이 간한다.

"싸우다니 안 될 말씀입니다. 송은 대국입니다. 이제 그들은 나라를 기울이다시피 전력을 다하여 쳐들어오는 중입니다. 우리는 그들과 싸워야 아무 이익도 없습니다. 잘못하다간 사직까지 보존하기 어렵습니다. 또 싸워서 다행히 이긴다 할지라도, 그들의 철천지원한徹天之怨恨만 사게 됩니다. 그러면 우리 나라도 앞으로 편안할 날이 없을 것입니다. 그저 굳게 지킬 뿐, 그들이 하는 대로 내버려두는 것이 상책일까 합니다."

"……"

정여공은 아무 대답 없이, 오히려 결정을 짓지 못했다. 그런데 제족은 더 의논할 것 없이 밖으로 나가서,

"군사거나 백성이거나 누구를 막론하고 성만 굳게 지켜라. 만일 적군에게 싸움을 청하는 자 있으면 엄벌하리라."
하고 지시했다.

이에 송장공은 대군을 거느리고 정나라 성을 쳤으나 정나라 군사는 꼼짝 아니하고 성안에 들어박혀 있었다. 송나라 군사는 암만 싸움을 걸어도 응하지 않기 때문에 화가 나서 애꿎은 동쪽 교외郊外만 노략질하고 닥치는 대로 파괴했다.

그래도 정나라 군사는 모두 죽었는지 꼼짝 안 했다. 송군은 드디어 거문渠門(정나라의 성문 이름)에다 불을 질렀다.

시뻘겋게 타오르는 성지 위의 문이 불덩어리가 되어 내려앉았다. 송나라 대군은 즉시 성안으로 돌입하여 사통오달의 큰길까지 물밀듯이 들어갔다. 그러나 정나라 군사는 그림자 하나 없었다.

정여공과 모든 신하와 군사들은 이미 계획적으로 피란을 떠났던 것이다.

송장공은 텅 빈 태궁太宮(정나라 조상의 묘廟)에 이르렀다. 그는 거느리고 온 연합군에게 태궁의 서까래를 벗겨 내리게 했다.

송나라 군사들은 태궁의 서까래를 수레에 옮겨 실었다. 그뿐 아니라 송장공은 정나라 성안을 모조리 노략질했다. 송장공은 많은 물건을 가득 실은 병거와 군사들을 거느리고 본국으로 돌아갔다.

본국으로 돌아간 송장공은 정나라에서 가지고 온 태궁의 서까래를 노문盧門(송나라의 성문 이름)의 서까래로 대용했다. 그는 그렇게 정을 모욕하고 분풀이했다.

한편 피란처에서 돌아온 정여공은 모두가 황량해버린 풍경을 보고 자못 울적했다. 그는 계속해서 탄식한다.

"내 늘 제족에게 구속만 받으니 무슨 즐거운 일이 있으리오."

이때부터 정여공은 모든 잘못이 제족의 독단 때문에 일어난 것이라고 원망했다. 그는 내심 은근히 제족을 죽여버리기로 결심했다.

그 이듬해 봄 3월이었다.

주환왕은 병이 났다. 그 증세가 점점 위독했다.

주환왕은 주공 흑견을 병실로 불렀다.

"물론 적자에게 천자의 위를 물려주는 것이 예법이다. 그러나 짐은 차자 극克을 몹시 사랑한다. 만일 그 형인 타佗가 세상을 떠나거든, 그 다음은 동생 극이 왕위를 계승하도록 경은 주선하여라."

말을 마치고 주환왕은 붕어했다. 주공은 선왕의 유명을 받들어 우선 세자 타를 왕위에 모셨다. 그가 바로 주장왕周莊王이다.

한편 정여공은 천자가 붕어했다는 소식을 받고, 즉시 사자를 보내어 조상弔喪하기로 했다. 그러자 제족이 앞으로 나아가 간한다.

"죽은 주왕은 우리 선군과 원수지간이었습니다. 지난날 우리나라 축담祝聃이 활로 왕의 어깨를 쏜 일이 있지 않습니까. 사자를 보내어 조상한대야 그저 욕이나 얻어먹고 돌아올 것입니다."

정여공은 제족이 간하는 말을 반대하진 못했다. 그러나 속으로 뼈물었다.

'이놈 두고 보자. 뭣이든 내가 하려는 건 꼭 방해하기로 작정했구나.'

그는 내심 제족을 더욱 미워했다.

어느 날이었다.

정여공은 후원을 배회했다. 대부 옹규가 그 뒤를 따르고 있었다. 정여공은 새들이 훨훨 날아다니며 맘대로 재잘거리는 걸 보고서, 처연히 한숨을 쉬었다. 뒤따라가던 옹규가 이상히 생각하고, 앞으로 나아가 묻는다.

"지금 봄을 맞이하여 경개가 화창합니다. 100가지 새들도 기꺼이 놀고 있습니다. 주공께서는 제후의 부귀를 누리면서, 우울한 기색을 감추지 못하시니 무슨 까닭이라도 있으십니까?"

정여공이 외로이 웃으며 푸념한다.

"100가지 새들은 자유로이 날아다니며 노래하며, 전혀 압제를 받지 않는구나. 그런데 과인은 저 새만도 못하니 어찌 기쁠 수 있겠느냐."

옹규가 한걸음 다가서면서 아뢴다.

"주공께서 염려하시는 것은 정권을 잡고 있는 사람 때문이 아닙니까?"

정여공이 대답하지 않고, 옹규를 물끄러미 돌아본다.

옹규가 속삭인다.

"듣건대 임금은 오히려 부모와 같고, 신하는 자식과 다름없다 하더이다. 자식이 그 아비를 위해 근심하지 않으면 이는 곧 불효한 자며, 신하로서 능히 그 임금을 위해 힘쓰지 않으면 곧 이는 불충한 자입니다. 만일 주공께서 이 규糾를 불초하다 아니 하시고 신과 상의하신다면, 고대 죽을지라도 감히 힘을 아끼지 않겠습니다."

그제야 정여공은 혹 주위에서 듣는 사람이라도 있지 않나 하고 좌우를 한번 둘러봤다. 그러고서 옹규에게 말한다.

"경은 제족의 사위가 아니냐?"

옹규가 서슴지 않고 대답한다.

"서로의 관계로 말하면 사위지만 정情으로 말하면 남과 같습니다. 제가 제祭씨 딸과 혼인한 것도 실은 송후의 협박에 부대껴서 한 짓이고, 또 제족으로 말할지라도 하고 싶은 혼인을 허락한 것은 아니었습니다. 신이 듣건대 제족은 어쩌다가 전 주공(달아난 정소공鄭昭公을 지칭)에 관한 말이 나오기만 하면, 항상 그리워한다는 풍문이 있습니다. 다만 송이 두려워서 꼼짝못하고 있을 뿐이지 그렇지 않다면야 벌써 무슨 짓을 했을지 모릅니다."

정여공이 연방 머리를 끄떡이면서 묻는다.

"경이 능히 제족을 죽일 수 있다면 경에게 제족의 자리를 주겠다. 그러나 어떻게 하면 좋을지 계책이 없구려."

옹규가 계책을 아뢴다.

"동쪽 교외는 지난번에 송군이 가장 많이 파괴하고 갔기 때문에, 백성들이 돌아왔으나 아직 복구하지 못하고 있습니다. 그러니 주공께서는 사도司徒에게 명하사, 곡식 쌓는 창고를 수리하게 하고, 동시에 제족으로 하여금 곡식과 베[布]를 가지고 가서 그곳 백성들을 위로하도록 하십시오. 그러면 신은 동교東郊에 가서 잔치를 베풀고 독주를 먹여 제족을 죽이겠습니다."

정여공이 부탁한다.

"이제 과인은 모든 것을 경에게 맡긴다. 경은 마땅히 자세히 알아서 하라."

이날 옹규는 집으로 돌아가 아내 제씨를 대하자 자기도 모르는 결에 당황했다. 제씨는 남편의 당황해하는 기색이 여느 때와 다른 걸 보고 의심이 났다.

"오늘 궁중에서 무슨 일이 있었나이까?"

"아무 일도 없었노라."

제씨는 남편의 기색이 더욱 달라지는 걸 봤다. 그녀는 더욱 의심이 나서 묻는다.

"첩이 무엇을 아오리까마는, 안색을 뵈오니 오늘 조정에서 반드시 무슨 일이 있었던 것 같습니다. 부부는 한 몸이라, 일이 크든 작든 첩이 알아서 못쓸 건 무엇입니까?"

옹규가 태연한 체하면서 대답한다.

"장인이 파괴된 동쪽 교외에 가서 백성을 위로하게 됐는데, 나도 그곳에 가서 잔치를 열고 장인의 수복壽福을 칭송하기로 했소. 이외에 별다른 일은 없었소."

그러나 제씨는 어쩐지 미심스러웠다.

"우리 친정 아버지를 대접한다면야 하필 교외에서 하실 것이

뭐요."

옹규가 대답한다.

"이는 주공의 분부이시라. 그대는 더 묻지 마오."

제씨는 더욱 의심이 났다. 그날 밤에 제씨는 좋은 안주상을 차려놓고 남편 옹규에게 술을 권했다.

제족을 죽일 작정인지라 옹규는 우선 마음부터 진정하려고 아내가 간곡히 권하는 술을 마셨다. 이윽고 대취하여 곯아떨어졌다.

제씨는 정신없이 쓰러진 남편을 한참 굽어보다가 사내 목소리를 지어서 묻는다.

"주공은 너에게 제족을 죽이라고 명하셨는데, 네 이미 잊었느냐!"

몹시 취해서 쓰러진 옹규는 꿈인지 생시인지도 분별 못하고, 코맹맹이 소리로 중얼댄다.

"어찌 그 일을 잊었으리오."

제씨는 새삼 놀랐다. 그러곤 살며시 불을 껐다.

이튿날 옹규는 일찍 일어났다. 제씨가 남편에게 말한다.

"당신은 우리 아버지를 죽일 생각이시지요? 다 알았어요."

옹규는 깜짝 놀랐다.

"그게 무슨 소리요. 어찌 그런 일이 있을 수 있겠소."

제씨가 남편을 한 번 흘겨본다.

"다 그만두세요. 어젯밤 취해 주무시면서 여러 가지 잠꼬대를 하십디다. 그러니 누가 모를 줄 아시오. 속일 것까진 없지 않습니까."

그제야 옹규는 잔뜩 이맛살을 찌푸렸다.

"출가외인이라. 여자는 남편만 좇을 뿐입니다. 다른 무슨 도리가 있겠습니까."

제씨의 말에 옹규는 비로소 찌푸렸던 이맛살을 펴며, 제족을 죽이기로 한 자초지종을 다 말했다.

제씨가 남편의 말이 끝나자 걱정한다.

"우리 아버지는 아시다시피 궁중 이외에 잘 출입하지 않는 성미입니다. 동교로 갈지 안 갈지 걱정이구려. 첩이 하루 먼저 친정에 가서 어떻게 해서든지 우리 아버지를 꼭 동교에 나가도록 하리이다."

옹규가 말한다.

"이 일이 성공하면 나는 그대 아버지의 자리에 앉을 수 있으니, 그대 또한 영화가 아니리오."

제씨는 하루 앞서 친정으로 갔다. 친정에 당도한 제씨가 그 모친에게 묻는다.

"친정 아버지와 남편과 어느 쪽이 더 소중합니까?"

그 어머니가 웃으면서 대답한다.

"그야 다 소중하지."

"아니 아버지와 남편 어느 쪽이 더 소중하냐는 말씀입니다."

어머니는 오랜만에 친정에 온 딸이 귀여워서 역시 웃으며 대답한다.

"남편보다는 아버지가 더 소중하단다."

제씨는 약간 놀랐다.

"어째서 그러하오니까?"

"여자가 시집을 가기 전엔 남편이 없다. 누구나 세상에 나면서부터 아버지만은 이미 정하여진 바라. 또 여자는 시집을 갔을지라도 남편이 죽으면 다시 시집을 갈 수 있으나, 아버지만은 바꿀 수 없다. 그기에 남편을 인간에 비한다면, 아버지는 하늘과 같은 것이다. 그러니 남편을 어찌 아버지에다 비할 수 있으리오."

어머니는 딸 내외가 서로 의좋게 살고 있기 때문에 사랑하는 마음에서 무심히 한 말이었다.

그러나 딸은 이렇게 하느냐 저렇게 하느냐의 중대한 갈림길에 있었다.

제씨의 눈에서 뜨거운 눈물이 흘러내린다.

"소녀는 이제 아버지를 위해 남편을 버리겠나이다."

하고 드디어 옹규가 계책하고 있는 바를 다 고했다. 그 어머니는 이 천만뜻밖의 말을 듣고 크게 놀랐다. 그리고 즉시 남편인 제족에게 고했다.

제족은 머리를 조용히 끄덕이며,

"너희는 말 말고 가만있거라. 내 그때에 알아서 처분하겠다."

하고 간단히 말했다.

이튿날 제족은 동교에 가서 백성을 위로하려고 준비를 했다.

제족은 이미 자기 심복 부하인 강서強鉏로 하여금 용사 10여 명을 거느리고, 제각기 비수를 품에 품고 뒤따라오도록 했다. 그래서 동교로 나가는 제족의 뒤엔 수행원이 많았다.

이땐 공자 알閼도 제족의 지시를 받고, 집안 무사 100여 명을 거느리고 변란을 막으려고 이미 교외에 매복하고 있었다.

제족이 동교로 가는데 옹규가 도중까지 나와서 영접했다. 제족은 동교에 이르러 백성들을 위로하고 옹규의 안내를 받아 잔치 자리로 갔다.

제족이 옹규에게 말한다.

"나랏일을 위해서 다니는 것은 누구나 마땅히 해야 할 일이라. 그러하거늘 어찌 수고롭게 이렇듯 잔치까지 베풀고 대접하는고. 도리어 송구하다."

옹규가 공손히 대답한다.

"지금 교외 봄빛이 한창 아름답습니다. 그저 약간의 음식을 갖추었습니다. 이 한잔을 사양 마소서."

그는 제족 앞에 나가 끓어앉아서 큰 잔에 술을 가득 부어 만면에 웃음을 띠고,

"백수百壽하소서."

하고 잔을 바쳤다.

제족은 손을 내밀어 잔을 받는 체하다가 갑자기 옹규의 손을 움켜잡았다. 그리고 왼손으로 그 술잔을 번개같이 빼앗았다.

제족은 즉시 그 술을 연못에 부었다.

순간 푸른 연못에서 불빛이 번쩍 일어났다.

제족이 크게 호령한다.

"이놈, 네 어찌하여 나를 이렇듯 희롱하느냐?"

다시 좌우를 돌아보며,

"이중에 나를 위해 이 불측한 놈을 끌어내릴 사람은 없느냐?"

하고 호통했다.

지금까지 기다리던 강서는 모든 용사와 함께 일제히 뛰어올라가 옹규를 사로잡아 끌어내렸다.

용사들은 파랗게 질린 옹규를 결박했다.

강서는 칼을 쭉 뽑았다. 순간 옹규의 목은 땅바닥에 굴러떨어졌다.

용사들은 연못에다 목 없는 시체를 발길로 차넣었다.

이때 정여공이 보낸 무사들은 옹규를 도우려다가 공자 알의 무사들에게 들켰다. 그래서 바깥에서도 일대 수라장이 벌어졌다. 정여공이 보낸 무사는 몇만 도망하고 거의 다 맞아 죽었다.

한편 궁중의 정여공은 좋은 소식이 오기만을 기다리다가 도망

온 무사에게서 일이 실패했다는 보고를 받고, 대경실색했다.

"이젠 제족이 나를 용납하지 않겠구나!"

정여공은 곧 뒷문으로 빠져나가 채나라를 향해 달아났다.

그 뒤 어떤 사람이 정여공에게, 그 일이 실패한 것은 옹규가 그 아내 제씨에게 비밀을 누설해서 제족이 미리 알게 되었기 때문이라고 말했다.

그때 정여공은,

"국가 대사를 일개 여편네하고 상의하다니, 그놈은 죽어도 마땅하다."

하고 탄식했다.

제족은 정여공이 이미 달아났다는 보고를 받고, 즉시 공부 정숙定叔(공숙共叔 단段의 손자이며 공자 활滑의 아들)을 위나라로 보내어 도망가 있는 전 임금 정소공을 모셔왔다.

이리하여 지난날에 폐위당했던 정소공은 다시 돌아와 정나라 임금이 됐다.

제족이 정소공 앞에 나아가 국궁 재배한 뒤,

"신은 지난날 서약한 바와 같이 이제야 주공께 신의를 잃지 않게 되었습니다."

하고 말했다.

〔2권에서 계속〕

주요 제후국

정鄭   주선왕周宣王의 이복 동생 희우姬友가 B.C.806년에 낙읍洛邑 인근의 정鄭
(현 하남성河南省 중남부) 땅을 분봉받아 세운 유력한 동성同姓 제후국. 수도는
신정新鄭. 동천 직후의 혼란 속에 왕실을 보위한 공이 높아 3대 제후 정장공鄭
莊公이 사망할 때까지 70여 년 간 천하 제후국들 간의 세력 판도와 국제 질서
를 주도했음.

노魯   주무왕周武王의 동복 동생인 주공周公 희단姬旦이 노魯(현 산동성山東省 서
부) 땅에 분봉받아 세운 대표적인 동성同姓 제후국. 수도는 곡부曲阜. 이후 단
의 장자인 백금伯禽 가계가 노나라 제후위를 계승하고 다른 아들들은 왕실 공
경公卿 지위를 계승. 성현聖賢 중의 성현인 주공 단의 장자 가문이 계승한 나
라였기 때문에 춘추 전국 시대를 통해 국력은 미약했으나 서주西周의 전통 예
악禮樂 질서와 학술, 문화의 중심지로 중시되었음. 대성현 공자孔子도 노나라
의 이 같은 분위기 속에서 배출될 수 있었음.

송宋   상商나라 주왕紂王의 이복 동생 미자개微子開가 주 왕실로부터 상의 고토
(현 하남성河南省 동남부)를 분봉받고 상의 유민들을 모아 세운 나라. 수도는 상
구商丘. 춘추 시대 동안 일반 소국들과 마찬가지로 진晉, 제齊, 초楚 등 강대
국 사이에 끼여 군사적 · 정치적으로 계속 고전했음. 상의 후예들이 건국했기
때문에 상 문화나 사회 풍습들이 잘 보전되어 중원中原 제후국들 중에서는 상
당히 독특한 문화적 색채를 보유했음.

북융北戎   선사先史 시대 이래로 중국 변경에 잡처雜處하던 사방四方 이민족들 중
북방에 거주하는 이민족들을 통칭하던 말. 북적北狄과도 동의어. 하夏 · 상
商 · 주周 3대代 왕조의 주도하에 중원 문화가 급속도로 발전하면서 중원인
들, 곧 하상주 왕조의 직접적인 지배와 예악禮樂 교화가 미치는 지대에 거주
하는 사람들은 차츰 그렇지 못한 사방 주변부 사람들을 자신들과 차별화시키
면서 야만족, 오랑캐로 멸시하게 되었음. 이것이 중국 문화와 중국 정신의 가

장 뚜렷한 특징 중 하나인 '중화 의식中華意識'의 형성이며, 그 결과 중원의
중국인들은 사방 이민족들을 각각 동이東夷, 서융西戎, 남만南蠻, 북적北狄으
로 통칭하게 되었음.

주周 왕실과 주요 제후국 계보도

* =는 부자 관계, ㄴ 는 형제 관계.
* 주 왕실 계보도에서 네모 안의 숫자(①, ②…)는 주나라 건국 이후의 왕위 代수.
* 제후국 계보도에서 네모 안의 숫자는 서주 왕실에 의해 제후로 책봉된 시점을 출발점으로 삼은 제후위諸侯位의 대代 수.

주요 제후국 간의 통혼 관계

* =는 혼인 관계, |는 친자 관계, 네모 안의 숫자는 각국 제후위 대代 수.

정鄭 · 신申 · 등鄧 · 송宋

②정무공鄭武公 ══ 신申나라 공녀 강씨姜氏

등鄧나라 공녀 ══ ③정장공鄭莊公 ══ 송宋대부 옹씨雍氏의 딸

③정소공鄭昭公   ④ · ⑧정여공鄭厲公

진陳 · 채蔡

⑫진환공陳桓公 ══ 채蔡나라 공녀

⑭진여공陳厲公

주周 왕실 계보 : 희성姬姓(양주兩周 37대 867년, B.C.1122?~256)

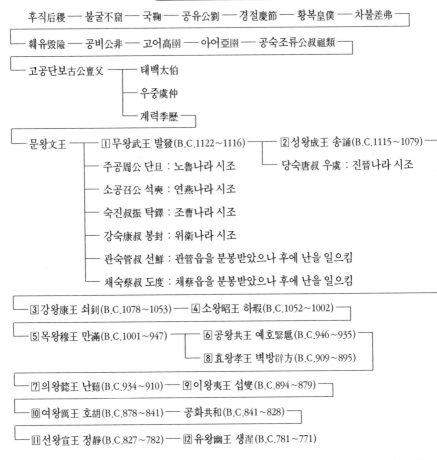

서주 시대 : 12대 352년

후직后稷 ── 불굴不窟 ── 국국鞠 ── 공유公劉 ── 경절慶節 ── 황복皇僕 ── 차불差弗 ─┐

┌─ 훼유毁隃 ── 공비公非 ── 고어高圉 ── 아어亞圉 ── 공숙조류公叔祖類 ─┐

┌─ 고공단보古公亶父 ──┬─ 태백太伯

　　　　　　　　　　├─ 우중虞仲

　　　　　　　　　　└─ 계력季歷 ─┐

┌─ 문왕文王 ──┬─ ① 무왕武王 발發(B.C.1122~1116) ──┬─ ② 성왕成王 송誦(B.C.1115~1079) ─┐

　　　　　　├─ 주공周公 단旦 : 노魯나라 시조　　　└─ 당숙唐叔 우虞 : 진晉나라 시조

　　　　　　├─ 소공召公 석奭 : 연燕나라 시조

　　　　　　├─ 숙진叔振 탁鐸 : 조曹나라 시조

　　　　　　├─ 강숙康叔 봉封 : 위衛나라 시조

　　　　　　├─ 관숙管叔 선鮮 : 관管읍을 분봉받았으나 후에 난을 일으킴

　　　　　　└─ 채숙蔡叔 도度 : 채蔡읍을 분봉받았으나 후에 난을 일으킴

┌─ ③ 강왕康王 쇠釗(B.C.1078~1053) ── ④ 소왕昭王 하瑕(B.C.1052~1002) ─┐

┌─ ⑤ 목왕穆王 만滿(B.C.1001~947) ──┬─ ⑥ 공왕共王 예호繄扈(B.C.946~935) ─┐

　　　　　　　　　　　　　　　　　└─ ⑧ 효왕孝王 벽방辟方(B.C.909~895)

┌─ ⑦ 의왕懿王 난囏(B.C.934~910) ── ⑨ 이왕夷王 섭燮(B.C.894~879) ─┐

┌─ ⑩ 여왕厲王 호胡(B.C.878~841) ── 공화共和(B.C.841~828) ─┐

└─ ⑪ 선왕宣王 정靜(B.C.827~782) ── ⑫ 유왕幽王 생涅(B.C.781~771)

• 괄호 안의 연대 중 11대 주선왕周宣王 이전은 대략적인 예측 연대이며 공화共和 시기(B.C. 841~828) 이후부터는
  역사상의 연도가 비교적 분명해짐.

── ⑬평왕平王 의구宜臼(B.C.770~720) ── 예보洩父 ─┐

┌─ ⑭환왕桓王 림林(B.C.719~697) ── …

각 제후국 계보

노魯나라 계보 : 희성姬姓

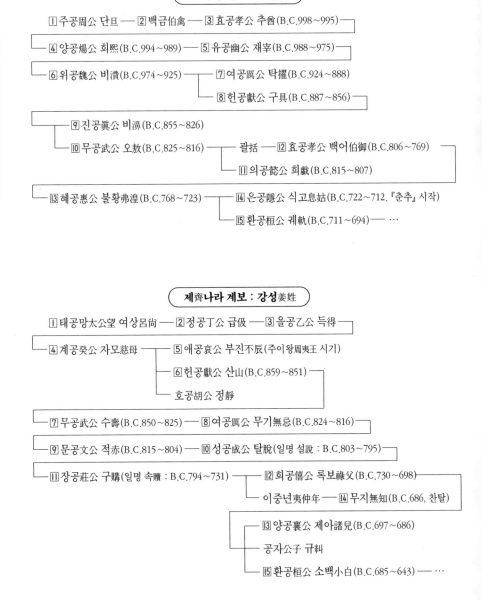

1 주공周公 단旦 —— 2 백금伯禽 —— 3 효공孝公 추酋(B.C.998~995) —

4 양공煬公 희熙(B.C.994~989) —— 5 유공幽公 재宰(B.C.988~975) —

6 위공魏公 비潰(B.C.974~925) —— 7 여공厲公 탁擢(B.C.924~888)

8 헌공獻公 구具(B.C.887~856) —

9 진공眞公 비濞(B.C.855~826)

10 무공武公 오敖(B.C.825~816) —— 괄括 —— 12 효공孝公 백어伯御(B.C.806~769)

11 의공懿公 희戲(B.C.815~807)

13 혜공惠公 불황弗湟(B.C.768~723) —— 14 은공隱公 식고息姑(B.C.722~712, 『춘추』 시작)

15 환공桓公 궤軌(B.C.711~694) —— …

제齊나라 계보 : 강성姜姓

1 태공망太公望 여상呂尙 —— 2 정공丁公 급伋 —— 3 을공乙公 득得 —

4 계공癸公 자모慈母 —— 5 애공哀公 부진不辰(주이왕周夷王 시기)

6 헌공獻公 산山(B.C.859~851) —

호공胡公 정靜

7 무공武公 수壽(B.C.850~825) —— 8 여공厲公 무기無忌(B.C.824~816) —

9 문공文公 적赤(B.C.815~804) —— 10 성공成公 탈脫(일명 설說 : B.C.803~795) —

11 장공莊公 구購(일명 속贖 : B.C.794~731) —— 12 희공僖公 록보祿父(B.C.730~698)

이중년夷仲年 —— 14 무지無知(B.C.686, 찬탈)

13 양공襄公 제아諸兒(B.C.697~686)

공자公子 규糾

15 환공桓公 소백小白(B.C.685~643) —— …

진秦나라 계보 : 영성嬴姓

(1) 진영秦嬴(진秦 땅과 영씨를 하사받고 소제후가 된 후의 호칭) 출현 이전

```
전욱顓項 ── … 여수女脩 ── 대업大業
대비大費¹ ──┬── 대렴大廉 ── 5세손 맹희孟戲 ── 5세손 중휼中潏
            └── 약목若木 ── 5세손 비창費昌(B.C.18C 말)
비렴蜚廉 ──┬── 오래惡來(B.C.12C 말) ── 여방女防 ── 방고旁皐 ── 태궤太几 ── 대락大駱
           │                                                            └── 비자非子²
           └── 계승季勝 ── 맹증孟增 ── 형보衡父 ── 조보造父³
```

1 대비는 우禹를 도와 치수治水에 공을 세워 백예라는 존칭과 영성을 하사 받음. 진秦 제후 가계의 전설적 선조.

2 비자가 주효왕周孝王에게 진秦 땅을 하사받고 원조遠祖 백예의 영씨嬴氏를 이어 진秦 영씨 제후가의 개조開祖가 됨.

3 조보가 주목왕周穆王에게서 조趙 땅을 하사받고 성을 조씨趙氏로 삼아 정착하여 진晉 조씨의 개조가 됨.

• 서주西周 전반까지는 진秦의 영嬴씨와 진晉의 조趙씨는 동일 선조의 후예들이었음. 주효왕(B.C.909~895) 이후 갈라져 비자非子 계통은 진秦나라 제후로, 조보造父 계통은 진晉나라 대부大夫 조씨로 각각 발전. 곧 조보가 주목왕에게서 조趙 땅을 하사받고 성을 조씨趙氏로 삼아 정착한 후 그 7세손 조숙대趙叔帶가 진晉의 희성姬姓 제후를 섬기는 대부大夫가 되어 세력이 날로 확산됨. 후대에 조씨는 한씨, 위씨와 함께 진晉나라 공실을 삼분三分하여 제후로 독립함(B.C.453).

(2) 진영秦嬴 출현 이후

```
①비자 ── ②진후秦侯(B.C.857~848) ── ③공백公伯(B.C.847~845)
④진중秦仲(B.C.844~822)
⑤장공莊公 기其(B.C.821~778) ──┬── 세보世父
                               └── ⑥양공襄公(B.C.777~766)
⑦문공文公(B.C.765~716) ── …
```

• 네모 안의 숫자는 진국 건립 후의 제후위 대代 수를 표시함.

• 문공이 백제白帝의 꿈을 꾸고 돌꿩을 얻었다는 전설은 후에 진이 천하를 통일할 것이라는 예언임.

$$\boxed{정鄭나라 계보 : 희성姬姓}$$

1환공桓公 우友(B.C.806~771) ── 2무공武公 굴돌窟突(일명 활돌滑突 : B.C.770~744)

3장공莊公 오생寤生(B.C.743~701)

공숙단共叔段 ── 공손활公孫滑

4-① 소공昭公 홀忽[1](B.C.700, 696~695)

4여공厲公 돌突(B.C.700~697, 679~673)

4-② 자미子亹(B.C.694)

4-③ 자의子儀(B.C.693~680)

1 4와 4-①~③시기 동안 정나라는 1국 2군주 체제였음. 곧 3대 군주 장공 서거 후 세자 홀이 일시 제후위를 계승했으나, 송나라 장공莊公의 사주를 받은 제족의 간계로 인해 홀은 미처 개원開元도 하지 못한 채 쫓겨나고, 공자 돌이 4대 군주 정여공으로 즉위하였음. 그후 정여공은 권신 제족祭足을 살해할 계획을 꾸미다 발각되어 국외로 망명, B.C.697~680년 간 채蔡나라 등지에 머물렀음. 이때 정나라에서는 소공(세자 홀, B.C.696~695), 자미(B.C.694), 자의(B.C.693~680) 등이 옹립되어, 결국 국내·국외에 2인의 군주가 있게 됨. 춘추 전국이라는 시대 특성상 이들 중 어느 한쪽을 정통으로 보기 곤란하므로 본 부록에서는 1국 2군주 체제로 파악한 것임.

(송宋나라 계보 : 자성子姓)

상왕商王 ── 주왕紂王 : 상 멸망

제을帝乙 ── ① 미자개微子開¹

        ── ② 미중微仲 연연衍 ── ③ 송공宋公 계계稽 ──

── ④ 정공丁公 신申 ── ⑤ 민공湣公 공공共 ── ⑦ 여공厲公 부사鮒祀 ──

                  ── ⑥ 양공煬公 희熙

── ⑧ 희공僖公 거거擧(B.C.858~831) ── ⑨ 혜공惠公 한혁覸(B.C.830~800) ──

── ⑩ 애공哀公(B.C.800) ── ⑪ 대공戴公(B.C.799~766) ── ⑫ 무공武公 사공司空(B.C.765~748) ──

    ── ⑬ 선공宣公 역력力(B.C.747~729) ── ⑮ 상공殤公 여이與夷(B.C.719~710)

    ── ⑭ 목공穆公 화화和(B.C.728~720) ── ⑯ 장공莊公 빙馮(B.C.709~692) ── …

1 상의 고토를 분봉받고 제후가 되어 상 왕실의 제사를 잇게 됨.

(진陳나라 계보 : 규성嬀姓)

순舜 ── 상균商均 ── … ── 알보閼父 ── ① 호공胡公 만만滿(주무왕 시기) ── ② 신공申公 서후서후犀侯 ──

                                          ── ③ 상공相公 고양皐羊

── ④ 효공孝公 돌돌突 ── ⑤ 신공愼公 어융圉戎(주여왕 시기) ──

── ⑥ 유공幽公 녕녕寧(B.C.854~832) ── ⑦ 희공僖公 효효孝(B.C.831~796) ──

── ⑧ 무공武公 영영靈(B.C.795~781) ── ⑨ 이공夷公 설설說(B.C.780~778) ──

                            ── ⑩ 평공平公 섭섭燮(B.C.777~755) ──

── ⑪ 문공文公 어위圉(B.C.754~745) ── ⑫ 환공桓公 포포鮑(B.C.744~707) ──

                            ── ⑬ 타타佗(B.C.707, 찬탈) ──

    ── 면면免(백伯에게 피살당함)

    ── ⑭ 여공厲公 약약躍(B.C.706~700)

    ── ⑮ 장공莊公 임림林(B.C.699~693)

    ── ⑯ 선공宣公 저구杵臼(B.C.692~648) ── …

331

관직

* 서주 시대에는 대다수 제후국들이 서주 관제官制를 모방했으므로, 1권에서는 서주 관제를 주로 정리했다.

총재관總裁官 · 백관百官의 수장

3공公 태사太師 · 태보太保 · 태부太傅. 서주 시대에 천자의 교육과 고문顧問, 충간忠諫 등을 담당하고 국정을 총괄하던 백관의 영수. 전轉하여 최고급 관료의 범칭으로도 사용됨. 각각의 부관副官으로 소사小師 · 소보小保 · 소부小傅 등을 두었음.

6경卿 태사太史 · 태축太祝 · 태복太卜 · 사도司徒 · 사마司馬 · 사공司空의 6관. 3공 다음가는 자리에 위치해 백관을 거느리면서 각종 행정 업무를 분담하여 총괄한 각 방면의 최고 장관. 태사 · 태축 · 태복은 대사료大史寮(서주 관직 체계를 크게 양분한 2대 진영 중 주로 종교적 · 의례적 업무를 담당하던 쪽)에 소속되어 국가 종교 · 의례 · 교육 · 제사 업무 등을 관장하였고, 사도 · 사마 · 사공은 경사료卿事寮(서주 관제官制의 2대 진영 중 행정적 · 재정적 업무를 담당하던 쪽)에 소속되어 각종 재정 · 경제 · 군사 · 건축 업무들을 관장하였음.

왕실 · 궁정宮廷 업무 담당

태재太宰 왕실 사무와 궁정 업무를 총괄하는 궁관宮官, 조관朝官의 수장.

재부宰夫 천자나 제후의 어찬御饌을 담당하는 관리. 부관으로 우재右宰, 좌재左宰를 두었음.

의례儀禮 · 종교 의식 담당

대종백大宗伯 국가 의례, 제사, 종교 의식을 총괄하는 예관禮官의 수장.

태사太史 국가의 천문 · 역법曆法 · 점복占卜과 각종 관방 문서들의 기록 및 보관을 총감독하던 사관史官의 수장.

축사祝史 의례나 종교 의식 거행시의 축문祝文 작성, 낭독, 보관 등을 담당한 직책.

무사巫史　강신降神 의식과 주술呪術을 담당한 직책.

교육 · 고문顧問 담당

대사도大司徒

현재까지 2종의 설이 있음. ① '司徒'를 '무리(徒)를 관리한다'는 의미로 해석해 국가 교육 업무를 총괄하는 교육관의 수장으로 보는 견해와, ② '사도司徒'를 '사토司土'가 와전訛傳된 것으로 보고 '사토司土'를 '토지를 관리한다'는 뜻으로 해석해, 농업을 비롯한 각종 생산을 관장하고 나아가 국가의 경제와 재정 업무 전반을 총괄하던 재정관의 수장으로 보는 견해가 병존하고 있음. ①의 견해를 빌릴 경우 대사도를 교육관의 수장으로 볼 수 있음.

동궁태부東宮太傅

일명 태자태부太子太傅. 태자 교육 및 고문을 담당하는 관리.

동궁소부東宮小傅

일명 태자소부太子小傅. 동궁태부의 부관副官.

사씨師氏

대사도에 소속되어 각종 세부적인 교육 업무를 맡아보던 관직들의 통칭.

재정 · 경제 담당

대사도大司徒　앞에서 설명한 ②의 의미로 볼 경우 대사도를 재정 · 재무 담당 장관으로 볼 수 있음.

대사공大司空　국가의 모든 공사工事, 건축建築 업무를 총괄하는 공관工官의 수장. 휘하에 각종 기술을 지닌 공관工官, 공인工人들을 거느렸음.

장고掌庫　국가 창고를 관리하는 감독관. 보통 '掌'이 붙은 관직들은 세습된 것으로 추정됨.

사고司庫　국가 창고 감독관. '司'가 붙는 관직들은 대체로 그 방면의 수장급 고관들을 지칭.

사시司市　각 지방의 시장 교역을 관리하고 감독하던 직책.

군사 담당

대사마大司馬 군사軍事 업무를 총괄하는 군관軍官의 수장. 본래는 '말을 관리한다'는 의미였으나 말이 군사에 필수불가결한 자원인 까닭으로 점차 군사를 총감독한다는 의미로 확대되었음. 춘추 시대 후기에 장군將軍 관직이 등장하면서부터 대부분의 제후국들에서 점차 도태되었으나 유독 남방의 초楚나라에서는 전국 시대 말기까지도 존속되었음.

군정軍正 군대의 기강紀綱과 군율軍律 숙정, 각 계급 군사軍士의 임면任免, 승강昇降, 상벌 및 군사 문서 등을 담당하던 직책.

어자御者 천자나 제후의 수레를 모는 마부.

사사士師 군율, 군법 및 군사상의 분규, 재판, 소송 관련 업무를 맡아보던 직책.

법률 담당

대사구大司寇 국가의 사법, 소송, 재판, 형옥刑獄 업무 등을 총괄하던 사법관의 수장.

기물器物

이彝　국가 대례大禮나 대제大祭 시에 사용되던 예기禮器의 한 종류. 주기酒器 (술병이나 술잔)로 주로 이용되었음(섬서성陝西省 부풍현扶風縣 출토).

정鼎　상주商周 시대에 상용된 국가의 보기寶器. 국가 대제大祭, 대례大禮에 없어서는 안 될 가장 중요한 제기祭器 겸 예기禮器였음. 서주西周~춘추 시대에 각 제후국들은 제후가 거주하는 내성內城 안 중심부에 종묘宗廟와 사직社稷을 세우고 그 안에 국가의 조명祚命과 국통國統을 상징하는 정鼎을 안치하여 독립 국가로서의 위상을 표현하였음(鼎에 관한 보다 자세한 내용은 5권의 구정九鼎, 문정問鼎 항목 참조). 그림의 정鼎은 정 중에서도 가장 대표적인 종류인 승정升鼎. 승정은 기주器主의 지위와 신분(천자, 제후, 경대부, 사 등)을 표시하는 최고 정통 예기禮器였음.

궤簋　국가 대례大禮, 대제大祭에 사용된 중요 예기禮器 겸 제기祭器로 서직黍稷
을 비롯한 각종 햇곡식을 담았음. 대개 바깥쪽은 둥글고 안쪽은 각이 진 형태로
되어 있음(호북성湖北省 수주시隨州市 출토).

두豆　예기禮器, 제기祭器의 한 종류로 음식을 담는 데 사용되었음(북경北京 고궁
박물원古宮博物院 소장).

336

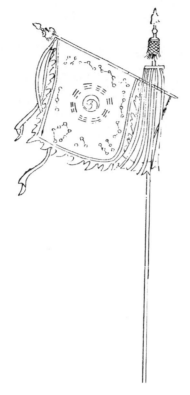

기旗　전투 지휘용 깃발(『삼재도회三才圖會』수록. 그림의 기의 중앙에는 태극太極과 주역周易 8괘卦 등이 그려져 있음).

춘추 전국 시대의 수레 바퀴 제작 광경

춘추 전국 시대의 청동기 제작 광경

주요 역사

주周 기원전 11세기 말부터 기원전 256년까지 계속된 중국 고대 왕조. 주족周族의 시조 후직后稷의 14세손인 무왕武王이 선조들의 왕업을 토대로 은殷 왕조를 물리치고 주를 건국한 후 호경鎬京에 도읍했다. 기원전 770년에 이민족의 침입을 받아 동쪽의 낙읍洛邑으로 피난하기 전까지 이상적인 덕치德治와 봉건 제도를 베풀어 후대 유가儒家들에게 예교禮敎 문화의 황금 시대로 추앙되었다. 왕실의 동천東遷을 계기로 그 이전을 서주西周, 그 이후 멸망 때까지를 동주東周라고 칭한다.

공화共和 기원전 841년에 호경에서 국인國人 폭동이 일어나 주여왕周厲王이 쫓겨난 후, 경대부卿大夫와 국인들의 추대를 받은 공백共伯(공共나라 군주인 백작) 화和가 체彘읍으로 도망간 주여왕을 대리하여 주여왕 사망 때까지 14년간 통치를 맡은 시기를 지칭함. 827년에 주여왕의 태자가 주선왕周宣王으로 즉위하면서 공화 시기는 종결되었다.

서주의 동천東遷 기원전 770년에 서주 왕실이 이민족인 견융犬戎과 왕실에 불만을 품은 신국申國 제후의 연합 공격을 받아 수도 호경을 빼앗기고 동쪽의 낙읍으로 피난간 사건. 이 사건을 계기로 주 왕실과 천자의 권위는 땅에 떨어지고 지방 제후諸侯들의 할거 경쟁이 전면화되면서 춘추 전국 시대가 본격 개막되었다.

중원中原 중국 문화의 발상지인 황하黃河 중상류의 남북 양안兩岸 지대를 지칭하는 말로 중화中華의 중심지, 중국 문명의 요람搖籃 등을 뜻한다. 역사적으로는 중국사의 여명기에 이상적인 황금 시대를 구가하면서 중화 문화의 골격과 근간을 마련한 전설적인 3대代 왕조인 하夏(B.C.2000~1600년경), 상商(B.C.1600~1122), 주周(B.C.1122~256) 등이 통치한 중심 영역을 가리키며, 지리적으로는 현재의 섬서성陝西省, 하남성河南省, 산서성山西省 등과 산동성山東省, 하북성河北省의 일부 지역을 포함한다. 본 소설의 2~4권에 자주 등장하는 중원의 제후란 대략 이 지역들에 위치한 정鄭 · 송宋 · 위衛 · 진晉 · 진陳 · 조曹 · 허許 · 제齊 · 노魯 · 채蔡 등의 제후국들을 말한다. 후대에도 중원은 중국 역대 왕조의 중심지 내지 천하 패권의 핵심 지역이라는 관용적인 의미로 널리 쓰였다.

춘추春秋 ¹기원전 770~453년까지의 역사 시대를 지칭하는 용어. 서주의 동천으로 인해 이전까지 비교적 안정되게 유지된, 주왕周王의 천자天子로서의 존엄한 권위와 봉건 질서가 무너지면서 각 지방의 유력 제후와 그들의 가신인 경대부들이 할거하여 상호 간의 세력 다툼과 영토 확장 경쟁에 매진하는 분열과 격동의 시대.

²서명書名. 춘추 시대를 다룬 역사서. 공자孔子가 지었다는 전설이 오랫동안 신봉되었으나 현재는 공자 저술설은 『춘추』라는 책의 권위를 높이기 위해 후대 유가儒家들이 만들어낸 이야기며 실제로는 노魯나라의 역대 사관史官들이 여러 세대를 통해 합동 저술한 노나라 역사서로 인식되고 있다. 기원전 722~479년의 243년 간 역사를 연대순으로 기술하되 노나라를 중심으로 다수 제후국들의 경쟁과 천하天下 세력 판도의 변동, 제후와 경대부 간의 분쟁 등을 사실적으로 전달함으로써 춘추 시대의 역사상을 잘 보여준다. 춘추라는 시대 명칭도 이 책에서 유래되었다.

봉건封建 **제도** 주무왕周武王이 서주를 건국한 후 천하 통치를 안정시키기 위해 현신들의 보좌를 받아 시행한 통치 제도. 천자의 자제子弟이자 가신家臣인 제후諸侯들에게 지방의 넓은 영토를 나눠주면서 해당 지역의 통치를 일임했다. 제후들은 분봉分封받은 지역으로 이주해 가서 천자를 대리해 통치하면서 자신의 영지를 자제, 가신들인 경대부卿大夫에게 재분봉하여 그 지역 통치를 맡겼고 경대부들도 자신의 영지를 자제나 가신인 사士에게 재분봉했다. 이 같은 분할 통치 구조 속에 천자-제후-경대부-사-서인庶人의 서열화된 피라미드식 지배 질서가 정착되고, 다섯 가지 신분은 각각의 위상과 분수에 맞는 행동 규범인 예禮와 친족간의 윤리 규범인 종법제宗法制 및 우애 효친友愛孝親 질서를 준수했다.

¹**천자**天子 봉건 제도하의 최고 지배자이자 천하 강상綱常 질서의 정점에 위

치한 주왕周王에 대한 종교적 경칭. 주周나라는 하늘로부터 천하 만민을 밝고 공정하게 다스리라는 신성한 명령, 천명天命을 위임받은 존엄하고 유일한 왕조이며, 주나라 왕은 그러한 소명을 받은 천제天帝의 아들이란 의미다. 원래는 주나라 왕에 대한 독보적인 호칭이었으나 주나라가 멸망하고 진제국秦帝國이 성립하여 '황제皇帝'라는 새로운 칭호가 등장한 후에도 '천자' 칭호는 사라지지 않고 병용되었으며 이후 역대 통일 왕조에서도 황제와 천자가 병칭되었다.

2 제후諸侯 주대周代의 봉건 제도하에서 천자天子 다음에 위치한 최상층 지배층으로 천자로부터 각지의 넓은 영토를 분봉받아 그를 하나의 독립된 나라로 다스리는 지방 국군國君 또는 영주領主들을 통칭하는 말. 또 '제후諸侯'(수많은 후侯, 공公, 국군, 영주)가 통치하는 나라들을 범칭하여 제후국諸侯國이라 한다. 봉건 제도하에서는 왕이라 칭할 수 있는 존재는 천자뿐이며, 지방 군주, 곧 영주들인 제후諸侯는 일반적으로는 공公이나 후侯, 보다 세분해서는 공公 · 후侯 · 백伯 · 자子 · 남南의 다섯 가지 호칭으로 불렸는데, 이들은 모두 당시의 예제禮制 질서에 따른 작록爵祿의 등급이었다. 또한 천자의 가족과 종실宗室은 왕실王室, 제후의 종실은 공실公室이라 불렸다. **일반적인 의미의 '제후諸侯'와 함께 본 소설 2, 3권에서는 제齊나라의 제후(영주, 공公)을 뜻하는 '제후齊侯'도 종종 쓰이므로 양자를 혼동하지 말 것.**

⑴ 공公 : ㉠ 제후들에게 하사된 5등 작위爵位 중 최상 작위. 『예기禮記』에 의하면 천자는 사방 천리千里의 영지를 다스리고, 5등작의 1위인 공과 2위 후侯는 사방 100리, 3위 백伯은 사방 70리, 4위 자子와 5위 남男은 사방 50리의 영지를 다스린다고 했으나 이는 후대에 명문화된 내용일 뿐 당시 이 같은 규정이 정확히 적용되지는 않았다. 『열국지』에 빈번히 등장하는 모공某公의 대다수는 모某나라를 통치하는 영주領主로 1등작을 하사받은 제후를 말한다. 혹 5등 작과 무관하게 모든 제후를 경칭해 공公이라고도 한다. 춘추 시대부터 본격화된 각지 제후들의 시호諡號도 '모공某公'이 대다수다. ㉡ 왕실에 상주하면서 각종 사무를 맡아보고 그 대가로 왕실 직할령(기내畿內) 일부를 식읍食邑으로 누리던 왕실 직속의 최고 관료들을 칭하기도 함.

(2) 후후侯 : 봉건 제후의 작위 중 두번째 위치의 칭호. 모후某侯는 모나라의 군주인 후작侯爵. 예) 신후申侯는 신申나라 군주이자 후작의 작록을 받은 제후.

(3) 백伯 : 봉건 제후의 작위 중 세번째 칭호. 모백某伯은 모나라 군주인 백작伯爵. 예) 정백鄭伯은 정鄭나라 영주이자 백작의 작위를 지닌 제후.

(4) 자子 : 봉건 제후의 작위 중 네번째 칭호. 모자某子는 모나라 군주인 자작子爵. 예) 초자楚子는 초楚나라 군주인 자작.

(5) 남男 : 봉건 제후 작위 중 다섯번째 칭호. 모남某男은 모나라 군주인 남작男爵. 예) 허남許男은 허나라 군주로서 남작의 작위를 지닌 제후.

(6) 부용附庸 : 세력이 미약한 제후국들을 이르는 말. 『예기禮記』에 의하면 영지가 사방 50리를 넘지 못해 5등 제후에 들지 못하는 소국 영주들은 직접 천자에게 조회朝會드리지 못하고 5등 제후에 곁붙여 조회드리게 했으므로 '부속附屬하는 보잘것없는 존재'라는 의미로 부용이라 칭하게 되었다. 곧 봉건 제적 질서로는 제후와 동급이긴 하나 영토나 세력 면에서 독립된 제후 역할을 할 수 없는 소군주 내지 그들이 통치하는 작은 국가들을 일컫는다. 춘추 시대에는 진晉ㆍ초楚ㆍ진秦 등 열강들이 무력을 통해 예속시킨 다수 소국들을 일컫는 말이었다.

3 경대부卿大夫

(1) 경卿 : ㉠천자-제후-경대부-사-서인의 봉건 질서 속에 위치한 제후의 하급자 겸 상층 귀족들 중 일반 귀족인 대부와 뚜렷이 구별되는 큰 권세와 넓은 영토, 많은 가신과 재력을 지닌 최상급의 대귀족을 지칭하는 신분 용어. 일명 상대부上大夫. ㉡서주 왕실에 상주하면서 각종 왕실 사무를 맡아보고 그 대가로 왕실 직할 영지의 일부분을 록으로 영유하던 왕실 직속의 가재家宰적 고관들 중 공公 다음 직급을 칭하기도 했다. 『열국지』에서는 ㉠과 ㉡이 병용됨.

(2) 경사卿士 : 왕실 직속의 가신家臣, 가재家宰들을 일반적으로 칭하는 말. 이들 대부분은 기내畿內에 일정 규모의 식읍을 보유하거나 호경 근처에 중소 제후국을 거느렸다.

(3) 대부大夫 : 봉건 제도하에서 제후의 하급자인 일반 상층 귀족들을 범칭하는 신분 용어. 대부분 상당한 영지와 풍부한 재력, 병력 및 가신인 사士, 피지

배층인 서인, 천민들을 거느렸다. 보다 많은 인력과 재력, 영토를 거느린 강력한 상급자를 상대부上大夫 혹 경卿, 다소 약소한 재력과 지위를 지닌 자를 하대부下大夫라고 일반적으로 칭했다.

4 사士 봉건 제도하의 하층 귀족 겸 소읍小邑의 영주로 경대부의 가신이거나 제후의 말단 신하에 해당함. 지위와 재력 면에서 상사上士, 중사中士, 하사下士 등으로 구별되었다.

읍邑 서주~춘추 시대의 정치, 군사 단위. 규모에 따라 천자나 제후가 직할하는 대읍大邑이나 국國, 경대부가 통치하는 중읍中邑이나 도都, 사士가 통치하는 소읍小邑, 소규모의 피지배 씨족이나 부족들이 거주하는 속읍屬邑 내지 비읍鄙邑 등으로 구분되었다. 중, 대읍인 도나 국은 주위에 성곽을 쌓아 주변 농촌 지대인 속읍, 비읍과 차별화를 꾀하면서 비읍을 위성 지배했고 비읍에서 징수한 농산물과 인두세, 노동세 등을 자원삼아 발달된 경제 · 문화 생활을 영위하는 각 지방의 중심 성시城市였다.

등장 인물

강씨姜氏

시호는 무강武姜(신申나라 제후의 딸로 정무공에게 시집온 부인을 의미). 정장공 오생과 공숙단을 낳았음. 차남 공숙단을 지나치게 편애해 반역하도록 사주했다가 공숙단이 패배해 자살하자 장남에게 버림받음. 그러나 후에 영고숙의 기지로 아들과 화해함.

공부가孔父嘉

송나라의 대사마大司馬로 송상공의 오른팔. 상공을 도와 세 차례의 정나라 원정 및 다른 나라들과의 전투, 외교에서 두루 고군분투하였으나 태재 화독의 간교로 억울하게 살해되고 멸문지화까지 당함. 어린 아들 목금부木金父만이 겨우 살아남아 노나라로 도망가 공씨孔氏의 선조가 됨. 대성현 공자孔子는 바로 공부가의 7대손임.

석작石碏

위衛나라의 만고의 충신. 불초한 아들 석후石厚가 난신 적자亂臣賊子 주우를 도와 위환공을 시해하고 온갖 아첨과 간계를 일삼는 것을 보다못해 진陳과 비밀리에 연락하여 그 원조를 받아 주우와 석후를 처형. 대의를 위해 아들까지 서슴지 않고 처벌한 드높은 충정과 대의멸친大義滅親의 기개로 인해 후세에 현신, 충신의 대명사로 두루 칭송되었음.

주선왕周宣王(B.C.827~782 재위)

주의 11대 왕. 국인國人 폭동으로 쫓겨난 부친 주여왕의 뒤를 계승한 후 쇠락해가는 서주 왕실의 국운을 되살리기 위해 절치부심했으나 뜻을 이루지 못함. 내치內治에서는 어느 정도 성과를 거두었으나 동남방과 서북방의 이민족을 물리치기 위해

무리한 군사 원정을 강행하였다가 실패함으로써 주의 몰락을 부추기게 되었음.

소공召公

①무왕武王의 둘째 동복 동생 희석姬奭의 시호. 무왕과 형 주공을 도와 주나라 건국에 일조했고 그 공로로 왕실 최고 공경公卿 지위를 획득한 동시에 연燕 땅을 하사받아 연나라의 시조가 됨.

②희석의 후예 중 왕실의 최상층 공경公卿 지위를 계승한 가문의 장자長者를 통칭하는 말.『열국지』1권에는 주유왕 시기에 활약한 현신 호虎의 사적이 일부 기술되었음.

송상공宋殤公(B.C.719~711 재위)

송나라의 15대 군주. 송선공宋宣公(B.C.747~729 재위)의 아들로 본명은 여이與夷. 송선공이 아우인 송목공 화和(B.C.728~720 재위)에게 제후위를 계승하자 송목공은 그에 보답하려고 자신의 아들 빙 대신 조카 여이에게 제후위를 물려줌. 이로 인해 불만을 품고 정나라로 도주한 사촌 빙과 계속 불화했고 빙을 보호하던 정나라를 줄곧 적대시함. 세 차례 정나라를 공격했으나 정장공의 용병술과 제족, 영고숙 등의 활약으로 모두 실패하는 치욕을 겪고 끝내 간신 화독華督에게 시해당함.

영고숙穎考叔

정나라 소읍인 영곡穎谷의 읍리邑吏. 효성이 지극한 사람으로 정장공이 모친 강씨와 불화하다는 소문을 듣고 장공을 알현하여 효도를 설파한 뒤 묘책을 내어 모자를 화해시킨 공로로 대부大夫 작록을 하사받음. 이후 군사軍事를 관장하면서 정장공을 도와 수차의 전투와 외교에서 크게 활약함. 그러나 허나라 정벌시 평소 그를 미워하던 공손알公孫閼이 몰래 쏜 화살에 맞아 비명 횡사함.

주유왕周幽王(B.C.781~771 재위)

주의 12대 왕. 정치에는 관심이 없이 여흥과 주색酒色만을 탐닉하다 서주 왕실을 망하게 한 장본인. 애첩 포사褒似를 총애한 나머지 정비 신후申后와 그 소생인 태자 의구宜臼를 폐하고 포사와 그 소생 백복伯服을 정비와 태자에 책봉함으로써 신후申侯를 격분시켰고, 결국 견융과 신후의 연합 공격을 받고 사살되었음.

정백鄭伯 **굴돌**掘突(B.C.770~744 재위)

정백 우友(B.C.806~771 재위. 시호는 환공桓公)의 아들. 일명 활돌滑突. 부친의 뜻을 이어 몰락한 서주 왕실을 보필하고 부흥하는 데 혼신의 힘을 기울임. 시호는 무공武公. 위衛나라의 무공武公, 진秦나라의 양공襄公, 진晉나라의 문후文侯와 함께 주평왕을 옹립하고 낙읍으로 천도하여 동주를 재건함. 왕실을 보필한 대공으로 신흥 제후국 정의 지위와 권세가 이후 급성장함.

정장공鄭莊公(B.C.743~701 재위)

정무공鄭武公 굴돌과 정부인正夫人 강씨(무강武姜)의 장남으로 본명은 오생寤生. 모친 강씨가 동생 공숙단을 편애한 것을 빌미로 공숙단이 반역을 일으키자 이를 신속히 진압한 후 모친과 결별했으나 영고숙의 기지로 화해함. 이후 탁월한 지략과 용병술을 무기로 삼고 제족·영고숙·고거미高渠彌·하숙영瑕叔盈 등 뛰어난 명신, 책사들의 보좌를 받으면서 부친의 업적을 계승하여 정나라의 최고 전성기를 구가함. 정장공 치세하에 정나라는 소패小霸(뒤의 춘추 오패春秋五霸보다는 작은 패업霸業이라는 의미)라고도 할 만한 공업을 이룩.

제족祭足

정장공의 뛰어난 책사策士. 정나라가 동주 왕실과 송·진陳·위 등 주변 제후국과의 외교, 정벌전 등에서 곤경에 처할 때마다 기묘한 계책을 생각해내 매번 엄청난 전과를 올리게 함으로써 정장공으로부터 만전지계萬全之計라는 극찬을 받음. 당대 제후국의 세력 판도와 천하 대세의 흐름을 간파하는 데 유난히 비상한 능력을 지님.

주공周公

① 무왕의 첫째 동복 아우인 희단姬旦의 시호. 무왕을 도와 상商나라를 물리치고 주나라를 세우는 데 절대적 공헌을 하였고, 무왕 사후에는 어린 조카 성왕成王을 보좌해 섭정하면서 각종 문물 제도와 예악禮樂 질서를 정비해 주나라를 반석 위에 올려놓음. 공자孔子가 존경해 마지않았던 성현聖賢 중의 성현.

② 주공 단의 후예로 왕실에 상주하면서 대대로 왕실 사무를 담당한 최상층 공경公卿 가문의 장자長者를 통칭하는 말. 『열국지』 1권에는 주환왕 시대에 활약한 흑견黑肩의 사적이 종종 기술됨. 고유 명사 주공周公과 함께 본 소설에서는 주군主君과 같은 뜻인 보통 명사 주공主公(주군인 제후 또는 공公을 의미)도 많이 쓰이므로 혼동하지 말 것.

주환왕周桓王(B.C.719~697 재위)

주의 14대 왕. 재위 기간을 통해 여러 차례 천자의 권위와 봉건 질서를 공공연히 무시하는 정장공의 무도와 도발에 시달려 그를 매우 증오했으나 정장공의 위세에 눌려 제대로 대응하지 못하고 한 많은 생애를 마감함.

고사

대의멸친大義滅親　중대한 의리나 명분을 위해서는 골육의 사정私情도 가차없이
끊어버린다는 의미. 衛위나라의 현신 석작石碏이 혼군昏君 주우州吁와 작당
해 온갖 간계를 일삼던 불초자 석후石厚를 냉정히 처형하여 위나라를 반정反
正시킨 사적에서 유래.

경국지색傾國之色　한 나라를 멸망시킬 정도의 미색美色을 의미하는 말로, 주유왕
을 뇌쇄시켜 판단력을 흐리게 해 결국 서주의 몰락을 초래한 포사褒似의 고사
로부터 유래. 전한前漢의 조비연趙飛燕, 당唐의 양귀비楊貴妃 등도 대표적인
경국지색 미녀로 꼽힌다.

만승지국萬乘之國, **만승지군**萬乘之君, **만승지위**萬乘之位　1만 승의 전차戰車와 그에
부속된 군사, 무기 등을 보유하고 동원할 수 있는 거대 군사력과 경제력을 지
닌 나라, 군주, 또 그러한 지위를 각각 지칭하는 말.

만전지계萬全之計　모든 조건들과 가능성을 십분 고려한 아주 안전한 계책이나 꾀
를 의미하는 말로, 정장공鄭莊公이 책사 중의 책사인 제족祭足의 탁월한 계략
을 이같이 극찬했다. 만전지책萬全之策도 같은 의미.

불공대천지수不共戴天之讎　같은 하늘을 받들면서 함께 살 수 없는 지독한 원수라
는 뜻. 주이왕周夷王 시기에 기杞나라 제후가 제齊의 애공哀公을 주이왕에게
참소하여 팽살烹殺당하게 했는데, 이 사건을 제나라 후손들이 절대 잊지 못하
면서 기나라는 결코 함께 살 수 없는 흉악한 원수이므로 언젠가 반드시 복수
하리라고 벼르며 이 말을 사용했다.

파죽지세破竹之勢　칼로 대나무를 가르듯이 맹렬하게 뻗어나가 아무도 멈출 수 없
는 노기등등한 기세를 일컫는 말. 정장공은 제·노와 연합하여 송宋·진陳·
위衛 등 주변 소국들을 숨돌릴 틈을 주지 않고 정벌하면서 '파죽지세처럼 해
야 한다'고 거듭 다짐했다.

황천黃泉**의 재회**　고대인들은 천지신명에 대한 맹세의 주술적·영적 효력을 굳게

믿었으며 일단 맹세한 내용을 깨뜨리면 저주를 받는다고 생각하여 맹세를 어기는 행위를 금기시했다. 정장공이 "황천(이승과 저승의 경계를 흐르는 강)에 가기 전까지는 어머니를 절대 만나지 않겠다"고 맹세한 후 그것을 깰 수 없어 뼈아프게 후회한 것은 고대인의 이 같은 주술적 세계관 때문이었다. 이에 대해 영고숙潁考叔은 황천을 글자 그대로 '지하를 흐르는 누런색의 물', 곧 지하수로 해석해 정장공으로 하여금 지하수를 파고 그곳에서 모친과 재회하도록 하는 기발한 꾀를 냄으로써 맹세를 어기지도 않으면서 모자를 무사히 화해시켰다.

연보

『열국지』 1권에서 다루는 시기는 서주 왕실이 점차 쇠미衰微해가는 주여왕 치세(B.C.878~841 재위)부터 왕실 동천東遷(B.C.770) 후의 약 70년까지의 시기다. 이 시기에는 왕실 동천을 고비로 천명天命을 받은 주 왕실의 독보적 힘과 신성한 권위가 무너지면서 제후국들이 자신의 영토와 영민領民을 기반으로 각지에서 본격적인 할거割據, 경쟁 체제로 접어든다. 특히 주평왕 옹립과 왕실의 낙읍 천도에 큰 공을 세운 정鄭나라가 반정反正의 공을 내세워 왕실은 물론 송宋·위衛·제齊·진晉 등 제후국들과의 관계에서도 주도권을 행사하면서 작은 패업覇業을 달성해 일세를 풍미하게 된다. 정무공鄭武公(B.C.770~744 재위)과 정장공鄭莊公(B.C.743~701 재위)의 두 걸출한 군주가 정나라의 전성기를 이끌었으며 특히 정장공은 뛰어난 전략과 정치적 술수를 내세워 기내畿內(왕도와 그 인근 지역. 한 국가의 중심 지대에 대한 범칭凡稱)를 평정함으로써 중원中原의 새로운 실력자가 된다. 비록 정장공 사후 쇠퇴하기는 했지만 정나라의 전성은 한 세대 정도 뒤부터 확립되는 패자覇者(천자天子, 곧 주왕周王를 대신하여 모든 제후들을 영도하고 지휘하는 춘추 시대의 최고 실력자)와 그를 중심으로 한 춘추 시대 특유의 국제 질서를 출현시키는 데 상당한 역할을 했다고 볼 수 있다.

[기원전 841] 주의 10대 천자天子인 주여왕周厲王이 도읍 호경에서 발생한 국인國人 폭동으로 쫓겨남. 이후 **14년 간 공백共伯 화和의 섭정**이 이어짐.

[기원전 827~782] 827년에 주의 태자 정靖이 11대 천자 주선왕周宣王(B.C.827 ~782 재위)으로 즉위. 선왕 치세 말년에 서주 왕실의 몰락을 예언한 참요讖謠가 전국 각지에서 유행함.

[기원전 771] 서북방 이민족 견융犬戎과 신申나라 제후가 야합하여 수도 **호경에 침입**. 주의 12대 천자 **주유왕周幽王(B.C.781~771 재위) 사망**.

[기원전 770] **서주 왕실의 동천**. 왕실의 유력 가신家臣이었던 진秦·위衛·정鄭·진晉 등 4국 제후가 신후申后 소생의 태자 의구宜臼를 13대 천자 주평왕周平王(B.C.770~720년 재위)으로 옹립한 후 동도東都 낙읍으로 수도를 옮겨 왕실을 재건. 이후부터의 주 왕실을 동주東周로 칭하게 됨. **춘추春秋 시대의 시작**.

[기원전 722] **(노은공魯隱公 1년) 노나라 14대 군주 은공(B.C.722~712 재위) 즉위. 『춘추』기술이 이해부터 시작됨.** 정장공(B.C.743~701 재위)의 동복 아우 공숙단 共叔段이 난을 일으켰다가 실패하여 자살함. 정장공은 이를 사주한 어머니 강씨를 영영읍에 유폐했다가 '황천黃泉'의 재회를 통해 서로 화해함.

[기원전 720] 정나라와 동주 왕실이 인질을 교환함. 정나라 군사들이 동주의 기내 畿內인 온溫읍과 낙읍에 침범해 보리와 벼를 무단으로 베어갔으나 주 왕실은 아무 대응도 못함. 왕실에 대한 실권을 놓고 정, 괵虢 양국 간에 알력이 발생하기 시작. **정장공**은 괵나라를 견제하고 힘을 강화하기 위해 **제희공齊僖公(B.C.730~698 재위)과 석문石門에서 맹약.**

[기원전 719] **(주환왕周桓王 1년)** 주의 14대 천자 주환왕(B.C.719~697 재위) 즉위. 위衛 공자公子 주우州吁가 형 위환공衛桓公(위의 12대 군주. B.C.734~719 재위)을 시해하여 군위를 찬탈한 후 국내의 비난 여론을 잠재우기 위해 노魯·진陳·채蔡·송宋과 연합해 정·제를 공격했으나 당시 전성기를 구가하던 정나라의 병력이 워낙 강해 도중 회군. 현신 석작石碏이 묘책을 내어 진陳의 원조를 얻어 주우와 간신 석후 石厚를 처형한 후 14대 군주 **진선공陳宣公(B.C.718~700 재위)을 옹립.** **송나라** 공자 여이與夷가 숙부 송목공宋穆公(B.C.719~711 재위)을 이어 15대 군주 **송상공(B.C.719~711 재위)으로 즉위.** 목공 아들 빙馮은 정나라로 도망.

[기원전 718] 송상공이 자신과 적대 관계인 사촌 형제 빙을 치기 위해 그가 피난가 있는 정나라의 장갈읍長葛邑을 포위 공격함. 대노한 정장공은 송을 정벌하기로 결심.

[기원전 716] 정장공은 송나라를 정벌할 유리한 조건을 마련하기 위해 책사 제족 祭足의 계책을 따라 송의 오랜 우방 진陳과 새롭게 맹약을 체결.

[기원전 715] 제나라가 송·위·정 3국의 화평을 성립시키기 위해 애썼으나 정나라의 거부로 성과를 거두지 못함. 대신 **제·위·송 3국이 와옥瓦屋에서 화의의 맹약**을 체결.

[기원전 713] 정장공은 천자의 명이라 속이고서 **제 · 노 양국과 함께 송을 정벌**. 이에 저항한 송 · 위 · 채 3국 연합군을 대파하고 소국 대戴까지 점령하는 혁혁한 전공을 거둠.

[기원전 712] 정장공의 부름에 응하지 않은 소국 성郕과 허許를 정벌. 정장공의 오른팔 영고숙 사망. 개선 직후 정장공은 강신降神 의식을 통해 영고숙을 죽인 범인이 공손알公孫閼임을 밝혀냄. 알은 원혼의 급살을 맞고 즉사. 노나라의 간교한 공자 휘翬가 노은공魯隱公의 총애를 받던 공자 궤軌를 부추겨 **노은공을 시해**.

[기원전 711] **(노환공魯桓公 1년)** 노나라에서 공자 궤가 15대 군주 **노환공(B.C.711~694 재위)으로 즉위**. 노환공은 정나라에 사신을 보내 노은공 시해 사건을 감춘 채 전대의 맹약을 갱신할 것을 청함. 정장공은 노나라가 무도하다고 생각하면서도 세력 판도를 고려해 이를 수락.

[기원전 710] **송나라 태재太宰 화독華督이 주군 송상공을 시해**한 뒤, 정나라에 있는 **공자 빙을** 영입해 16대 군주 **송장공宋莊公(B.C.710~692 재위)으로 옹립**하고 자신은 재상宰相이 됨.

[기원전 707] **주환왕**이 천자의 명을 사칭해 송나라를 정벌한 정장공의 무례를 징계하려고 **채 · 위 · 진陳 3국 군대를 이끌고 정나라를 공격**했으나 도리어 대패하고 망신만 당함.

[기원전 706] **북융北戎이 제나라를 급습**하자 제희공은 정장공에게 구원 요청. 정나라 세자 홀忽이 출전해 북융을 대파하자 제희공은 그에게 청혼함. 홀은 제는 대국이고 정은 소국이라 짝이 안 맞는다는 이유로 고사固辭함. 대신 홀은 진환공陳桓公(B.C.744~707 재위)의 딸 규씨嬀氏와 혼인함. 제희공은 딸 문강文姜을 노환공에게 시집보냄. 진환공이 서거하자 아우 타佗가 세자 면免을 죽이고 제후위를 찬탈. 채환후蔡桓侯(B.C.714~695 재위)는 이 소식을 듣고 아우 채계蔡季를 파견해 타를 처형하고 채나라 공녀 소생이자 생질甥姪인 진환공의 서자 약躍을 진여공陳厲公(진나라의 14대 군주. B.C.706~700 재위)으로 옹립.

[기원전 704] **초楚 군주 웅통熊通**이 인근 **한동漢東**(한수漢水의 동쪽 유역. 현 호북성湖北

省 동부) 일대 **소국들을 차례로 정벌**해 부용附庸으로 삼고 그들의 맹주
가 된 후 부용국 중 하나이자 주 왕실과 동성同姓인 수隨나라 군주를
겁박해 왕실에 왕의 칭호를 요청하는 사절로 보냄. 주 왕실이 이를
거절하자 웅통은 분을 참지 못하고 왕실을 무시하고 독단으로 사상
최초로 **왕을 칭함(초무왕楚武王. B.C.740~690 재위)**.

[기원전 701] 일세를 풍미하던 유력 제후 **정장공 사망**. 세자 홀이 제후위를 계승해
4대 군주 정소공鄭昭公(B.C.700, 696~695 재위)으로 즉위하자 공자
돌突은 송나라로 피신. 이로부터 정 공실公室은 내부 정쟁이 빈발해
져 혼란해짐.

[기원전 700] 송장공이 사신으로 온 정나라의 제족에게 공자 돌을 옹립하도록 겁
박함. 그 간계가 성공하여 돌이 정나라의 5대 군주 **정여공(B.C.700
~697, 679~673 재위)으로 즉위**. 송장공은 대가로 정여공에게 과도한 공
물을 요구해 양국 관계가 다시 악화됨. 노환공이 중재하려 했으나 실
패. 대신 **연·송·노 3국 맹약이 체결됨**. 제희공은 홀을 쫓아낸 데 대
해 정나라를 미워하여 제·정의 관계도 악화됨.

[기원전 699] 제나라와 불공대천不共戴天의 원수 관계에 있던 기杞나라가 제의 급
습을 받고 노와 정에 구원을 요청. 이로 인해 **노·정·기 3국과 제·
위·연·송 4국이 격돌**하여 전자가 후자를 격파. 망신을 당한 제희공
은 울화병을 얻어 이듬해 서거.

[기원전 697] 정여공이 옹규雍糾와 함께 권신 제족을 살해할 계획을 세우다 탄로
나 실패. 제족은 정여공을 물리치고 정소공을 6대 군주로 복위시킴.
정여공은 역읍櫟邑으로 도주. **주환왕 붕어**.

동주 열국지 1

새장정판 1쇄 발행 2015년 7월 25일
새장정판 3쇄 발행 2023년 8월 28일

지은이 풍몽룡
옮긴이 김구용
펴낸이 임양묵
펴낸곳 솔출판사

주소 서울시 마포구 와우산로29가길 80(서교동)
전화 02-332-1526
팩스 02-332-1529
이메일 solbook@solbook.co.kr
블로그 blog.naver.com/sol_book
출판 등록 1990년 9월 15일 제10-420호

ISBN   979-11-86634-10-3   04820
ISBN   979-11-86634-09-7   (세트)